꿈꾸는 도서관

나카지마 교코 지음
안은미 옮김

꿈꾸는

도서관

감사의 말

이 작품을 쓰기 앞서 국립국회도서관 국제어린이도서관에서 귀중한 자료
를 제공받았습니다. 도서관 정보학 전문가인 나카바야시 다카키 선생과 다
카하시 가즈코 선생의 연구 역시 큰 도움이 됐습니다.『우에노 도서관 80년
사』,『국립국회도서관 30년사』를 비롯해 온라인 자료 등 갖가지 문헌을 참
고했습니다. 이 자리를 빌려 소설에 등장하는 선행 작품 및 선행 연구에 깊
은 감사를 드립니다. 또한 이 작품은 픽션으로 창작 책임은 모두 저자에게
있습니다. 본서 출판에 힘을 보태주신 분들에게 고마운 마음을 전합니다.

차례 ─────────────────────────────────────

서적관에서 국립국회도서관까지

1872년 8월
유시마성당에
서적관 설립
(문부성 소관)

1873년
서적관, 박람회 사무국과 합병

1874년
아사쿠사로 이전, 아사쿠사문고로 개칭

1875년 4월
유시마성당 내로 이전,
도교서적관(문부성 소관)으로 개칭

1877년 5월
도쿄부서적관(도쿄부 소관)으로 개칭

1880년 7월
도쿄도서관(문부성 소관)으로 개칭

1885년 6월
도쿄교육박물관과 합병(문부성 소관),
우에노로 이전

1889년 3월
도쿄도서관 관제 공포
(도쿄교육박물관과 분리)

1894년
청일전쟁

1897년 4월
제국도서관
관제 공포,
제국도서관으로
개칭

1900년 3월
제국도서관
제1기 신축 공사

1906년 3월
제국도서관
신축 완공 및 개관

1923년 9월
간토대지진

1928년
일본십진분류법 발표

1929년 8월
제국도서관 본관
증축 공사 준공

1935년 12월
제국도서관 구내에
도서관강습소 설립

1937년
중일전쟁

1941년
태평양전쟁

1943년
나가노현으로 귀중 도서 대피

1945년 8월 15일
라디오로 항복 선언 발표

1946년
국회도서관 설치 결의안 가결

1947년 12월
제국도서관, 국립도서관으로 개칭

1948년 6월
국립국회도서관 개관

등장인물

나
30대 중반, 프리랜서 기자로 먹고사는 소설가 지망생

기와코
60대 초반, 우에노 도서관을 사랑하는 여성

다니나가 유노스케
20대 초반 대학생, 도쿄예술대학에서 유화 전공

후루오야 호사이
60대 후반, 전직 대학교수로 기와코의 옛 애인

유코
미야자키에 사는 기와코의 딸

사토
유코의 딸이자 기와코의 손녀

이소모리
영화배우를 닮은 우에노공원의 노숙자, 기와코의 남자 친구

구누기다
우에노 헌책방 '도토리서방'의 주인

1

　기와코 씨를 알게 된 건, 15년쯤 전이다. 내가 소설가가
되기 전으로, 만난 곳은 우에노공원 벤치였다. 소설을 쓰
긴 해도 잡지에 실리거나 책이 나오지 않은 시기라 입장이
든 정신이든 불안정했다. 좀처럼 밝은 미래가 그려지지 않
았다. 무엇보다 경제적으로 쪼들렸다. 프리랜서 잡지기자로
버는 수입이 빠듯했지만, 시간이 있으면 소설을 쓰고 싶었
고 실제로 쓰곤 했기에 누군가 "어떤 일을?" 물으면 되도록
"소설을 씁니다"라고 대답하려다가도 "어디서 읽을 수 있나
요?" 같은 질문이 돌아올까 봐 혀를 깨물며 소설 자체를 언
급하고 싶지 않은 심리 상태에 놓였다.

물론 15년 전이라고 해봤자 이미 30대 중반, 그런대로 인생 경험이 있었기에 처음 만나는 상대에게 이상한 소리를 해대는 실수는 절대 하지 않았다. 필요하면 90도로 허리를 굽혀 인사하고 '자유 기고가'라는 직함이 찍힌 명함을 양손으로 건넨 뒤 날씨 얘기나 전날 스포츠 경기 결과 등 무난한 화제를 골라 그 자리를 넘길 줄 알았다.

그런데 어째서 기와코 씨에게 "소설을 쓰고 있어요"라고 말한 걸까. 지금 생각해도 잘 모르겠다. 다만 확실한 건 불안정한 시기였기에 기와코 씨를 만날 수 있었다. 나의 불안정과 기와코 씨의 불안정이 때마침 서로를 끌어당겼다.

그날 나는 전면 개관한 국제어린이도서관을 취재하고 돌아가는 길이었다. 생활 잡화를 취급하는 통신판매 잡지에 그림책 소개 코너가 있는데, 그 계간 잡지에 그림책 관련 짧은 칼럼을 쓰던 차에 도서관 르포를 의뢰받았다. 함께 간 사진기자는 사진 촬영이 끝나자마자 다른 취재 장소로 이동하기 위해 먼저 나갔다. 취재를 마친 나는 그대로 어슬렁어슬렁 우에노공원에 들러 분수 앞 벤치에 자리 잡았다. 5월의 끝자락, 화창하기 그지없는 날이었다. 반면 내 마음은 평온치 않았다. 미래에 대한 만성적인 불안감으로 막막했다. 분수가 바라다보이는 벤치에 앉아 있자니 비둘기가 나지막이 울어댔다.

기와코 씨는 동물원 쪽에서 다가왔다. 짧은 흰머리에 이상야릇한 옷차림이었다. 나중에 그녀가 손수 자투리 천을 이어 붙여 만든 코트였음을 알았지만, 그때는 어쩐지 공작새를 연상시키는 기묘한 옷이라고 생각했다.

"아이고, 지쳤다!" 그 사람은 거침없이 내 옆에 소리 내며 털썩 주저앉았다. 그러고는 곧장 주머니에서 담뱃갑을 꺼내 손가락 끝으로 바닥을 두 번쯤 튕겨 빼낸 담배 한 개비를 집게손가락과 가운뎃손가락 사이에 끼우고 다른 한 손으로 담뱃갑을 도로 넣는가 싶더니 어느새 작은 라이터로 쉭 하고 불을 붙였다. 순식간에 담배 연기가 코끝을 스쳤다. 불시에 담배 연기를 들이마신 나는 콜록콜록 기침을 해댔다. 난감하게도 담배 연기가 기도로 들어갔는지 연거푸 기침이 나오는 판이었다.

사실 나는 기관지가 좀 약한 편이다. 지금도 가끔 기침이 나면 좀처럼 멎지 않고 감기에 걸리면 어김없이 목부터 아프다. 뭔가 옆자리 백발 여인에게 심술을 부리는 것 같아 주눅이 들었다. 빨리 잦아들기를 바라면 바랄수록 어찌 된 영문인지 목구멍이 이상해졌고 기침이 눈물과 함께 튀어나왔다. 영 진정이 안 되다가 겨우 발작성 기침이 멎춰 손수건으로 눈물을 닦았다. 한숨인지 심호흡인지 모를 숨을 두 번쯤 내쉰 뒤 옆에 앉은 백발 여인에게 "죄송합니다"라고 말했다. 폐를 끼친 사람은 내가 아닌데도 말이다.

"괜찮아요." 그녀는 의젓하게 굴며 담뱃갑을 꺼내던 재빠른 솜씨로 이번에는 어디선가 사탕을 꺼내 "먹을래?"라고 나에게 권했다. 사과를 받고 꾸짖어야 할 때 엉겁결에 머리를 숙여버린 자신이 후회스러운 마음에 내민 사탕을 마땅한 권리인 양 건네받았다. 상대로부터 사죄의 말은 없었지만, 보상금은 있었다는 듯이.

"분명 꽃가루 알레르기일 거야." 놀랍게도 백발 공작 여인은 내 기관지에 영향을 준 요인이 자신이 내뿜은 담배 연기인 줄 전혀 눈치채지 못한 채 혹은 일부러 무시하며 그런 말을 내뱉었다.

"다들 코만 생각하잖아? 근데 콧물만이 아니래. 눈물도 나오고 기침도 나온대. 음, 그 마스크? 좀 싫다, 보기 흉해."

'보기 흉하다'니 적잖이 충격을 받았다. 까마귀 부리형 꽃가루 알레르기용 마스크가 미적이지 않다는 의견에는 동의해도 패치워크라고 부르기도 뭣한 이상한 코트에 비하면 덜 기괴했기 때문이다. 뭐라고 대꾸해야 좋을지, 아니 대꾸해야 할지 말지 모르겠어서 일단 인사를 하며 포장지를 벗겨 동그란 사탕을 입에 넣었다. 입이라는 기관이 소리를 낼뿐만 아니라 음식을 먹는 데도 쓰이니 침묵할 핑계가 될 것 같았다.

하지만 잠시 후 아차 싶었다. 난데없이 사탕이 이에 쩍 달라붙었다. 아무리 말하고 싶지 않을지언정 이와 이가 사탕 때문에 단단히 굳어 입을 벌리지 못할 처지가 될 줄은 생각조차 못 했다. 내 어금니는 위아래 모두 치료한 상태라 이대로 윗니와 아랫니를 무리하게 뗐다가는 어느 한쪽에 씌운 금속이 빠질 게 뻔했다. 입을 앙다문 얼굴이 일그러졌다.

"아, 당했구나, 당신." 백발 여인이 어쩐지 기쁜 듯이 말했다.

"이 사탕, 이에 잘 들러붙거든. 긴타로사탕단면에 민담 주인공인 힘센 소년 긴타로 얼굴이 새겨진 전통 사탕 먹는 법을 모르는구나. 바로 깨물면 안 돼. 천천히 핥아야지. 말랑해진 다음에 깨물면 괜찮은데."

그녀는 타인의 구강 내 참극이 눈에 훤히 보이는 모양이었다. 망연자실한 나는 옆을 언뜻 쳐다봤다. 백발 여인은 더욱 신나하며 웃고 있었다.

"걱정하지 마. 조금만 기다리면 물러져서 저절로 떨어질 테니. 아, 우스워. 아, 재밌어. 웃겨 죽겠네."

그 뒤에도 이쪽을 힐끔거리며 양손으로 입을 가린 채 "으흐흐, 으흐흐" 기쁘게 웃어댔다. 처음에는 화가 났다. 하지만 웃는 그녀가 워낙 태평한 데다 내 꼴이 너무 바보 같아서 결국 덩달아 웃고 말았다. 순간 사탕이 위아래 이에서 떨어져 나갔다. 기와코 씨와의 첫 만남이었다. 그녀가 네즈 신사 근처에서 즐겨 사는 긴타로사탕을 이날 처음 얻어먹었다.

"너, 오늘 뭐 하러 왔어?"

버릇없다고 할 만한 말투로, 하지만 부드러운 미소를 머금은 채 물었다.

　"잠깐, 저기 도서관에 볼일이 있어서요."

　"어머, 우에노 도서관에?"

　"저기, 새로 생긴 국제어린이도서관이라는 곳에 일이 있어서요."

　"어마나, 새로 생긴 게 아니야."

　"뭐, 건물은 오래됐지만 리뉴얼했잖아요. 그동안 일부만 이용 가능했는데 이번에 전면 개관했거든요."

　"흥!" 그녀는 콧소리를 냈다.

　"깨끗해져서 왠지 들어가기 어려워졌어."

　"리뉴얼 전에 간 적 있어요?"

　"그럼요, 이래 봬도 반쯤 살다시피 했답니다."

　갑자기 정중한 말투를 쓰며 으스대듯 고개를 뒤로 젖혔다. 그녀가 한 말을 그때는 전혀 깊이 생각하지 않았다. 훗날에야 그 말에 여러 의미가 담겼음을 깨달았지만, 첫 만남에서 알아차릴 리가 없었다. 그보다 이 사람은 이 차림으로 도서관에 가는 걸까, 그런 생각만 했다. 가면 엄청 눈에 띌 텐데. 공공도서관은 누구에게나 열려 있으니 시간 때우기에 최적의 장소일지도 모른다. 지역 도서관 신문 코너에 눌러앉은 노인들을 떠올리며 이 공작새 코트를 입은 백발 여인이 매일 개관부터 폐관까지 도서관에서 지내는 모습을 상상해봤다. 뭔가 어울리기도 했다.

"어린이 도서 전문이 돼버렸죠."

"그건 뭐 괜찮아. 근데 왜 도서관에 다녀왔어? 뭔가 조사하러? 혹시 학생이야?"

그럴 리가 있냐고 말하려다가 나이 든 사람 눈에는 20대나 30대나 같아 보이려나 싶어 그만뒀다.

"학생은 아니에요. 글 쓰는 사람입니다." 그러자 백발 여인이 득달같이 물었다.

"무슨 글을 쓰는데?" 그 질문에 나는 "자유 기고가입니다"나 "도서관 소개 기사입니다"가 아니라 "소설을 쓰고 있어요"라고 말해버렸다.

"어마나!" 백발 여인이 내뱉었다. 나중에 알았다. '어마나'는 그녀의 입버릇이었다. 그러고는 말을 이었다.

"나랑 똑같아! 악수하자. 나, 기와코라고 해. 기쁨 喜에, 평화 和에, 자식 子야."

내친김에 나도 이름을 밝히고 그녀의 메마른 손을 맞잡았다.

"기와코 씨는 소설가인가요?"

"음, 그건 아니야."

기와코 씨는 가까이 다가오는 비둘기를 발로 살짝 밀어

내더니 "써볼까, 생각 중이야"라며 생글생글 웃었다. 그 미소에 이끌려 처음 만난 그녀에게 무심코 털어놨다.

"저도 지금 쓰고 있는 게 있어요."

"어머, 뭐야, 뭘 쓰는데?"

"말 안 할래요."

"어머, 왜?"

"입 밖으로 꺼내면 사라질 것 같아서요."

"그렇구나. 그럼 다 쓰면 보여줘. 엄청 기대되는걸."

나는 옆에 앉은 백발 여인을 다시 한번 천천히 바라봤다. 기와코 씨는 확실히 옷차림새가 이상야릇했다. 겉에 자투리 천을 이어 붙여 만든 코트를 걸치고 안에는 낡아빠진 티셔츠를 입고 자루처럼 헐렁한 갈색 긴 치마 아래로 운동화를 신고 있었다. 짧은 흰머리에 감싸인 작은 얼굴은 이목구비가 뚜렷했고 어딘가 품격이 느껴졌다. 책을 읽는 사람이구나, 도서관이 좋아서 살다시피 다녔을 만큼 책을 사랑하는 사람이구나, 생각했다. "다 쓰면 보여줘"라는 말이 왠지 모를 위로가 됐다.

고작 몇 분 전 만난 사람, 아직 서로 통성명만 한 상대에게 자신이 쓴 소설을 보여주다니, 진심은 아니었지만 그때 나는 확실히 "네"라고 대답했다. 화창한 5월 하늘 아래 기와코 씨는 정말 기쁜지 환하게 웃었다.

소설을 다 쓰면 보여주겠다는 말을 해놓고 나는 그녀와 아무런 약속도 하지 않고 헤어졌다. 한순간의 기세에서 나온 말이라 '소설이 완성되면 전화할 테니 연락처 좀 알려줄래요?' 같은 대화조차 주고받지 않았다.

웬걸, 우리는 다시 만났다. 그것도 우에노에서. 그날도 어린이도서관에 일이 있었다. 5월에 작성한 기사가 편집부 눈에 들어 그림책을 다루는 계간지에 도서관 행사를 소개하는 기사를 연재하자고 해서 첫 회의에 가는 길이었다. 8월이었다. 일찍 나오는 바람에 시간이 넉넉해 문득 생각나 네즈역에서 내려 붕어빵을 샀다. 갓 구운 붕어빵을 한입 가득 우물우물 씹으며 걸어가다가 젠코지자카에서 기와코 씨와 딱 마주쳤다. 자투리 천을 이어 붙여 만든 봄 코트는 안 입었지만, 그 흰머리와 자루처럼 헐렁한 치마로 보아 틀림없었다.

"기와코 씨!" 불러 세우자 언덕 중간쯤에서 그녀가 뒤돌아섰다.

"어머, 맛난 걸 먹고 있네."

내가 머리부터 베어 물어 이미 반 가까이 사라진 네즈 붕어빵은 꼬리까지 팥소가 꽉꽉 들어차서 유명해진 지역 명물 과자였다. 잠깐 망설이다가 토트백에서 두 번째 붕어빵을 꺼내 그녀에게 내밀었다. 아주 강렬한 시선이 느껴졌다. 두 개를 산 이유는 남에게 주려던 게 아니라 달랑 하나만 달라고 말하지 못하는 소심함 때문이었다.

"고마워." 기와코 씨는 당당히 건네받았다. 그녀는 단것이라면 사족을 못 썼다. 우에노 야나카 일대는 맛있는 단 음식이 넘쳐나는 곳이었다.

"어디 가는 거야?"

붕어빵을 베어 물며 기와코 씨가 물었다.

"그게 또 국제어린이도서관이요."

"우에노 도서관에 무슨 일로?"

"도서관 행사를 취재해 잡지에 싣기로 했어요. 그 건으로 회의하러요."

"오호!" 감탄했다는 뜻으로 탄성을 내뱉더니 발걸음을 멈추고 팔짱을 끼며 단정하듯 말했다.

"당신도 도서관과 인연이 참 깊구나."

"뭐, 인연이라 할 정도는 아니지만."

"아니, 인연이야."

기와코 씨는 단언하며 팥소가 묻은 입가를 혀끝으로 핥았다. 그대로 둘이서 도서관 출입구까지 걸어왔다. 그녀는 건물 안까지 들어오지 않고 작별 인사를 건넸다. 그런데 회의를 마치고 밖에 나오니 기와코 씨가 웃는 얼굴로 서 있었다.

"어머, 기와코 씨?"

"할 일이 없어 근처를 산책했거든. 슬슬 나오지 않을까 싶어서 와봤어. 잠깐 우리 집에 들렀다 갈래?"

"네?"

"어서, 바로 옆이야."

"아, 그래도……."

"사양하지 말고, 진짜 가까워."

기와코 씨는 가자며 내 어깨에 걸린 커다란 토트백을 잡아당겼다. 머릿속이 혼란스러웠다. 기묘한 옷차림에 단것을 좋아하는 나이 든 이 여성이 왜 이토록 친근하게 구는지 도통 이해가 안 됐다. 혹시 아까 붕어빵을 나눠줘서 그런가, 단것을 대접하거나 대접받는 행위가 나 몰래 뭔가 정감 어린 친밀감을 드러내는 기호로 정해진 건가, 그렇다면 붕어빵을 건네준 행동은 과연 옳았던 걸까 등등 이상한 생각이 들었다. 어째서 매복하듯 도서관 앞에서 기다린 걸까, 당혹스럽기까지 했다.

기와코 씨의 황당한 억지나 천진난만은 그 후에도 몇 번이나 나를 놀라게 했다. 아마 그녀가 이런 성격이 아니었다면 우리는 친구가 되지 못했을 게 틀림없다.

"이런 데 서서 이야기하기 뭣하잖아"라면서 너무 열심히 조르는 데다 더운 바깥보다는 냉방이 잘 되는 방에 들어가는 편이 낫겠다는 속내가 더해져 중간부터는 잡아끄는 대로 순순히 따라갔다. 보통 성실한 직장인이라면 그런 한가한

실랑이 따윈 안 하겠지만, 돈은 없고 시간만 많은 자유 기고가였던 나는 평일 오후에 딱히 할 일이 없었다.

기와코 씨는 거침없이 도쿄예술대학 앞 샛길로 빠져 젠코지자카를 조금 내려가더니 좁은 골목을 지나 1미터도 안 되는 더 좁은 길이 나오자 냉큼 들어갔다. 길은 막다른 골목으로 왼쪽에 폭이 좁은 2층 목조 주택이 보였다. 그녀는 덜컹거리는 미닫이문을 열었다.

"들어간다! 어, 없나?"

"누가 있나요?"

"응, 2층에, 한 사람. 아, 없나 보다."

나는 멍하니 그 방을 바라봤다. 상상했던 것보다 훨씬 더 매력적인 공간이었다. 어쨌든 좁긴 좁았다. 게다가 냉방의 '냉' 자조차 찾을 수 없었다. 그나마 후미진 곳에 위치해 약간 그늘진 덕에 직사광선이 내리쏟진 않았다.

이후 몇 번이나 갔기에 또렷이 기억한다. 들어서자마자 옛 소설 속으로 빠져드는 기분을 느꼈다. 그 방을 마주한 순간 나는 기와코 씨에게 사로잡혔다. 필시 예전에는 연립주택 구조였을 게 틀림없다. 다만 옆집은 이미 새 건물로 재건축된 터라 골목 안쪽에서 그 집만 에도시대1603년~1868년를 짊어진 것처럼 허름했다. 듣기로는 다이쇼시대1912년~1926년나 쇼와시대1926년~1989년 초기에 지어졌다고.

미닫이문을 열면 신발 두세 켤레가 놓일 만한 작은 시멘트 바닥과 문턱, 현관 바로 왼쪽에 반 평이 될까 말까 한 부엌, 그 뒤로 매우 가파른 계단이 자리했다. 누군가 있다면 그 위에 사는 모양이었다. 기와코 씨 방은 '눈앞에 펼쳐지는 공간'이라는 표현이 어울렸다. 2평 남짓한 네모진 조붓한 방에는 접었다 폈다 하는 둥근 밥상과 방석 한 개, 모퉁이에 길쭉한 옷장, 그 위에도 바닥에도 책이 수북이 쌓여 있었다. 오래된 '히구치 이치요 전집'이 눈에 띄었다.

"기와코 씨, 정말 책을 좋아하는군요."

"응. 읽는다기보다 둘러싸이면 마음이 편하거든."

"지진이 나면 무너져 내리지 않을까요?"

"그럴지도. 그래서 벽장 안에 이불을 깔고 자."

기와코 씨는 좁은 부엌에서 물을 끓여 차를 내왔다. 차에 곁들이는 다과는 역시나 긴타로사탕이었다. 집에 냉장고가 없었다. 적어도 1층 그녀 방에는 없었고 꼭 필요할 때만 2층 거주자가 소유한 냉장고에 맡긴다는 사실을 나중에 알았다. 뭐, 더울 때 따끈한 차 한 잔, 나쁘지 않았다.

"당신에게 긴히 부탁할 게 있소."

둥근 밥상 앞에 다소곳이 무릎을 꿇고 앉아 찻잔을 양손으로 받쳐 든 채 기와코 씨가 사나이다운 말투로 말했다.

"우에노 도서관 이야기를 써보지 않을래?"

"우에노 도서관이요?"

"내가 써볼까 했는데, 생각해보니 난 글을 써본 적이 없잖아. 시험 삼아 해봤더니 도무지 안되겠더라고."

"우에노 도서관으로 뭘 쓰고 싶으신데요?"

"소설."

"소설이요?"

"우에노 도서관 역사를 쓰고 싶은데, 역사는 읽어도 통 머리에 들어오질 않아서."

진지하게 중얼중얼 늘어놓는 기와코 씨 말을 들으며 주변을 쭉 둘러보니 『우에노 역사』, 『우에노공원 역사』, 『국립국회도서관 30년사』, 『국립국회도서관 50년사』 같은 책이 꽤 많은 자리를 차지했다.

"왜 우에노 도서관 역사를 쓰려고 맘먹었는데요?"

"좋아하거든, 우에노 도서관을."

"어릴 적부터 다녀서요?"

"응, 비슷해."

"그래서 도서관을 무대로 한 소설을 쓰려고……."

"무대로 삼는다기보단, 뭐랄까 좀 달라."

"도서관에 다니는 남녀가 책을 대출하며 서로에게 끌리는 연애소설이 있었는데. 아, 소설이 아니었나? 애니메이션이었나?"

"뭐, 그런 요소가 들어가도 괜찮을 것 같네."

"요소?"

"다만 소설 전체를 아우르는 주인공은 우에노 도서관이어야 해."

"도서관이 주인공?"

"응. 도서관이 이야기하는 소설이랄까."

"도서관이 주인공인 일인칭시점으로요? '나는 도서관이로소이다'처럼?"

"응, 근데 무리더라. 막상 쓰려니 내가 글쓰기를 싫어했다는 사실이 떠올랐어."

"애초 발상 자체가 무리 아닐까요? 고양이라면 몰라도 세워진 채 움직이지 않는 도서관이 소설 속 화자가 되기엔."

"무리일 리 없어!"

"없을까요?"

"어떻게든 해서 쓰고야 마는 사람이 소설가잖아? 그래, 네가 써보면 어때?"

"네? 제가요? 전, 소설가가 아니에요."

"소설을 쓰고 있다며."

"그게, 쓰고 싶은 이야기를 쓸 뿐이라."

"좋은 소재라고 생각하는데."

"그야, 기와코 씨에겐 좋은 소재겠죠."

"네가 쓰는 편이 좋지 않을까?"

"무슨 근거로? 있잖아요, 안 될 일이에요. 자신이 찾은 소
재는 자신만의 것이라. 다른 사람은 쓸 수도 없고 설령 쓴다
고 해도 전혀 다른 글이 된다고요, 틀림없어요. 그 글을 읽으
면 화를 낼 거잖아요. 정말 좋은 소재를 알려줬건만 이 따위
로 만들다니 하면서요. 고로 쓰고 싶으면 직접 써야 해요."

"그런가?"

"네, 당연하잖아요."

"하지만 난 글을 써본 적이 없어."

"절 만나기 전에는 직접 쓸 작정이었죠?"

"뭐, 그렇긴 한데."

"쓰고 싶다고 생각했죠?"

"응, 맞아."

"그럼 직접 쓰세요."

"그럴까?"

"그래요. 이제 그만하세요. 깜짝 놀랐잖아요."

"실은 말이야, 이미 제목도 정했어."

"제목이요?"

"응, '꿈꾸는 제국도서관'이라고."

기와코 씨는 정말 꿈꾸는 듯한 표정을 지었고, 나는 긴타
로사탕을 입에 넣었다.

"있잖아, 왜 도서관이 만들어졌는지 알아?"

이번에는 조금 무서운 얼굴로 뭔가 따지듯이 물었다.

"왜냐니, 책을 모두에게 읽히고 싶어서 아닌가요?"

"모두라면?"

"그러니까, 시민이랄까."

"그래. 뭐, 틀린 말은 아니야."

기와코 씨는 불만조로 말을 이어갔다.

"후쿠자와 유키치가 말이야, 서양을 다녀왔거든."

"아, 후쿠자와 유키치요, 만 엔 지폐에 그려진."

"맞아, 돌아와서 말을 했지. 서양 수도에는 비블리오테크
가 있다고."

"왠지 요리 이름 같네요."

"그 말에 모두 깜짝 놀라서 반드시 도서관을 만들어야겠
다고 생각했대."

"그게 시작인가요?"

우에노공원 벤치

역사의 시작
'비블리오테크'

"비블리오테크!"

메이지 정부 요인들은 미간을 찡그리며 저마다 중얼거렸다. 에도 가 메이지1868년~1912년로 바뀌기 전, 세 차례나 서양을 다녀온 후쿠 자와 유키치가 내뱉은 기괴한 서양어는 무시하기엔 뭔가 묵직한 울림 이 있었다.

"말하자면 문고구먼."

"문고가 그러니까……."

"비블리오테크."

"소설이며 그림을 철한 책, 고서와 진서까지 전 세계에서 모은 서 책을 갖췄는데, 누구나 찾아와 마음대로 책을 읽어. 단 매일 문고 안에서 읽어야지, 집으로 가져가서는 안 돼. 런던 문고에는 서적 80만 권이 있어. 페테르부르크 문고는 90만 권, 파리 문고는 150만 권이나 된다니까. 프랑스인이 말하길 파리 문고가 소장한 도서를 일렬로 세우면 길이가 28킬로미터에 달한대.”

“28킬로미터라면 7리잖아!”

“7리나 될 만한 장서라니!”

“그게 전부 들어갈 정도로 큰 문고!”

“그걸 서양어로?”

“비블리오테크.”

“그게 없으면 근대국가라 할 수 없다는 거네.”

“한시라도 빨리 근대국가가 돼야 불평등조약을 철폐할 수 있어.”

“비블리오테크가 없으면 불평등조약을 철폐할 수 없다는 건가.”

“그런 셈이지.”

그리하여 메이지 신정부는 ‘비블리오테크’를 만들기로 했다.

2

계간지 기사 때문에 국제어린이도서관에 드나들면서 기와코 씨와 석 달에 한 번꼴로 만남을 가졌다. 당시 기와코 씨는 예순 살 정도로 연금 생활을 막 시작한 상태였다. 사별한 남편이 남긴 재산이 약간 있다곤 했지만, 집은 허름했고 하루 두 끼만 먹기로 굳게 마음먹은 터라 아무리 봐도 부유한 생활과는 거리가 멀었다.

2층에 세 들어 사는 사람은 도쿄예술대학에 다니는 학생으로 작품을 창작하느라 대학에서 자는 날이 많은 모양이었다. 처음 만났을 때는 아들인 줄 착각했다.

"동반자." 기와코 씨가 반갑게 농담을 던지자 청년은 꽤

나 불쾌한 표정을 지으며 "아들이니 뭐니 거짓말하지 말라고 했더니 이번엔 그쪽인가요?"라고 어이없어했다.

취재는 대개 평일 오전 중에 진행했기에 날씨가 좋은 날이면 둘이서 자주 공원 벤치에 함께 앉아 점심을 먹었다. 점심이라고 해봤자 달곰한 빵이나 주먹밥을 사 와서 볼이 미어지게 입에 넣고 기와코 씨가 보온병에 담아 온 차를 마시는 간단하면서도 싼 식사였다. 평일 공원은 아이를 데리고 나온 젊은 엄마들이 카트에 손을 얹은 채 서서 대화를 나누거나 어린 남자아이가 스케이트보드를 타고 왔다 갔다 했다.

기와코 씨는 벤치 위에 책상다리를 틀고 앉아 자루 같은 헐렁한 치마를 오그린 다리 사이로 말아 넣고는 식사 후 담배를 맘껏 피우며 이야기를 이어갔다. 지금은 저렇게 누군가 담배를 피워대면 머리가 아파서 도망치고 싶은데, 그때는 푸른 하늘 아래라 괜찮았던 걸까. 생각해보니 그녀는 좁은 집 안에서는 별로 담배를 피우지 않았다. 처음 만난 날 숨이 콱 막혔던 나를 배려해 담배 연기를 내뿜을 때면 고개를 옆으로 돌려 얼굴을 쑥 내밀었다. 덩달아 입술도 튀어나왔던 기억이 난다.

기와코 씨는 도서관 건물을 무척 좋아했다. 반면 깔끔해진 국제어린이도서관 안에는 절대 들어가지 않았다. 그나마 내부 모습은 궁금했는지 취재한 행사 내용을 말할 적마다 응, 응 하며 재미있게 들었다. 어느 날, 기와코 씨가 물었다.

"저 건물이 몇 살인지 알아?"

"알고말고요. 첫 회의 때 들었거든요. 1906년에 완성했으니 머지않아 100년이 된대요."

"100년이라니 대단하지 않아? 100년 동안 이곳에 서 있는 거야. 그 사이 메이지가 다이쇼로, 다이쇼가 쇼와로, 길던 쇼와도 끝나고 이제 헤이세이1989년~2019년가 됐잖아."

"시대가 네 번 바뀌었네요."

"그 오랜 시간 수많은 일을 겪었겠지."

"지진이라든가 전쟁이라든가?"

"그런 생각을 해, 저 건물을 보면."

기와코 씨는 구름 사이로 영화 스크린이 펼쳐진 양 눈을 크게 뜨고 하늘을 바라보다가 조용히 눈을 감았다.

"자, 눈을 감아봐."

그녀는 눈을 감은 채 말했다.

"지금요?"

"그래, 지금."

"감았습니다."

"감았어?"

"네, 감았어요."

"그럼 상상해봐. 여기 있는 미술관이니 음악당이니 대학이니 하는 건물을 전부 없애는 거야. 물론 도서관도."

"해보긴 했는데 잘 안 없어져요."

"그럼 다른 걸로 바꿔봐."

"다른?"

"그래, 절과 바꾸면?"

"절?"

도대체 뭘 시키려는 걸까, 눈을 뜨고 기와코 씨를 쳐다봤다. 그녀는 이미 눈을 뜬 채 솟구치는 분수를 바라보고 있었다.

"에도가 도쿄로 불리기 전, 보신전쟁메이지 신정부와 옛 막부 세력이 벌인 내전으로 마지막 남은 세력이 창의대彰義隊를 결성해 우에노에서 혈전을 벌인 끝에 전멸했다으로 우에노가 전쟁터가 되기 전, 이 일대는 광대한 간에이지 절 부지였어."

"간에이지?"

"지금도 저 뒤편에 작게나마 남아 있잖아. 옛날엔 엄청나게 큰 절이었어. 이 분수 광장 주변에 가로 45미터, 세로 42미터, 높이 32미터에 달하는 거대한 근본중당이 있었다고 해."

"높이가 32미터?"

"아파트라면 10층짜리 건물이려나."

"정말로요?"

"저기 국립박물관이 들어선 곳에 주지가 사는 본방이 있었대. 고보리 엔슈라고, 교토 니조성 니노마루 정원으로 유명한 다도인이자 정원가 명인이 만든 멋진 일본 정원도 있었다네. 상상해봐. 간에이지, 전성기 절 부지는 30만 5천 평이었어."

"30만 5천 평이라면?"

"도쿄돔 스무 개 크기야."

"굉장하네요."

"그렇지? 거기에서 막부파의 창의대가 굳게 버틴 거야. 오무라 마스지로가 이끄는 관군이 가가번 저택에서, 지금 도쿄대 부근에서 암스트롱포를 쏘아대자 시노바즈 연못 위로 커다란 포탄이 휙휙 날아다니고. 에도 한복판에서 벌어진 대전이었어. 한나절 만에 관군의 승리로 끝났지만 말이야. 어쩔 수 없지, 암스트롱이잖아."

기와코 씨는 암스트롱이라는 이름에 거창한 의미를 두는 것 같았다. 확실히 완력이 세 보이는 이름이긴 했다.

"창의대는 인기가 많았대."

"인기요?"

"요시와라나 네즈 유곽 여인들이 '정부를 두려면 창의대'라고 했다나 봐. 놀러 오는 창의대 무사를 정중히 대했던 모양이야."

"멋졌던 걸까요?"

"그도 그럴 것이 관군은 시골 사람이었잖아."

"아, 삿초나 도히이른바 '삿초도히'는 메이지유신을 주도했던 사쓰마번(가고시마현), 조슈번(야마구치현), 도사번(고치현), 히젠번(사가현·나가사키현)을 가리킨다던가. 근데 시골 사람이라고 하면 혼날걸요."

"창의대는 말이야, 도시 사람이었으니까. 놀기도 잘 놀았겠지. 갓 상경한 시골 사람이 요시와라 근처에서 눈을 희번덕대며 촌스러운 행동을 할 때마다 창의대가 여기서 그런 짓을 해선 안 된다고 쫓아버렸대."

"그건 멋지네요."

"그렇지? 게다가 관군과 정면충돌을 피할 수 없음을 알았으니."

"아, 내일 죽을지도 모르는 애인이라니!"

"그래, 그게 포인트."

"끌릴 만하네요."

"전날, 내일 이곳은 전쟁터가 될 테니 여자와 아이와 상인은 다른 데로 피난하라고 전하러 돌아다녔대."

"그런 말을 들은 뒤 머리빗이라도 한 개 받으면 소중한 추억 삼아 평생을 살아가겠어요."

기와코 씨는 내 감상을 흘려보내며 슬며시 웃었다.

"아쿠타가와 류노스케가 쓴 「오토미의 정조」라고 있잖아?"

그 유명한 단편소설을 읽어본 적이 없어 대답하지 않고 다음 말을 기다렸다.

"메이지 원년인 1868년 5월 14일, 우에노 전투 전날이 배경이야. 아무도 없는 마을에 오토미라는 잡화점 하녀가 가게에 남겨진 삼색 고양이를 찾으러 돌아오는데, 이미 그곳엔 신공이라 불리는 남자 거지가 비를 피하려고 들어와 있어. 가게에는 오토미와 신공 둘뿐이야. 근데 묘한 감정을 느낀 신공이 갑자기 고양이에게 권총을 겨누며 오토미에게 말해. 고양이 목숨이 아깝다면 내 말대로 하라고. 당신, 혹시 안 읽었어?"

"네, 읽지 않았습니다."

"뒤를 이야기하지 않는 편이 좋으려나."

여러모로 강인한 기와코 씨는 왠지 이럴 때는 소심해졌다.

"얘기해도 괜찮아요."

"어쨌든 결국 오토미는 정조를 지켜내. 내일이면 세상이 바뀔 게 틀림없는 고요한 오후, 마을에는 남자와 여자, 고양이밖에 없어."

나는 다시 한번 눈을 감고 아무도 없는 마을을 상상하다가 입을 열었다.

"그 남자, 창의대 무사였나요?"

"아니, 사실 관군이었어."

"이긴 쪽이네."

"그래. 한나절 만에 승패가 결정됐지. 근처에는 창의대 무사 시체가 그대로 나뒹굴었대. 데굴데굴, 데굴데굴."

"이상한 소리, 하지 마세요."

"며칠 후 마을로 돌아온 상인과 스님이 시체들을 화장해준 모양인데, 사람 없는 간에이지조차 점점 흉흉한 곳이 돼버려서. 나중에 관군이 절 대부분을 불태워버렸대. 이곳은 공터로 변해 나라 땅이 됐지."

"관군, 아니 메이지 정부의?"

"어. 이곳은 원래 그런 피를 모두 빨아들인 땅이야."

"거기에 도쿄국립박물관이니 국립서양미술관이니 도쿄문화회관이 들어선 거군요. 아, 저 도서관도요."

"뭐, 그 사이 여러 일이 있었지만 요약하자면 그렇지."

기와코 씨는 요약하면 재미없잖아, 라는 듯한 얼굴이었다. 그녀에게 왜 우에노 도서관 역사를 자세히 공부하고 또 그를 바탕으로 글을 쓰려고(혹은 나보고 쓰라고) 마음먹었는지 물어봐도 언제나 애매한 대답이 돌아왔다. 다만 도서관뿐만 아니라 우에노 지역을 사랑한다는 사실을 알았기에 우에노를 향한 애정의 연장선이지 않을까 생각했다.

"왜냐하면 재미있으니까." 눈을 반짝이며 기와코 씨는 이렇게 말했더랬다. 누군가가 무언가를 쓰는 특별한 이유 따윈 없을지도 모른다. 그리고 기와코 씨의 이야기는 조금 달랐다. 예를 들어 이런 식으로.

도쿄서적관 시대
'나가이 가후의 아버지'

나가이 가후의 아버지, 규이치로는 분개한 나머지 의자에서 굴러 떨어질 뻔했다.

"책이 없어?"

그는 스물세 살 젊은 문부성 관료였고 직급으로 따지면 8등관이었다. 하지만 8등관이든 몇 등관이든 서적을 향한 마음은 상당히 뜨거웠다. 덧붙여 이때 규이치로는 아직 결혼하지 않아서 훗날 자신이 나가이 가후의 아버지가 될지 알 턱이 없었다.

"서적관인데 책이 없다니?"

"없는 건 아니고, 박람회 사무국이 아사쿠사로 가져갔거든. 게다가 일반 시민 열람을 금지해버린 탓에 국민에게 도서를 제공한다는 서적관 업무가 사라졌어."

동료가 미안쩍은 어조로 미래 나가이 가후의 아버지에게 말했다.

"서적관 업무가 없어지다니, 시작한 지 얼마 안 됐잖아!"

가후의 아버지, 규이치로는 그렇게 말하며 동료를 째려본다.

"나한테 말해봤자 소용없어. 박람회 사무국이 결정한 일이니까."
동료는 무료한 듯이 고개를 숙인다.

"뭐든지 박람회가 우선이지!" 규이치로는 분한 나머지 코끝을 씰
룩거렸다.

"어쩌겠어, 박람회는 저렇게 관람객이 15만 명이나 모이는 거대
한 사업이지만 서적관은 사람도 별로 안 오고 돈도 못 버니까."

어둠의 자식 취급을 당해도 어쩔 수 없잖아, 라고 이어가려던 동
료는 규이치로가 귀신 같은 얼굴로 매섭게 노려보자 뒷말을 삼킨 채
우물우물 얼버무렸다. 따지고 보면 오쿠보 도시미치가, 하고 규이치
로는 마음속으로 저주했다.

1872년 8월, 도쿄 유시마성당에도시대에 지은 공자를 모시는 사당에 일
본 최초 근대 도서관인 '서적관'이 개관했다. 한자로 '書籍館'이라 적
었다. 서적관은 원래 박물관의 덤 즉 끼워팔기였다. 서적관 개관으로
부터 거슬러 올라가 수개월 전, 유시마성당에서 일본 최초로 '박람회'
가 열렸다.

"내년에 오스트리아 빈에서 만국박람회가 열린다고 합니다. 빈만
국박람회에 '일본관'을 냅시다."

오쿠보 도시미치가 말했다.

"만국박람회!"

"만국박람회!!"

메이지 정부 요인들은 뭔가 가슴이 찌르르한지 저마다 눈을 지그시 감거나 천장을 올려다봤다. 개중에는 파리만국박람회의 화려함을 떠올리는 사람도 있었다.

"근대국가로서 만국박람회에 출전하지 않을 수 없겠어."

"근대국가다운 일본 산업의 정수를 보여주잔 말이군."

"국위선양입니다."

"불평등조약 철폐에 한 발 더 다가서겠어."

"우선 도쿄에서 예행연습을 하자."

"유시마성당 근처에서 박람회를 열면 되겠네."

그리하여 빈만국박람회를 앞두고 1872년 3월 '문부성박람회'가 개최됐다. 도쿄 한복판에서 열린 박람회는 새로운 것을 좋아하는 서민의 관심을 단숨에 끌어 15만 명에 달하는 관람객을 불러 모으며 대성황을 이뤘다. 이 문부성박람회가 영구 전시를 시행하는 박물관을 탄생시켰다. 내친김에 뒤미처 병설된 것이 '서적관'이었다. 장서 대부분은 에도 막부가 소장했던 일서와 양서였다. 서적관이 박물관과 한데 세워진 이유는 막부 말이나 메이지시대 초 서양에 다녀온 사람들 머릿속에 박물관과 도서관이 하나로 합쳐진 대영박물관 인상이 너무 강했기 때문이다.

"서적관은 박물관의 덤이 아니야!" 규이치로는 부르짖었다.

빈만국박람회가 개최된 1873년, 서적관 사업은 문부성에서 박람회 사무국으로 넘겨졌다. 이듬해인 1874년, 서적은 전부 어쩔 수 없이 아사쿠사로 이전됐고 일반 열람까지 금지됐다.

"서적은 미술품이나 공예품과는 달라!"

"접시라든가 항아리라든가 기모노라면 창고에 넣어두고 개최 기간에만 꺼내 진열해도 괜찮지만 서적은 읽히지 않으면 의미가 없어!"

"바라보기에 아름다운 것만 소중히 다루다니!"

"서적은 수수하지만 도움이 된다고!"

"에잇, 울화통 터져. 박람회 사무국에서 사업을 빼앗아 도로 문부성한테 돌려주고 사람들이 열람하는 서적관을 다시 만들어야 해!"

지각 있는 문부성 관료들이 굳은 뜻을 모아 힘쓴 끝에 서적관은 문부성 관할로 되돌아갔다. 1875년 '도쿄서적관'으로 이름을 바꾸고 유시마성당 대성전에서 새로 시작했지만, "장서는 가질게, 박람회 사무국 소장품이니까"라는 통지에 뚜껑을 열어 보니 맙소사! 책이 한 권도 없었다.

"책이 없어? 서적관인데 책이 없어?" 장차 나가이 가후의 아버지가 되는 규이치로는 분노했다.

"이-러-니-까." 규이치로는 고함쳤다.

"메이지 정부는 국위선양이나 부국강병만 생각해서 탈이야. 국민에게 책을 읽히지 않는 나라는 망한다고. 정말 중요한 건 교육이야.

생각하는 힘을 기르는 거야. 펜은 칼보다 강하다고 하잖아."

"그게 뭔데?"

동료는 어리벙벙한 표정으로 고개를 들었다.

"몰라? 펜이란 서양 붓. 붓으로 쓴 것 즉 책. 책의 힘, 언론의 힘은 무력을 이긴다는 서양 속담. 자네, 진짜 몰라?"

공부를 게을리하는군, 꾸짖는 듯한 기세로 규이치로는 힘주어 말했다. 그 뒤 규이치로의 활약은 눈부셨다. 전국에서 각 부와 현이 소유한 에도시대 장서를 가져오게 하거나 미국에서 유학생을 도와주는 관료에게 돈을 보내 양서를 사서 보내달라고 했다.

'서적관인데 책이 없다'는 굴욕적인 상태에서 말끔히 벗어나기 위해 혼자 여러 사람 몫을 하며 대활약을 펼쳤다. 도쿄서적관 관장인 하타케야마 요시나리를 대신해 모든 일을 맡아 처리한 사람은 약관 스물세 살의 관장보 나가이 규이치로였다. 왜냐하면 하타케야마 관장은 이제 그만해도 좋을 미국 필라델피아만국박람회를 시찰하러 갔다 돌아오는 길에 해상에서 병사하고 말았기 때문이다. 아무리 생각해도 원망스러운 만국박람회였다.

규이치로의 근대 도서관을 향한 열정은 이글이글 불타올랐다. 거의 없던 장서는 쑥쑥 늘어나서 7만 권을 넘어서기에 이르렀다. 만감 서린 마음을 담아 규이치로는 도쿄서적관 새로운 장서표에 이렇게 인쇄했다.

"The Pen Mightier Than The Sword(펜은 칼보다 강하다). 도쿄

서적관 1872년 문부성 창립."

규이치로 혼신의 영문이었다. 널리 만민 교육에 이바지한다는 높은 뜻을 위해 장서는 무료 공개되었다. 규이치로의 젊은 열정 아래 도쿄서적관은 전도양양해 보였다.

겨우 한순간.

고작 2년가량.

풍운은, 확실히, 실로, 갑작스레 감돈다.

대사건이 일어난 것은 1877년이었다.

"폐, 관?"

나가이 규이치로는 또다시 격분한 나머지 의자에서 굴러떨어질 뻔했다.

"폐관이라니, 무슨 말이야? 개관한 지 얼마 안 됐잖아!"

"나한테 말해봤자 소용없어. 정부가 결정한 일이니까."

그의 호통에 동료는 코끝을 긁적이며 내발뺌했다.

"나가이 씨도 영 모르진 않잖아. 지금 정부가 뭐에 쩔쩔매는지."

"뭔데? 뭐냐고?"

"그야, 사이고 다카모리 반군이지 않습니까!"

"사이고와 우리 서적관이 뭔 관계?"

"세이난전쟁사이고 다카모리를 주축으로 무사들이 메이지 신정부에 저항했던 반란으로 군비가 늘어나고 또 늘어나는 탓에 정부는 경비 절감을 위해 행정 기구를 축소할 계획이랍니다."

"뭐, 뭐라고?"

"서적관처럼 돈만 많이 들고 전쟁에 도움 안 되는 사업은 폐지하기로 한 모양입니다."

결국 의자에서 굴러떨어진 규이치로는 벌레라도 씹은 양 오만상을 찌푸렸다. 이리하여 나가이 규이치로의 꿈은 불과 2년 만에 무너졌다. 원통하도다. 사랑스러운 장서를 도쿄부에 넘겨주며 '도쿄부서적관'으로라도 존속시키려고 분주히 뛰어다니던 규이치로는 도쿄여자사범학교 3등급 교사 겸 간사로 전임되고 만다.

실의에 빠진 규이치로는 가슴에 구멍이 뻥 뚫린 기분이라 '장가나 갈까' 생각했다. 그해 스승인 와시즈 기도의 딸, 쓰네와 결혼해 고이시카와구 가나토미초에 자리 잡았다. 장남 소키치, 훗날 '단장정주인' 나가이 가후가 태어난 것은 2년 뒤 일이다.

3

나가이 규이치로와 '서적관' 이야기를 끝내고 기와코 씨
는 진심으로 동정하며 말했다.

"가엾지? 나가이 가후의 아버지."

"나가이 가후의 아버지가 안쓰럽다기보단 도서관이 안
쓰럽네요."

"어머나! 그렇지? 나도 그쪽이 더 마음이 쓰여. 당신도
인연이 깊잖아, 저기 도서관이랑."

그녀는 곧바로 국제어린이도서관을 가리켰다.

"이런 이야기뿐이야."

"이런 이야기?"

"돈이 없다, 돈을 못 받는다, 책장을 사지 못한다, 장서를 둘 수 없다. 도서관의 역사는 말이지, 가난의 역사라고 해도 과언이 아니야." 그 후 이 구절은 기와코 씨 입에서 몇 번이나 되풀이됐다.

계절마다 취재하러 어린이도서관을 다니던 시절, 날씨가 좋으면 우에노공원에서 도시락을 먹고 비가 오거나 추우면 기와코 씨네서 차를 마시고 돌아왔다. 휴대전화 따윈 없던 기와코 씨와 사전에 연락을 주고받지 않은 채 일이 끝나면 슬렁슬렁 걸어 찾아갔다. 가면 대개 그녀는 집에 있었고, 날이 좋으니 밖에 나가자거나 비가 내리니 집에 들어오라고 했다. 내 방문은 즉흥적이었기에 그녀가 외출해 없는 날도 있었다.

2층에 사는 예대생은 다니나가 유노스케라는, 어딘가 예스러운 이름을 가진 사람으로 좀체 집에 오지 않았다. 가끔 잠에서 덜 깬 얼빠진 얼굴로 계단을 내려올 때가 있었다. 유화를 전공하는 유노스케 군은 엄청나게 큰 캔버스에 뭔가를 그리는 데다 대부분 시간을 작품 제작에 쏟는 탓에 집은 잠만 자는 장소라고 생각하는 듯했다. 다만 잠자는 시간이 일반인과 상당히 동떨어졌다. 밤이든 낮이든 잠자리에 드는 시간이 일정하면 그나마 낫겠지만, 그날그날 다른 생활이라 유노스케 군과의 만남은 거의 우연에 가까웠다.

한번은 기와코 씨와 함께 근처 목욕탕에 간 적이 있다. 벌써 몇 년 전에 없어졌지만, 당시에는 매일 목욕물을 뜨겁게 데워 이웃 주민은 물론 멀리서 찾아온 관광객의 피로를 풀어주던 곳이다.

집에 욕조가 없던 그녀는 하루나 이틀 걸러 한 번, 계절에 따라서는 매일 다녔다. 다이쇼시대부터 영업한다는 그 목욕탕은 나무로 만든 탈의실 바닥과 천장이 반들반들 빛났다. 모서리가 둥근 격자천장이 희한해 감탄하며 올려다봤다. 기와코 씨는 익숙한 터라 신기해하는 내가 재미있는지 쳐다보며 웃었다. 타일 깔린 넓은 욕조가 한가운데 떡하니 자리 잡은 고급스러운 욕탕에 또 환호성을 내지르자 마치 자기 집을 자랑하듯 후지산과 쇼지 호수가 그려진 벽을 가리키며 흡족한 미소를 지었다.

"역시 목욕탕이야, 몸이 따뜻해지네." 기와코 씨는 욕조 안에서 작은 원숭이처럼 몸을 웅크리며 말했다.

"야나카로 이사 오기 전 집에는 욕조가 있었어. 근데 비좁아 답답한 데다 수돗물을 데워 쓰다 보니 나오면 금세 몸이 식어버려서 전혀 따뜻하지 않았거든. 이래저래 목욕탕이 제일이야. 대단한 사치도 아니잖아."

기와코 씨는 작고 마른 체형에 피부는 고운 황갈색이었다. 등은 약간 구부정했고 중력에 잡아당겨진 가슴은 그다지 크지 않았다. 자주 걷는 덕인지 다리는 예쁘게 탄탄했지만, 엉덩이와 무릎 주변 피부는 느질느질했다. 나이를 생각하면 당연한 일이었다. 조금 무례하게 표현하면 널빤지 조각을 연상시키는 몸매로 누군가와 닮았다고 생각했다. 어릴적 본 이탈리아 TV 시리즈 「피노키오의 모험」에 나오는 피노키오가 떠올랐다. 인간 소년이 연기하는 금발의 주인공이 아니라 제페토 할아버지가 나무를 깎아 만든 말하는 인형 피노키오와 외모가 조금 비슷했다. 다른 사람과 같이 목욕하면 으레 그렇듯 나는 그녀의 가느다란 등을 씻겨줬다. 삐쩍 마른 몸은 아니어도 겉으로 척추뼈가 또렷이 존재감을 드러냈다.

목욕을 마치고 저녁놀 계단을 올라가 절 근처 중국집에서 라면과 소프트크림을 먹었다. 원고료가 들어와 한턱내겠다고 하자 기와코 씨는 "어머, 좋아라"라며 흔쾌히 받아들였다. 기뻐하는 그녀는 무척 귀여웠고 '喜和子'란 이름이 잘 어울렸다.

조금만 먹어도 배가 부르다는 소식가 기와코 씨와 가게를 나와 닛포리역 쪽으로 향했다. 동쪽 하늘에 아름다운 보름달이 떠 있었다. 나는 JR역으로 갈 작정이었지만, 기와코 씨는 저녁놀 계단을 내려가다가 도중에 왼쪽으로 돌아가는 편이 집까지 거리가 더 가깝다면서 "저기, 봐, 달이 참 예쁘네” 하고 뒤쪽을 돌아봤다. 그곳엔 할아버지 한 분이 화난 얼굴로 서 있었다.

“어마나, 이런 곳에서!” 기와코 씨가 말했다.

“아는 사이세요?” 나는 무심코 물었다.

“아는 사이고 뭐고.” 할아버지가 으르렁거리며 대답했다. 두 사람은 잠시 바라보는 건지 노려보는 건지 서로 눈을 맞추다가 이윽고 할아버지 쪽이 끈기에 졌는지 시선을 돌렸다.

“모처럼 만났으니 어디 가서 이야기 좀 해. 괜찮으면 그쪽 아가씨도.”

먼저 눈길을 거두길래 소심한가 싶었는데 아니었다. 게다가 아가씨라는 호칭이 낯설었다. 30대 중반에 아가씨라는 소리를 듣다니, 나이 든 사람이 보기에 ‘어린아이’나 ‘어린 여자’ 부류에 속하는 걸까.

“싫은데, 배도 안 고프고.”

할아버지는 투덜거리는 기와코 씨의 작은 등을 떠밀며 “여하튼!” 하고는 눈으로 나에게 따라오라는 신호를 보냈다. 그러고는 쇼와시대가 느껴지는 좁은 아케이드 골목길로 들어가 작은 선술집 카운터에 자리를 잡았다. 할아버지, 기와코 씨, 나는 나란히 앉았다.

“그럼 난 맥주. 이 사람이 사준다니까 맘껏 시켜.”

두 사람 관계를 물어봐도 될지 어떨지 몰라 잠자코 있자

체념한 기와코 씨는 물티슈 봉지를 팡 하고 뜯으며 말을 이어갔다.

"욕조 딸린 집에 살았을 때 말이야, 내가 이 사람 정부였어."

"아, 정부?"

무방비 상태에서 그런 단어를 내뱉어서 나는 깜짝 놀라 되뇌었다.

"당신은 여전히 품위 없는 말투네. 연인이라고 말해도 되잖아."

할아버지가 구시렁거렸다. 기와코 씨가 소곤소곤 들려준 바에 따르면, 할아버지는 후루오야 호사이라는 대학교수로 우에노 히로코지 술집에서 일하던 그녀를 좋아해서 가족한테는 작업실로 쓴다고 거짓말한 뒤 대학 근처 원룸 아파트를 빌려 기와코 씨를 살게 했으며 일터도 도시락 가게로 바꾸게 해서 자주 드나들었단다.

"좋지 않았어? 오다마 같아서."

"선생이 그 집으로 정했잖아. 당신은 오다마라느니 누가 뭐래도 여긴 무엔자카라느니 떠들면서."

"오다마라고 말한 게 실수였어. 결국 난 오카다가 아니라 스에조였으니. 역할부터가 거시기해. 진짜 부아가 치민다고."

"그 이야기를 꺼낼 거면 나는 갈래요. 이미 오래전에 끝난 일이잖아."

"상대는 학생조차 아니었어. 그놈은 뭐였던 거야. 당신이란 사람은 참, 뭔 일을 할지 모르겠어."

"그러니까, 그 이야기를 계속한다면 같이 술 안 마신다고요, 알겠어요?"

기와코 씨가 돌아갈 기색을 내비친 순간 거품이 괴어오른 맥주가 나왔고 두 사람은 휴전하며 건배했다.

"당신, 뭐야, 아직도 이 근처에 살았어?"

코 밑에 맥주 거품을 살짝 묻힌 채 후루오야 선생이 야속해하며 물었다.

"어. 난 이 동네밖에 모르니까. 다른 곳으로 이사 갈 생각 없어. 우에노 언덕에서 걸어갈 만한 범위 내에서 살고 싶거든. 그보다 선생은 뭐 하러 왔어? 대학은 이미 진즉에 잘렸잖아?"

"남이 듣기 싫은 소리 좀 그만해. 정년퇴직한 거야. 오늘은 근처 출판사에 잠깐 볼일 보러 왔어."

"뭐였더라, 집에서 가까운 지바인지 어딘지 대학으로 옮겼다고 들었는데. 뭐야, 무슨 일 있어?"

"그쪽에서 무사히 해고됐답니다. 그 후로 꽤 오랜 시간이 지났잖아."

'잘렸다'는 말은 듣기 싫다면서 정년을 '해고됐다'고 표현하는 전직 대학교수는 겉모습만큼 무서운 사람은 아니었다.

기와코 씨와 사귀던 시절에는 국립대 교수였는데, 국공립은 사립보다 정년이 조금 빨라서 퇴직한 뒤에도 사립대에서 5년 더 재직하다가 몇 년 전에 정년을 맞았다고. 전공은 중국 문학이었다.

오다마 어쩌고저쩌고는 모리 오가이가 쓴 『기러기』라는 소설 이야기다. 스에조라는 고리대금업자가 오다마라는 젊은 여자를 첩으로 들인 뒤 집을 하나 빌려 살게 했고, 그 오다마가 살던 집이 무엔자카에 위치했다. 오다마는 무엔자카를 자주 지나다니는 제국대 학생인 오카다라는 남자에게 반한다. 그런 줄거리로 확실히 기와코 씨를 위해 원룸 아파트를 빌린 후루오야 선생은 어떻게 생각해도 오카다가 아니라 고리대금업자 스에조 역할이다.

기와코 씨가 무엔자카에 산 것은 4년 남짓. 선생과 사이가 나빠진 시기와 선생 부인에게 불륜이 들통난 시기가 거의 같아서 관계를 깨끗이 정리하고 그 집에서 나왔다. 선생은 자못 근면한 대학교수 작업실답게 책 투성이인 원룸을 아내에게 보여주며 "봐, 잠잘 곳도 이 딱딱한 소파밖에 없잖아. 애인은 무슨! 어이없네. 이제 그만 좀 해"라고 소리쳐 무사히 위기를 넘겼다.

기와코 씨가 대학교수의 애인이었던 일은 물론 예전에 히로코지 술집에서 일했고 그 후 도시락 가게에서 아르바이트를 했으며 '학생조차 아닌' 인물과 연애 비슷한 감정에 빠져 대학교수와의 관계를 정리했다는 것 모두 처음 듣는 소리였다. 결혼한 적이 있다고 말하긴 했는데 도대체 결혼 생활은 언제였던 건지, 도통 알 수가 없었다.

"난 말이야, 당신이 그런 남자와 그렇게 될 줄 몰랐어."

처음부터 그 얘기 말고는 할 맘이 없는지, 선생은 기와코 씨의 제지 따위는 귓등으로 흘리며 자꾸 말을 늘어놓았다.

"그런 사이 아니었어요. 선생 혼자 멋대로 질투해서 소란 피웠을 뿐이야."

"당신, 돈 없는 남자 좋아하잖아. 뭐, 대학교수도 그렇게 마음대로 쓸 만큼 돈이 많지 않아. 근데, 당신은, 이쪽 역시 있을까 말까……."

더 말해봤자 더 비참해질 뿐이라고 생각했을까, 선생은 어깨를 으쓱하더니 입을 다물었다. 기와코 씨는 자, 자, 하며 뜻밖에 요염한 몸짓으로 술을 따라줬다. 그런 몸짓 하나로도 남자라는 인종은 아무리 심한 일을 당해도 원한이 사라지는지 무척 부드러운 눈빛으로 그녀를 바라봤다.

"당신이라는 사람은." 이 말을 끝으로 조용히 술만 들이켰다. 우리는 밤 10시께까지 술을 마신 뒤 닛포리역에서 꽤 먼 지바 어딘가 집으로 돌아가는 선생을 배웅했다. 그때 어쩌다가 다음 주 주말에 유시마성당에서 열리는 행사에 같이 가기로 약속했다. 선생이 『산해경』이라는 중국 괴물 백과사전 같은 책 강의를 한다며 초대했다.

"당신, 유시마성당 좋아하잖아? 나란 남자와 사귄 것도 성당에 관심이 있어서지? 내가 가끔 그곳에서 강의한다는 사실을 알고 말이야." 선생이 치근덕거리자 기와코 씨는 딱 잘라 거절을 못 하겠는지 나와 함께 가겠다고 말했다.

휴일에 일부러 약속을 잡고 기와코 씨를 만난 것은 그날이 처음이었고, 이후로도 거의 없었다. 아마 계절은 초봄으로 기와코 씨는 복숭아색 카디건 차림이었으리라. 여름에는 티셔츠, 가을과 겨울에는 패치워크 코트, 봄에는 복숭아색 카디건을 자주 입었다. 그녀는 파리지앵은 아니었지만 옷을 열 벌 정도밖에 갖고 있지 않았다. 그나마 자루 같은 헐렁한 치마는 두꺼운 원단과 얇은 원단으로 두 벌 있었다.

오차노미즈역에서 만나 히지리 다리를 건너 아이오이자카를 내려갔다. 유시마성당 부지 안에 오래된 근사한 건물이 있는데, 문화센터로 사용하는 모양인지 입구에 '후루오야 호사이 선생 특별 강의 『산해경』의 세계'라고 적힌 포스터가 붙어 있었다. 후루오야 선생이 갖가지 괴물 그림을 보여주며 무슨 이야기를 했는지는 까맣게 잊었지만, 지루해하는 기와코 씨와 둘이 몰래 필담한 내용만큼은 또렷이 기억난다.

─선생과 사귄 건 언제쯤?

─7, 8년 전. 아니 10년 전쯤인가.

그녀는 잠시 뜸을 들이더니 덧붙였다.

─젊었어. 50대.

속으로 50대가 젊은 건가, 생각했다. 지금 돌이켜보면 50대인 기와코 씨는 충분히 젊고 매력이 넘쳤을 게다.

─후루오야 선생과 헤어진 이유였던 남자는 어떤 사람?

─야마모토 가쿠라는 배우를 닮았어.

─직업은?

─우에노공원의 노숙자 씨.

─진짜?

─아무 일도 없었어. 플라토닉러브.

─플라토닉러브!

─인텔리.

─기와코 씨, 인텔리에 약해?

─약해.

─인텔리라면 내가 있잖아, 라고 선생은 생각할걸.

─그러더라.

─화날 만하네.

─미남이었어.

─후루오야 선생, 진짜 화날 만하네.

—좋은 사람이었어.

—기와코 씨, 돈 없는 사람 좋아해?

—아니.

—저번에 후루오야 선생이 그랬잖아?

—노숙자라서 좋아한 게 아니야.

—신경 안 쓰였어?

—뭐가?

—노숙자잖아.

—그야, 우에노니까.

—?

—우에노는 옛날부터 그런 곳.

—그런 곳이라니?

—다양한 사람을 받아들이는, 마음이 넓은 곳.

우에노는 마음이 넓다. 다양한 사람을 받아들인다. 이 말도 그녀에게서 몇 번이나 들었다. 도서관에 돈이 없다는 이야기만큼이나. 기와코 씨다운 설명이었다. 노숙자라서 좋아한 게 아니라고 말했어도 어쩌면 그 노숙자 남성이 매우 '우에노적'으로 느껴졌을지도 모른다.

요 몇 년 들어 보기 힘들지만, 당시 우에노공원에는 파란색 비닐 시트로 덮인 노숙자 집이 많았다. 높은 분들이 우에노에서 미술 전시회나 콘서트를 관람할 적마다 눈에 띄지 않도록 골판지 하우스를 접어 리어카에 가득 싣고 줄줄이 이동하는 기묘한 광경이 펼쳐졌다. 기와코 씨와 함께 우연히 한 번 본 적 있었다.

"왕족이 오든 누가 오든 그곳에 있다면 그냥 보여주면 되잖아. 저 사람들 집인데 쫓아내다니 무례하네." 그녀는 불같이 화내며 단호하게 말을 했더랬다.

"여기는 우에노야. 언제나 집 없는 사람, 친척 없는 사람을 받아들였어. 마음이 넓은 곳이야. 우에노는 그런 곳이라고."

노숙자 남성과 기와코 씨는 우에노공원에서 처음 만났다. 잡지나 헌책을 모아 헌책방에 팔아 하루하루 먹고살았음에도 그는 재미있어 보이는 책이 있으면 기와코 씨에게 선뜻 건넸다. 그의 구역이던 야나카와 혼고 주변은 오래된 집이 많고 집주인이 대부분 고령자라서 종종 보물이 잔뜩 버려졌고, 그럴 때는 꽤 두둑한 돈벌이가 기대됐다. 사실 기와코 씨 집에 듬직이 놓인 멋진 '히구치 이치요 전집'은 노숙자 남성이 어디선가 주운 것이었다. 팔면 제법 값이 나갔을 텐데.

"나, 이치요 전집, 예전부터 갖고 싶었어."

이 한마디에 끌려 그는 기와코 씨에게 홀딱 빠졌던 걸까.

기와코 씨 집에 헌책과 헌 잡지가 하나둘 늘어나자 감이 좋은 후루오야 선생은 뭔가 이상한 낌새를 알아챘다. 어느

날 교수회에서 몰래 빠져나온 오후, 옛날 옛적 성실한 중학생처럼 한껏 들떠 헌책 이야기를 나누는 두 사람을 우에노 공원 벤치에서 발견했다. 불끈한 선생은 느닷없이 상대 남자에게 덤벼들었다. 거의 폭력 사태가 일어날 뻔한 순간, 골판지 하우스에서 나온 다른 노숙자들이 뜯어말려 겨우 끝이 났다. 그 후 기와코 씨와 후루오야 선생, 둘 사이는 완전히 틀어졌다.

공자님 활약,
도쿄부서적관 시대

도쿄서적관은 국가가 전쟁 비용을 마련하려고 문화 기관을 '폐지'한 첫 슬픈 선례로 일본 근대사에 새겨지고 말았다. 펜은 깨끗하게 칼에 졌다.

폐관에 내몰린 도쿄서적관은 나가이 규이치로의 동분서주, 직원들의 눈물겨운 노력으로 말미암아 '도쿄부서적관'으로 살아남았다. 이때 직원들의 표어는 "하루라도 문을 닫지 말자"였다. 도서관을 이용하고 책을 열람하는 이들에게 지장이 없어야 하기에 도서관 업무를 '하루도' 게을리하지 않았다. 중앙정부에서 지방정부로의 이관은 마치 어느 날 갑자기 달랑 간판만 바꿔 단 듯이 진행하는 것을 목표로 이루어졌다. 실제로 그들은 그 일을 해냈다.

1877년 5월 4일 도쿄서적관은 막을 내리고, 다음 날인 5월 5일 아무 일 없는 양 도쿄부서적관이 문을 열었다. 문제는 애석하게도 도쿄부에는 돈이 없었다. 국가 예산으로 마련하던 경비를 지방세로 꾸려가는 부 재정에서 조달하다니, 쥐에게 마차를 끌라는 이야기나 다름없었다.

돈이 없다.

책을 못 산다.

의욕이 떨어진다.

기분이 울적하다.

그해 8월, 우에노공원에서 요란한 선전과 함께 제1회 내국권업박람회가 열렸다. 회장에는 미술본관, 농업관, 기계관, 원예관, 동물관이 세워져 연일 격찬하는 사람들로 붐볐다. 당연히 박람회를 매우 좋아하는 오쿠보 도시미치가 주도했다. 식산흥업 만세! 장하다, 일본. 간에이지 옛 본방 대문 위에는 대형 시계가 걸렸고 공원 입구에는 10미터나 되는 미국식 풍차가 들어섰으며 도쇼구 신사 앞부터 공원까지 수천 개 초롱이 줄지어 달렸다. 박람회는 변함없이 화려했다.

한편 도쿄부서적관은 1877년, 1878년 시간이 지날수록 안타깝게도 점점 가난해졌다. 서적관 직원들은 이래서는 안 되겠다고 생각했다. 분위기를 고조시켜야 한다. 도쿄부서적관을 부흥시켜야 한다. 도쿄서적관 건물을 그대로 물려받아 간판만 바꾼 도쿄부서적관은 운좋게도 유시마성당 대성전에 자리했다. 유시마성당 대성전 하면 아주 훌륭한 공자묘가 있었다. 원래 하야시 라잔이 우에노 시노부가오카성당에 안치한 것을 1690년 5대 쇼군인 도쿠가와 쓰나요시가 유시마로 옮겨온 터라 역사가 깊었다. 이 공자묘는 지금까지 일반에게 공개된 적이 없었다.

'이것은 보물이다!' 서적관 직원들은 생각했다.

'공자묘를 공개하면 도쿄부서적관 명성이 높아질 게 틀림없다.'

바지런한 서적관 직원들은 1879년 정기 휴관일인 3월 15일을 관내 참관일로 정하고 특별히 문을 열었다. 도서관 이미지 제고라는 임무는 엄청난 성공을 거뒀다.

작은 사당에 모셔진 공자님.

양옆에는 제자인 맹자, 증자, 안자, 자사.

빽빽이 늘어선 서가 안쪽으로 지적 풍모를 드러내는 유학자들을 들여다보며 사람들은 탄성을 내질렀다. 호평에 고무된 서적관 직원들은 마찬가지로 정기 휴관일인 9월 15일에도 큰맘 먹고 특별 관람을 허용하고 아악 공연을 추가했다.

화족과 명사를 비롯해 저명인, 청나라 공사까지 초대했기에 수많은 관람객이 이른 아침부터 몰려들어 장사진을 쳤다. 과거 창평판학문소에서 유학을 공부한 노학자들은 대성전에서 공자님 모습을 직접 알현할 뿐만 아니라 이렇게 많은 사람에게 존귀한 공자님 얼굴을 추앙할 기회를 준 도쿄부서적관의 깊은 배려에 크게 기뻐했다.

"메이지시대 이래 유럽화, 유럽화만 강조해서 줄곧 우울했는데

해님이 확 비치는 것 같아요."

문득 서적관 직원들은 깨달았다. 많은 사람이 공자님을 보러 오는 일과 부민들이 서적관을 이용하는 일은 전혀 상관없지 않은가. 그들 마음속 어딘가에 박람회를 향한 승부욕이 자리 잡고 있었는지도 모른다. 돈이 없고 책이 늘어나지 않는 한 도서관의 패배인 것을.

"도쿄부가 서적관을 맡다니 애초부터 엉망진창이다."

"역시 국가가 제대로 운영해야 한다."

"문부성은 어떻게든 해봐라."

여기저기서 볼멘소리가 터져 나왔다. 그리하여 1880년 7월, 도쿄부서적관은 업무를 다시 문부성으로 넘기고 3년여 만에 허둥지둥 막을 내린다.

4

유시마성당 부지 내 오래된 건물 교실에서 『산해경』 강의를 끝낸 후루오야 선생은 기와코 씨와 나를 데리고 서둘러 밖으로 나왔다.

"자, 여러분은 도서관이던 대성전을 보고 싶으시겠죠?"

기와코 씨의 등을 밀며 선생은 크고 멋진 대문을 빠져나갔다. 눈앞에 굵고 커다란 회화나무가 한 그루, 그 오른쪽에 거대한 공자상이 보였다. 높은 담장이 간선도로와 성당 부지를 가로막은 덕에 도심 같지 않았다. 울창한 나무들 사이로 납작한 돌을 밟고 가다 보면 입덕문이라는 근사한 문에 다다른다. 그곳을 지나 돌계단을 오르면 행단문이라는 또

다른 문이 기다린다. 행단문은 문만 있지 않고 좌우로 길게 뻗은 회랑이 있다. 회랑은 안뜰을 둘러싸며 정면 '대성전' 현판이 걸린 건물로 이어진다.

대성전에는 공자묘가 없었고 내부는 텅 비어 넓었다.

"아, 이 사람 말이야, 우에노 도서관 기사를 쓰고 있어."

기와코 씨는 문득 생각났는지 그제야 나를 후루오야 선생에게 소개했다.

"우에노 도서관 기사가 아니에요, 국제어린이도서관 기사입니다."

후루오야 선생은 정정하는 내 말을 흘려들으며 기와코 씨에게 물었다.

"여전히 당신 관심사는 그 도서관인가?"

그러고는 이번에는 나를 바라보며 유시마성당 역사를 이야기했다.

"우에노로 이전하기 전에는 대성전이 관립도서관 1호였어."

입덕문, 행단문, 선성전 등 건물은 원래 우에노 시노부가오카에 있던 것을 도쿠가와 쓰나요시 시대에 유시마로 옮겼고 선성전은 대성전으로 이름을 바꿨다. 이후 유시마성당은 간세이 연간에 창평판학문소 시설이 됐다. 후루오야 선생은 "주자학이 관학이 됐지?", "간세이 이학의 금寛政異学の禁, 기억해?" 같은 내 수험 지식의 불확실성을 실감하는 질문을 자

꾸 던졌다. 아무리 나라도 '창평판학문소'란 이름 정도는 시대극에서 봐서 알았기에 "도쿄대학의 전신이죠?"라고 얕은 지식을 뽐내며 장단을 맞춰줄 작정이었는데, 이게 무슨 제 무덤을 제 손으로 판 꼴이었다.

"바보! 뭔 소리야, 아니야."

후루오야 선생의 솔직한 말에 나는 적잖이 충격을 받았다. 옆에 있던 기와코 씨는 눈을 동그랗게 뜨고 내 등을 살며시 어루만졌다. 고작 두 번 만난 사람에게 바보라는 말을 들을 줄은 몰랐기에 꽤 내상이 깊었지만, 확실히 바보라는 말을 들어도 싼 헛소리였다.

"애초 도쿄대의 실패는 창평판학문소를 계승하지 않은 데 있어. 왜 사람들은 정확히 알려고 하지 않는 걸까."

선생이 기세 당당하게 일본에서 가장 유명한 대학을 느닷없이 '실패'라고 단정 지어 나는 당황스러웠다.

"원류의 하나라며 어물쩍 넘어가곤 하는데 말이야. 그건 원류가 아니야, 지류에 불과해. 도쿄대의 원류는 막부가 세운 천문방과 종두소야. 요컨대 이학부와 의학부. 문제는 인문이란 발상이 처음부터 없었다는 거야. 게다가 메이지시대는 세상없어도 서양 학문을 배워야 한다고 부르짖던 시대잖아. 창평판학문소가 추구했던 학문은 철학이야. 인문학이야. 대학이란 동서고금을 막론하고 인문학에서 비롯되는 게 기본이건만. 철학이 빠진 이학과 의학에 무슨 발전이 있겠어, 의미가 있겠어?"

공자님을 모신 전당에서 기세가 오른 후루오야 선생은 흥분해 한바탕 떠들어댔다.

"여하튼 서둘러 서양을 배우자는 생각으로 관립대학을 세우고 그 이전 학문과 분리해버렸어. 근대 국가 체제를 구축해야 했기에 그나마 법학은 중시했지. 그다음 의학, 부국 강병과 식산흥업을 위한 공학. 이렇게 실학만을 중시하는 대학이 탄생한 거야. 거듭 말하지만 학문의 기본은 인문학이야. 생활에 도움 되는 뭔가를 만드는 학문은 필요하지만, 그 바탕에 인간이란 존재를 철저하게 고찰하는 철학 소양이 없으면 안 돼. 알겠어? 당신도 기자라면 이런 얘기를 기사에 담아."

기사라고 해봤자 어린이도서관 리포트 외에 정보지에 도내 라면집 순위와 지도를 작성했기에 후루오야 선생의 숭고한 인문 예찬을 담을 수가 없었다. 물론 선생은 그런 사정 따윈 관심 없을 게 뻔했다.

선생은 유학과 한학을 익히는 학문소가 메이지시대 이후 국학과 신앙에 중점을 둔 기관으로 개편됐다는 둥 이런 저런 불만을 거침없이 연신 쏟아냈다. 그 사이 기와코 씨는 태평스레 뒷짐을 진 채 검고 멋진 회랑 기둥을 위아래로 훑어보며 나름 성당 관광을 즐겼다.

"대성전을 서고로, 회랑에 책상과 의자를 나란히 놓아 열람실로 썼대. 여름엔 시원했겠지만 겨울엔 추웠을 것 같아."

기와코 씨는 기둥을 톡톡 두드렸다. 봄바람에 그녀의 헐렁한 치마가 불룩해졌다가 오므라들었다.

"유시마성당이 일본 최초 근대 도서관일 때 드나든 이들 가운데 가장 유명한 사람이라면 나쓰메 소세키와 고다 로한이려나."

전직 대학교수는 시험 감독인 양 묘한 눈빛으로 나를 쳐다보며 말했다. 정년퇴직해도 학교 선생이란 인종은 자기보다 어린 사람에게 성적을 매기려는 태도가 없어지지 않는 걸까, 이쪽이 삐딱하게 받아들이는 줄도 모르고 그는 말을 이었다.

"나는 말이야, 여기서 어린 로한과 만나 친구가 된 뒤 이하라 사이카쿠 책이 재미있다는 사실을 알려준 아와시마 간게쓰를 좋아해. 지금은 거의 읽히지 않는 작가지만. 메이지시대가 좋은 점은 뭐랄까, 터무니없이 취미에 몰두하는 사람이 살았다는 거야."

이야기는 아와시마 간게쓰가 무척 박학다식하고 대단한 교양인이었음에도 메이지시대 이데올로기였던 입신출세를 단호히 등진 채 유럽화 정책과 독특한 거리를 유지하며 얼마나 즐거운 인생을 보냈는지로 흘러갔다. 과연 오랫동안 교편을 잡은 만큼 선생의 강의는 그럭저럭 흥미로웠다. 하지만 더 인상적이었던 장면은 대성전 검은 기둥에 귀를 갖다 대고 뭔가 전설이 흘러나오는 것처럼 가끔 미소를 짓거나 눈을 동그랗게 떴다가 감았다가 하는 기와코 씨의 모습이었다. 그때 그녀는 뭐에 반응했던 걸까.

"뭐, 단것이라도 먹고 갈까. 당신, 단것 좋아하잖아."

잇따른 강의에 지친 후루오야 선생을 따라 우리는 조금 걸어 간다 스다초에 있는 다과점에 들어갔다. 오래된 팔작지붕 건물은 주변 다른 오래된 요릿집과 어우러져 특별한 분위기를 자아냈다. 나와 기와코 씨는 수수팥죽, 선생은 단팥죽을 주문해 근사한 공간에서 느긋하게 맛보는 단맛에 집중했다.

돌아가는 길에 후루오야 선생은 두 여자에게 기념품을 챙겨주는 일도 잊지 않았다. 고리타분한 할아버지긴 해도 꽤 멋있는 신사였다. '인텔리'라서만이 아니라 저런 면이 50대 기와코 씨에게 매력적으로 보였겠다고 생각했다.

"오랜만이네, 아게만쥬."

기와코 씨는 빙그레 웃으며 건네받았다. 가게를 나오며 선생이 당신은 어떨지 모르겠지만 이게 진짜 아게만あげまん 남자의 운을 올려주는 여자를 일컫는 속칭 어쩌고저쩌고하는 지성보

다 나이가 느껴지는 시답잖은 개그를 던졌다. 순간 내 마음 속에서 모처럼 올라간 평가가 무참히 떨어졌다. 선생은 아키하바라역에서 JR을 타고 지바로 돌아간다며 갔고, 우리 둘은 언덕을 천천히 올랐다. 기와코 씨도 지요다선이 좋다고 하고 나도 오차노미즈 방면으로 가는 편이 돌아가기 편했다.

"어릴 적 유시마성당에 온 적 있어."

기와코 씨가 돌연 입을 열었다.

"참배하러요?"

"아니, 다른 일 때문에 온 김에. 오빠랑."

분명 기와코 씨는 그렇게 말했다.

"오차노미즈에 말이야, 전후 제법 큰 판자촌이 있었어."

기와코 씨가 뜻밖의 말을 꺼냈다.

"판자촌?"

"응. 막 전쟁이 끝난 뒤라 여기저기 판자촌이 생겼어. 우에노에도 있었고. 아사쿠사에는 더 큰 판자촌이 있었지. 공습으로 집을 잃은 사람들이 비를 피하려고 지은 거야. 오차노미즈역 근처였나, 벼랑 끝 비슷한 곳이었어."

"와, 지금은 온데간데없잖아요."

"오빠가 그 판자촌에 사는 사람을 알았거든. 일 때문인지 뭣 때문인지 만나러 가는 길에 잠깐 들러보자고 해서 유시마성당에 갔었어.”

“대성전은 그때 어땠나요?”

“음, 어땠더라. 주변이 불타버려 허허벌판이었어. 지금이랑 완전 달라. 이렇게 깨끗하지도 않았고. 아무튼 어린아이 눈에는 왠지 조금 무서웠어. 건물이 더 거대해 보였거든.”

“기와코 씨의 어린 시절은 그런 시대였구나.”

“그래, 난 전쟁 중에 태어났으니까.”

“태어나고 자란 곳이 우에노인가요?”

“어마나, 아니야.”

기와코 씨는 깜짝 놀라며 발걸음을 멈추고 이쪽을 바라봤다.

“어? 아니에요? 난 당연히······.”

“아니야, 내가 태어나고 자란 곳은 규슈야.”

“규슈? 태어난 곳도 자란 곳도?”

“응. 이쪽으로 나온 건, 그러니까.”

기와코 씨는 미간을 찌푸리며 고개를 갸웃거렸다.

“그래, 도쿄에 온 지 17, 18년쯤 되려나.”

신오차노미즈역에 도착해 그럼 또 봐, 하고 헤어졌는데 어쩐지 석연치 않은 기분에 휩싸였다. 여태껏 난 그녀를 도쿄 본토박이라고 믿어 의심치 않았다. 이때 기와코 씨에게서 ‘오빠’와 ‘판자촌’ 이야기도 처음 들었다. 그녀에게 있어

'도서관'만큼이나 중요한 두 가지 키워드. 나중에 자세히 알게 됐지만, 당시에는 너무나 담백한 대화 중에 나온 말이라 크게 신경 쓰지 않았다. 다만 기와코 씨가 우에노 출신이 아니라는 사실이 의외였다. 언젠가 기회가 생기면 좀 더 물어봐야겠다고 생각하며 그날은 헤어졌다.

도쿄도서관 시대
'간게쓰와 로한'

이때껏 갖가지 일을 해봤지만

죽는 것은 이번이 처음이라네

– 아와시마 진가쿠

도쿄서적관→도쿄부서적관→도쿄도서관. 유시마성당 내 도서관
은 이렇게 이름을 바꾼다. 1872년부터 1885년까지의 일이다.

　명신문으로 들어가 납작한 돌을 밟고 입덕문을 지나 돌계단을 오
르면 행단문 앞 대출 접수처가 보인다. 공자묘가 자리한 대성전은 바
로 정면. 서가가 빈틈없이 들어차 있고 도서관 직원이 서고를 드나든
다. 거기서부터 좌우로 회랑이 쭉 뻗어 나가 행단문까지 이어지는데,

그 좌우 회랑이 열람실이다. 이용자들은 열람실 독서대에 빌린 책을 올려놓고 의자에 앉아 책장을 넘긴다.

독서를 좋아하거나 학문을 즐기는 이용자들은 하나같이 책에 몰두하느라 해가 진 줄도 모른다. 주변이 어두워져 글자가 보일락 말락 읽기 힘들 즈음 사환이 조용히 다가와 책상 위에 초를 슬며시 내려놓는다. 그제야 어, 벌써 저녁녘이구나 알아차린다. 다행히 폐관까지는 아직 시간이 남았으니 촛불에 의지해 책을 계속 읽는다.

마침 도쿄부서적관이 다시 문부성 관할로 돌아가 '도쿄도서관'으로 이름을 바꿨을 무렵, 뻔질나게 드나들던 한 남자가 있었다. 바쿠로초 과자 가게에서 태어나고 자랐지만, 1877년 자택이 화재로 전소된 탓에 간다 묘진자카에 새로 지은 집으로 옮겨온 참이었다. 그리고 자기 집 곳간만큼 가까운 곳에 일본 제일의 서고가 있다는 사실을 알고 찾아왔다. 원래 형의 영향으로 책을 좋아하는 그, 아와시마 간게쓰는 도서관에서 『연석십종』을 바지런히 필사하는 기묘한 일을 시작했다.

『연석십종』은 에도시대 풍속과 진담과 기담을 모은 수필집으로 안세이에서 분큐 연간에 걸쳐 제작된 고서였다. 산토 교덴이나 오타 난포가 쓴 수필을 포함해 60권에 달하는 책을 매일매일 고지식하게 베껴 쓰는 스무 살 전후 남자는 상당히 색다른 존재라 눈에 띄었다.

같은 시기에 도서관을 날마다 찾아오는 또 다른 남자가 있었다. 이쪽은 남자라기보다는 아직 소년으로 이름은 고다 시게유키, 훗날 고다 로한이다. 로한은 한게쓰와 대조적으로 여하튼 도서관에 있는 책이라면 무엇이든 다 읽었다. 가정 형편상 부립제일중학교(지금의 히비야고등학교)와 도쿄영어학교(지금의 아오야마학원)를 중퇴해야 했던 로한은 억누를 수 없는 학구열을 유시마성당 내 도서관에서 발산했다.

매일매일 다녔다. 자신은 번갈아 가며 빌린 책을 읽고 돌려주고 또 빌리고 돌려주며 이 책 저 책 마구잡이로 읽어대는데, 옆에 연상의 남자는 판에 박은 듯이 『연석십종』을 빌려 읽기보다는 그대로 베껴 쓰기만 했다. 이미 사서들은 익숙한지 한게쓰가 오면 가만히 『연석십종』의 다음 권을 내민다. 그도 말없이 받아 들고 그저 베끼기만 한다. 그 모습이 무척 흥미로워 어린 고다 로한은 한게쓰에게 별명을 붙였다. 연석십종 선생.

"저기, 연석십종 선생이라고 불러도 될까요?" 로한은 한게쓰에게 물었다.

"좋아." 한게쓰가 대답했다. 두 사람은 친구가 됐다.

"왜 그걸 베껴 쓰는 거야? 재미있어?"

"응, 재미있어. 산토 교덴 글이 엄청 재미있어! 지금 이런 에도시대 오락물을 닥치는 대로 사 모으는 중인데, 『연석십종』은 여기밖에 없거든."

로한은 한게쓰의 틀어 올리지 않고 짧게 깎은 머리를 바라봤다.

"연석십종 선생 집에는 에도시대 오락 문학이 잔뜩 있어?"

"어, 있어."

"보러 가도 돼?"

"좋아."

그리하여 로한은 한게쓰 집을 찾았다. 에도시대 수필을 통째로 베껴 쓰길래 에도 문화를 좋아하는 사람인 줄 알았는데, 아니었다.

"먹을래?"

연석십종 선생은 눈이 휘둥그레진 로한에게 비스킷을 내밀고 커피를 내려줬다.

"잘 먹을게."

로한 소년은 얌전하게 비스킷을 손에 집어 들었다.

"나, 말이야. 미국인이 되고 싶어서."

연석십종 선생은 비스킷을 아작아작 씹어 먹으며 말했다.

"얼마 전까지 완전히 심취해서 말이야. 머리카락을 탈색해 빨갛게 염색할까, 눈은 어떻게 하면 파랗게 변할까 이래저래 궁리했어. 집 기둥을 둥글게 깎아 하얗게 칠하고 창문에 커튼을 친 채 침대에서 잠을 잤지."

"침대?"

"서양식 잠자리야. 나, 한번 결정하면 철저하게 하거든. 그쪽으로 건너가서 그럴 작정이었어."

"미국인?"

"응. 그러다 갑자기 떠올랐어. 그쪽에 가면 일본에 대해 이것저것 물어보지 않을까. 무얼 먹는지, 무얼 입는지, 어떤 생각을 하는지. 그러면 대답해야 하잖아? 근데 잘 모르겠더라고. 일본이란 나라를. 난,

안세이 연간에 태어났지만 철이 들었을 땐 메이지시대였어. 유럽화 시대였으니 한학보다 영어를 먼저 배웠지."

"영어, 할 줄 알아?"

"뭐, 비교적 좋아해서 핼리 퍼키스 선생에게 배웠어. 미국인이 되고 싶어서."

"그럼 미국인이 되려고 『연석십종』을 베껴 쓰는 거야?"

"응, 그래. 아니, 처음엔 그랬는데. 읽어보니 재미있는 거야, 에도 문학이. 지금 정말 읽고 싶은 작가는 이하라 사이카쿠야."

"모르겠네."

"없으니까, 어디에도. 에도시대 오락 문학은 개국 이래로 박해받아 죄다 버려졌거든. 이제 찾으려야 찾을 수 없어. 산토 교덴이 쓴 『골동집』에 적혀 있더라, 이하라 사이카쿠의 『호색일대남』이 무지 재미있다고. 나, 그 책을 읽기 전까지는 미국인이 되지 않아도 돼."

"그, 이하라 뭐라고?"

"이하라 사이카쿠."

"이하라 사이카쿠 책, 손에 넣으면 빌려줄래?"

"좋아."

"난 말이야, 이 세상에 존재하는 책이란 책은 전부 읽고 싶어!"

로한 소년은 콧구멍을 벌름거렸다. 한게쓰가 실제로 이하라 사이카쿠 책을 손에 넣은 것은 좀 더 시간이 흐른 뒤였다. 도쿄도서관이 우에노로 이전하자 한게쓰는 유시마성당 시절만큼 자주 도서관에 가지 않았다. 그래도 아와시마 간게쓰와 고다 로한의 우정은 계속 이어졌다. 간게쓰는 로한과 그의 친구인 오자키 고요에게 이하라 사이카쿠를 추천하며 읽어보라고 책을 빌려줬다. 아와시마 간게쓰가 이하라 사이카쿠를 발굴하지 않았다면, 로한과 오자키 고요가 이하라 사이카쿠 책을 탐독하는 일은 없었다. 이 과자 가게 아들이 없었다면, 일본 근대 문학사는 송두리째 달라졌을 터였다.

책이라면 뭐든지 읽어버리는 고다 로한은 별명 짓기를 즐겼다. 연석십종 선생 외에 별명을 증정한 인물이 있었다. 학문에 뜻을 둔 시기가 보통 사람보다 늦어 대학에 입학할 때 다른 학생보다 대여섯 살이나 많던 좀 신경질적인 남자로, 로한은 그에게 '대기만성 선생'고다 로한이 쓴 소설 『관화담』의 주인공이라는 별명을 붙였다.

대기만성 선생은 간다 니시키초 도쿄대학에서 유시마성당까지 걸어와서 아와시마 간게쓰나 고다 로한처럼 매일 골똘히 독서에 몰두했다. 열심히 또 열심히 읽은 끝에 결국 읽다 지쳐 신경쇠약에 빠졌다. 그래서 도쿄를 떠나 오슈로 요양을 갔다. 산사에 숙소를 빌려 지내다가 큰비가 쏟아져 더 깊은 산속 초암으로 피난한 순간 램프 불빛에 흔들리는 옛 그림 속으로 빨려 들어갈 뻔한 기묘한 체험을 하는데, 이건 또 다른 이야기다.

같은 무렵, 로한과 동갑내기 소년 나쓰메 긴노스케도 유시마성당 내 도서관에 다니며 오규 소라이의 『겐엔십필』을 무턱대고 필사했지만 이때 두 사람은 스쳐 지나갔을 뿐 만나지 못했다. 따라서 로한이

나쓰메 긴노스케, 훗날 나쓰메 소세키에게 '겐엔십필 선생'이라는 별
명을 붙였다는 기록은 없다.

아와시마 간게쓰는 방대한 장서 수집 외에도 세계 각국 장난감을
모으거나 에도 풍속 글을 쓰거나 멋대로 여행을 다니며 살았다. 그러
다 범운암이라 이름 붙이고 살던 무코지마 집이 간토대지진으로 불에
타서 모든 수집품을 잃었다. 잃어버린 그날 또다시 새로운 장난감을
사들이는, 굴하지 않는 인생을 보내다가 2년 후쯤 귀적에 들었다.

첫머리에 적은 노래는 간게쓰의 아버지로 역시나 취미를 즐겼던
화가 아와시마 진가쿠가 죽기 전에 남긴 기분 좋은 절명사인데, 아들
도 아주 유쾌한 절명사를 읊었다.

바늘산 경치 구경하고 싶기도
극락 연꽃 위 올라타고 싶기도

– 아와시마 간게쓰

5

그때 나는 고이시카와식물원 근처에 방을 빌려 살았다.
센카와 거리 대로변에 위치한 아파트로 제법 교통량이 많
은 곳이라 소음이 끊이지 않았다. 인근 인쇄 관련 작은 회사
들이 아침부터 바쁘게 돌아가며 잘각잘각 기계 소리를 내는
데다 벽이 얇고 날림으로 지은 탓에 그리 살기 좋은 집은 아
니었다. 하지만 샛길로 들어서면 회색 콘크리트 담벼락을 따
라 초록빛 식물원이 엿보이고 공장이라 부르고 싶은 작디작
은 인쇄소와 제본소가 늘어선 풍취가 마음에 들었다. 오쓰
카 쪽으로 조금 걸어가면 교도인쇄 앞 하리마자카에 봄이면
벚꽃이 아름답게 피었다. 뭣보다 식물원에 가면 주위에 높은

건물 없이 한가로이 삼림욕을 즐기며 시간을 보낼 수 있었기에 임대주택의 불편함 따위 눈감아줄 만했다.

"나, 고이시카와식물원에 갈까 하는데 같이 갈래?" 어느날, 기와코 씨가 헐렁한 치마 주머니에서 구겨진 종이 한 장을 꺼내며 말했다. 신문 기사 스크랩인지 그 복사본으로 '푸른 용설란, 70년에 한 번 피는 꽃'이란 제목이 보였다.

"이게 뭐예요?"

"몰라, 그냥 집에 떨어져 있었어."

"떨어져 있었다고요? 이 종이가?"

"응, 영문은 모르겠지만. 굉장하지 않아? 70년에 한 번 꽃이 피다니."

"뭐, 그렇긴 하죠."

"당신 집, 고이시카와식물원 근처 아니었어?"

"가까워요."

"나, 가본 적 없는데 안내해줄래?"

"좋아요."

그렇게 우리 두 사람은 평일 낮에 고이시카와식물원으로 향했다. 하지만 웬걸 놀랍게도 푸른 용설란은 없었다. 아직 입구에 매표기가 없던 시절이라 식물원 맞은편 매점에서 입장권을 사고 접수창구에서 식물원 안내도가 딸린 팸플릿을 받아 소철과 은행나무를 구경하며 언덕을 올라갔다. 뉴

턴의 사과나무 자손이니 멘델의 포도나무 자손이니 하는 사연 깊은 멋진 나무를 지나 고이시카와양생소 우물까지 둘러봤는데도 정작 중요한 푸른 용설란은 보이지 않았다. 70년에 한 번 피는 꽃인 만큼 표지판이라도 나올 법한데 아무것도 없었다. 이쪽인가, 저쪽인가 하면서 식물원을 한 바퀴 돌고 난 뒤 접수창구에 가서 물었다.

"푸른 용설란은 어디에 있나요?"

"잠시만 기다려주세요."

창구 안 젊은 여성이 의아한 얼굴로 옆에 놓인 자료를 훑어보더니 대답했다.

"이곳에는 없습니다."

기와코 씨는 못마땅한지 입을 삐죽 내밀며 헐렁한 치마 주머니에서 아까 그 종이를 꺼내 펼쳤다. 잠시 그 종이를 살펴보던 젊은 여성이 안타까워하며 말했다.

"고이시카와식물원에 있다는 기사가 아니지 싶습니다."

"뭐라고요?"

나와 기와코 씨는 빼앗듯 종이를 움켜잡고 두 눈을 부릅뜬 채 들여다봤다. 70년에 한 번만 꽃을 피운다는 푸른 용설란을 다룬 그 기사에 확실히 어디서 볼 수 있다고는 적혀 있지 않았다.

"기와코 씨가 여기서 볼 수 있다고 하는 바람에."

"그야 꽃이라면 당연히 고이시카와식물원이라고 생각하
잖아."

풀이 죽은 기와코 씨가 무척 딱해 보였는지 젊은 여성이
위로의 말을 건넸다.

"이곳에는 타이탄 아룸이 있답니다."

"타이탄 아룸?"

"세계에서 가장 큰 꽃이라고 합니다. 역시 좀처럼 개화를
볼 수 없죠."

"지금, 꽃이 피었나요?"

"지금은 아직이지만 몇 년 후면."

"타이탄 아룸이라."

"어떤 특징이 있나요?"

"세계에서 가장 큰 꽃으로 고약한 냄새가 유명합니다."

"고약한 냄새라."

"고기 썩는 냄새로 벌레를 유인합니다. 일명 시체꽃이라
불리지요."

으음, 기와코 씨는 탄식했다. 몸에 힘이 쑥 빠진 우리는
여성 직원에게 감사 인사를 전하고 일본 정원으로 돌아와
벤치에 앉았다. 푸른 용설란을 보지 못해도, 타이탄 아룸은
아직 꽃을 피우지 않아도 식물원은 찾아올 가치가 있는 곳
이었다. 아마 벚꽃이 다 지고 장마철에 접어들기 전이었던

것 같다. 아름다운 철쭉꽃이 만발했던 정경이 기억난다.

"꽃에 끌리고 달에 들뜨면 이따금 마음이 이상해질 때가 있으니."

스산한 매점 옆 자판기에서 뽑은 캔 주스를 마시며 멍하니 있자니 기와코 씨가 느닷없이 노래를 부르듯 뭔가를 읊조렸다.

"생각한 바를 말하지 못하면 배가 부풀어 오른다는 비유처럼, 내 마음속에 기쁨이든 슬픔이든 어찌할 줄 모를 감정이 넘쳐흐른다. 어, 그다음이 뭐였지?"

"뭐가요? 전 몰라요. 노래인가요?"

"맞다, 보통 잘 모르지."

기와코 씨는 쑥스러워하며 머리를 긁적였다.

"히구치 이치요의 일기 첫머리야. '새잎 그늘'이란 제목이 달린."

"전부 다 기억해요?"

"아니, 아니야. 그렇지 않아. 읽으려고 하다가 좀처럼 진도가 안 나가서 첫머리를 몇 번이나 읽는 바람에 거기만 외워버렸어."

"대단하다, 그렇게까지 좋아하다니."

"근데 일기를 읽은 건 전집을 받고 나서야."

"아, 후루오야 선생의 라이벌인 노숙자 남자 친구가 준?"

"맞아, 노숙자 남자 친구에게 받은. 옛날엔 처음부터 끝까지 정독할 생각이었는데, 지금은 다 읽고 뭘 할 게 아니니까 가끔 꺼내 되는대로 책장을 넘겨 보거든. 그러다 오늘 아침에 이걸 주웠어."

기와코 씨가 손에 든 푸른 용설란 기사를 펼쳤다.

"그러고 보니 이치요가 식물원에 가는 이야기가 있었지 싶어 한번 가볼까 했던 거야."

"온 적, 없어요?"

"응, 없어. 이치요가 살던 곳도 안 가봤어."

"이 근처에 살았었죠?"

"어, 니시가타. 그 전은 기쿠자카. 이다바시 근처 안도자카에 나카지마 우타코가 운영하던 하기노야라는 와카 학원이 있었거든. 그곳을 고이시카와, 고이시카와라고 적었어. 우시텐진이란 천신을 모시던 신사 부근이야."

"우시텐진, 알아요. 가본 적 있어요."

"있어?"

"네, 가까워요."

"좋겠다."

"뭐가요?"

"일기에 말이야, 하기노야 동료들과 다 같이 덴즈인 경내를 지나 식물원에 갔다고 쓰여 있거든. 분명 철쭉이니 모란

이 예쁘다고 했어."

"이맘때였겠군요."

"그러게."

우리는 가만히 철쭉을 바라보며 기모노 차림의 히구치 이치요와 그 친구들이 시끌벅적 활기차게 식물원을 산책하는 모습을 떠올렸다.

"기와코 씨, 가장 좋아하는 이치요의 소설은 뭐예요?"

"음, 당신은 뭐가 가장 좋아?"

"저요? 「섣달그믐」이려나."

"좋지, 그거."

기와코 씨는 흐뭇한 미소를 지었다.

"기와코 씨는요?"

"음, 굳이 꼽자면 「십삼야」."

"좋네요."

"암."

"처음 만난 작품은요?"

"「키 재기」."

"똑같다."

"근데 직접 읽은 것도, 누가 읽어준 것도 아니야. 이야기를 들었달까. 옛날 옛적 어느 곳에, 이런 식으로."

"저도 좀 비슷한데……."

문득 내 생애 첫 「키 재기」가 맙소사! 애니메이션 「요술 공주 샐리」였음이 생각났다. 명작을 읽고 책의 세계에 갇혀 버린 사랑하는 딸 샐리를 소환하려고 마법 나라 국왕인 아 빠가 큰 소리로 외치는 '마하리쿠 마하리타 키 재기, 마하리 쿠 마하리타 키 재기'라는 단순한 주문과 과장된 몸짓이 기 억 저편에서 되살아났다. 나의 첫 이치요 체험이 왠지 초라 하게 느껴져 말을 우물거렸다.

"누구에게 이야기를 들었어?"

천진스레 다리를 흔들흔들하며 기와코 씨가 물었다.

"누구였더라, 기억이 잘 안 나요. 기와코 씨는요?"

"난 기억해."

"누구?"

"아는 사람이라고 할까, 어릴 때 함께 지내던 오빠. 이 사 람이 좌우간 엄청난 이야기꾼이었어."

기와코 씨는 그리움 가득한 눈을 한 채 웃었다.

「요술공주 샐리」 세례를 거쳐 내가 「키 재기」를 처음 읽 은 건 언제였던가. "돌면 유곽 대문 앞 뒤돌기 버드나무^{유곽} ^{에서 밤을 보낸 남자가 이별이 아쉬워 뒤를 돌아본다는 데서 유래한 명칭}와 는 멀지만, 검은 도랑에 등불 비치는 3층 소란은 손에 잡힐 듯"이라는 첫머리가 떠올랐다. 내가 첫머리를 기억하는 이 유는 기와코 씨가 일기 첫머리를 기억하는 이유와 같다. 이치요의 명작을 읽어보려 했지만 무엇이 '돌면'인지 당최 이해가 안 갔다. 다만 문체가 마음에 들어 되풀이해 읽다 보니 외워버렸다. 무대인 다이온지 절 앞에서 유곽 대문 앞 뒤돌기 버드나무까지 빙 돌아가기에 거리가 아주 멀다는 의미임을 한참 뒤에야 알았다.

"기와코 씨가 몇 살 때였나요? 그 소설, 어린아이는 모르는 일이 꽤 많이 나오잖아요. 뒤돌기 버드나무라든지."

"몇 살이었더라, 소학교에 들어가기 전이던가. 확실히 음란한 부분은 빠졌는데, 나중에 책을 읽어보니 재미있는 부분은 같았어."

"오빠의 이야기와 책 내용이?"

"어. 갈퀴 부분도 있었고 배경이 요시와라 유곽이라는 사실도 알려줬어. 류게지 절 아들인 신뇨가 나오고 전당포집 아들인 쇼타로가 나오고. 둘이 싸움에 지고 싶지 않다는 얘기를 나누잖아. 그 대목이 너무 우스운 거야. 축제는 싸우는 날인데, 싸움에 지면 재미없지 않겠느냐고 해설을 곁들여서 쇼타로가 되거나 조키치가 되거나 미도리가 되어서 들려줬어."

옛일을 추억하며 즐거워진 기와코 씨는 최대한 충실하게 오빠의 「키 재기」를 재현했다. 아이들 싸움과 대화가 생생한 그 버전은 이치요 작품 본질인 풋풋함이 고스란히 전해졌다. 나의 변변찮은 체험에 비해 기와코 씨의 체험은 참으로 풍요로웠다.

　그날 대화의 흐름에 따라 이치요의 옛 집터를 보러 갔다. 이치요 골수팬인 기와코 씨는 도쿄에서 17, 18년이나 살았음에도 기쿠자카 집터는 물론 류센 이치요기념관조차 가본 적이 없었다. 나는 고이시카와식물원 근처로 이사 왔을 무렵 기쿠자카 집터를 가봤다. 식물원에서 이치요의 옛 집터까지는 도보로 20분에서 30분쯤 걸렸다. 가는 도중 광역 간선 도로변에 위치한 이치요추모기념비에 들러 깊은 감회에 젖기도 했다. 이치요가 말년에 「키 재기」와 「흐린 강」을 집필해 '기적의 14개월'이라 불리는 날들을 보낸 곳이다. 그녀가 살던 장어집 별채는 흔적 없이 사라졌어도 기와코 씨에게는 성지나 다름없었다.

　니시가타 교차로를 돌아 기쿠자카로 들어가 언덕을 올라가니 이치요가 다니던 이세야전당포가 있던 낡은 건물이 보였다. 어렴풋한 기억에 의지해 언덕에서 오른쪽으로 꺾어 계단을 내려갔다. 분명 이 근처였던 것 같다고 말하며 한참을 찾아 헤맸다. 애매한 상태로 오가는 사람이 마주 지나가려면 모로 서야 할 만큼 비좁은 골목에 들어서자 목조 주택이 늘어선 과거로 돌아간 듯한 동네가 나왔다. 기와코 씨가 사는 집과 비슷한 집이 한가득이었다. 가파른 계단을 다 내려간 왼쪽에 펌프식 우물이 눈에 들어왔다.

"저쪽일지도." 골목 입구에 멍한 표정을 한 채 선 기와코 씨에게 말을 걸었다.

"기와코 씨." 주변 민가에 폐가 될까 봐 작은 목소리로 불렀다. 기와코 씨는 돌연 잠에서 깬 듯한 얼굴로 평소처럼 강동거리는 걸음으로 다가왔다. 그러고는 내 팔을 붙잡고 가파른 계단을 천천히 내려왔다.

"이런 곳에 살았구나."

우물 옆 조금 넓은 길로 나와 그 골목을 뒤돌아보며 기와코 씨는 감회 어린 탄성을 내뱉었다. 이런 곳이라고 해봤자 이치요가 물을 길었다는 우물만 남아 있을 뿐 그녀가 살던 집이나 정원은 없었다. 그래도 21세기까지 용케 살아남았구나 싶은 옛날 목조 주택이 반가웠다. 또 당시만 해도 근처에 오래된 목욕탕이 있었다. 우리는 언덕을 다시 올라 혼고 3번가로 나와 유시마까지 걸었다. 기와코 씨는 체구는 작아도 다리가 튼튼해 그 정도 거리는 아무것도 아니었다.

"저기, 내가 제국도서관 이야기, 한 적 있지?"

걸어가면서 그녀가 말했다. 툭하면 제국도서관 이야기를 꺼냈기에 새삼스레 한 적 있냐고 물어보는 게 이상했다. 그래서 그때 일은 지금도 종종 생각난다. 이미 기억 속 풍경은 어지러이 뒤섞인 상태라 그날 기와코 씨가 그 골목 입구에서 말한 것 같기도 하지만 골목이 무척 비좁아서 목소리를 내기조차 꺼려졌던 게 떠오르기에 아마 길이 넓고 교통량이 많은 가스가 거리에서 나눈 대화였지 싶다.

"내가 예전에 소설을 써볼까 했다고 말했잖아?"

"그랬죠."

"사실 소설을 쓰던 사람이 있어."

"네?"

"쓰던 사람이 있어, '꿈꾸는 제국도서관' 이야기를."

"기와코 씨 말고요?"

"어, 아까 말한 나한테 「키 재기」를 들려준 사람."

"동네 오빠라던?"

"응, 맞아."

"그 사람, 작가였군요."

"글쎄, 유명한 사람은 아니었어."

"작가 지망생?"

"그랬을지도 몰라. 그 사람이 알려줬거든. 히구치 이치요는 매일같이 우에노 도서관에 다녔다고. 일기에 적혀 있다나."

기와코 씨의 도서관 사랑과 히구치 이치요 사랑이 어떻게 이어졌는지 그때 알았다.

"그 오빠도 이치요를 좋아했나 보네요."

"좋아했어. 그래서 도서관도 좋아했던 것 같아. 늘 말했어. 만약 우에노 도서관에 마음이 있었다면 도서관은 히구치 이치요를 사랑했을 거라고."

"반대가 아니라?"

"반대?"

"히구치 이치요가 도서관을 사랑했다는."

"아니. 도서관이 히구치 이치요를 사랑했을 거라고. 나카라이 도스이란 남자를 엄청 질투했을 게 틀림없다고."

"도서관이?"

"그래. 도서관이."

"국제어린이도서관이 된, 저 장엄한 건물이 말이죠?"

"아, 물론 건물은 달랐겠지. 이치요가 다니던 시절은 저 건물이 생기기 전이니까."

"유시마성당 대성전?"

"그것도 아니야. 그 둘 사이에 하나 더 있었거든, 도서관 건물이."

화재에 쫓겨 우에노로,
도서관 또 합병?

문부성 소관으로 돌아온 도쿄도서관이 1885년에 우에노로 이사한 이유는 무엇보다 서고가 부족했기 때문이다. 도서관은 마치 한창 먹을 나이인 남자아이가 음식을 탐내듯 항상 서고를 탐냈다. 애초 유시마성당 대성전은 임시 거처였기에 나가이 가후의 아버지 규이치로는 이미 몇 년 전에 이런 문서를 문부성에 보냈다.

"여기는 어디까지나 임시 시설이지 않습니까? 빨리 서구 국가처럼 도서관 체제를 갖춰야 합니다. 그러니 신축 건, 부탁드릴게요. 도쿄부 소유 우에노 용지 내 1만 평, 도서관 건축 부지로 선정해주세요. 매우 급한 일입니다. 요전에 우에노 용지 내에 박물관 신축 허가를 내주지 않았습니까? 맞죠? 설마 박물관만 특별 취급하는 건 아니겠죠?

정확히 구역을 정해서 도서관도 지어주셔야 합니다. 도면을 첨부해 다시 문의드릴 테니, 그렇게 알고 계세요."

1876년의 일이었다. 그 뒤 제대로 답신조차 받지 못한 채 어물어물 세월만 흘렀다. 사실 늘어나는 책만이 신축을 원하던 이유는 아니었다. 도서관은 화재가 무서웠다. 화재와 싸움은 에도의 꽃. 에도가 도쿄로 이름을 바꾼 지 십수 년 동안 '에도의 꽃'과 겨룰 의도는 없었겠지만, 어쨌든 인근에 화재가 잦았다.

경사스럽게도 문부성으로 이관되면서 도쿄부 관할 시기보다 예산이 증가했다. 그에 따라 꾸준히 늘어나는 장서. 더욱 늘어나는 이용자. 때마침 주변을 덮치는 화재. 도서관 직원들은 종이로 만든 책의 생명이 얼마나 덧없는지 생각하면 미쳐버릴 지경이었다.

"방화벽을 세우자."

"서고를 늘리자."

"서고에 방화벽을 만들자."

"더 좋은 서고를 짓자."

매년, 매년 대증요법 같은 요청을 해도 성이 차지 않았다.

"빨리 더 훌륭한 도서관이 생겼으면 좋겠어. 애당초 대성전은 도서관 건물로 부적합하잖아. 이런 탁 트인 시설에 불이 나면 어떻게 할 거야!"

불만이 가스처럼 터져 나올 즈음, 결국 이웃한 도쿄사범학교에 불이 나고 말았다. 학교 건물을 집어삼킨 불은 창평관으로 옮겨붙어 다 태우더니 바야흐로 대성전까지 번지려는 참이었다. 도서관 직원들은 결사적으로 양동이 릴레이를 펼쳐 불길을 막는 한편 커다란 짐수레에 책을 미어터지게 싣고 연기 속을 오가며 사랑하는 책을 지켰다.

"바람이! 바람 방향이 바뀌었어!"

불길이 대성전과 반대 방향으로 나부꼈다. 더 이상 태울 것이 없음을 깨닫고 사그라지자 직원들은 소리 높여 울었다.

도쿄사범학교 화재가 있고 나서 2년 후 가까스로 염원이 이루어졌다. 우에노로 도서관 신축 이전이 결정됐고, 직원들은 신바람이 나서 준비에 들어갔다. 아, 그런데 어찌 이럴 수가! 이듬해인 1885년 6월 2일 문부성은 하필이면 도서관을 도쿄교육박물관과 합병, 신축된 건물 내로 동시 이전한다고 발표한다. 이유는 또다시 경비 절감. 게다가 전년도에 약속했던 교부금 2만 5천 엔이 아닌 감액한 1만 2천 엔을 신축비 명목으로 줄 뿐이었다. 도서관 직원들은 생각했다.

"기대한 만큼 큰 규모는 아니어도 여하튼 서고가 생기잖아."

"새로운 열람실도."

"그렇네!"

"맞아!"

어딜, 이번에도 예상은 어긋난다. 건물을 짓기 시작하지만 어찌된 영문인지 돈이 부족하다며 공사를 중단한다. 더구나 도서관 공사비로 쓰여야 할 돈이 어느샌가 박물관 진열실 겸 강의실 신축비로 들어간다. 결국 도쿄도서관은 우에노로 이사했음에도 도쿄교육박물관에 세 들어 사는 신세가 된다.

6

기와코 씨 집 2층에 사는 다니나가 유노스케 군이 초대
해 둘이서 도쿄예술대학 축제에 놀러 갔던 게 그해였던가.
예대 축제에 가는 것도 처음이었고, 그토록 공들인 가마 경
연을 보는 것도 처음이었다. 우에노공원을 행진하는 거대한
가마 행렬을 뒤따라 예대 구내에 들어간 것도 어쩌면 그때
가 처음이었는지 모른다. 적어도 기와코 씨는 그랬다.

예대 캠퍼스는 사람들로 북적거렸고 야외무대에서 악기
연주 소리가 크게 울려 퍼졌다. 오라고 한 유노스케 군이 어
디에 있는지 전혀 알 수 없었다. 기와코 씨는 여덟 개 머리에
여덟 개 꼬리가 달린 뱀과 미녀가 뒤엉킨 가마에 시선을 빼

앗겼다. 다른 가마도 모두 박력 넘치고 볼 만했는데 웬일인지 기와코 씨는 미녀를 가장 마음에 들어 했다.

"진짜 크다."

몸집이 작은 기와코 씨는 흥분해 가마 앞에서 손가락으로 브이 자를 그리며 사진을 찍어달라고 했다. 우리는 인파를 헤치고 캠퍼스를 용감하게 돌아다니며 포장마차에서 파는 초코바나나를 사서 신나게 먹었다. 미술학부 쪽에서 길을 건너 음악학부 쪽으로 걸어가다가 기와코 씨가 발걸음을 멈췄다.

"이거."

뭐지, 하며 그녀가 손가락으로 가리킨 곳을 보자 귀여운 붉은 벽돌 건물 두 채가 나란히 서 있었다.

"이게, 저기 훌륭한 도서관이 생기기 전까지 우에노 도서관 서고였대."

그리 크지 않은 벽돌로 된 서양 건물은 왠지 빨간 머리 앤이나 톰 소여가 다니는 학교 같은 느낌이었다. 허리께부터 포근하게 부풀어 오르는 기다란 스커트를 입은 여자 교사나 반바지에 멜빵을 단 씩씩한 남자아이가 나올 법했다.

"여기에 히구치 이치요가 다닌 건가요?"

"잘 모르겠어. 이곳이 서고였다는 얘기는 여러 군데 나오는데, 열람실은 다른 건물이지 싶어. 일기에 말이야, 도서관은 우에노 시노부가오카 서쪽 끝에 자리한다고 적혀 있어."

"시노부가오카?"

"옛 지명으로 우에노 숲 전체를 보통 그렇게 불렀던 모양이야. 시노부가오카 서쪽 끝, 맞은편은 음악학교, 그 뒤가 미술학교라고 쓰여 있어. 그렇다면."

기와코 씨는 붉은 벽돌 건물에서 몇 발짝 떨어지더니 대각선 방향을 가리켰다.

"저기가 북쪽이지?"

"네."

"그러면 서쪽 모퉁이는 이쪽이네."

기와코 씨는 몸을 45도 돌려 두 팔을 앞으로 쭉 내밀었다.

"이 건물이 수상해."

서쪽 모퉁이라고 말한 곳에는 콘크리트 건물이 세워져 있었다.

"무슨 뜻?"

"그러니까 이쪽에 열람실 건물이 있지 않았을까 생각해. 옛날에 말이야. 정통한 사람에게 들은 건 아닌데, 내가 알아본 바로는 그래. 이치요가 다니던 열람실은 이제 남아 있지 않는 거지."

"용케 알아냈네요, 그런 사실."

뭐 그렇지, 하며 기와코 씨는 코끝을 긁적였다. 문득 머릿속에 엉뚱한 생각이 떠올랐다. 기와코 씨의 도서관 사랑은 기와코 씨의 이치요 사랑과 밀접하게 이어져 있는데, 그 둘을 연결한 인자가 따로 존재하는 게 아닐까 하는.

"기와코 씨."

저기가 북쪽, 여기가 서쪽 하고 여전히 몸을 빙글빙글 돌려가며 고민하는 그녀를 불렀다. 그러자 숲속에서 사람과 마주친 작은 동물처럼 말똥말똥한 얼굴로 뒤돌아봤다.

"기와코 씨에게 「키 재기」를 이야기해준 오빠는 어떤 사람이었나요?"

"어떤 사람?"

"그 사람, 좋아했죠?"

"좋아했냐고, 그야 좋아했지만 너무 어렸어."

고작 소학생이었는걸, 라고 중얼거리며 그녀는 다시 몸을 빙그르 돌려 붉은 벽돌 건물을 바라봤다. 수수한 무명 기모노를 입고 머리를 동그랗게 땋아 올린 메이지시대 여인이 보따리나 뭔가를 품에 안고 건물 밖으로 나오는 모습을 상상해봤다. 빨간 머리 앤만큼은 아니어도 제법 어울렸다.

"옛날에 그 사람과 같이 살았던 적이 있어."

기와코 씨가 내뱉은 말이 무슨 뜻인지 금방 이해가 안 갔다. 왠지 요염하게 들려서 '너무 어렸어'라는 순진한 문장과 바로 연결을 못 했다.

"그 사람이라면 오빠요?"

"응."

"그냥 이웃이 아니라 같은 집에 살았다는 건가요?"

"전후 직후였으니까. 다들 집이 없어져서 친척 아닌 사람과 함께 사는 건 흔한 일이었지."

"그럼 어렸을 때?"

"어, 뭐라고 생각한 거야?"

"그게 마치 동거라도 한 듯한 말투라서. 어른이 되고 나서인 줄 알았어요."

"어머나, 그렇게 들렸어?"

후루오야 선생이니 야마모토 가쿠를 닮은 노숙자니 과거가 꽤 화려하잖아요, 라고 놀리자 기와코 씨는 얼굴이 구겨지게 웃어댔다. 그러다 화제를 바꾸려는지 갑자기 장난스러운 표정을 지으며 수수께끼 같은 질문을 던졌다.

"히구치 이치요가 도서관만큼 자주 찾아갔던 곳이 어디게?"

"전당포?"

어림짐작으로 대답하는 내게 그녀는 손가락을 좌우로 흔들어 보였다.

"침술원. 어깨 결림이 심했대."

이때 도서관 소설을 썼다던 오빠 이야기를 아주 조금밖에 듣지 못했다. 좀 더 자세히 물어봤으면 좋았을 텐데, 지금 생각해도 후회가 된다.

이듬해 내가 쓴 소설이 책으로 출간됐다. 이 소식을 듣고 매우 기뻐하는 기와코 씨에게 익숙하지 않은 사인까지 해서 첫 저서를 선물했다. 소설 한 편으로는 좀체 먹고살기 힘들어 얼마간 프리랜서 기자 일을 계속하다가 다행히 조금씩 원고 의뢰가 들어오면서 완전히 손을 뗐다. 국제어린이도서관 소개 기사는 그 이유로 그만둔 것은 아니었다. 훨씬 전에 연재 자체가 종료된 상태였다. 어쨌든 우에노 지역에 정기적으로 가는 일이 없어진 탓에 기와코 씨를 만나는 횟수는 현저히 줄어들었다.

뭣보다 집에 전화가 없으니 그녀를 만나려면 다짜고짜 방문하거나 마치 히구치 이치요 시대 사람처럼 엽서라도 써서 보내야 했다. 일부러 엽서를 보내기 귀찮아 불쑥 찾아갔다가 부재중이라 허탕을 치기도 했다. 같은 동네에 사니 만나고 싶으면 언제든 만날 수 있다는 마음이었다. 일이 바뀌니 그에 따라 인간관계가 바뀌어 주변이 왠지 분주했다. 그나마 연초에 연하장을 주고받긴 했지만, 집까지 찾아가는 일은 좀처럼 없었다. 그대로 집에 자주 놀러 가는 관계를 유지했다면 뭔가 더 해줄 수 있지 않았을까, 박정한 나에게 진절머리가 난다.

그건 그렇고 지금은 활기차고 즐거웠던 예술제 이야기로

돌아가자. 붉은 벽돌 건물 앞에 서서 대화를 나누는데 리우 카니발 분장을 한 무리가 지나갔다. 악기를 어깨에 늘어뜨린 사람이며 무희처럼 보이는 사람 중에 유난히 화려한 깃털 장식을 등에 두르고 피부가 훤히 드러나는 의상을 입은, 키가 엄청 큰 사람이 눈길을 끌었다. 그 사람은 소프트크림을 먹으며 이쪽을 쳐다봤다. 중성적인 분위기에 눈을 떼지 못하고 한참을 말없이 바라보고 있자니, 저쪽에서 돌연 소프트크림을 들지 않은 다른 쪽 손을 들어 올렸다.

"아, 유노스케 군이다."

기와코 씨가 옆에서 툭 말을 뱉었다. 삼바 의상을 입은 키가 큰 무희는 평소 모습과 전혀 달랐지만 확실히 다니나가 유노스케 군이었다. 세퍼레이트 수영복과 깃털 장식만 몸에 걸친 그는 이루 말할 수 없이 섹시했다. 의상과 걸맞지 않은 황새걸음으로 다가오더니 우리에게 잘 즐기고 있는지, 어떤 공간에서 어떤 이벤트가 진행되니 가서 보라는 등 이런저런 조언을 해줬다. 당신 작품은 어디서 볼 수 있냐고 물었더니 전시하는 교실을 알려줬다.

우리는 어쨌든 유노스케 군 작품까지 보고 돌아가기로 했다. 유노스케 군이 그린 큰 그림은 비교적 사람이 적은 안쪽 교실에 걸려 있었다. '트랜스/톨레랑스'라고 이름 붙여진 거대한 유화가 무엇을 의미하는지는 몰랐지만, 파스텔컬러를 잔뜩 써서 의외로 아늑한 느낌이었다. 그 그림을 그린, 성스러운 무희 차림으로 캠퍼스를 천천히 행진하던 다니나가 유노스케 군도 훗날 의외의 장소에서 재회했다.

히구치 이치요를 사랑한
붉은 벽돌 도서관

만약 도서관에 마음이 있었다면 히구치 나쓰코를 사랑했으리라. 그 앳된 여성은 어느 순간부터 도서관을 자주 찾아왔다. 심한 근시임에도 결코 안경을 쓰지 않으려는 완고한 성격이던 그녀의 눈에는 건물 전체가 희미하게 보였겠지만, 만약 도서관에 눈이 있었다면 항상 두 눈은 그녀를 향한 채였을 게 틀림없다.

우에노 숲으로 거처를 옮긴 도서관은 처음 얼마 동안 도쿄교육박물관에서 셋방살이를 하다가 어찌어찌 열람실을 구비한 건물을 신축해 체제를 갖춘다. 1886년 11월의 일이다. 어린 히구치 나쓰코가 도서관에 모습을 드러낸 것은 그로부터 몇 년 지나지 않았을 때. 열다섯 살이던 1886년부터 안도자카에 있는 하기노야에 다니기 시작한 그녀는 친구와 함께 도서관을 곧잘 드나들었다. 적어도 1891년에 쓴 일기에 수시로 다니는 모습이 등장한다.

나쓰코, 스무 살.

나쓰코는 또 온다.

며칠 후 다시 찾아온다.

하루도 빠짐없이 오기도 한다. 오면 책 서너 권을 빌려 책장에 얼굴을 비비듯 고개를 푹 숙여 근시인 눈으로 읽는다. 책에 시선을 주면 여간해서는 그녀의 얼굴을 구경할 수 없다. 머리를 땋아 위로 올린 뒤 통수만 책상에 얹혀 있는 것처럼 보인다.

얼마나 많은 책을 읽었던지. 도서관은 제 품에서 집어삼키듯 책을 독파해가는 이 희대의 햇병아리 작가가 귀엽디귀여워서 어쩔 줄 몰랐을 게다. 최초 도서관이 도쿄 땅에 '서적관'이라는 이름을 달고 생겨난 해와 히구치 나쓰코가 세상에 태어난 해는 1872년으로 같다. 이 점도 도서관이 나쓰코를 편애한 이유 중 하나였을지 모른다.

그뿐만이 아니다. 도서관은 그녀를 평생 괴롭히던 돈고생을 자기 일처럼 느꼈다. 도서관에 마음이 있었다면. 히구치 나쓰코는 짧은 생애 동안 항상 돈 걱정을 하며 살았다. 돈이 없다. 오늘이든 내일이든 돈이 없다. 돈만 있으면 좋겠다고 몇 번이나 생각했던가. 도서관은 그녀가 우에노공원에서 열린 제3회 내국권업박람회에서 판매원으로 일하려고 했던 사실도 알았다. 어머니와 오빠가 반대해서 결국 하지 못했지만.

돈과 책. 그녀 인생의 양대 테마였다. 도서관과 똑같았다. 우에노 도서관의 역사는 언제나 돈에 울고 웃는 역사였다. 나쓰코의 세 번째 테마는 사랑이었다. 도서관도 나쓰코를 사랑했다.

도서관은 어느 여름, 따가운 햇살을 피해 건물 안으로 들어온 나쓰코에게 높다란 창문 너머 기분 좋은 바람을 한껏 불어넣어 열기를 식혀줬다. 비치된 열람 신청서에 책 제목과 분류 번호를 조그맣게 적어 주뼛주뼛 내미는 나쓰코에게 '틀리다'느니 '고쳐 쓰라'느니 일부러 짓궂게 구는 남자 사서가 괘씸해 반들반들한 복도에서 미끄러뜨려 허리를 세게 부딪치게 하기도 했다. 이 사서가 필요한 서류를 분실하거나 어째서인지 기침이 멎지 않아 엄숙한 관내에서 모든 사람에게 따가운 눈총을 받은 것도 전부 나쓰코에게 상냥하지 않은 태도에 대한 앙갚음이었다.

사법시험이 코앞이라 법률 공부를 하러 오는 사람이 많았는데, 나쓰코 얼굴을 흘깃흘깃 쳐다보거나 뒤에서 소곤소곤 험담을 해댄 녀석들이 다 시험에 떨어진 것도 도서관의 소행이었다. 햇병아리 여의사가 나쓰코 옆에 앉아 의학서를 펼쳐서 벌거벗은 남자 해부도를 아무렇지 않게 볼 때면 안절부절못했다. 이런 책을 내 품에 넣지 말았어야 했다고 후회하거나 슬며시 얼굴을 붉혔다.

최대 라이벌은 나쓰코의 스승인 나카라이 도스이였다. 여기서 책을 읽는 게 가장 좋은 공부일 텐데. 올 때가 지났는데도 그녀가 오지 않으면 나카라이 도스이 집에 간 게 아닌지 의심하곤 했다. 와서도 가끔 책을 펼쳐둔 채 멍하니 있는 모습을 마주할 적마다 도서관은 분하기 짝이 없었다.

"저깟 놈이 뭐라고."

도서관은 도스이가 나쓰코와 혼인한 거나 다름없다, 소설을 대신 써줬다며 떠들고 다닌다는 소문을 듣자 슬퍼졌다. 나잇살이나 먹고서 인형 놀이하듯 구는 남자에게 나쓰코는 걸맞지 않다고 생각했다. 그래서 나쓰코가 도스이와의 만남을 그만뒀을 때는 안심했다. 마음까지 끊어내지 못했음은 익히 알았지만.

도서관은 나쓰코가 쓰는 소설이 너무 좋아서 견딜 수 없었다. 그녀의 소설이 실린 잡지가 들어오면 편애했고 누구에게도 빌려주고 싶지 않았다. 기모노를 죄다 전당 잡힌 탓에 입을 옷이 없어 결국 동생 구니코가 천을 이어 붙여 만든 기모노 비슷한 옷에 겉옷을 걸쳐 기묘한 패치워크를 숨기려는 나쓰코를 지켜봤다. 온갖 사람에게 돈을 꿨다는 사실도 알았다.

나쓰코가 쓴 소설이 좋은 평판을 받으며 문단의 총아들이 그녀 집을 빈번히 드나들자 도서관은 자랑스러웠다. 동시에 어쩔 수 없다고 여기면서도 예전처럼 자주 나타나지 않아 쓸쓸했다. 나쓰코가 생전에 펴낸 유일한 저서이자 편지 쓰기 입문서인 『통속 서간문』을 품에 안는 순간 만감이 서렸다.

그녀의 장례식 날, 모리 오가이는 말을 타고 장례 행렬에 가담하려다 뜻을 이루지 못했다. 도서관도 움직일 수만 있다면 장례 행렬에 끼고 싶었다. 나쓰코는 1896년 11월 23일에 숨을 거뒀다. 도서관은 그녀가 죽은 뒤 히구치 이치요란 이름으로 출판된 책 한 권 한 권을 사랑했다. 전부 다 좋았다. 소설이든 노래든, 일기든 편지든 모두 사랑스러웠다.

우에노 도서관에는 모리 오가이도, 나쓰메 소세키도, 고다 로한도 찾아왔다. 도쿠토미 로카도, 시마자키 도손도 다녔다. 다야마 가타이도 매일 드나들었다. 메이지시대 문학가 가운데 우에노 도서관에 가지 않은 사람은 없었다. 하지만 누가 뭐라 해도 도서관이 가장 사랑한 이는 근시로 어깨 결림과 돈 때문에 늘 고생하다가 일찍 생을 마감한 히구치 이치요임에 틀림없다.

7

딱 한 번, 기와코 씨와 함께 국제어린이도서관에 간 적이
있다. 그녀가 새로워진 그 건물에 발을 들여놓은 것은 그때
뿐이다. 나 모르게 다녀왔을 수도 있지만, 가기 전에 그렇게
거부했고 갔다 와서 '또 가자'는 말을 안 했기에 그게 처음이
자 마지막일 가능성이 높다.

한동안 기와코 씨와 자주 만나지 못하다가 마침 우에노
미술관으로 전시회를 보러 갈 일이 생겨 오랜만에 얼굴이
보고 싶어 일부러 엽서를 보냈다. 한창 더운 여름이라 열사
병에 걸릴 듯한 날씨가 이어지던 터라 기와코 씨 집이나 땡
볕이 쏟아지는 공원 말고 건물 안에서 만나자고 했더니 "그

럼 우에노 도서관 안에서"라는 답장이 왔다.

　그해 여름 국립서양미술관에서는 카미유 코로 전시회가 열렸다. 루브르미술관에서 대여한 「모르트퐁텐의 추억」, 「푸른 옷을 입은 여인」, 「진주의 여인」 같은 명작이 전시된다며 대대적으로 홍보했다. 아마 엽서를 보낼 때 같이 가자고 권유했을 텐데, 기와코 씨는 관심이 없어 보였다. 혼자 전시회를 보고 나와 도쿄예술대학 캠퍼스를 가로질러 도서관 쪽으로 걸어가는데 사거리 모퉁이에 위치한 콘크리트 건물 앞에 기와코 씨가 뒷짐을 진 채 가만히 서 있었다.

　"기와코 씨."

　내 목소리에 순간 놀랐는지 그녀는 어머나 하면서 뒤돌아봤다. "일찍 도착했으면 건물 안에서 기다리는 편이 시원할 텐데"라고 말하자 입술을 삐죽이며 불만스러운 티를 냈다.

　"그게 말이야, 지금은 이쪽이 더 반가운걸."

　"이쪽이요?"

　"이거, 이거."

　기와코 씨가 가리킨 것은 국회의사당을 축소한, 꼭대기에 사각뿔을 얹은 창고 같은 건물이었다. 옆을 지날 때면 신경이 쓰이긴 했지만, 한 번도 무슨 건물인지 생각해본 적이 없었다.

　"뭔데요?"

"어머, 몰라? 역이야, 역. 박물관동물원이란 이름의 게이세이선 전철역으로 우에노와 닛포리 사이에 있었어. 몇 년 전까지 운영됐는데 10년쯤 전이던가, 문을 닫았어."

조사해보니 그 역이 최종 폐쇄된 것은 카미유 코로 전시회가 열렸던 해로부터 불과 4년 전, 그보다 더 거슬러 올라가면 7년 전부터 사용하지 않았다. 역 자체는 해체되지 않고 지금도 그 지하에 보존된 상태로 닛포리역에서 게이세이선을 타면 차창 밖으로 역 구내가 보이는 모양이었다.

"있잖아, 이 역 플랫폼이 좀 짧아. 그래서 전 역에서 실수로 맨 끝 차량에 타면 못 내려."

기와코 씨는 신이 나서 설명했다. 벽에는 아이들이 좋아할 만한 펭귄과 코끼리 벽화가 그려져 있지만 역이 오래되고 어두운 데다 그 벽화 역시 검누렇게 색이 변해 서글픈 느낌이라 점점 으스스하게 여겨지다가, 밤이면 펭귄과 코끼리가 벽화에서 빠져나와 돌아다닌다는 소문까지 돌며 본래 목적과 전혀 다른 형태로 동네 아이들에게 잊을 수 없는 존재가 됐다고.

"이 역, 자주 이용했어요?

"히로코지에서 일할 무렵 몇 번 탄 적 있어. 닛포리 반대편에 살았거든. 이래저래 20년도 더 된 일이야."

우리는 역 이야기를 나누며 길을 건너 국제어린이도서관

으로 향했다.

우에노공원 외곽에 위치한 르네상스 양식의 도서관은 베이지색 화장벽돌을 프랑스식으로 쌓아 올린 3층짜리 건물로, 용마루에 아름다운 초록색 동판 장식이 달린 슬레이트 지붕 아래 완만한 아치형 창문이 큼지막하게 몇 개 나 있다. 그 서양 건축물 바로 앞에 놓인 유리로 된 네모난 공간, 그 유리 상자처럼 생긴 곳이 새로 만든 출입구다.

출입구 앞에 다다르자 기와코 씨는 뭔가 결심하는 양 작게 심호흡했다. 우리는 자동문을 빠져나와 가볍게 인사하는 안내대 직원을 뒤로하고 오래됐지만 말끔히 보수해 번쩍번쩍 새것처럼 보이는 건물 안으로 들어갔다. 그녀는 곧장 아무도 없는 계단 쪽으로 걸어가더니 '역시나' 하는 표정을 지었다.

"지하가 없어졌네."

"지하?"

"어떻게 된 걸까, 지하. 이제 일반인 출입이 가능한 지하 공간은 없나 보네. 전엔 지하에 식당이 있었거든. 미키야라는 가게였던가. 카레라이스와 닭고기 달걀덮밥이 정말 맛있었어. 이발소도 있었는데."

"이발소요? 도서관에?"

"응, 도서관 직원들이 다니던. 거길 갔다오면 다들 머리

모양이 똑같아졌어. 그래서 도서관에서 일하는 남자는 바로 알아봤지."

나는 기와코 씨를 재촉해 엘리베이터를 타고 3층으로 올라갔다. 3층 복도에 메이지시대 촬영한 도서관 내부 사진이 전시돼 이 건물 역사를 한눈에 볼 수 있었다. 외부에 면한 한쪽이 전면 유리로 된 탁 트인 복도는 오래된 건물 외벽을 보호할 겸 리뉴얼할 때 추가로 설치한 공간이라 사진 전시를 구경하는 이용자는 옛 건물 3층 외벽 바로 옆이라는, 예전에는 공중 부양 능력이 있어야만 접근 가능하던 곳을 걸어가는 셈이었다.

"여기에 열람실이 있었는데. 어머, 이렇게 깨끗해지다니 왠지 느낌이 달라. 신문 따위를 읽었던 것 같은데, 진짜 예뻐졌네."

기와코 씨는 같은 말을 되풀이했다. 혹시 그리운 추억이 망가져서 못마땅한가 싶어 걱정하며 먼저 밖으로 나간 그녀를 쫓아가니 커다란 문 앞에 멈춰 서서 문에 붙은 동판을 연신 어루만지고 있었다.

"이건 변함없네." 동판에 '밀면 열림'이라고 적혔다.

"밀면 열림? 밀면 열리는 게 당연하잖아요. 뭐죠, 이거?"

"오래전부터 붙어 있었어. 아주 옛날부터 말이야. 건물이 지어졌을 때부터 이랬다고 하더라. 메이지시대 사람들은 앞

으로 밀어서 여는 문에 익숙하지 않으니까. 미닫이문으로 착
각하지 않도록 이렇게 써놓았대."

그제야 기와코 씨는 흡족한지 눈을 감았다. 얼마 전 후루
오야 선생과 함께 유시마성당 대성전에 갔을 때 검은 기둥
에 귀를 대고 눈을 감았을 때처럼.

"솔직히 말해 어릴 적 일이 그다지 기억이 안 나."

잠시 후 기와코 씨는 눈을 뜨며 말을 이어갔다.

"기억을 떠올리면 상경해 이쪽에 살고 나서 다녔던 도서
관만 생각나. 하지만 이곳은 오래된 도서관이고, 게다가 국
회도서관 분관이잖아. 드나드는 사람들도 어쩐지 대부분 관
료풍이고. 남자들뿐이라. 지하 식당에 가면 안심이 됐어."

"미키야 식당?"

"통통한 컵에 나오는 커피가 제법 맛났거든. 지하가 없어
지다니 너무 아쉽다."

기와코 씨는 실내를 차례차례 둘러보며 낡은 외벽을 만
지거나 감회에 젖어 화장벽돌을 쓰다듬더니 "이렇게 말하면
뭣하지만 무시무시한 건물이었어, 언제나"라면서 장난스러
운 표정을 지었다.

"뭐, 새 건물일 때도 있었겠지. 1906년에 지어졌을 때는
정말 멋졌을 거야. 이 정도 규모니."

내가 아는 도서관은 낡았지만 말이야, 라고 덧붙였다. 우

리는 한동안 도서관 안을 이리저리 돌아다녔다. 국제어린이 도서관 방문은 내게는 언제나 유쾌한 일이었고, 기와코 씨는 나름 기분이 풀렸는지 옛날에는 이랬다느니 저랬다느니 열 내지 않고 새로운 건물을 즐기기 시작했다.

원형을 보존하기 위해 만들어진
현 국제어린이도서관 유리 상자 모양 입구

제국도서관 등장,
다시 전쟁으로 울다

히구치 나쓰코가 꽃다운 나이에 세상을 떠난 것은 1896년이었다. 붉은 벽돌로 된 서고를 가진 도서관이 마침내 화장벽돌로 만든 새 건물로 옮겨 '제국도서관'이란 이름으로 개관하기까지 그로부터 10년이 더 걸렸다.

그 사이 도서관 관계자들이 끊임없이 펼쳐온 눈물겨운 노력은 상상을 초월할 정도다. 제국도서관 설립 운동의 싹은 1870년대 후반까지 거슬러 올라간다. 그 후 도쿄교육박물관 데지마 세이치 관장이 당시 문부대신이던 모리 아리노리와 상의해 훗날 초대 제국도서관장에 오르는 다나카 이나기를 미국과 영국으로 유학 보낸다. 1888년 8월의 일로, 다다음 해에 귀국한다.

도쿄도서관이 유시마에서 우에노로 이사하거나 붉은 벽돌 서고를 지닌 시절 근시였던 히구치 나쓰코를 짝사랑하는 동안 문부성 관료들은 제국도서관 건설을 위해 필사적으로 움직였다. 1890년, 도서관장에 임명된 다나카 이나기는 마치 나가이 규이치로의 영혼이 들린 것처럼 제국도서관을 반드시 설립해야 한다는 탄원을 거듭했다.

다나카 이나기의 초조함은 '비블리오테크'를 만들어야 한다고 주장하던 후쿠자와 유키치의 뜻, 점점 예산이 깎여 애석해하던 나가이 규이치로의 현실 과제를 그대로 물려받은 듯했다.

증축. 도서관을 운영하는 사람에게는 언제나 간절한 염원 아닌가. 하지만 정부는 청일전쟁을 일으켰고 경비는 날로 줄어들었다. 이런 상황에서 증축은 덧없는 꿈이었다. 청일 양국의 강화조약이 시모노세키에서 조인되는 날, 다나카 관장은 두 주먹을 불끈 쥐었다.

"이제 더는 전쟁 비용이니 그딴 소린 못 하겠지. 이번만큼은 도서관을 짓고야 말겠어!"

열심히 다방면으로 압박해 가까스로 여론을 움직인 결과 1896년 2월 10일 '제국도서관 설립 건의안'이 의회에 제출됐다. 히구치 나쓰코가 세상을 떠나기 약 열 달 전이었다. 발의자인 귀족원 도야마 마사카즈 의원은 자국 도서관에 들어가는 돈이 너무 적다며 한탄했다.

"외국은 20만, 30만, 40만 엔 남짓 경비가 책정되는데, 도쿄도서관 경비는 고작 8천 엔 정도입니다. 50분의 1이에요, 2퍼센트라고요."

이어 서양 다른 나라는 무엇보다 도서관 사업이 번창했다며 공립

도서관이 영국은 240개, 미국은 670개나 되고 거기에 엄청난 국비를 쏟아붓는 것은 물론 막대한 돈을 기부하는 독지가가 있다는 점을 강조했다.

"외국 도서관이 얼마나 훌륭한지, 그 조그마한 도쿄도서관만 아는 당신들은 꿈에도 생각지 못할 정도라고요!"

그의 매서운 호통을 들은 귀족원 의원들은 "이런, 2퍼센트인가!"라며 의기소침해져 아무래도 국립도서관 하나쯤은 가져야 제대로 된 나라라고 할 수 있겠구나, 마음에 새겼다.

이리하여 제국도서관 설립안이 무사히 귀족원과 중의원 양원을 통과했고, 1897년 4월 '제국도서관 관제'가 공포됐다. 다나카 이나기는 초대 제국도서관장으로 임명됐으며 제국도서관 부지는 우에노로 결정됐다.

1899년, 소장 가능 도서 120만 권, 열람석 730석, 연면적 2만 제곱미터라는 근사한 설계도가 완성됐다. 시카고 뉴베리도서관을 현지 견학하고 돌아온 문부성 소속 건축사 마미즈 히데오가 설계한 건물은 중정을 둘러싼 네모꼴로 지하 1층, 지상 3층 규모였고 위풍당당한 서양 고전주의 건축 양식이었다. 목표는 동양 제일, 아니 세계 제일가는 도서관! 1900년 3월, 제1기 공사를 화려하게 시작했다.

동쪽 블록을 착공했다.

동쪽 블록이 건설 중이다.

동쪽 블록을 완공했다.

동쪽 블록은 이미 지어졌다.

동쪽 블록만 있다.

동쪽 블록밖에 없다.

1905년의 일로 어째서인지 동양 제일, 아니 세계 제일가는 도서관 공사가 중지된다. 사실 '어째서인지'는 아니었다. 이유는 분명했다. 1904년, 러일전쟁이 발발했다. 1877년 세이난전쟁 때 나가이 규이치로가 겪은 고난과 똑같은 고난이 제국도서관 초대 관장 다나카 이나기를 덮쳤다.

"물가는 치솟고 전쟁 비용은 많이 들고, 아무리 생각해도 더 이상 건설은 무리입니다. 이것만으로도 훌륭한 건물이잖아요? 이제 됐지 않습니까, 여기서 시작하세요. 세계 제일이 아니면 어떻습니까? 동양에서 이만하면 그럭저럭 괜찮은 편이에요. 뭐가 불만입니까, 멋지지 않습니까?"

결국 설득당한 다나카 이나기는 이듬해인 1906년에 준공식을 거행하고 제국도서관을 개관한다. 분명 장엄하고 우아한 건물이었다. 중정을 둘러싼 네모꼴로 설계된 건물 한 면만 완성됐을 뿐이었지만 말이다. 그렇게 네모꼴이 아닌 일자형 제국도서관이 문을 열었고 동양 제일, 세계 제일가는 도서관은 환상으로 끝났다.

8

그날 저녁 식사를 또렷이 기억한다.

기와코 씨가 국제어린이도서관에 첫 발을 디딘 날, 견학을 마치고 밖으로 나오자 저녁밥을 먹고 가라고 했다. 그녀는 히야지루를 만들어줬다. 미야자키의 향토 음식이었다. 그때 처음으로 그녀의 고향이 미야자키라는 사실을 알았다. 출신지 정돈 진즉에 알아둘 일이라고 생각할지도 모르지만, 얼마 전까지 그녀가 도쿄에서 태어나 도쿄에서 자랐다고 믿어 의심치 않았기에 고향이 어디냐고 물어본 적이 없었다.

기와코 씨 집은 골목길 막다른 구석에 위치해 낮에는 매우 더웠지만, 다행히 콘크리트로 둘러싸이지 않은 덕에 저녁에는 선선했다. 골목에 깔린 납작한 돌에 물을 뿌리고 현관 미닫이문을 열어둔 채 모기향을 피우고 작은 선풍기를 돌리면 그럭저럭 더위를 견딜 만했다.

그녀는 2구짜리 가스레인지 한쪽에 냄비를 올려 보리밥을 짓고 다른 한쪽에 석쇠를 올려 말린 꼬치고기를 구웠다. 부엌이 좁아 나는 작은 도마와 칼을 들고나와 밥상에서 그녀의 지시에 따라 오이와 차조기와 양하를 잘게 채로 썰어 고명을 준비했다. 껍질이 노릇노릇 구워지며 고부라진 꼬치고기는 정성껏 머리와 뼈를 떼어내고 살을 발라 참깨 가루와 된장과 함께 손때 묻은 절구에 곱게 갈아 사발 안쪽에 덕지덕지 발랐다. 사발은 조금 전까지 석쇠가 놓여 있던 가스레인지 위에 뒤집혀 직화로 구워졌다. 이윽고 구수한 된장 냄새를 풍기며 밥상 위에 올라왔다.

"잠깐만 기다려."

기와코 씨는 실례할게, 라고 말하며 한 손은 벽을 짚고 다른 한 손은 무릎에 얹은 채 가파르고 좁은 계단을 올라가더니 2층에서 찬물이 담긴 주전자를 들고 조심조심 내려왔다. 대학에서 눌러살다시피 하는 2층 유노스케 군은 외출하고 없었다. 기와코 씨는 오늘 나를 초대할 작정으로 일부러 말린 꼬치고기와 채소를 사고 미리 주전자에 물을 담아 2층 냉장고에 넣어둔 모양이었다.

"잠깐만 기다려. 얼음도 얼려놨거든."

다시 한번 계단을 올라가려고 하길래 "제가 꺼내 올게요" 하고 일어섰다. 냉장고가 2층에만 있는 탓에 종종 유노스케 군 방에 들어가야 했다. 이미 익숙해진 나는 하늘색 플라스틱 그릇을 들고 2층으로 올라가서 문 두 개짜리 모서리가 둥근 소형 냉장고 냉동칸에서 얼음 틀을 꺼내 그릇에 쏟았다.

"기와코 씨, 얼음 새로 얼리는 게 좋을까요?"

2층에서 소리를 지르자 아래에서 더 큰 소리로 대답이 돌아왔다.

"아니, 아니. 그냥 얼음만 갖고 와."

1층으로 내려가니 기와코 씨가 주전자를 들어 절구통에 찬물을 붓고 있었다.

"얼음이 녹으면 맛이 묽어지니까, 이 정도만 섞자. 여름에는 히야지루가 최고야. 몇 안 되는 내 고향 자랑이야, 이거. 거의 유일하다고 봐도 좋아."

국물을 약간 진하게 마무리한 기와코 씨는 만족스러운 미소를 지었다. 그러고는 잘게 썬 채소와 얼음, 물기 뺀 두부를 으깨 집어넣었다. 우리는 갓 지은 보리밥에 시원한 히야지루를 듬뿍 부었다. 동동 뜬 얼음 사이로 오이와 차조기와 양하의 색이 내비쳐 여름 저녁 식사에 딱 맞는 상쾌한 식탁이 완성됐다. 때마침 "어이, 나 왔어"라는 소리가 들렸다. 현

관문이 열리면서 후루오야 선생의 백발이 언뜻 보였다.

"어머, 어서 와." 기와코 씨는 대답하며 재빨리 밥공기에 보리밥을 새로 퍼 담았다. 이 멋진 저녁 식사는 나만이 아니라 후루오야 선생을 초대하기 위해 준비된 것이었나 보다. 헤어졌네 마네 해도 두 사람은 나름대로 가늘고 길게 교제를 이어갔다. '차 마시는 친구'라고 했지만 어쩌면 그 이상의 관계였을지도 모른다.

기와코 씨가 솜씨를 발휘해 만든 미야자키의 향토 음식은 정말 맛있었다.

"진짜 오랜만이야, 도서관 안에 들어간 건." 배가 잔뜩 부른 기와코 씨는 다리를 쭉 뻗으며 말했다.

"예전엔 살다시피 했다면서요?" 그렇게 묻자 기와코 씨는 어리둥절한 표정을 지었다.

"그런 말 한 적 있었나?"

"있었어요. 말했어요."

"어마나, 그래? 좀 과장해서 말했네."

"그래, 당신은 옛날부터 곧잘 이야기를 부풀렸어." 후루오야 선생이 끼어들었다.

"지하 식당에 매일 갔던 건가요?"

"식당? 와, 싫다, 그건 아니야."

기와코 씨는 모기향 연기를 뚫고 용감하게 날아오는 모

기를 양손으로 탁 하고 잡아 화장지에 둘둘 말아 버리며 부정했다.

"살다시피 했다기보단, 그러지 않았을까 싶은 거야, 아주 오래전에."

"오래전이라면?"

"어렸을 적, 학교에 들어갈락 말락 하던 시절."

"그렇게 어릴 때요? 그 무렵엔 미야자키가 아니라 도쿄에 있었군요."

"응, 맞아."

배는 부르고 낡은 선풍기에서 불어오는 가는 바람이 기분 좋았다. 어디선가 불꽃놀이 소리가 들려왔다. 아이들은 이미 여름방학에 들어갔을 무렵이었다. 기와코 씨는 벌레가 들어오지 않도록 전등을 끄고 원통형 행등 양초에 불을 붙였다. 흐릿하게 밝아진 아담한 네모진 방은 시대와 장소마저 애매모호한 공간으로 바뀌었다. 그 공간은 과히 나쁘지 않았다.

"그 건물 안 말이야, 참 서늘했어."

기와코 씨의 말에 지하 식당 이야기는 아니구나, 생각했다.

우에노 도서관,
제일고 학생을 사로잡다

히메지중학교를 갓 졸업한 와쓰지 데쓰로는 그달 말 제일고등학교에 입학하기 위해 도쿄로 올라왔다. 처음 온 도쿄에서 데쓰로를 사로잡은 것은 고향 히메지에서는 이제껏 보지 못한 커다란 서양 건축물이었다. 니콜라이당의 둥근 지붕을 보자마자 데쓰로는 탄성을 내뱉으며 이런 건축물은 어떤 풍토를 배경으로 만들어지는 걸까 생각했다.

히메지에 있을 때 신문에서 개관 기사로 본 우에노 제국도서관에 발을 내딛던 순간, 새로 지은 그 아름다운 건물에 마음을 빼앗겼다. 그저 건물 구경에서 끝나지 않고 차분히 느긋하게 책을 바라보며 자신만의 공간을 차지한 채 홀로 시간을 보낼 수 있다는 사실에 감격했다. 특히 열람실의 높은 천장과 샹들리에가 정말 좋았다. 샹들리에 아래 앉아 책을 읽는 자신을 상상하니 가슴에 이루 말할 수 없는 행복이 차올랐다. 이후 데쓰로는 뻔질나게 도서관을 드나들었다.

"시골은 통신판매로 살 만한 영어책이 한정되어 있거든. 여긴 엄청나게 많아, 꿈만 같아. 게다가 통신판매 책은 보통 싸구려 문고본으로 글자가 작아 읽기 힘들었는데, 여기 책은 달라. 고급 양장본에 두꺼워. 이것 봐, 종이마저 다르다니까."

옆에 앉은 제일고 후배에게 나지막이 속삭인 뒤 데쓰로는 워즈워스 시집을 얼굴에 갖다 대고 코를 킁킁거렸다.

"뭔가 향수처럼 좋은 냄새가 난달까. 이게 영국 번영의 냄새인가?"

데쓰로는 가만히 눈을 감았다. 옆자리 제일고 학생도 덩달아 책 냄새를 살짝 맡았다.

"야, 준이치로. 도쿄는 참 좋은 곳이구나."

와쓰지 테쓰로가 감탄하자 도쿄 니혼바시 가키가라초 출신인 다니자키 준이치로는 그다지 싫지 않은지 미소를 지었다.

다카마쓰중학교를 졸업하자마자 도쿄로 올라온 기쿠치 간 역시 상경한 다음 날, 르네상스 양식의 아름다운 제국도서관을 찾았다. 도서관이 개관하고 데쓰로가 영국 시집에서 나는 종이 향기를 자각한 지 2년 후의 일이었다. 역사소설을 좋아하는 간은 다카마쓰 시절 상권밖에 구하지 못했던 하루노 야오보로의 『여무사』를 발견하고 매우 기뻐하며 곧장 빌려 읽었다. 별반 감동은 못 느꼈지만, 도서관은 맘에 들어 매일 다녔다.

몇몇 학교를 전전한 끝에 간은 제일고에 입학해 와쓰지 데쓰로, 다니자키 준이치로의 후배가 됐다. 하지만 유독 친하게 지내던 사노 후미오가 훔친 망토를 대신 전당 잡히려다가 죄를 뒤집어쓴 채 결국 퇴학당하고 말았다. 간은 가끔 사노 때문에 애를 먹었다. 함께 도서관에 갔을 때 잉크병을 갖고 들어가려다가 꾸중 들은 사노가 화내며 현관 바닥에 잉크병을 내던져 대소동이 벌어지기도 했다. 친구가 다소 제멋대로 군다는 사실을 간도 모르진 않았다. 다만 망토 사건이 터지자 몸을 바쳐 친구를 감싼 걸 보면 그에게 사노는 그런 기질까지 포함해 매력적인 남자였음이 틀림없다.

물론 간의 제일고 시절 친구 하면 단연 유명한 이는 아쿠타가와 류노스케다. 교바시에서 태어나 혼조에서 자란 류노스케는 제삼중학교(지금은 도립료고쿠고교) 시절부터 제국도서관을 드나들었지만, 머리에 들이붓듯 책을 읽고 박학다식을 자랑하는 위세는 다카마쓰에서 온 얼굴이 네모진 친구에게 맡겼다. 어느 날, 류노스케는 어깨를 으쓱거리며 도서관에서 나오는 책벌레 간을 불러 세웠다.

"야, 간. 경단 안 먹을래?"

"경단?"

"바로 저기 도쇼구 신사 입구 앞에 '우구이스'라고 경단 가게가 있어. 몰랐어?"

"어, 몰라."

기쿠치 간은 경단과 도서관이 무슨 관계가 있느냐고 묻는 듯한 네모진 얼굴로 대답했다.

"고토토이 경단보다 우구이스 경단이 더 맛있대."

간은 가느다란 눈을 동그랗게 떴다.

"너도 참 별걸 다 안다니까."

아쿠타가와 류노스케는 살짝 벌어진 기모노 옷깃을 여미더니 손가락으로 아래턱을 쥐는, 버릇이 되어버린 몸짓을 하며 흐뭇하게 말했다.

"여자애랑 이야기하면 별별 걸 다 알려주거든."

9

"그 건물 안 말이야, 참 서늘했어."

맛있는 향토 음식인 히야지루로 배를 채운 기와코 씨는 눈을 감았다. 유시마성당 대성전에서 눈을 감았던 것처럼. 혹은 우에노공원에서 눈을 감고 우에노 전투 전 간에이지를 상상해보라던 것처럼. 눈꺼풀 뒤 광경을 더듬으며 말을 이어갔다.

"지금 생각하면 저렇게 관료풍 사람들만 있는 곳에 어떻게 들어갔나 몰라. 어린아이라 쫓겨났을 법하잖아. 근데 난 분명 들어갔어. 이렇게 눈을 감으면 복도를 걷던 감각이 되살아나. 어두워서 조금 무서운 느낌이랄까. 고요했어, 도서관이니까. 하얀 벽이 바깥 온도를 차단해 여름인데도 서늘했어. 오른쪽 왼쪽 할 것 없이 복도에 책인지 서류인지 뭔지가 담긴 골판지 상자가 가득 쌓여 비좁았어. 천장은 무지 높고 문은 두꺼워서 이 세상과 다른 세상 같았어. 그야말로 별세계로 통하는 문이 열린 듯했지."

기와코 씨는 황홀한 표정을 지었다. 그녀가 처음으로 우에노 도서관 건물에 들어간 것은 전후였다.

"전후라면 종전 직후인가요?"

"어, 전쟁이 끝난 지 얼마 안 됐을 때였어."

"그때도 도서관이 문을 열었나요?"

응, 응 하며 기와코 씨는 고개를 두 번쯤 끄덕였다.

"당시 나는 가족과 떨어져 지냈어. 이쪽 사람에게 맡겨졌달까, 뭐랄까."

"그거, 드문 일이잖아요? 도쿄 사람이 아이를 지방으로 피난시켰다는 얘기는 자주 들어도."

"뭐, 사정이 있었겠지. 근데 아예 없는 일도 아니었어. 그 무렵엔 다들 어깨를 맞대고 서로 도우며 살아갈 수밖에 없었으니까."

손수 가져온 고구마소주를 따서 멋대로 주전자에 담긴 물과 섞어 마시던 후루오야 선생이 고개를 끄덕이며 끼어들었다.

"우리 가족은 대륙에서 살다가 돌아온 귀환자였어. 하카타항에 도착해 친척이 거주하는 오사카까지 가야 했는데 무일푼이었지. 그래서 아버지와 어머니, 세 살 위 누나와 나 넷이서 구두닦이로 여비를 벌었어."

"정말요?"

"그래. 나와 누나가 손님을 데려오면 아버지와 어머니가 구두를 닦았어."

"후루오야 선생도 고생했군요."

"기와코의 고생과는 다른 고생이었지만."

"그때 어디서 지냈나요?"

"싸구려 여인숙에 묵었어. 배는 고프니 밥은 먹어야지, 차비는 모아야지. 하는 수 없이 역에서 자기도 했어."

후루오야 선생의 말을 뒤로하고 나는 기와코 씨에게 질문을 던졌다.

"아주 작은 아이였을 텐데 혼자 못 들어가잖아요?"

"시원했어, 건물 안이."

"뭐, 그랬겠지만, 어떻게?"

"시원하니까 가자면서 데려갔어. 친부모 대신 돌봐주던 사람이. 배낭 안에 넣어진 채 갔던 것 같아."

"그렇게 작았어요?"

"나만 두고 나갈 수 없었겠지. 아마 도서관도 그래서 눈

감아주지 않았을까?"

소학교에 들어가기 전 일이라 기억이 잘 나지 않는다고 전제한 후 기와코 씨가 들려준 이야기는 이러했다.

기와코 씨가 지내던 곳은 주택이라 부르기도 뭣한 허름한 골목길에 자리한 판잣집(그게 말이야, 당시에는 집이 모두 불타버려서 살 곳이 없었다고 기와코 씨가 설명하자 옆에서 후루오야 선생이 고개를 끄덕끄덕했다)이었고, 도서관에 데려간 사람은 귀환병이었다. 그리고 또 한 명 그 남성의 친구가 같이 살았다. 친구는 물장사를 해서 밤에는 집을 비웠다가 아침에 돌아왔기에 낮에는 대개 잠을 잤다. 어쨌든 그 둘이 생활하는 집에 맡겨진 기와코 씨는 귀환병 오빠와 함께 매일같이 도서관을 다녔다.

"그 오빠라는 사람이 히구치 이치요를 좋아하던 오빠인가요?"

"응, 그래. 어머, 어떻게 알아?"

"알고말고요. 전에 말한 적 있잖아요."

"그랬던가."

"그 사람이 '꿈꾸는 제국도서관'을 쓰던 사람인가요?"

"그래그래. 도서관에서 소설을 구상했던 게 아닐까. 뭘 하는지는 난 어려서 잘 몰랐지만. 가끔 얘기를 들려줬어. 도서관이 히구치 이치요를 사랑하거나 도서관이 돈 때문에 고

생하는 글을 쓰고 싶다고 말이야. 도서관 역사를 있는 그대로 기록하면 재미없으니 이래저래 머리를 굴려야 한다는 말을 자주 하곤 했어.”

어린 기와코 씨가 그 오빠들과 같이 지낸 기간은 3년에서 4년 정도로, 그 후 부모가 사는 미야자키현으로 돌아갔다.

“사실 난 미아였어.”

“미아?”

“아마 볼일 보러 도쿄에 올라온 부모를 따라왔다가 귀환자니 부랑아니 사람들로 북적거리는 우에노에서 길을 잃어버렸겠지.”

“우와, 큰일이었겠네요.”

“그렇지. 아버지와 어머니도 나를 찾아 헤매다가 결국 찾지 못하고 단념한 채 일단 미야자키로 내려간 거지. 지금 생각하면 꽤 운이 좋았어. 그 오빠들이 집으로 데려간 덕분에 무서운 일 따윈 겪지 않았으니까.”

“그러다 몇 년 후에 기와코 씨를 찾던 부모님 품으로 돌아간 건가요?”

“어, 맞아.”

“뭔가 굉장하네요.”

“응.”

기와코 씨는 고개를 끄덕이더니 묘한 얼굴로 가만히 앉

아 잠시 아무 말 안 하다가 천천히 입을 열었다.

"있잖아, 넌 어릴 적 일을 얼마큼 기억해?

"얼마큼이요?"

"학교에 들어가기 전 일이 기억나?"

"기억나는 일이 있긴 한데 선명하진 않아요. 부모나 형제에게 듣고 나중에 덧대어진 기억도 있을 테고요."

"그렇지. 난 도쿄에서 지낸 뒤 쭉 미야자키에서 살았고, 그 오빠들과는 연락이 끊겼거든. 그래서 그 시절 일을 떠올리면 기분이 되게 이상해."

"이상?"

"진짜인지 가짜인지 잘 모르겠달까."

그러고는 자리에서 쓱 일어나더니 주전자를 들어 물을 붓고 가스레인지 위에 올렸다. 정신을 차려보니 어느새 시간이 꽤 흘러 있었다. 멀리 지바에서 온 후루오야 선생이 술을 너무 많이 마시는 게 걱정됐던 걸까.

"내 생각으론 그 사람들, 연인 사이였던 것 같아."

기와코 씨는 담담히 말했다.

"그래, 뭐, 당신이 그렇다면 그렇겠지."

그때까지 비교적 얌전히 듣기만 하던 후루오야 선생이 한마디 거들었다. 처음 듣는 이야기가 아닌 모양이었다.

"기와코 씨가 길을 잃고 양친이랑 떨어졌을 때 몇 년간

게이 커플의 보호를 받았다는 건가요?"

처음 듣는 소리에 나는 깜짝 놀라서 다소 과하게 반응했고, 기와코 씨는 살짝 얼굴을 찡그렸다. 말하지 말걸, 생각했을지도 모르겠다.

"정확하진 않아, 아주 어렸을 적 일이라서. 그랬지 않았을까 하는 거지, 아니었을 수도 있어."

"그래, 어느 쪽인지 누가 알겠어. 좋든 싫든 상관없이 뒤죽박죽 살아가던 시대였으니."

후루오야 선생은 애매모호한 말을 꺼냈고, 기와코 씨는 "차 다 우려졌어"라며 밥상 위에 놓인 절구와 그릇을 치우더니 찻주전자와 찻잔을 올렸다. 그날 들은 기와코 씨의 어린 시절 일은 그것뿐이었다. 어느새 선생이 화제를 바꿨기 때문이다. 전직 대학교수답게 화제를 독점했는데, 그쪽이 기억에 더 선명하게 남았다. 선생이 들려준 도서관과 두 남자 이야기는 기와코 씨의 화두와 어딘가 이어져 있었다.

"『은하철도의 밤』, 읽어봤지?"

후루오야 선생은 고구마소주 대신 차를 마시며 말을 이었다.

"끝까지 함께 가자던 조반니와 캄파넬라는 결국 헤어지고 말잖아. 그 소설 말이야, 실제로 있던 일을 반영했다는 설이 있어. 캄파넬라가 죽은 여동생이 아니란 주장인데. 요컨대 미야자와 겐지가 조반니고, 한 친구가 캄파넬라라는 거지."

"그 친구, 죽었어?"

기와코 씨가 묻자 후루오야 선생이 머리를 가로저었다.

"죽진 않았어. 헤어졌을 뿐이지. 겐지는 그 친구와 끝까지 함께 가고 싶어 했지만, 상대방이 거부했어."

"끝까지라, 어디?"

"그때 겐지는 일련종에 푹 빠져 있었어. 신앙의 길을 둘이 손잡고 같이 걸어가기를 바랐지. 친구는 그 길이 옳은지 아닌지 망설인 끝에 자신은 다른 길을 가겠다며 고향으로 돌아가 흙과 함께 사는 삶을 선택하지. 농사 말이야."

"미야자와 겐지도 농사를 짓지 않았나?"

"그렇긴 한데 두 사람이 헤어진 건 겐지가 라스지인협회를 시작하기 훨씬 전이야. 모리오카고등농림학교 시절에 만나 동인지를 함께 만들었어. 이후 절친한 사이로 지내다 국주회에 심취한 겐지가 친구에게 신앙을 강요한 탓에 결별하게 돼. 여동생이 죽기 전의 일이야."

"국주회가 뭔데?"

"일련종에서 파생한 우파 재가 불교 단체."

"하지만 『은하철도의 밤』은 말년 작품이잖아."

"맞아. 겐지는 20대에 마음이 통하는 벗을 잃은 상처를 평생 끌어안고 살았던 거야. 그리고 여기가 기와코의 관심과

겹치는 부분인데."

"뭐가 겹쳐?"

"그 두 사람이 결정적으로 이별을 맞이한 곳이 바로 우에
노 제국도서관이거든."

"정말?"

"뭐, 설득력 있는 추론이야."

"언제 헤어졌는데?"

"1921년."

"두 사람, 결국 연인 사이였던 걸까?"

"그런 설을 제기하는 사람도 있긴 한데, 정신적 관계가
아니었을까. 알다시피 겐지는 일본 근대 문학사에서 유명한
동정 시인이니까. 다만 각별한 마음이 너무 커서 겐지 자신
조차 '연애'라고 의식할 정도였겠지."

"조반니가."

"캄파넬라에게."

도서관 환상,
미야자와 겐지의 사랑

나는 '달케'라고 자칭하는 자와

냉정히 마지막 작별 인사를 나누고

열람실 3층에서

하얀 모래를 아득히 더듬는 마음으로

그 지하실로 내려와

번갈아 더운물과 찬물을 들이켠다

그때 가스등 등피가 깨지고

불꽃이 파꽃을 이루며

망막 반을 빼앗기니

그 동굴은 까맣게 착란한다

이리하여 나는 그 편지 속

달케라고 자칭하는 철인과

영원한 이별을 맞이하노라

                            – 미야자와 겐지, 「도쿄 노트」에서

도서관에 마음이 있었다면 이 젊은 시인을 어떻게 생각했을까. 미야자와 겐지는 1921년 초에 고향을 뛰쳐나와 밤 기차를 타고 도쿄로 올라온다. 그 길로 우구이스다니에 위치한 국주회를 찾아가 자신은 법화경과 더불어 평생 살아가기로 결심했다, 신발 지킴이라도 상관없으니 일하게 해달라, 여기에 머물게 해달라고 호소한다. 하지만 가출이나 다름없이 갑자기 집을 나와 찾아온 청년을 냅다 받아줄 리 없다. 잘 생각해보고 다시 오라는 말을 듣는다.

요전에 도쿄제국대학병원 고이시카와 분원에 입원한 여동생 도시를 간병하러 상경했을 때도 시인은 우에노 제국도서관에 종종 발을 들여놓았다. 이번에도 어쨌든 아카몬 근처 인쇄소에서 소일거리를 구하고 기쿠자카에서 하숙집을 정한 후 우구이스다니 국주회에 다니는 한편 바지런히 제국도서관을 드나든다.

시인은 히구치 나쓰코처럼 열심히 책을 빌려 읽었다. 동시에 나카라이 도스이를 사랑했던 나쓰코와 같은 눈빛으로 3층 열람실 커다란 창문 너머 밖을 바라보며 수심에 잠겼다.

달케 혹은 나의 친구 캄파넬라.

끝까지, 끝까지 함께 가자.

시인은 그 평생의 친구와 고등농림학교 기숙사에서 같은 방이었는데, 친구가 어떤 사건 때문에 퇴학 처분을 받고 야마나시로 돌아간 뒤로 벌써 3년이나 만나지 못했다. 그동안 두 사람이 주고받은 편지가 늘어만 갔다. 친구는 자원병으로 입대해 얼마 전까지 도쿄 고마바에 있었다. 임기는 1년, 지난 연말에 만기 제대하는 바람에 두 사람은 또다시 엇갈리고 말았다. 지금 시인은 도쿄, 친구는 야마나시. 만나고 싶다.

그해 여름, 젊은 시인은 더한층 안절부절못했다. 드디어 친구가 도쿄에 온다. 친구는 견습 사관으로서 갑종 근무 훈련을 위해 한 달간 고마바 연대에 다시 입대할 예정이었다.

"어때? 혹시 괜찮으면 시간을 정해 히비야 근처나 식물원 혹은 박물관에서 만날까?"

만날 수 있다. 시인은 마음이 설레는 한편 혼란스럽다.

(이런 고요하고 좋은 곳에서 나는 왜 더 유쾌해지지 않는 걸까. 어째서 이렇게 홀로 쓸쓸한 걸까. 아, 정말 끝까지 끝까지 나와 함께 갈 사람은 없는 건가.)

시인은 친구를 만났다. 휴가를 얻어 나온 견습 사관은 군복을 벗고 제국도서관을 찾아왔다. 그는 친구보다 조금 늦게 어두운 도서관 현관을 지나 계단을 한 발 한 발 힘껏 딛고 올라가 3층 바닥을 밟으며 땀을 닦았다. 그곳 천장은 엄청나게 높았다. 천장과 벽이 회색 음영만으로 이루어진 것처럼 느껴졌다. 회반죽을 차갑게 굳혀 만들어서임을 그때의 시인은 몽롱해 알아채지 못했다.

(그렇다. 이 거대한 방에 그가 있다. 이번에야말로 만날 수 있다.) 그렇게 생각하니 가슴 어딘가가 뜨거워지는 듯 녹아내리는 듯한 느낌이었다.

높이 6미터쯤 되는 큼지막한 문이 반쯤 열려 있었다. 시인은 스르르 들어갔다. 몇 번이나 편지를 주고받으며 둘은 서로 할 말이 있음을 알았다. 얼굴을 마주 보고 이야기해야 한다는 생각에 시인도 친구도 도쿄라는 장소를 선택했다. 방 안은 텅 비어 싸늘했다. 키가 작은 친구는 이마에 손을 얹고 커다란 창문 너머 서쪽 하늘을 가만히 바라봤다. 재회는 덧없는 시간이었다. 3년이란 세월과 그동안 주고받은 편지 양에 비해 압도적으로 짧은 시간과 말 속에서 두 사람은 가는 길이 갈라졌음을 깨달았다.

"그럼 나중에 또 보자." 친구가 말했다.

"나는 혼자 책을 좀 읽다 갈게." 시인이 대답했다.

시인은 완만한 반원형 나무 창틀에 몸을 기댄 채 모리오카에서 친구와 지내던 시절을 떠올리며 창밖을 내다봤다. 친구는 점점 멀어져갔다. 차츰 해가 지더니 밖이 어두워졌다. 어디선가 은하 스테이션, 은하 스테이션 하는 이상한 목소리가 들리는가 싶더니 돌연 눈앞이 확 밝아졌다. 마치 억만 반딧불오징어가 내뿜은 불빛을 단번에 돌로 바꿔 온 하늘에 가라앉히는 상태랄까.

"나는 어머니가 정말로 행복해진다면 뭐든지 할 수 있어. 근데 뭐가 어머니의 가장 큰 행복일까?"

캄파넬라는 어쩐지 울고 싶은 마음을 애써 참는 것처럼 보였다.

"이대로 끝까지 나아가자."

조반니는 캄파넬라에게 말했다.

"좋습니다. 남십자성에 도착하는 것은 다음 3시쯤입니다."

차장은 조반니에게 종이를 건네고 맞은편으로 갔다.

조반니는 아, 하고 깊은 한숨을 내쉬었다.

"캄파넬라, 또 우리 둘만 남았구나. 끝까지, 끝까지 함께 가자. 나는 이제 모두의 행복을 위해서라면 그 전갈처럼 몸 따윈 100번 불타도 상관없어."

"응. 나도 그래."

캄파넬라의 눈에 아름다운 눈물이 맺혔다.

"하지만 진정한 행복이란 대체 뭘까?"

조반니가 말했다.

"내 표는 회색이야."

캄파넬라는 말을 이어갔다.

"네 표는 녹색이네. 불완전한 제4차원 환상 은하철도고 뭐고 어디든지 갈 수 있겠지?"

"난, 모르지."

조반니가 멍하니 대답했다.

"그래, 나도."

캄파넬라의 눈에 아름다운 눈물이 맺혔다.

"캄파넬라, 우리 함께 가는 거야."

조반니가 이렇게 말하며 돌아보자 방금까지 캄파넬라가 앉아 있던 자리에 더는 캄파넬라 모습은 보이지 않고 그저 검은 우단만 빛났다.

나는 간신히 10층 바닥을 밟으며 땀을 닦았다.
그곳 천장은 엄청나게 높았다. 천장과 벽 전체는 회색 음영만으로 이루어진 건지, 차가운 회반죽을 굳혀 만든 건지 알 수 없었다.
(그렇다. 이 거대한 방에 달케가 있다. 이번에야말로 만날 수 있다.) 생각하니 가슴 어딘가가 조금 뜨거워지는 듯 녹아내리는 듯한 느낌이었다.

– 미야자와 겐지, 「도서관 환상」에서

기와코 씨와 사이가 서먹해진 건 전적으로 내 잘못이었다. 기와코 씨는 매년 반드시 연하장을 보냈고 여름에는 귀여운 안부 엽서를 보냈다. 나는 항상 정월 초하루가 지나서야 답례 연하장을 쓰는 칠칠치 못한 성격이라 어떤 해는 답신조차 하지 않았고 여름 안부 엽서는 대개 받기만 했다.

그녀를 만나려고 엽서를 보내는 일은 생각보다 귀찮았다. 보통은 불쑥 집에 찾아가 있으면 만나고 없으면 만나지 않는, 그런 교제 방식을 좋아했다. 게다가 언제부턴가 별로 바쁘지 않은데도 바쁜 체하는 못된 버릇이 붙었다. 우에노의 미술관이나 콘서트홀에 갈 일이 생겨도 볼일을 마치면 바로 돌아가려고 조바심치거나 다른 사람과 따로 약속을 잡아버리곤 했다.

기와코 씨와 처음 만났을 때는 독신으로 깊이 교제하는 상대가 없었지만, 안정된 파트너를 만나 함께 살기 시작한 것도 소원해진 요인이었을지 모른다. 그 무렵 몇 달간 외국에 나가 생활하기도 했고, 집필한 소설이 비교적 큰 상을 받은 덕에 이사도 했다. 이사 소식을 알리긴 했는데 생활환경이 바뀌었고 새 친구가 생긴 탓도 컸다.

기와코 씨는 정말 특별한 사람이라 시간에 쫓기지 않고 느긋하게 만나고 싶은 마음이 늘 어딘가에 있었다. 실은 사이가 멀어지기 전 한두 번 다음 볼일 사이에 한 시간 정도 잠깐 만나기도 했다. 그런데 시계를 힐끔힐끔 곁눈질하며 안절부절못하는 내 태도를 기와코 씨가 섭섭해하고 나무라는 듯해 제멋대로 피해망상에 사로잡혔다. 아마 기와코 씨는 비난 따윈 하지 않았을 텐데, 그냥 스스로에게 염증을 느꼈지 싶다.

그래서 만난다면 예전처럼 엽서를 보내거나 가끔 어딘가로 식사하러 가자고 해야지, 그럼 가격이 적당한 맛있는 식당을 예약해야 하나 등등 이상하게 몸이 굳어지는 일만 생각했다. 그리고 하루하루 '바쁘다'라는 기분 나쁜 주문을 외우다 보니 눈 깜짝할 새 시간이 후다닥 흘러갔다.

기와코 씨와 2년 남짓 전혀 만나지 않다가 마음먹고 야나카 집을 찾아간 것은 동일본대지진 이후였다. 솔직히 고백하자면 기와코 씨와의 만남이 본 목적은 아니었다. 그날 우에노동물원으로 판다를 보러 갔다가 돌아오는 길이었다.

벌써 6년이나 지났으니 그날 그때가 어떠했는지 모호하다. 다만 지금도 해일 영상을 볼 때면 대부분 사람이 어딘지 과민해졌던 첫 한 달의 감각이 생생히 되살아난다.

3월 11일 이후 여진이 이어지던 무렵에는 원전 사고 추이를 지켜보며 살았다. 슈퍼마켓에서 파는 페트병에 든 생수가 동이 났다느니, 도요스 주변은 액상화현상이 심각하다느니, 아무개 집은 책장이 다 쓰러져 곤란하다느니, 고층 빌딩 엘리베이터가 움직이지 않는다느니 하는 소문이 심심찮게 들려왔다. 도호쿠 연안부 재해에 비하면 대수롭지 않은 도쿄 피해는 어딘지 심각성이 덜했음에도 붕괴한 발전소에서 만든 전기를 현지가 아닌 도쿄에서 소비한다는 사실에 항상 양심의 가책을 느꼈다.

유방암 검진을 호소하는 광고와 동물 캐릭터가 등장해 '포포포퐁' 하며 손인지 발인지를 한데 모아 춤추는 공익광고만 쓸데없이 자꾸 TV에서 흘러나왔다. 지방이나 해외에 사는 친구들이 안부 인사를 건네면 괜찮아, 이쪽은 괜찮아를 되풀이했지만, 여전히 세상이 흔들리는 듯한 묘한 감각이 가시지 않아 얼마간 글 쓰는 일조차 힘들었다.

그런 와중에 우에노동물원이 판다를 공개한다는 뉴스는 오랜만에 듣는 밝은 소식이었다. 싱싱과 리리라는 두 마리 판다는 그해 2월 쓰촨성에서 건너왔다. 즉 가엽게도 2008년 쓰촨대지진을 겪은 데다 긴 여행을 마치고 우에노에 정착한 지 얼마 안 돼 또다시 대지진을 겪은 셈이었다. 인생관(이렇게 말해도 되려나)이 바뀔 만한 대지진을 두 번이나 경험한 대왕판다는 잠시 불안정한 상태였으리라.

아무튼 4월 1일 공개가 결정됐고, 나는 4월 초쯤 보러 갔다. 봄다운 맑고 포근한 날이었다. 우에노공원은 벚나무가 멋들어지게 가지를 펼쳤고, 우에노동물원은 아이들과 어른들로 북적거렸다. 판다를 보러 온 사람은 따로 줄을 섰는데, 그다지 대기 시간이 길지 않았다. 평일 낮이라 그랬던 걸까.

싱싱과 리리는 그때 그런 상황에서 국민적인 인기를 자랑하는 동물원 스타가 해야 할 일을 완벽하게 이해했다. 관람객한테 가장 잘 보이는 위치에 듬직하게 앉아 대나무를 유유히 먹어 치웠다. 걸어 다니기보다 앉은 자세에 더 적합한 체형, 포동포동 둥근 등, 아무렇게나 뻗은 뒷다리, 머리가 푹 파묻히는 부드러운 어깨, 무심히 대나무를 뒤적거려 차례차례 입으로 가져가는 앞다리. 그 모든 것이 자, 이제는 아무 생각 없이, 아무 걱정 없이 동물원에서 느긋하게 휴일을 즐기라고 말하는 것 같았다.

얼마 동안 판다 하우스 앞에 멍하니 서 있었을까. 그래도 역시 사람이 물결을 이룰 정도라 암묵리에 판다와 마주하는 정면을 잠깐 독차지하다가 뒤에서 몰려오는 다른 손님에게 자리를 내줘야 했기에 그리 오랜 시간 커다란 흑백 동물을 바라보지 못했을 게다.

화창한 봄날, 모처럼 일이 아닌 다른 볼일로 외출해 한가로이 대나무를 먹는 판다를 보니 마음이 둥실둥실 들떴다. 남다른 감각에 아, 이렇게 날씨 좋은 날 누군가 만나러 가고 싶단 생각이 들었고 자연스레 기와코 씨의 웃는 얼굴이 머릿속에 떠올랐다. 그러고 보니 우리가 처음 만난 곳도 우에노공원 벤치였다. 2년여 만에 예의 '불쑥 방문'을 해보고 싶어졌다. 지진 재해를 어떻게 견뎌냈는지도 궁금했다. 뭣보다 그날은 다른 약속이 없어 예전처럼 시간이 아주 넉넉했다.

나는 동물원에서 나와 공원을 지나 어린이도서관을 오른쪽에 두고 걸어가다가 예대 앞을 거쳐 샛길을 따라 우에노 사쿠라기를 가로질렀다. 기와코 씨가 사는 야나카 목조 주택으로 향하는 도중 몇 번이나 이리저리 헤맸다. 길을 잘못 들었나 싶어 일부러 산사키자카 쪽으로 돌아가서 눈에 익은 건물인지 확인하며 그 목조 주택이 자리한 좁은 골목을 찾았다. 괴상한 아파트가 몇 년 전에 주민 반대를 무릅쓰고 지어진 사실은 알았지만, 그 외 장소도 왠지 기억보다 뿌옇게 변해서 마음이 싱숭생숭했다. 대부분 같은 가운데 어딘가 다른 부분이 있는, '다른 그림 찾기' 입체판을 걷는 기분이라 연신 소름이 끼쳤다. 마치 카프카의 소설 속 같달까. 가도 가도 다다르지 못하는.

한참을 쩔쩔매고 나서야 깨달았다.

기와코 씨의 집이 없다. 좁은 골목을 따라 늘어섰던 집은 모두 사라지고 공터가 되어 있다.

얼마간 우두커니 서 있는데 큰길에서 개가 코를 킁킁거리며 산책하는 모습이 보였다. 되돌아가 개 목에 묶인 줄을 잡고 걸어가는 반백의 중년 남성에게 말을 걸었다.

"여기, 전에, 집, 있었죠?"

중년 남성은 개 목줄을 살짝 끌어당겨 멈추더니 잠시 고개를 갸웃하다가 대답했다.

"그럴걸요."

"그죠, 있었죠?"

"네, 있었어요."

"지진이 났을 때 무너졌나요? 뭔 일이 있었나요?"

"음, 아무 일 없었어요."

"없었다면?"

"지진 당시에도 이랬어요."

"지진이 나기 전부터 공터였나요?"

"그럴걸요."

근처에 사는 주제에 좀 더 똑똑히 기억하면 좋잖아! 애먼 사람에게 분풀이하고 싶은 감정이 복받쳤다. 이런 내 마음을 알 리 없는 중년 남성은 이야기가 끝났다고 생각했는지 슬쩍 인사한 뒤 개를 데리고 저편으로 사라졌다. 몇 번이나 서성거렸는데도 알아채지 못한 이유는 공터가 된 땅이 생각보다 훨씬 작았기 때문이다. 그 작은 땅에는 푸른 큰봄까치꽃이 만발했다.

현 국제어린이도서관 열람실 입구

「출세」, 「마술」, 「핫산 칸의 요술」

다이쇼시대에 제국도서관을 드나든 이로 인도인 마티람 미스라는 특기할 만하다. 미스라가 실존 인물이라는 근거는 다니자키 준이치로와 아쿠타가와 류노스케라는 두 명의 이름난 문호가 동시에 자기 작품 속에서 '실제로 만난 인물'이라고 이야기했다는 점이다.

한 사람만이 아니라 두 사람이나 글을 쓴 데다 둘 다 문학사 교과서에 굵은 글씨로 실릴 만큼 대작가다. 그 권위는 언제나 중대하기에 그들이 '실제로 만난' 오모리에 살던 마티람 미스라를 제국도서관 주요 인물 명부에 기재하는 데 문제가 없다고 생각한다.

다니자키 준이치로가 미스라 씨를 제국도서관에서 만난 시기는 1915년께. 당시 다니자키는 「현장 삼장」이라는 삼장법사를 주인공으로 한 단편을 집필하던 중이라 인도 전설을 참고하려고 우에노 제국도서관을 다녔다. 코 옆에 깊은 주름이 파인 인도인과는 'I' 항을 검색하다가 대화를 나누기 시작해 우에노 장어집 '이즈에이'에서 같이 식사할 정도로 친한 사이가 됐다. 무엇보다 인도가 배경인 소설을 쓰던 다니자키는 어떻게든 미스라 씨와 친밀하게 지내며 인도 마술 이야기가 듣고 싶었다.

미스라 씨는 어딘지 모르게 조울증을 연상시키는 기분파였다. 갑자기 뚱해서 서먹서먹하게 굴며 도서관에서 마주쳐도 피하는가 싶더니 어느새 수다스러워져 억지로 장어집에 데려가서는 홍등가에 놀러가자고 졸랐다. 여하튼 다니자키는 인도 근대사와 불교 지식을 잔뜩 뽐낸 끝에 미스라 씨가 몸에 익힌 '핫산 칸의 요술'을 자기한테 펼쳐보이는 클라이맥스로 독자를 이끌어간다.

후배인 아쿠타가와 류노스케가 미스라 씨를 만난 곳도 제국도서관이 아니었을까. 다니자키가 「핫산 칸의 요술」을 발표한 해는 1917년, 그로부터 3년 후 아쿠타가와는 「마술」이란 단편에 마티람 미스라 씨와의 친분을 풀어놓는다. '한 달쯤 전' 미스라 씨에게 아쿠타가와를 소개한 '한 친구'는 바로 다니자키였을 게다. 아쿠타가와 류노스케가 쓴 마티람 미스라 소개를 인용하면 이러하다.

"미스라 군은 오랜 세월 인도 독립을 도모한 콜카타 출신 애국자이자 동시에 핫산 칸이라는 유명한 바라문에게 비법을 배운 젊은 마술 대가입니다."

다니자키는 핫산 칸의 요술을 체득한 미스라 씨가 지닌 신통력을 통해 고대 인도 세계관 속 한가운데 우뚝 솟은 성스러운 산, 수미산에 가서 세상을 떠난 어머니가 한 마리의 아름다운 비둘기로 변한 모습을 목격한다. 반면 아쿠타가와는 수미산이나 윤회 세계가 아니라 다소 속임수 섞인 마술을 보고 완전히 사로잡혀 미스라 씨에게 애원한 끝에 가르침을 받기로 한다. 두 문호와 미스라 씨의 교우 관계가 궁금하다면 두 단편을 꼭 읽고 비교해보길.

다이쇼시대 제국도서관 하면 미스라 씨가 매일 오전에 찾아오던 무렵, 역시 매일 드나들던 또 한 명의 유명 작가 기쿠치 간을 무시할 수 없다. 이제 막 대학을 졸업한 기쿠치 간은 직장이 없어 가난하기 그지없었다. 대학만 나오면 돈을 번다고 믿는 시골 부모가 돈 보내라, 돈 보내라고 재촉하자 짜증이 나면서도 뭐가 됐든 돈을 벌어야겠다 싶어 '서양 미술 총서' 중 한 권을 번역하기로 한다. 가드너라는 사람이 쓴 『그리스 조각 수기』. 그런데 하필이면 가느다란 돈줄인 원서를 전차 안에서 잃어버린다.

전차에 물건을 두고 내린 인간이 흔히 경험하듯 초조감에 휩싸여 미타 차고, 가스가초 차고, 스가모 차고 그리고 도쿄 교통국을 빙빙 돌아다니다가 경시청 습득물 보관소까지 가지만 찾지 못한다. 마루젠서점에도 없고 간다 고서점과 혼고 헌책방을 뒤져도 없자 결국 마지막으로 제국도서관에 다다른다. 과연 제국도서관, Gardener의 『The Manuscript of Greek Sculpture』를 발견하고 그제야 안도한다. 이후 기쿠치 간은 날마다 제국도서관으로 출근한다. 도서관 없이는 일이 제대로 되지 않아서다.

돌이켜보면 제국도서관은 학창 시절부터 자주 다니던 곳이었다. 그만큼 불쾌한 기억이 많았다. 뭐니 뭐니 해도 고등학생 때 자존심이 뭉개진 신발 지킴이와 벌인 말다툼은 뇌리에 박혀 잊히지 않았다. 가난한 학생이던 그의 신발은 워낙 오래 신어서 너덜너덜했기에 신발 지킴이는 신발장에 넣기를 거부했다. 도서관에 비치된 어떤 실내화보다 더 낡아빠진 신발이라 제국도서관 신발장에 걸맞지 않다며 신발 보관증을 넘겨주지 않았다. 그 완고한 태도에 화가 났다. 동시에 비참했다.

대학을 졸업했음에도 도서관에 계속 드나들어야 하는 제 처지가 너무 보잘것없어 기쿠치 간의 네모난 얼굴은 평소보다 더 모나게 보였다. 온종일 지하실에서 남이 신던 신발을 만져서 겨우 입에 풀칠하는 신발 지킴이를 은근히 경멸하면서 제 인생이 망했을지언정 저 사내만큼은 아니라고 안도하거나 평생 햇빛을 보지 못한 채 살아가는 불쌍한 삶이라며 동정하는 다소 성가신 감정과 그 후를 그린 단편 「출세」 속 주인공 조키치는 작가의 분신임이 틀림없다.

덧붙여 「출세」가 세상에 나온 해는 「마술」과 같은 1920년이며, 전차에 원서를 두고 내린 경험은 2년 전인 1918년으로 그해 기쿠치 간은 아침부터 밤까지 도서관에 머물며 『그리스 조각 수기』를 번역한다. 그렇다면 항상 오전 중에 찾아와 정치부터 경제, 철학까지 온갖 책을 섭렵하던 마티람 미스라 씨와 마주치지 않았을까. 그의 방대한 저작 가운데 미스라 씨를 묘사한 작품이 없다는 점은 일본 문학사상 미스터리라 아직 발굴되지 않은 저작이 있을지도 모른다는 기대를 품어 본다.

여기 누가 쓰지 않았더라도 도서관만이 아는 사실이 하나 있다. 미스라 씨와 신발 지킴이의 만남! 도서관 단골인 이상 지하실에서 일하는 굵은 눈썹에 덩치 큰 남자와 대머리에 덩치 작은 남자 2인조, 그들에게 신발을 맡기지 않고는 열람실에 들어가지 못한다. 신발이 낡았다는 이유만으로 이용자 얼굴을 기억하는 신발 지킴이가 하물며 외국인인 미스라 씨 얼굴을 인식하지 못할 리가 없다. 다만 마술 대가인 마티람 미스라 씨가 덩치 큰 신발 지킴이에게 엄청난 흥미를 가졌다는 사실은 그다지 알려져 있지 않다.

미스라 씨는 핫산 칸에게 배운 마술이 좀 주체스럽긴 해도 모처럼 익힌 비술이니 먼 일본까지 온 김에 누군가에게 전수하고 싶어 견딜 수 없었다. 그래서 아쿠타가와 류노스케가 간청하자 문단의 귀공자에게 비술을 한번 일러줄까 생각했다. 핫산 칸의 마술은 욕심 없는 사람에게만 전수해야 한다는 엄격한 규칙이 있었다. 단편 「마술」은 이 엄격한 규칙 앞에서 보통 사람인 아쿠타가와가 패배하고 마는 하룻밤을 그렸다.

미스라 씨는 점찍어둔 일본인을 수시로 '이즈에이'에 데려가 자신이 좋아하는 장어구이를 대접하며 욕심이 있는 사람인지 아닌지를 검사했다. 그러나 마음에 드는 일본인은 도무지 나타나지 않았다. 어느 순간부터 미스라 씨는 제국도서관 신발 지킴이를 눈여겨봤다. 지하 신발실에서 묵묵히 일하며 그곳에서 벗어나거나 높은 지위와 재산을 얻을 생각을 전혀 하지 않는 사람. 모든 세속적 욕망을 초월한 사람. 기쿠치 간이 작품 속에 써둔 노래를 인용해보자.

도서관 지하 신발 지킴이 아범 언제까지나
남들 나막신 만지작거리면서 생을 마치네

이토록 욕심 없는 사람. 대머리에 덩치 작은 동료가 어느새 일터를 떠나도 혼자 묵묵히 타인의 신발을 만지작거리는 이 남자야말로 핫산 칸의 마술을 전수하기에 알맞은 사람이 아닐까.

도서관 지하 신발 지킴이 아범 저기 혹시나
핫산 칸 선생 제자에 어울리는 그릇이려나

미스라 씨는 '좀'이라는 말버릇만큼이나 일본의 5·7·5 리듬을 사랑했기에 기쿠치 간을 흉내 내어 신발 지킴이 노래까지 읊어댔다. 어느 날 저녁, 다니자키 준이치로를 꾀어 '이즈에이'에 데려갔을 때처럼, 아니 그 이상 열성을 다해 덩치 큰 신발 지킴이 사내가 일을 마치길 기다렸다. 함께 식사하러 가자고 할 생각이었다.

"신발 지킴이님, 신발 지킴이님."

자신을 부르는 소리에 덩치 큰 사내는 천천히 뒤돌아서더니 미스라 씨의 발을 뚫어지게 쳐다봤다.

"어라, 당신은 늘 반짝반짝 빛나는 가죽 구두를 신으시는 인도인 양반!"

웬걸! 신발 지킴이는 이국적인 외모가 아니라 감색 양복에 맞춰 신은 검은색 가죽 구두로 미스라 씨를 알아보는 게 아닌가. 속세를 벗어나 직업에 푹 빠져 사는 태도마저 마음에 들었다.

"거시기, 저, 핫산 칸이라는 인도 요술사에게 배운 마술을 당신에게 좀 알려드리고 싶습니다만. 갑자기 이런 말을 들어 놀라셨을 테니 좀 저기 가서 장어라도 같이 먹지 않겠습니까?"

유창한 일본어로 이야기했지만 신발 지킴이는 미스라 씨 입가만 지그시 응시할 뿐 움직이려 들지 않았다.

"아니, 뭐, 좀 장어라도 대접하겠다는 말이에요. 어때요?"

덩치 큰 신발 지킴이 사내는 두 눈을 끔뻑거렸다.

"그러니까 일본에 온 지 좀 오래됐지만 당신만큼 욕심 없는 사람을 이제껏 본 적이 없습니다. 당신이 어떻게 높은 덕을 지니게 됐는지, 좀 여쭙고 싶어서요."

신발 지킴이는 한동안 말없이 서 있다가 비장한 표정으로 입을 열었다.

"미안혀, 인도인 양반. 인도어라 하나도 못 알아듣겠어. 무슨 말인지 통 모르겠네그려. 사서 선생한테 물어보시게나. 아차차, 이만 먼저 실례할게."

그러고는 고개를 푹 숙인 뒤 우에노 숲속으로 유유히 걸어 들어갔다. 미스라 씨는 멀리서 반짝반짝 깜빡이는 동물원 아크등 불빛을 바라봤다. 원내 울창한 나무 그늘에서 날카로운 두루미 울음소리가 들려오더니 인적 드문 골짜기에서 메아리치듯 우에노 언덕으로 울려 퍼졌다.

모든 욕망을 초월한 신발 지킴이의 뒷모습을 지켜보면서 끌리는 마음을 끊어내기 힘들었다. 장어 한 꼬치 두 꼬치조차 대접받지 않으려는 무욕, 지하에서 신발을 만지며 일생을 마쳐도 아무런 불만 없는 남자의 순결에 감동했다. 그에게 핫산 칸의 마술을 전수하고 싶은 소원은 이루지 못했어도 작은 호의와 경애를 형태로나마 전하고 싶었다. 마티람 미스라 씨는 몰래 주문을 외우며 마법을 걸었다. 훗날 기쿠치 간이 「출세」에 그리는 제국도서관 신발 지킴이의 미래는 이때 걸린 작은 마법이 만들어낸 결과다.

11

기와코 씨의 집이 없다. 그 사실이 나를 충격에 빠뜨렸다.
야나카 묘지를 터벅터벅 걸어 JR닛포리역으로 나와 야마노
테선을 타고 멍하니 창밖을 바라봤다. 가슴이 울렁거려 어찌
할 바를 몰랐다. 문득 너무 멀리 돌아가는 길을 선택했음을
깨닫고 후회했다. 서둘러 집에 가봤자 뭔가 되돌릴 수도 없
는데 말이다. 집에 도착해 연하장이 담긴 상자를 뒤엎어 기
와코 씨의 동그스름한 글씨를 찾았다.

새해 복 많이 받으세요. 올해도 잘 부탁합니다.

활약하는 모습, 가끔 어딘가에서 보곤 해요. 응원하고 있

어요.

이쪽도 조금 자극을 받아 글을 쓰기도 합니다.

뭐, 완성은 못 하겠지만요. 하하하. 기와코.

그해 연하장을 읽으니 하하하 하고 멋쩍게 웃는 기와코 씨가 눈에 선했다. 황급히 엽서를 뒤집어 봤다. 주소는 없고 '기와코'란 이름만 동그스름한 글씨로 적혀 있었다. 적어도 이 연하장에 제대로 답장했다면 주소가 다르니 엽서가 반송돼 이사한 사실을 더 빨리 알아채지 않았을까. 건강하다면 기와코 씨는 분명 여름에 안부 엽서를 보낼 테니 거기에 새 주소가 적혀 있지 않을까. 아니면 조만간 "이사했습니다"라는 엽서라도 날아오지 않을까. 근데 이사가 맞긴 한 걸까. 이래저래 궁금했지만 기와코 씨 소식을 확인할 방법이 전혀 떠오르지 않아 한동안 어정쩡한 마음으로 지냈다.

걱정하는 와중에도 일상이란 분주하게 흘러가는 법이다. 구청 외부 게시판에 붙은 '시민 강좌 『요재지이』를 읽다-XX 대학 명예교수 후루오야 호사이'라는 포스터를 발견하고 혹시 기와코 씨 소식을 뭐라도 들을까 싶어 후루오야 선생을 찾아간 것은 가을이 돼서였다. 장소는 구청이 자리한 시민센터 건물의 강의실이었다.

후루오야 선생은 능숙한 말솜씨로 청중을 곧잘 웃겼지

만 3월 대지진을 핑계 삼아 「지진」이라는 별로 재미없는 단편을 이야기하는 시간이 지나치게 길었다. 지진이 나서 사람들이 너나없이 옷도 못 입고 벌거벗은 채 도망쳤다는 내용뿐이라 다른 매력적인 기담에 비하면 확실히 흥미가 떨어졌다. 선생이 음담패설을 하고 싶어 고른 작품임이 뻔히 보여서 머쓱해지는 순간도 없지 않았다. 강의가 끝나고 후루오야 선생에게 다가가 말을 걸었다. 나이 들어 꽤 노화한 탓인지 처음엔 내가 누군지 기억하지 못하다가 기와코 씨 이름을 꺼내자 돌연 표정이 바뀌었다.

"아, 그렇군. 아, 당신이구나. 기와코 집에서 만났잖아! 뭐야, 그러면 그렇다고 빨리 말해."

"네, 오래간만에 뵙겠습니다."

"당신, 기와코 문병은 갔다 왔어?"

"아뇨, 아직이요. 실은 요전번 야나카에 찾아갔더니 집이 있던 곳이 공터가 됐더라고요."

"아, 그래. 그랬지, 땅이 팔렸던가."

"기와코 씨, 입원 중이신가요?"

"일단 퇴원은 했어. 근데 집으로 돌아가지 않고 보호시설에 들어갔어."

"보호시설이요?"

"양로원 말이야."

"기와코 씨는 아직 노인이라 할 만한 나이가⋯⋯."

"뭐, 어쨌든 노인이잖아. 본인이 결단을 내렸어. 혼자다 보니. 당신, 그럼 연락처도 모르겠네."

"네, 알고 계시면 알려주세요."

"그래, 알려줄게."

나는 가방을 되작되작 뒤져 지갑 속에서 명함 한 장을 꺼내 후루오야 선생에게 건넸다.

"음." 선생은 명함을 흘끗 쳐다보더니 글자가 너무 작은지 포기하고 양복 안주머니에 집어넣었다. 그러고는 살짝 염려하는 듯한 말투로 "좀 안 좋은 모양이야" 했다.

뭐가 말인가요, 라고 물으려 쳐다보자 후루오야 선생이 주름투성이 입가를 일그러뜨렸다.

"나도 가볼까 했는데, 실은 아내가 또 수술하는 바람에 병원에 있거든. 이쪽도 좀 안 좋은 상황이야."

강의 노트와 책 몇 권을 가죽 서류 가방에 챙겨 넣고는 난처한지 고개를 푹 숙였다.

기와코 씨가 입주한 시설은 닛포리에서 전철로 20분 정도 걸리는 도쿄도와 사이타마현 경계에 위치한 주거형 유료 양로원이었다. 선생이 '안 좋은 모양'이라고 해서 어렴풋이 병상에 드러누운 모습을 상상했건만, 그렇지는 않았다. 기와코 씨는 제법 깨끗한 방에서 혼자 굳세게 지내고 있었다.

그해 연말에 방문했는데, 놀라지 않도록 이번에는 가기 전에 제대로 엽서를 보냈다. 후루오야 선생에게 주소를 물어본 일, 한번 놀러 가고 싶다는 것, 기와코 씨가 좋아하는 붕어빵을 사서 갈 생각이라고 썼더니 어느 달 어느 날 와달라는 답장이 왔다. 붕어빵은 식으면 맛없으니 파티시에 이나무라 쇼조가 만든 양과자가 좋겠다는 다소 방자한 요청이 적혀 살짝 안심했다.

전철역에서 로터리를 지나 주유소와 대형 패스트푸드점이 즐비한 삭막한 간선도로를 따라 걷다 보니 신흥 주택가인지 똑같이 생긴 2가구 주택이 여러 채 늘어선 동네가 보였다. 그 끝에 기와코 씨가 거주하는 보호시설이 있었다. 새 건물로 그다지 튼튼한 만듦새는 아니어도 소박하고 말끔한 느낌이었다. 개인실은 깨끗했지만 매우 좁아서 침대를 놓으니 공간다운 공간이 거의 없었다. 그나마 욱여넣은 책장에 꽂힌 히구치 이치요 전집이 반가웠다.

"다른 책은 다 팔아버렸어."

기와코 씨는 토라진 목소리로 말했다.

"하지만 괜찮아. 도서관에 가거든. 여생을 생각하면 물건 따윈 가져봤자 소용없잖아."

방이 갑갑해 견딜 수 없다며 기와코 씨가 밖으로 나가자고 했다. 우리는 직원에게 양해를 구하고 산책하러 나섰다.

아라카와강이 가까웠다. 아이들이 축구를 하는지 넓은 공터가 있는 공원이 보였다. 예전처럼 벤치에 둘이 나란히 앉아 양로원 입구에서 산 녹차 음료를 한 손에 들고 병문안 선물로 가져온 양과자를 입이 미어지게 베어 물었다.

건강은 괜찮냐고 묻자 기와코 씨는 입을 비죽 내밀었다.

"왜 그런지 도통 모르겠어. 다리가 갑자기 부어오르면서 걷질 못하겠더라고. 작년 봄쯤이던가, 그보다 더 전이던가. 결국 일어설 수도 없을 만큼 심해져서 말이야. 이웃에게 구급차를 불러달라고 소란을 떨어 병원에 갔더니 바로 입원하라는 거야."

"무슨 병이라고 하던가요?"

"봉소직염이라고 하더라. 항생제 링거를 맞고 나서 낫는가 싶더니 또 아파서 다시 입원했어. 게다가 야나카 집주인이 땅을 팔 거라면서 나가라느니 입원할 거면 나가라느니, 뭐 이래저래 시끄럽게 굴어서 말이야. 이제 됐다 싶어 옛 친구에게 가재도구를 전부 가져와달라고 해서 이곳에 들어왔어."

"옛 친구분이라면 혹시?"

"얘기한 적 있던가?"

"우에노공원에서 노숙자로 지내던 남자 친구 아닌가요?"

"맞아. 지금은 다마가와에 살아."

"어떻게 연락했는데요?"

"그 사람이 자주 책을 팔러 가던 헌책방이 아직 우에노에 남아 있거든. 허름해도 이름은 귀여운 헌책방이야, 뭐였더라. 거기 주인한테 얘기했더니 어찌어찌 연락이 닿았어."

"알려줬으면 제가 도왔을 텐데. 연하장에 주소도 안 적혀 있고. 뭐, 저보다야 전 남자 친구가 편했겠지만요."

"어마나, 어쩐지 질투하는 것 같아 기쁘네."

활짝 웃는 기와코 씨는 산책 나올 만큼 회복하긴 했어도 오랜만에 만난 탓인지 병을 앓은 탓인지 확실히 부쩍 늙어 보였다.

"대지진 때는 어떻게 지냈어요?"

그 시절 누구나 다 나누던 대화를 우리 역시 주고받았다.

"여기 있었어. 날림으로 지은 건물이라 그런지 흔들리고 또 흔들려서 엄청 무서웠어. 물건이 거의 없어 위험한 일은 겪지 않았지만. 입원 중이 아니라서 다행이었지. 낡아빠진 병원 4인실에서 위태롭게 링거를 팔에 꽂은 채 자다가 지진이 일어났으면 대혼란이었을 거야."

기와코 씨의 태평한 성격은 시간이 지났어도 여전했다. 그러다 이상한 말을 꺼냈다.

"저기, 우에노 도서관 이야기 말이야, 쓰고 있어?"

"네?"

"써준다고 했잖아."

어리둥절해하는 내게 기와코 씨가 말하길, 자기 책을 출간하는 어엿한 작가가 되면 반드시 우에노 도서관 이야기를 소설로 쓰겠다고 약속했단다. 그럴 리 없다고 부정하고 싶었지만 그녀는 어느 때보다 진지했다. "이제 프로지?" 하며 병이 나은 지 얼마 안 된 노파가 눈을 치켜뜨고 쳐다보는데, 그런 약속은 한 적 없다고 정색하기 뭣해서 간살스러운 웃음으로 얼버무렸다.

"도서관이 주인공인 소설은 너한테 맡기고, 난 어릴 적 이야기를 써볼까 해."

"어릴 적이라면?"

"우에노역 근처 함석지붕 판잣집에 살았을 때 말이야."

"오빠들이랑 살던 시절이요?"

"그래. 조금씩 기억을 떠올리며 지금 쓰는 중이야."

"어머, 보고 싶어요."

"아직은 완성을 못 해서 안 돼."

"그럼 다 쓰면 보여주세요."

응, 하고 대답한 뒤 기와코 씨는 부끄러운지 고개를 푹 숙였다. 잠시 침묵을 지키는가 싶더니 또 이상한 말을 했다.

"저기, 내가 죽으면 뼛가루, 바다에 뿌려줄래?"

"잠깐, 느닷없이 뭐에요? 죽는다는 말 하지 마세요. 깜짝 놀랐잖아요."

"왜냐하면, 싫으니까. 나, 왠지 이대로 지내다가 그렇게 될 것 같아. 그러니까 늦기 전에 부탁하고 싶어. 만약 내가 죽으면 뼛가루를 바다에 뿌려줘."

"무슨 소리예요, 벌써. 너무 갑작스럽다고요."

"하지만……."

섬뜩할 정도로 열심이라 어찌해야 좋을지 몰라 당황스러웠다. 하지만 그다음 벌어진 사건은 모든 불가사의한 일을 날려버릴 만큼 파괴력이 셌다.

"왜 이런 곳에!"

멀리서 여자의 히스테릭한 고성이 들려왔다. 동시에 옆에 앉은 기와코 씨가 얼굴을 잔뜩 찌푸리며 "이래서 싫다니까"라고 중얼거렸다.

"왜 이런 곳에 있는 거죠? 오늘 온다고 양로원에 말해놨잖아요? 대체 무슨 속셈이에요?"

공원 건너편에서 황새걸음으로 성큼성큼 다가오는 여인은 안하무인이었다. 순간 욱해서 맞서려고 일어서는데, 귀에 날아든 말 때문에 내 머릿속은 완전히 새하얘졌다.

"적당히 좀 하세요, 어머니!"

간토대지진,
우에노 도서관과 소설 귀신

늘 예산 부족에 시달리던 제국도서관 초대 관장 다나카 이나기는 1921년 11월, 본인의 희망에 따라 퇴임했다. 공직 기간은 24년, 도쿄도서관 관장을 겸직한 시기를 포함하면 31년, 실로 기나긴 세월이었다. 후임은 도쿄고등사범학교 교수인 마쓰모토 기이치로로 일단 제국도서관 사서관을 겸임하며 제국도서관장 직무를 대리하다가 1923년 1월 정식으로 관장에 올랐다.

그해 가을, 간토대지진이 도쿄를 덮쳤다. 첫 진동은 9월 1일 오전 11시 58분, 점심을 준비하는 시간대인 탓에 수많은 화재가 발생했다. 서적의 운명을 말하자면 '니혼바시 마루젠 전소'가 대서특필할 만하다. 이 외에도 도쿄제국대학도서관이 소실돼 도서 50만 권을 잃었다.

마쓰노야문고가 불타서 사라졌고, 간다 진보초 고서점가가 불길에 휩싸여 천문학적 숫자에 가까운 책이 잿더미로 변했다.

책을 집 삼아 살아가던 좀 역시 쓰라린 아픔을 겪었다. 우치다 노안이 쓴 『좀 자서전』의 화자인 좀은 "작년 지진으로 대학 도서관을 비롯해 마쓰노야문고, 구로카와문고, 덴인쿄 등지에 거주하던 우리 일문 일족은 모두 불타버렸다. 동료들은 처참하게 죽어갔다. 차마 눈 뜨고 볼 수 없었다"라며 동료의 죽음을 애도했다.

대지진 이후 별의별 유언비어가 나돌았다. 우에노공원 내 제실박물관과 제국도서관이 몽땅 불탔다거나 동물원 맹수들이 밖으로 나오면 위험하니 전부 사살했다는 소문까지 퍼졌다.

평소와 다름없이 도서관 업무를 수행하던 제국도서관도 당연히 크게 흔들렸다. 다행히 콘크리트로 보강한 철골 벽돌 구조인 중후한 건물은 강진을 버텨냈다. 지붕과 벽이 약간 손상되고 서가가 무너졌을 뿐 거의 다 무사했다. 소실된 도서는 일서·한서·양서를 합쳐 922권, 파손된 책은 8,500권에 불과해 도쿄 도서관 가운데 기적적으로 적은 피해를 기록했다. 같은 우에노공원 내 조시아 콘도르가 설계한 제실박물관은 완전히 붕괴했으니, 제국도서관의 건재는 훌륭하다고 할 만했다.

이때 도서관 주변에서 무슨 일이 있었냐 하면 어처구니없는 사태가 벌어지는 참이었다. 하룻밤 사이에 닛카스스튜디오, 데이코쿠하쿠힌칸, 마쓰자카야백화점이 불타버렸다. 수도 궤멸이라는 대지진과 그에 따른 대화재를 피해 사람들은 허둥지둥 일부 가재도구를 실은 리어

카를 끌고 혹은 맨몸으로 우에노역 앞 광장으로 몰려들었다. 군중은 그대로 불길이 닿지 않는 우에노공원으로 올라왔다. 50만 명에 달하는 사람들이 우에노 언덕으로 들이닥쳤다. 공원 입구에 선 사이고다카노리동상이 몸통, 받침대 할 것 없이 사람 찾는 전단으로 뒤덮여 한순간 안부 게시판이 됐다는 유명한 일화가 전해질 정도다.

제국도서관은 비상사태를 접하고 즉시 도서관을 개방해 이재민을 받아들였다. 임시 대피소 역할을 맡아 구조에 힘썼지만, 아무리 제국도서관이라도 해도 50만 이재민을 전부 수용하기엔 무리였다. 관내에 들어가지 못한 사람들은 하는 수 없이 우에노 언덕 숲속에서 노숙했다. 첫째 날 밤이 찾아왔다. 불안에 바들바들 떨던 그들 눈 아래로 불길에 휩싸여 묘하게 환한 도쿄 야경이 펼쳐졌다. 둘째 날에는 비가 내렸다. 그 무렵부터 그 유언비어가 도서관이 자리한 우에노 언덕까지 울려 퍼졌다.

조선인이 우물에 독을 풀었다.

조선인이 폭탄을 들고 불을 지르며 돌아다닌다.

우에노 마쓰자카야 전소는 조선인의 소행이다.

조선인 3,000명이 폭탄을 들고 도쿄로 오고 있다.

조선인이 보이면 붙잡아라.

잡아서 '아이우에오'를 말해보라고 해라.

'아이우에오'가 아니라 '자지즈제조'를 말해보라고 해라.

'자지즈제조'가 아니라 '주고엔고짓센'을 말해보라고 해라.

말하지 못하는 자는 조선인이니 죽여버려라.

조선인을 발견하면 죽여버려라.

소설가 우노 고지는 대지진 당시 우에노 사쿠라기초에 살고 있었다. 9월 2일, 우노도 예외 없이 자경단에 차출돼 집 근처 경계를 맡았다. 누군가 이 주변은 경비하는 단원이 많으니 몇몇은 인원이 부족한 우에노 언덕 숲속으로 이동해야 한다고 말했다. 하지만 아무도 인적 드문 그곳에 가고 싶어 하지 않았다. 으슥한 곳일수록 언제 뭐가 숨어들지 모른다는 주장에 결국 설득당한 우노는 동네 사람 예닐곱 명과 함께 우에노 언덕으로 향했다. '소설 귀신'이라 불리던 우노 고지가 엉거주춤 찾아간 곳은 도쿄미술학교와 제국도서관 사이 길모퉁이 부근이었다.

제국도서관 앞 나무숲과 도쿄미술학교 돌담이 만나는 모퉁이 너머로 함석판과 천막을 가져다가 임시 비막이를 해놓고 노숙하는 이재민들이 보였다. 돌연 재향군인 복장을 한 남자가 어둠 속에서 뛰어나와 외쳤다.

"검은 옷을 입은 XX 세 놈이 사당 안으로 들어갔다!"

곧이어 경찰관 한 명이 달려오며 소리쳤다.

"우편배달부 차림을 한 자를 조심해!"

검은 옷인가, 우편배달부 차림인가. 우노를 포함한 자경단 단원들은 너무 무서워 초롱불을 끄고 그대로 웅크리고 앉았다. 조선인이 나타나면 몰래 뒤를 쫓은 뒤 경찰이나 군인에게 추후 보고하는, 소극적인 방향으로 작전을 바꿨다. 우노는 제국도서관 입구 모퉁이 초원에 쪼그리고 앉아 한시라도 빨리 이런 겁나는 경계 근무를 그만두고 싶다는 생각만 했다. 하늘에 뜬 별을 하염없이 올려다보며 거의 한 시간을 보냈다.

"누구냐?"

귓가에 깨진 종소리 같은 소리가 들려왔다. 동시에 소총 끝에 꽂은 칼날이 코앞으로 툭 튀어나왔다. 그때 공포에 짓눌려 혀가 마음대로 움직이지 않았다면, 군인이 말해보라고 강요한 어떤 말이 제대로 나오지 않았다면, 사쿠라기초 마을회 사람들이 말리러 끼어들지 않았다면 '소설 귀신' 우노는 그 칼에 목이나 심장을 찔려 죽었으리라. 조선인으로.

며칠 동안 제국도서관을 에워싼 우에노 언덕 숲에는 터무니없는 유언비어를 믿은 자들에게 학살당한 사람 사체가 나뒹굴었다.

12

그 여자는 자그마한 체구에 피부가 고왔다. 프린트 원피스에 칼라가 없는 샤넬풍 트위드 재킷을 걸치고 성큼성큼 걸어오는 발에는 5센티미터쯤 되는 굽 높은 펌프스를 신고 있었다. 그 복장은 지인이든 양자든 친자든 간에 기와코 씨의 딸답지 않았다. 게다가 어깨까지 늘어뜨린 머리카락은 밤색으로 깔끔히 염색했고 정성껏 컬을 넣었다. 파마머리가 아니라 매일 손수 고데기로 예쁘게 말지 않으면 나올 수 없는 헤어스타일이었다. '나고야 마담 스타일'이라는 표현이 생각 났다. 실제로 나고야 마담이 그런 머리 모양을 하는지 아닌 지는 모르겠다.

"오늘 온다고 양로원 측에 말해놨는데, 어째서 이런 곳에 있는 거죠?"

처음부터 싸울 기색이었고 눈빛이 매서웠다. 발끈한 나는 기와코 씨가 단호히 받아치기를 기다렸다. 그녀는 난감한 듯 겁먹은 듯 고개를 푹 숙였다. 뜻밖이었다.

"시설 직원분과 셋이서 얘기를 나누기로 했잖아요? 시간이 됐으니 이만 돌아가주세요."

말투는 정중했지만 태도는 전혀 정중하지 않았다. 옆에 있는 내게는 눈길조차 주지 않고 떠들어대서 불쾌했다. 조금이나마 반감을 드러내야겠다 싶어 나직한 목소리로 말을 걸었다.

"저기요."

"무슨 일이죠? 누구신지 모르겠지만, 어머니는 저와 시설 직원분과 잠시 상담을 해야 해서 먼저 실례하겠습니다."

샤넬풍 재킷을 입은 여자는 기와코 씨를 몰아세우며 양로원 건물 쪽으로 사라졌다. 기와코 씨는 사냥꾼에게 붙잡힌 작은 동물 같은 표정으로 뒤돌아보며 소리 내지 않고 입만 움직였다.

"미안. 또 보자."

아무런 설명을 듣지 못한 채 나는 멍하니 그 자리에 홀로 남겨졌다. 이대로 돌아갈 수는 없었다. 어쨌든 오랜만의 재회였고 기와코 씨를 적대시하는 여자가 나타난 이상 그냥 내버려두면 안 될 성싶었다.

애당초 기와코 씨에게 아이가 있다는 말을 들은 적이 없었다. 저 여자가 진짜 가족일까, 가짜가 아닐까. 이런저런 상상이 뭉게뭉게 피어올랐다. 한동안 만나지 않는 사이 양로원에 들어온 터였다. 혹시 치매라도 걸려 속고 있는 게 아닐까. "기억 안 나요? 저예요, 어머니" 같은 말로 꼬드겨 얼마 안 되는 연금을 가로채려는 속셈이라면? 어머니, 어머니라고 부르는 말투에 애정이 조금도 묻어나지 않는다. 사무적이고 서먹서먹하다. 지금껏 본 적 없는 미덥지 못한 모습으로 끌려가 버린 기와코 씨, 왜 저항하지 않았지? 마법에 걸린 것처럼 온순해진 그녀야말로 오히려 병에 걸렸다고 봐야 맞지 않을까.

곰곰이 생각하다가 너무 걱정돼서 양로원으로 발걸음을 재촉했다. 아니나 다를까, 건물에서 그 여자의 앙칼진 목소리가 울려 퍼졌다.

"그런 문제가 아니잖아요. 제 이름을 멋대로 도용했다고요."

"자, 자, 그렇게 감정적으로 말씀하시지 마시고."

달래는 사람은 양로원 직원 같았다.

"그쪽도 결국 이 사람한테 속았잖아요. 정말 무서운 사람이라니까."

"저희로서는 따님이 새로 서류 작성에 협조만 해주시면 이 건에 대해서는……."

"그런 사후 동의, 전 못 합니다. 남편과 상의해야 하는데, 아무 말도 안 하고 왔단 말이에요. 알려지면 곤란해요."

"그러면 어머님이……."

"여태껏 딸 따윈 없는 것처럼 살아온 주제에, 어째서 이제 와 갑자기? 어디까지 제멋대로 굴 건데요?"

조용히 그 상황을 넘기려는 생각인지 머리를 숙인 채 잠자코 있던 기와코 씨가 문득 고개를 들어 내 쪽을 바라봤다. 나는 미소 지으며 손을 흔들었다. 그녀의 얼굴에 살짝 웃음기가 돌았다.

"왜 웃는 거죠? 지금 웃음이 나와요?"

여자는 욱해서 기와코 씨에게 달려들다가 곧 그녀의 시선을 따라 이쪽을 매섭게 쳐다봤다. 나는 막 입구 자동문을 지나 건물 안에 들어선 참이었다. 기와코 씨는 웃음기를 잽싸게 거두고 아주 고요한 표정을 지었다. 앞으로 일어날 일을 헤아려 지레 체념하는 얼굴이었다.

그런 기와코 씨의 수동적인 태도가 줄곧 이상하게 느껴졌다. 우에노공원에서 처음 만났을 때부터 그녀 몸에는 늘 상쾌한 자유가 감돌았건만, 지금은 그 기분 좋은 시원한 기운이 완전히 자취를 감추고 말았다. 기와코 씨에게 이렇게 거침없이 말하는 사람을 본 적 없었다. 동시에 듣기만 할 뿐 아무런 반론조차 하지 않는 답답한 기와코 씨를 본 적 없었다. 정말이지 그녀답지 않았다.

"저기요." 마음을 다잡고 다시 말을 걸었다. 양로원 직원과 샤넬풍 재킷을 입은 여자 그리고 기와코 씨가 일제히 이쪽을 바라봤다. 적어도 양로원 직원과 기와코 씨는 어떻게든 이 상황을 타개해달라고 애원하는 눈빛이었다. 하지만 뭔가 도움이 되지는 못했다. 결국 그 여자는 화가 나서 해결을 짓지 않은 채 어정쩡하게 돌아갔다.

나는 기와코 씨를 위해 양로원에 조금 더 머물기로 했다. 전에 없이 침울해하는 기와코 씨는 한층 더 작아 보였다. 그동안 숨겨온 일면을 우연히 들켜버린 게 우울한 요인 중 하나인가 싶어 일단 자리를 비켜주려는데, 기와코 씨가 힘없는 목소리로 "그냥 있어"라고 말했다.

"그 아이가 오는 줄 알고 이날로 정한 거야."

그 장면을 목격하도록 미리 나를 부른 모양이었다. 혹시 나라는 타자가 돌연 끼어듦으로써 수습 불가능한 문제를 뒤로 미루는 효과를 기대했던 걸지도. 기와코 씨가 그 여자에게 속고 있는 게 아닐까 하는 상상은 형편없이 빗나갔다. 속이기는커녕 이용당한 쪽은 그 여자였고, 민폐를 끼친 쪽은 기와코 씨였다. 하지만 그게 진짜 민폐였을까.

"아드님의 아내분?"

조금 진정된 후 묻자 기와코 씨는 의아한 표정을 지었다.

"아니, 딸이야. 친딸."

"그런가요? 전혀 안 닮았어요."

"그렇지?"

"말투가 뭐랄까."

"서먹서먹하다고?"

"네, 굉장히."

"내가 싫어서 그래."

기와코 씨는 담담히 사실을 고했다. 친딸! 한꺼번에 많은 정보가 쏟아져서 혼란스러웠다.

"이상한 모습을 보여 미안해."

그녀는 아직 조금 굳어 있긴 해도 서서히 원래 표정을 되찾아갔다. 우리는 그녀의 좁은 방으로 돌아와 에어컨을 켰다. 기와코 씨는 침대로 기어 올라갔고, 나는 그 옆 어린이용처럼 작은 응접세트 의자에 앉았다. 응접세트는 가까스로 의자 두 개가 놓였지만 두 사람이 앉으면 너무 가까워서 대화를 나누기가 어려웠다. 한 사람은 침대에 있는 편이 더 나을 만한 거리였다.

그 좁은 방을 손에 넣기 위해 기와코 씨는 생각다 못해 딸 이름을 빌렸다. 야나카 목조 주택을 나오려면 다른 집을 찾아야 했는데, 몸 상태와 앞으로 남은 인생을 고려해 결국 양로원을 선택했다. 입주 비용과 월 이용료는 연금 등 그녀가 가진 돈으로 지불할 계획이었다. 문제는 신원보증인을 누구에게 부탁할 것인가였다.

"몰랐어. 양로원 직원이 입주 절차를 밟을 때 가족이 아니면 신원보증인이 될 수 없다고 하더라고. 신원보증인이 없으면 입주가 안 된다는 거야. 죽고 난 후 일을 딸에게 맡길 마음이 없다고 해도 그건 유언장에 써두면 되지 않느냐, 서류에만 적으면 된다고 하길래 다급하기도 하고 달리 방법도 없으니까 그 아이 이름을 무단으로 썼어. 폐를 끼칠 생각은 없었어. 돈은 있었는걸. 어쨌든 지불하기만 하면 되잖아. 아, 역시나, 잘못한 거겠지."

침대 위 기와코 씨 얼굴이 엉망으로 일그러졌다. 어떻게 일이 잘 풀렸는지는 불분명했지만, 대충 싸구려 도장을 찍어 제출한 위조 서류는 심사를 통과했고, 때마침 빈방이 하나 나왔고, 입주 비용을 이른 단계에 제대로 입금한 덕에 신원보증인의 인감증명은 나중에 보내도 괜찮다는 식으로 처리됐던 게 아닐까. 사무 절차에 능숙하지 않은 본인은 일단 입주한 뒤에는 뭘 더 해야 하는지를 잊어버렸고, 양로원 쪽도 깜빡했는지 아무런 재촉 없이 시간이 흘렀다. 그러다 어느 날 서류를 꼼꼼히 살펴본 담당자가 여차여차해서 제출 서류가 아직 오지 않았다는 연락을 어째서인지 기와코 씨를 건너뛰고 딸에게 보내버렸다. 전화번호는 아예 몰라서 적당히 써넣었지만, 예전에 살던 실제 거주지에서 숫자 하나만 다르게 해서 적은 주소가 패인이었다.

"엉터리로 썼으면 좋았을 텐데." 기와코 씨의 말에 그게 문제는 아니라고 생각했지만, 적어도 상대방에게 연락이 안 갔다면 다른 대처 방법이 있었을지도 모른다.

"그때는 머릿속이 돈 걱정으로 가득했거든. 여하튼 돈이 없으면 속수무책이니까, 있는 돈 없는 돈 죄다 긁어모았어. 겨우 비용을 마련해 안심했는데. 신원보증 따윈, 그다음 일이었어. 그게 양로원 직원이 돈이 제일 중요하다고 했단 말이야."

기와코 씨와는 만나면 도서관이나 오래된 책, 후루오야 선생이나 노숙자 남자 친구 얘기만 나눴다. 알고 지낸 지 10년 가까이 됐는데도 말이다. 단편적으로 들은 이력을 역순으로 차례차례 잇대어보니 야나카 전에는 유시마에서 후루오야 선생과 애인 사이였고, 그즈음 노숙자 남자 친구를 만났고, 그전에는 닛포리에 살며 우에노 히로코지 술집에서 일했다. 도쿄에 올라온 것은 1980년대 중반으로, 그전에는 미야자키에서 결혼 생활을 했다.

생각해보면 그녀가 도쿄에서 산 시간은 일생 중 고작 20

여 년 정도였고 그 이전 삶이 더 길었다. 그런데도 그 이전 삶에 대해 들어본 적이 없었다. 그녀가 그다지 적극적으로 말하려 하지 않았기 때문이다. 결혼해서 딸을 낳았고, 이혼하고 싶어 이혼장을 건넸지만 남편이 도장을 찍어주지 않아 딸을 두고 집을 나왔다. 내가 아는, 기껏해야 들어 아는 인생은 가족을 떠나 도쿄로 올라온 후였다. 그리고 그 사이를 다 거르고 다소 애매한 기억 속 우에노에서 살던 어린 시절이었다.

"돈이 제일 중요해."

기와코 씨의 말을 듣고 나는 우에노 도서관을 떠올렸다.

"돈이 없다, 돈을 못 받는다, 책장을 사지 못한다, 장서를 둘 수 없다."

그렇게 중얼거리자 기와코 씨가 이상해하며 쳐다봤다.

"응? 무슨 소리야?"

"돈은 중요하다. 돈이 없으면 책장을 사지 못한다. 장서를 둘 수 없다. 도서관의 역사는 가난의 역사."

그녀는 드디어 미소를 되찾았다. 내가 잘 아는 그 미소였다.

염원의 증축
그리고 또다시 전쟁

간토대지진은 도쿄 독서가들을 충격에 빠뜨렸다. 읽어야 할 수많은 책이 불에 타서 사라졌기 때문이다. 재해를 입은 서점과 각지 도서관이 복구되려면 상당한 시간이 걸릴 것으로 보였다.

그 와중에 견고한 철골 벽돌로 지어진 제국도서관은 다행히 피해가 적었기에 독서가들이 몰려들었다. 지진 발생 전보다 몇 배나 많은 이용자가 어스레한 우에노 숲을 따라 줄을 섰다. 관내에 들어가지 못한 사람들은 울창한 나무에 원숭이처럼 매달리거나 널브러진 돌 위에 거북이처럼 엎드린 채 하루 종일 기다렸고, 끝내 들어가지 못해 실망하고 돌아가기 일쑤였다. 메이지시대부터 그토록 염원하던 도서관 증축을 더는 한시도 미루면 안 된다는 목소리가 높아졌다.

쇼와시대에 접어들어 겨우 제2기 확장 공사가 결정됐다. 도서관 직원들은 이번에도 어중간한 증축으로 끝나지 않을까, 내심 회의적이었다.

"비블리오테크를 만들겠다며 도서관 사업을 일으킨 지 벌써 54년. 제국도서관 설립안이 제정된 1897년부터 계산해도 사반세기 이상이 지났습니다. 그러나 결국 서구 국가처럼 훌륭한 도서관은 짓지 못했습니다. 이제 그만 포기하고 현실에 안주하려는 안일한 마음이 들기도 하지만, 그래서는 안 됩니다. 본관 건축을 꼭 마무리 지읍시다. 별관을 만들자는 게 아닙니다. 본관은 아직 4분의 1밖에 완성되지 않았음을 기억합시다. 제2기 확장 공사만으로 그치지 않도록 계속 증축, 증축을 갈망합시다!"

이런 글이 도서관 연보에 실릴 정도였다. 여하튼 1927년, 확장 공사를 시작했다. 그로부터 2년 걸려 마침내 준공된 신관(본관의 일부임은 말할 필요도 없다)은 철근콘크리트 구조로 르네상스 양식을 답습한 지하 1층, 지상 3층짜리 건물이었다. 지하에 식당과 기계실, 1층에 관장실과 응접실, 사무실 및 승강기실, 2층과 3층에 고대해 마지않던 열람실, 부인실, 귀중 서고, 특별실이 자리했다.

이 정도면 불만 없겠지, 라고 문부성은 생각했을지 모른다. 하지만 메이지시대 초기 구상한 제국도서관 건물 중 3분의 1도 채 안 되는 부분만 겨우 완성했을 뿐이다. 이 정도로 어물쩍 넘어가려고? 불만에 가득 찬 지식인들은 1935년 제국 의회에 건의서를 제출한다.

"이게 뭡니까? 단순히 열람실과 사무실 규모를 조금 늘렸을 뿐이잖아요. 도서관 이용자는 날로 증가하는데, 이대로 방치할 수는 없는 노릇입니다. 특히 서고를 제대로 개선하고 증설해 시대적 요구에 부응해야 합니다. 사회교육 진흥에 가장 필요한 일이라 판단되어 본안을 제출합니다!"

이 건의가 가결돼 제국도서관은 추가 증축 필요성을 인정받는다. 그런데도 이후 제국도서관은 증축되지 않는다. 동양 제일가는 도서관, 그 꿈은 무너지고 만다. 1937년 7월, 루거우차오사건을 계기로 일본은 다시 전시체제에 들어선다. 1941년 12월에는 미국과 영국 두 나라와 전쟁을 선포한다. 도서관에 나가이 가후의 아버지, 규이치로 망령이 나타나 한탄했을 게 틀림없다. 또다시 전쟁 비용이 도서관 재정을 집어삼키는구나, 하며.

13

그 사건이 있고 나서 종종 기와코 씨가 지내는 양로원을 찾아갔다. 그녀가 걱정됐고 몇 년 동안 만나지 않은 게 후회스러웠다. 결국 그 인상이 나쁜 딸은 신원보증인이 되는 데 동의했다. 시설 직원으로부터 신원보증을 대행하는 법인이 있다는 말을 듣고 기와코 씨가 그곳에 부탁하겠다고 이야기하자 이번에는 어째서인지 딸이 그런 제멋대로 행동은 용납하지 않겠다고 말했단다.

가족 관계는 참 어렵다.

기와코 씨 딸과 나는 거의 같은 세대였다. 딸이 열여덟 살 때 후쿠오카 대학에 입학하면서 집을 떠났다는데, 그것이

1980년대 중반이라는 사실은 몇 번 방문하고 나서 들었다. 저번 도쿄올림픽이 끝난 2년 뒤 즉 1966년 결혼했고, 이듬해 딸 유코가 태어났다. 남편은 도료 회사를 한 세대에 걸쳐 일군 인물로 지역에서 나름 유명 인사였다. 그녀는 "좋은 결혼은 아니었어"라고 덧붙였다.

"이해하지? 좋은 결혼이 아니라면 헤어지는 편이 낫잖아."

뭐가 어떻게 나빴는지는 자세히 들려주지 않았다. 다만 그녀의 말 한마디 한마디에서 남편이란 사람이 기와코 씨의 자유로운 정신을 억압했겠구나 느껴졌다.

"깜짝 놀랄 만큼 부자유스러웠어. 지금 사람들은 상상조차 못 할 거야. 에도시대와 별반 다르지 않다고 할까. 있잖아, 쭉 그랬어. 내 인생은 늘. 1960년대나 1970년대라든가, 뭐 도쿄였다면 여러 가지 달랐을지도 모르지만, 시골은 에도시대부터 변함없는 문화가 줄곧 이어져왔으니까. 적어도 내가 자란 집은 그랬고, 결혼한 상대 집 역시 그랬어. 독서는 게으른 사람이나 하는 일이었어."

기와코 씨는 '후유!' 한숨을 내쉬었다.

"시집간 집에 내 이불이 없었어. 부부 관계가 끝나잖아, 그러면 남편이 푹 자고 싶으니 나가라는 거야. 그 이불이 아니면 잘 데가 없는데도 말이야. 집안사람 누구 하나 신경 써주지 않았어. 하는 수 없이 낡은 방석 따위를 뜯어 손바느질로 이불을 만들었어.”

“이불을요?”

“시아버지나 남편이 집에 돌아오면 머리를 조아리고 맞이했어. 다들 그렇게 했어.”

“기와코 씨가요?”

“어, 이, 내가.”

“상상이 안 돼요.”

그 말에 기와코 씨는 무척 기쁜지 깔깔 웃었다.

“이미 몇십 년 전에 집어치웠으니까. 지금이라면 못 해, 그런 짓.”

“예전에 독특한 코트를 지어 입었잖아요?”

“아, 그런 엉터리 옷쯤이야 가능하지. 지금도 만들 수 있어! 그런 일을 하며 살고 싶다고 생각했거든. 집을 나온 이상 말이야.”

기와코 씨는 턱을 살며시 내밀며 허세를 부리더니 익살스러운 표정을 지었다.

“어쨌든 도쿄로 올라와서 이름까지 바꿨어. 호적상 기와코의 기는 귀할 ‘貴’였는데, 어쩐지 기쁠 ‘喜’에 화할 ‘和’가 나답다고 생각했어. 게다가 기쁠 ‘喜’에 화할 ‘和’는 말이야, 어릴 적 어떤 사람이 붙여준 거야. 아직 한자로 이름을 못 쓰던 나이였지. 이름이 뭐냐고 묻길래 기와코라고 말했더니 좋은 이름이네, 평화를 기뻐한다는 뜻이구나, 진짜 좋은 이름이야, 라고 말해줘서 기뻤거든."

"어릴 적이라면?"

"그래, 어린 시절 우에노 판잣집에서 살 때."

'평화를 기뻐하는 아이'라는 이름은 자못 전후다운 발상이었다.

그로부터 딱 한 번, 기와코 씨의 딸 유코 씨를 양로원에서 만났다. 만났다기보다는 우연히 마주쳤다고 하는 편이 맞을지도 모른다. 아마도 모녀 둘만 남는 상황을 피하려고 나를 완충재로 불렀다고 봐야 올바른 해석이지 않을까. 두 사람은 양로원 식당 차가운 의자에 앉아 서로를 노려보고 있었다.

"안 해준다면 부탁하지 않겠어."

기와코 씨가 유코 씨에게 딱 잘라 선언했다. 차분하고 냉정하지만 단호한 말투였다. 반면 유코 씨는 평정을 잃고 감정적으로 받아쳤다.

"그럴 순 없어. 지금까지 실컷 좋을 대로 살아왔으니 죽은 뒤 일 따윈 어찌하든 상관없잖아. 어머니는 아직 요시다 가문 사람이란 사실을 잊지 마세요."

"결혼 상대가 죽으면 혼인 관계는 소멸하잖아."

"죽으면, 죽으면이라니, 딸 앞에서 잘도 말하네요."

"그럼 네 아버지가 돌아가셨으니, 라고 바꿀게."

"여하튼 더 이상 제멋대로 굴지 마세요. 받아줄 생각 없습니다. 이제 돌아가겠습니다. 안녕히 계세요."

마지막 '안녕히 계세요'는 식당 입구에 오금이 굳은 채 우뚝 선 나에게도 건네는 말인 듯했다. 여전히 예쁘게 컬이 진 중간 길이 머리카락을 휘날리며 유코 씨는 빠른 걸음으로 밖으로 쌩 나갔다.

"나, 딸에게 너무 심해?"

기와코 씨는 난감한 얼굴로 물었다. 나는 식당에 놓인 전기 주전자로 물을 끓여 종이컵에 차를 우려 들고 와서 야나카 명물인 후쿠마루 한입 만쥬를 꺼내 테이블 위에 놓았다.

"무슨 얘기를 나눴는데요?"

"별거 아니야. 내가 죽으면 바다 장례로 치러달라고 했어. 근데 절대 안 된다고 우기잖아. 저 아이에게 부탁하고 싶진 않지만, 지금으로선 부탁할 사람이 저 아이밖에 없으니까. 저기, 내가 딸에게 너무 심한 것 같아?"

기와코 씨는 다시 한번 같은 질문을 던졌다.

"유골을 바다에 뿌려달라는 말 자체가 너무하든 말든 따질 문제는 아니지만."

"아니지만?"

"따님은 어머니가 집을 나간 일에 화내는 게 아닐까요?"

"나는 말이야."

"네?"

"잘못하긴 했는데, 그렇게까지 심한 일을 했다고는 생각하지 않거든. 그게 저 아이의 화를 돋우는 거겠지. 울면서 사과하길 바라는데 안 그러니까."

그러고는 갑자기 요시야 노부코 이야기를 꺼냈다.

"저기, 요시야 노부코 책 읽어본 적 있어?"

나는 있다고 대답했다. 전쟁 전 또는 전쟁 중을 배경으로 한 소설 속 핵심 일화로 요시야 노부코 작품을 활용하기도 했다. 열광한 세대는 아니라 열변을 토할 만큼 깊이 읽지는 않았지만 몇몇 작품은 꽤 충격을 받았더랬다.

"그 작가, 레즈비언이었잖아."

기와코 씨는 그런 말을 했다.

"연인이던 여성을 자신의 양녀로 삼아 사실상 동성 결혼을 했죠."

"맞아. 어디선가 읽은 기억이 나. 요시야 노부코가 왜 레즈비언이 됐는지 성장 과정 등을 통해 해설하는 책이었어. 거기에 나오는 요시야 노부코의 어머니가 말이야, 우리 어머니랑 쏙 닮았어."

"요시야 노부코의 어머니?"

"그래. 오빠들만 소중히 여기고 여자애는 하녀처럼 대하며 키우지. 그녀는 어릴 때부터 작가의 재능을 보였음에도 인정받지 못해. 바느질이나 집안일만 시키는데, 노부코 씨는 그런 일엔 재능이 전혀 없었던 모양이야. 그래서 뭐 어머니는 더욱더 딸을 얄미워해. 우리 어머니랑 정말 똑같아. 그런데 그 어머니가 어째서 그런 사람이 됐느냐 하면, 본인 역시 호되게 당한 거지. 남편이나 시어머니한테 말이야."

"억압의 배출구가 딸이었다는 말인가요?"

"시어머니가 진짜 심했어. 며느리가 뭔가 실수를 저질러서 죄송하다고 말해도 마음에 와닿지 않는다며 일일이 사과문을 쓰게 하고 피로 손도장까지 찍게 했대. 그러고는 또 무슨 일이 생기면 으레 그 사과문을 들고 와선 깐족거렸겠지."

"상상만 해도 무섭네요."

"그런 문화 속에서 자라며 믿기 힘들 정도로 남존여비를 강요당하는 가운데 남자라는 존재가 진심으로 싫어져서 레즈비언이 되었다니, 이해가 간달까. 물론 선천적으로 동성애자였을 수도 있지만, 당시 여자가 처한 상황이 너무 싫어서 남녀 관계에 절망하다니 충분히 이해돼."

보기 드물게 강한 어조였다. 그녀는 매사 무심해서 강한 의견이나 뭔가를 향한 거센 반발이 느껴지는 말을 하는 사람이 아니었다. 게다가 후루오야 선생이나 노숙자 남자 친구라는 존재에서 알 수 있듯 연애에 대범하긴 해도 완벽한 이성애자였기에 이런 주의 주장을 들을 줄은 몰랐다.

돌이켜보면 기와코 씨가 살아온 시대, 특히 청춘기를 보낸 시대는 학생운동과 여성해방운동이 활발하던 시기였다. 게다가 자신 또한 억압적인 분위기 속에서 갑갑하게 자랐다면 '남녀 관계에 절망하다니 충분히 이해돼'란 말은 당연해 보였다.

"기와코 씨 세대는 여성해방운동의 시대였죠?" 해맑게 물어보자 그녀는 휘둥그레져 눈알을 데굴데굴 굴리며 "세대상으론 그럴지 몰라도 시골은 아니었어"라고 대답했다. 기와코 씨는 어떻게든 딸이 커서 집을 떠날 때까지 참고 견디다가 남편과 둘만 생활하자 끝내 버티지 못하고 집을 나왔다.

"내가 딸에게 너무 심하다고 생각해?"

기와코 씨는 같은 질문을 반복했다. 심하지 않다고 말해주길 바라는 마음과 동시에 어중간한 위로는 받고 싶지 않다는 심경이 전해졌다.

"내가 열여덟 살이었다면 어땠을까, 입장을 바꿔 생각해보면 말이야. 이해했을 것 같아. 그 정돈 알 만한 나이잖아. 다만 미리 말해줬으면 좋았을 텐데. 아무 말 없이 갑자기 사라지면 힘드니까."

기와코 씨는 후쿠마루 한입 만쥬를 입안에 쏙 집어넣고 잠시 침묵하다가 그 작고 달콤한 과자를 꿀꺽 삼키더니 차갑게 식어버린 차를 홀짝였다. 나는 "다시 내려 올게요" 하고 종이컵 두 개를 든 채 전기 주전자 앞으로 가서 물을 끓여 뜨겁지만 영 맛없는 누런 차를 우려 갖고 돌아왔다.

"변명해봤자 소용없지만 몇 번이나 얘기하려고 했는데 저쪽에서 거부했어."

"집을 나오고 나서요?"

"그래. 화나게 한 뒤야. 그 아이는 나보다 아버지를 더 닮았어. 감정이 고스란히 전해지지 않는달까. 말만 하면 싸움이 났어. 서로 신경을 건드리는 거지. 그래서 대화 자체를 안하다 보니 어느새 마음마저 완전히 멀어졌어. 그 아이는 더욱더 화가 났겠지만, 어떻게 해야 풀 수 있을지 모르겠어. 만나지 않고 대화를 하지 않는 게 가장 좋은 방법이려나."

기와코 씨는 그대로 아무 말도 하지 않았다. 식당 형광등은 수명이 다했는지 계속 깜빡거렸다. 난방은 켜져 있었지만 리놀륨이 깔린 넓은 바닥은 점점 차가워졌다. "좀 춥지 않나요? 방으로 돌아갈까요?" 하자 그녀는 고개를 끄덕이며 자리에서 일어나 걸어갔다. 원래도 작은 몸집이 양로원에 들어오고 나서 더 작아져 있었다. 예전에는 흰머리가 탄력이 넘치고 윤기가 흘러 뭔가 의지가 느껴졌는데, 그즈음에는 가녀린 작은 몸에 걸맞게 힘없어 보였다. 필시 양도 질도 바뀌었으리라.

방에서 잠시 쉰다고 하길래 그만 가보겠다고 했다. 그날 그곳을 떠나면서 기와코 씨가 지내는 작은 방이, 방이라기보단 병실 같아서 새삼 가슴이 뭉클했다.

예전에 그녀가 살던 야나카의 허름한 주택 역시 비좁긴 해도 수십 년간 사람이 생활한 흔적이 여기저기 있었다. 이가 맞지 않던 현관 미닫이문이며 나중에 따로 만든 탓에 놀라울 만큼 작던 화장실, 몹시 가파르던 계단 아래 소소한 공간이며 겨울에 싸늘하던 부엌. 그리고 무슨 일이 생기면 와르르 무너져 내릴 듯 수북이 쌓아 올린 오래된 책. 구석구석 기와코 씨의 자취가 묻어났다. 반면 작은 새 방은 모든 것이 새로웠다. 새롭고 새하얗다. 하얘도 너무 하얬다.

또 올게요, 하고 돌아가려는데 어리광쟁이가 응석을 부리는 말투로 물었다.

"쓰고 있지?"

순간 하루하루 글을 잘 쓰고 있는지 아닌지를 묻는 건가 싶어 "아, 뭐, 쓰고는 있어요"라고 대답하자 그녀의 얼굴이 확 밝아졌다.

"그지, 쓰고 있지?"

다그쳐 되묻는 모습에 그제야 무슨 얘기인지 이해했다.

"제국도서관?"

확인하려고 고유명사만 말하자 그녀는 흡족해하며 고개를 끄덕였다.

"빨리 읽게 해주오."

기와코 씨는 침대 위에 책상다리를 틀고 앉아 사나이다운 말투로 부탁하더니 가슴 앞에 두 손을 모아 흔들며 으하하 웃었다. 키는 부쩍 줄어들었어도 예의 엉뚱한 행동은 틀림없이 우에노공원에서 말을 걸어오던 그 활기찬 기와코 씨였다.

"아직 진도는 느리지만, 쓰고 있어요. 아니, 꼭 쓸게요."

나는 처음으로 기와코 씨에게 단언했다.

"내가 제국도서관 소설을 쓸게요."

모던걸의 제국도서관

언제였는지는 정확히 알 수 없다. 「도서관」이라는 글이 실린 책 『처녀독본』이 1936년 출판됐으니 그보다 이전 일임은 확실하다. 요시야 노부코가 닛코소학교 임시 교사를 그만두고 문학가를 꿈꾸며 상경한 해는 1915년, 이듬해 이미 『꽃 이야기』 연재를 시작했으니 아마도 그 무렵이 아니었을까. 어쨌든 당시 노부코는 서지로 지은 홑옷 어깨선을 징거 입던 어린 아가씨였다.

도쿄에 올라와 가장 먼저 간 곳은 히비야도서관이었다. 조용해 기분 좋은 부인 열람실에서 아주 예쁘고 고운 스물두세 살 되는 사람을 만났다. 되도록 혼자 있을 만한 장소에 숨어들어 그 아름다운 사람을 줄곧 바라봤다. 그이가 열람실에 없으면 더없이 낙담하는 나날……

그 사람은 책을 읽을 때만 거무스름한 적갈색 우단 주머니에서 테 없는 안경을 꺼내 썼다. 가느다란 금줄이 기품 있는 희읍스름한 옆얼굴 관자놀이를 스쳐 아무렇게나 내려 묶은 뒷머리에 살짝 휘감기면······ 아, 노부코는 얼마나 좋아했을까. 멍하니 아름다운 그이를 바라보고 또 바라봤다.

반면 우에노 제국도서관은 실망스러웠다. 여름 동안 '오자키 고요 전집'을 다 읽을 작정으로 도시락을 싸 들고 활기차게 찾아갔지만, 하루 이틀 만에 완전히 질려 더는 다니지 않았다. 들어가자마자 느닷없이 나타나는 답답한 지하실 비슷한 출입구는 어두침침했고 사환마저 관료처럼 거만하게 굴어 도서 목록을 확인하기 어려웠다. 책을 대출하는 곳은 재판소에서 판사나 검사가 앉는 높은 좌석 같았고 이쪽은 심판이 내려지길 기다리는 인민 같았다. 게다가 부인 열람실은 낡아 덜컹거렸고 그저 휑하게 넓기만 해서 안정감이 없었다. 책상은 흉갓집에서 가져온 듯······ 어쩐지 감촉이 거칠거칠해 으스스했다. 그래도 참고 고요 전집을 읽다가 고개를 드니 맞은편에 앉은 나이 지긋한 아주머니가 지쳤는지 어느새 책 위에 엎드려 쿨쿨 자고 있었다.

어쩜 이다지도 히비야도서관과 다르단 말인가.

히비야=아름다운 젊은 부인 VS 우에노=나이 든 아주머니가 쿨쿨.

책상에 눌려 납작해진 아주머니의 잠든 얼굴을 아무 생각 없이 바라보는데 그 아래 책이 눈에 들어왔다. 산파 시험을 치르는지 배 안에 아기가 작은 생쥐처럼 몸을 고부장하게 웅크린 그림이 그려진 페이지가 펼쳐져 있는 게 아닌가. 노부코는 이제 정말 삶이 서글퍼져…… 쓸쓸히 도서관을 나왔다. 먼지 자욱한 여름 저녁, 힘없이 다케노다이 광장을 걸으며 울상을 지었다.

요시야 노부코보다 세 살 어린데도 한발 앞서 문단에 데뷔한 천재 소녀가 있었다. 주죠 유리코, 훗날 미야모토 유리코다. 유리코는 도서관 데뷔도 노부코보다 빨랐다. 처음 우에노 제국도서관에 간 것은 도쿄여자사범학교 부속고등여학교(현 오차노미즈여자대학 부속중고등학교) 2학년 때로 1913년께였다.

소매 아래가 동그란 기모노에 짙은 자줏빛 하카마를 입고 구두를 신은 소녀가 지루한 교실을 벗어나 높지막한 책상 앞에 서서 팔을 높이 뻗어 대출 용지를 내밀었다.

"너 아직 열여섯 살이 안 됐지?"

새까만 모수자로 만든 사무복을 입은 도서관 사서가 높은 자리에 앉아 물었다. 유리코는 빠른 연생으로 조기 입학한 탓에 2학년임에도 아직 열다섯 살이 되지 않았다. 대답하기 곤란해 잠자코 있었더니 그가 말했다.

"여기는 열여섯 살부터예요."

검은 사무복 차림에 특징 하나 없는 수수하고 아담한 얼굴을 한 남자 사서는 혈색이 좋지 않았고 턱뼈가 약간 볼록했다. 어쨌든 아침저녁으로 책만 상대하는 사람다운 틀에 박힌 표정에서 순한 고집이 느껴지는 그는 열네 살 유리코에게 선뜻 책을 빌려줬다. 그날부터 유리코는 우에노 제국도서관을 바지런히 드나들었다.

노부코는 히비야도서관을 마음에 들어 했지만, 우등생인 유리코는 부인 열람실을 두고 이러쿵저러쿵하지 않은 채 일편단심 책만 바라봤다. 제국도서관이 '관료적'이긴 해도 책을 읽는 곳이니 뭐, 어쩔 수 없다고 받아들였다.

하야시 후미코가 제국도서관에 자주 다니던 시절은 '지구여, 딱 두 동강이나 나버려라' 하고 온 세상이 호통치던 시대였다. 하세가와 시구레가 발간하던 잡지 『여인예술』에 소설 『방랑기』를 1년간 연재한 뒤 후미코는 도서관을 방랑한다. 1929년께로 신관이 생겼을 무렵인지 아니면 구관만 있던 무렵인지, 그 사이였는지 확실하진 않다. 어쨌든 그런 시절의 일이다.

"저는 남자에게 아주 무른 여자입니다."

그렇게 말하면서 후미코는 매일 열심히 제국도서관을 다니며 닥치는 대로 책을 읽어댔다. 이루 말할 수 없이 즐거운 나날이었다. 슬프면 발바닥이 가려운 이상한 버릇을 가진 후미코는 돈도 없고 남자복도 없어 발바닥이 가려울 때가 잦았다.

독서를 향한 열정은 진짜라 1년 남짓 제국도서관을 드나들었다. 가난한 탓에 당시 젊은 여성이 할 만한 거의 모든 직업을 전전했다. 그래도 먹고살기 힘들어 종종 장서를 팔아야 했다. 동화 한두 편으론 결코 살림이 넉넉해지지 않았다. 카페에서 일하자니 수세미처럼 거칠어질 게 뻔했고 남자한테 빌붙어 살자니 서러워 견딜 수 없었다. 그런 까닭으로 책을 팔 때마다 '순간순간 책이 자신처럼' 느껴졌다.

"쓸쓸합니다. 시시합니다. 돈이 필요합니다."

후미코는 늘 마음이 혼란스러웠다.

"체호프는 마음의 고향. 체호프의 숨결은, 체호프의 자태는 모두 살아나 어둠이 깃든 내 마음에 뭔가 중얼중얼 말을 걸어온다."

그럼에도 이렇게 늘 문학에 심취했다. 서양 문학분만 아니라 오카쿠라 덴신이 쓴 『차의 책』이나 『당시선』, 아베 요시시게가 쓴 『칸트 종교 철학』 등 분에 넘치는 책까지 가리지 않고 탐독했다.

다이쇼시대에서 쇼와시대 초기, 모던걸이라 불리는 여성들이 등장했다. 모던걸은 긴 머리를 잘라 단발머리를 하고 양장 차림으로 도시를 활보했다. 요시야 노부코, 미야모토 유리코, 하야시 후미코. 그 시대를 살아낸 세 명의 유명 작가는 저마다 우에노 도서관을 추억하는 글을 남겼다. 히구치 이치요보다 두 세대 아래 소녀들이 그녀처럼 학구열을 품은 채 드나드는 모습을, 제국도서관은 눈부시게 아름답다며 지켜보지 않았을까.

14

그 이후 일을 쓰려니 조금 괴롭다.

양로원 직원으로부터 기와코 씨가 폐렴으로 입원했다
는 전화를 받았다. 대지진이 일어난 해부터 2년쯤 지난 때였
다. 건강 상태가 썩 좋지 않다고 하길래 어쨌든 얼굴을 봐야
겠다 싶어 병원으로 달려갔다. 꽤 중증일지도 모른다고 각오
했는데 중환자실에 있지 않았다. 기와코 씨는 4인실에서 링
거를 맞으며 잠들어 있었다. 신우염과 심근경색 증상을 보
여서, 라고 의사가 말했다. 나는 그녀의 가느다란 손과 발을
어루만지고 집으로 돌아왔다. 무슨 일이 생기면 알려달라고
양로원 측에 부탁했더니 2주 정도 지나 연락이 왔다. 기와코

씨가 세상을 떠났다는 소식이었다.

"유족의 뜻에 따라 장례는 가족끼리 조촐하게 치렀다고 합니다."

가족끼리 조촐하게 치렀다, 이 말이 조금 시간차를 두고 내 안에 들어왔다.

"가족끼리 조촐하게?"

"가족장이기에 영결식은 따로 열리지 않는 모양입니다."

전화기 너머 직원이 전화기 너머로 긴 한숨을 내쉬며 말했다.

"하지만 뭐랄까……."

뭐랄까, 그 뒤 말을 잇지 못했다. 기와코 씨의 입주 과정과 이런저런 일을 옆에서 지켜보며 뭔가 느낀 게 있는 걸까. 원래라면 양로원 직원이 가족도 아닌 나에게 연락해줄 의무는 없다. 일부러 전화를 걸어 내 부탁을 들어준 것은 그 한숨과 '뭐랄까'라는 감정을 누군가와 공유하고 싶었기 때문일지도.

"뭔가, 좀 그렇네요."

나도 뭔가, 그게 같은 막연한 말밖에 나오지 않았다.

"잠깐만요, 이래서는."

전화를 걸어온 직원은 더는 이런 대화를 나누면 안 된다고 생각했는지 사무적인 말투로 돌아가 "여하튼 알려드렸습니다"라고 말했다.

한동안 나는 기와코 씨의 부재를 받아들이지 못한 채로 지냈다. 함께 일상을 보내거나 매일 전화 통화를 하던 사이가 아니었기에 그녀가 이 세상에서 사라졌다는 사실이 선뜻 와닿지 않았다. 밤샘 문상이나 장례식 같은 의식은 남겨진 자가 죽은 자의 부재를 확실히 깨닫기 위해 있는 걸까. 후루오야 선생에게 소식을 전한 뒤에도 마음속 어딘가에서 아직 기와코 씨의 죽음을 부정했다.

가을이 깊어졌을 무렵, 미야자키에 사는 유코 씨로부터 상중을 알리는 엽서가 도착했다. "연말연시 인사를 삼가주시기 바랍니다"라고 적혀 있었다. 유코 씨와 연말연시 인사 따윈 주고받은 적이 없었다. 왠지 울컥 부아가 치밀었다. 아마 기와코 씨가 남긴 자필 편지나 엽서에서 이름과 주소를 찾아내 지인들에게 고인의 죽음을 알리려는 목적으로 보냈을 터였다. 나름대로 정중하고 성실한 처사였지만, 유코 씨의 친구가 아닌 내가 유코 씨로부터 이런 엽서를 받는 게 부조리하게 느껴졌다. 알려주려면 작고한 직후에 어떤 형태로든 통지했으면 좋았을 것을. 상중을 알리는 엽서라니, 어딘지 모르게 깔끔하다 못해 사무적이고 거만해서 되레 거슬렸다. 무엇보다 화장한 뼛가루를 바다에 뿌려달라던 기와코 씨의 소원은 어떻게 됐을까. 엽서를 받고 화가 났다고 답장을 쓸까, 일순 고민하다가 어른스럽지 못한 행동이라 그만뒀다.

그렇게 부글거리는, 어찌할 수 없는 감정이 가슴 한구석에서 가시지 않았다. 기와코 씨가 세상을 떠나고 1주기가 될락 말락 할 즈음이었다. 볼일이 있어 오카치마치 주변을 걷다가 우연히 골목에 자리한 작은 헌책방을 발견했다. 유리문에 '도토리서방'이란 글자가 붙어 있었다. 직업상 헌책방을 보면 무심결에 들어가버린다.

　　두 짝짜리 유리문은 헌책이 산더미처럼 쌓여 한쪽은 잘 열리지 않았고, 다른 한쪽은 당기면 삐걱삐걱 긁히는 소리가 났다. 가게 안은 정리 정돈과 거리가 멀었다. 책이 어지러이 놓인 가운데 역사소설이나 역사 해설서가 비교적 많았다. 양쪽 벽에 찰싹 달라붙은 책장 두 개와 중앙에 책장 두 개가 있었는데, 중앙 책장에는 끈으로 한데 묶거나 신문지로 감싼 책이 정리되지 않은 채로 나뒹굴었다. 입구에서 멀리 떨어진 벽면 책장을 훑어보다가 아래쪽에서 히구치 이치요 전집을 발견했다.

　　세상에 한 질뿐인 전집도 아니고 헌책방에 헌책이 있는 건 당연하지만 '허름해도 이름은 귀여운 헌책방'이란 말이 문득 떠올랐고 나는 확신했다.

　　도토리서방, 이곳은 기와코 씨의 '우에노 헌책방'이며 이것은 기와코 씨의 히구치 이치요 전집이다. 가게 안쪽, 헌책이 사방을 굳게 지키는 책상에 부처처럼 들어앉은 가게 주인, 이 사람이 바로 기와코 씨의 '우에노 헌책방 주인'이다. 그렇게 생각하며 그를 바라보자 안경알 속 힐끗 쳐다보는 눈과 마주쳤다. 가슴이 찌르르했다. 기와코 씨가 살던 작은 방, 그녀가 좋아한 공간, 그녀가 사랑한 이야기, 우리가 함께 보낸 시간과 순간이 그 낡은 전집 세트에서 단번에 피어올라서 현기증마저 일었다.

가게 안쪽에 얌전히 앉아 있는 헌책방 주인에게 다가가 말을 건넸다.

"저기 놓인 전집의 주인을 알고 있습니다."

북받쳐 오르는 감정을 억누르기 힘들었다. 헌책방 주인은 코끝에 얹힌 안경테 너머로 나를 응시하더니 말끝을 올리며 대답했다.

"네?"

"저, 전집이요, 본인이 직접 이쪽으로 가져온 건가요? 아니면 유언에 따라서?"

"사시게?"

"아니, 그건……."

나는 말을 우물거렸다. 살지 말지까지 미처 생각하지 못했다.

"살 거요? 안 살 거요?"

"네?"

"어떻게 할래요? 살래요?"

"그러니까."

"아는 사람의 소지품이었다면서요?"

"네, 맞아요."

"그럼 사야지!"

"저, 음, 네, 살게요!"

"샀구먼!"

"네, 샀어요!"

"총 여섯 권, 1974년부터 1994년까지 쓰쿠마서방에서 발행, 값은 할인에 할인을 더해 2만 5천 엔. 다른 데서는 좀처럼 만나지 못할 가격이에요."

왠지 모를 기세에 압도당한 나머지 여섯 권짜리 히구치 이치요 전집을 구입했다. 집으로 배송을 요청하고 모든 절차를 마치자 헌책방 주인이 싱글벙글 웃으며 물었다.

"그래서 당신, 고지마치 선생과는 어떤 관계?"

"고지마치 선생?"

"전집의 전 주인."

"고지마치 선생이요?"

"초판을 사서 깨끗하게 읽었나 봐. 그 집에서 나온 책들, 꽤 상태가 좋았어. 갑자기 돌아가셨다고 했던가."

나는 좁은 책상 위 예스러운 금전등록기 옆에 놓인 송장이 딱 붙어버린 책 꾸러미를 몹시 낙담하며 바라봤다. 뭐, 집에 히구치 이치요 전집 한 세트쯤, 글쓰기를 생업으로 삼는 사람으로서 있음 직한 풍경이었다. 주인 말마따나 이토록 깨끗하게 읽힌 여섯 권이 2만 5천 엔으로 손에 들어오다니 고마운 일이었다. 나쁘지 않은 쇼핑이긴 했지만, 기와코 씨의 전집이란 확신은 금세 헛다리였음이 드러났다.

"무슨 일이라도 있어?"

헌책방 주인은 웃는 얼굴을 유지한 채 기분 나쁘지 않게 물었다. 어쩔 수 없이 고지마치 선생이라는 사람과는 모르는 사이로 야나카에 살던 친구가 죽었으며 그녀가 마지막까지 소중히 간직하던 책이 이치요 전집이라는 사실을 털어놓았다.

도중에 헌책방 주인은 알사탕을 꺼내 핥아 먹으며 내게도 권했다. 어쩐지 마음이 누그러졌다. 느닷없이 긴타로사탕을 건네던 기와코 씨와의 첫 만남이 연상됐다. 목에 좋다는 박하맛 사탕으로 긴타로사탕은 아니었지만 말이다. 그는 담배를 즐겨 피우는데 중요한 상품을 태우면 곤란하니까 가게 안은 금연이라는 둥 그래서 그분이 어쨌냐는 둥 하며 의외로 열심히 이야기를 들어주고 맞장구를 쳐주었다. 내 얘기가 얼추 끝나가자 금전등록기가 놓인 책상 뒤쪽 벽에 박힌 못에 걸린 효자손을 슬쩍 잡더니 마치 효자손 사용법이라도 보여주듯 목뒤 셔츠 안으로 집어넣어 등을 북북 긁었다.

"그렇구나, 그 사람, 결국 찾던 물건을 찾지 못하고 죽었구나."

효자손을 등에서 빼내 다시 못에 걸더니 헌책방 주인이 감개에 젖어 말했다. 나는 혼란스러워서 그의 얼굴을 빤히 쳐다봤다.

"찾던 물건?"

"응. 그 사람, 가게에 왔을 때 어떤 그림책을 찾는다고 했어. 이쪽이야 나름 프로니까 되도록 찾아주고 싶었지만. 이야기가 너무 성기고 엉터리라, 진심으로 대하지 않고 그냥 놔뒀지."

"그 사람?"

"기와코 씨 말이야."

"기와코 씨?"

"당신이 이야기하는 사람, 기와코 씨 아니야?"

"기와코 씨를 알고 있어요?"

"알아."

"그럼 여기는 역시 기와코 씨의 헌책방이군요!"

"아니, 헌책방은 내 건데."

"그렇다면 처음부터 말해줬어야죠."

"처음부터 뭘?"

"저 전집은 기와코 씨의 것이 아니라고요."

"당신이 아는 사람이라고 하니까, 나는 틀림없는 줄 알았지."

헌책방 주인과 나 사이에 어떤 오해가 있었는지는 그다지 중요하지 않았다. 도토리서방이 기와코 씨가 말한 '우에노 헌책방'임이 판명됐고, 내 기분은 확 바뀌었다. 자신의 뛰어난 직감이 흡족하기 그지없었다. 물론 그 이상 기와코 씨가 찾던 물건이 궁금했다. 그녀가 끝내 찾지 못한 '찾던 물건'은 무엇이었을까.

"그게 말이야, 얼마 전에 이게 아닐까 하는 책을 발견했어. 알려주려고 했는데 그 사람이 이사를 가버려서 새 주소를 모르잖아. 그렇게 시간이 흐른 거지."

"여기, 있나요?"

"아니, 없어."

"없어요?"

"어, 없어. 다른 헌책방에도 수소문해봤는데 실물은 없더라고. 헌책 시장에 나온 건, 없다고 봐야지. 국가가 관리하는 소장본뿐이야."

그러고는 책으로 둘러싸인 조종석 같은 책상 아래로 손을 집어넣었다. 곧이어 헤이세이시대를 건너뛰고 쇼와시대 같은 매장과 어울리지 않는 최신 맥북을 해작해작 꺼내더니 순식간에 국립국회도서관 검색 사이트로 들어갔다.

"이게 아닐까 싶어." 헌책방 주인이 가리키는 손끝을 따라 모니터상에 나타난 글자를 읽었다.

"도서관의 고지." 나는 엉겁결에 소리를 질렀다. "아, 도서관!" 왜 그녀가 그 책을 찾았는지, 어떤 내용인지, 헌책방 주인이 기와코 씨로부터 받은 정보는 무엇인지 전혀 알 수 없었다. 다만 '도서관'이란 단어는 내 머릿속에서 기와코 씨와 곧바로 연결되는 키워드였다.

"이 책, 어떤 내용인가요?"

"안 읽었으니 모르지."

"기와코 씨는 무슨 이유로 찾았나요?"

"음, 그것도 뭔가, 잘은 모르겠지만."

그는 알사탕을 하나 더 입에 던져 넣으며 기와코 씨와의 사연을 풀어놓았다.

도토리서방 주인과 기와코 씨는 가게 단골이던 노숙자 남자 친구의 소개로 알게 됐다. 아직 나와 기와코 씨가 만나기 전 일이었다. 기와코 씨로부터 어떤 물건을 찾고 있다고 들은 건 그리 오래되지 않은 모양. 야나카를 떠나 이사한다며 책을 정리하러 왔을 때 그녀가 이런저런 실없는 잡담을 늘어놓다가 어릴 적 읽은 책 얘기를 꺼냈다.

어린 시절부터 책을 좋아했던 그녀는 학교 도서관에 새 책이 들어오면 누구보다 먼저 빌려 읽곤 했다. 어느 날, 평소처럼 사서 교사가 막 라벨을 붙인 새 책을 손에 잡히는 대로 훑어보다가 분홍색 표지의 얇은 소책자 몇 권이 눈에 들어왔다. 책장을 넘기니 거슬거슬한 종이에 푸른색 잉크로 그림과 문장이 인쇄되어 있었다.

겉모양은 같고 제목은 다른 책이 여러 권 있었으니 총서 종류였으리라고 그가 설명했다.

여하튼 그중 한 권이 유독 그녀의 마음을 사로잡았다. '아저씨'라고 불리는 키 큰 남자가 '저'라는 여자아이를 등에 업고 도서관에 다니는 이야기였다.

"그게 기와코 씨가 말하길 그 도서관에는 동물이 산다나 뭐라나. 꽤나 터무니없는 내용이었어. 아저씨와 여자아이는 밤이 되면 도서관에 묵기도 하고. 뭐랄까, 기발하고 엉뚱하달까, 그래, 그런 거겠지. 이른바 아이를 위한 동화 말이야."

기와코 씨는 그 책에 푹 빠져 곧장 빌려 집으로 돌아갔다.

"근데 어머니한테 들켰대. 그 책을 보자마자 불같이 화내면서 버렸다고 하더라고. 학교에서 빌린 데다 새 책이라 버리면 곤란하잖아. 하지만 어머니가 뭐라고 둘러댔는지, 학교에 쳐들어가서는 오히려 교사를 혼냈나 봐. 그 뒤로 몇 번을 신청해도 학교 도서관에 그 책이 들어오는 일은 없었던 모양이야."

그 책, 어디선가 또 읽을 수 있으려나, 라고 중얼거리길래 찾아봐주겠다고 하자 기와코 씨는 신기해하는 표정을 지었단다.

"그 사람, 뭔가 머리에 나사 하나가 빠진 건지. 이쪽은 프로야, 헌책 전문가라고. 헌책방에 왔으면서 그게 가능하냐고, 정말 어딘가에 그 책이 또 있냐며 놀라는 거야. 내가 더 깜짝 놀랐다니까."

헌책방 주인은 직업 정신으로 제목, 발행처, 저자명, 언제 출판됐는지 등을 캐물었다. 기와코 씨는 수십 년 전 하루 곁에 놓아뒀을 뿐이라 전혀 기억을 못 했고, 총서라면 다른 책 제목이라도 기억나느냐고 물었더니 그조차 기억 안 난다고 했단다.

"그 정도로 애매모호하면 책 탐정이라도 찾기 힘들어. 그래서 꽤 시간이 걸렸지. 그 사람이 어렸을 때면 1940년대 아니면 1950년대 초쯤이잖아. 그 무렵 나온 총서나 시리즈를 중심으로 점점 좁혀가다 보니 이게 나오더라고."

나는 맥북 화면을 재확인했다. 노란색으로 표시된 '도서관의 고지'라는 제목 아래 '기우치 료헤이 지음, 스미야 지로 그림, 고쓰부서방 1953(나가구쓰문고;제3집 12)'이 보였다.

"이 스미야 지로라는 사람은 그림책 작가로 오랫동안 활동한 사람이야. 이미 돌아가셨지만."

헌책방 주인은 같은 화면 바로 아래를 가리켰다. 거기에는 '기우치 료헤이 1914-1959, 스미야 지로 1923-1989'라고 적혀 있었다.

"기우치 료헤이라는 사람은 이거 말고는 없었어. 40대에 세상을 떴으니 별로 작품을 남기지 못했을지도."

이 기우치 료헤이라는 인물이 기와코 씨를 도서관에 데려간 오빠일까? 그렇다면 기와코 씨는 이름조차 기억하지 못했던 걸까?

"고쓰부서방은 혼고에 있던 작은 출판사인가 봐. 그 시절은 출판 붐이 일었잖아. 전쟁 전에도 어린이책은 분에 넘치게 제작됐으니까, 전쟁이 끝나고 어느 정도 안정된 시기에 새로운 어린이책 시리즈 출판은 필연적인 흐름이었을 거야. 갱지라니, 당시 시대상이 느껴져."

헌책방 주인은 맥북을 탁 닫고는 크게 한숨을 내쉬더니 혼잣말처럼 "그렇군, 죽었구나. 그 녀석, 알고 있으려나" 했다.

"그 녀석이요?"

"기와코 씨의 친구, 다마가와로 이사 간."

"아, 노숙자 남자 친구?"

"그런 별명으로 불렀어?"

"제가 붙였어요."

"소식을 전해줘야겠네."

나는 기와코 씨 딸과의 일이나 가족장 이야기를 하며 어찌할 수 없는 마음속 불만을 하소연했다.

"규슈라면 제향을 피우러 가기가 그리 쉽지 않지."

헌책방 주인은 안쓰러워했다.

"게다가 그 딸이 있는 곳이라 왠지 갈 마음이 안 생겨요."

나의 푸념에 으음 하고 길게 맞장구치던 그가 말했다.

"추모회라도 열까?"

우에노 도서관,
파업에 들어가다!

마치 나가이 규이치로 망령에 씐 것처럼 오로지 장서 확충에 전념
하는 한편 도서 소장을 위한 증축을 거듭 호소하며 자금난에 시달리
던 제국도서관 초대 관장 다나카 이나기가 사임한 것은 1921년이었
다. 이때 작은 소동이 일었다. 그리 잘 알려져 있지 않지만 말이다. 그
고지식한 제국도서관 직원들이 몰려들었고 '우에노 도서관 분쟁'이니
'파업(스트라이크) 결심, 문부성에 항의' 같은 신문 기사가 보도됐다.

"다나카 관장의 후임으로 마쓰모토 기이치가 내정된 모양이야."

"누구?"

"마쓰모토 기이치."

"모르는 사람인걸."

"나도 몰라."

"어느 사범학교 교수라던데."

"이상하지 않아? 1900년 공표된 칙령 제338호에 따라 제국도서
관장이 되려면 제국도서관 사서장이나 사서관을 1년 이상 맡아야 하
잖아."

"이상하네."

"국가 도서관 사업을 책임지는 쟁쟁한 사람들 추천도 없이 문부성
이 독단적으로 인사를 결정하다니 불쾌하구먼."

"전례 없는 일이야."

"뭣보다 다나카 관장이 왜 그만둬야 하는데?"

"그거, 당신, 그만두라고 한 거나 다름없어."

"뭐라고?"

"문부성이 제국도서관 내에 도서관원교습소를 설립한다고 하니까."

"제국도서관 안에? 관내 어디에? 책이 넘쳐서 복도를 잡아먹는
형편인데?"

"그래서야."

"그래서?"

"책을 둘 자리가 없어진다고, 다나카 관장이 저항했거든."

"그래서?"

"사실상 다나카 관장은 경질된 거야. 문부성이 하는 말을 듣지 않
으니까."

"이상하잖아. 이제껏 제국도서관을 유지하고 발전시키려 온 힘을 다한 우리 관장이 장서 둘 곳조차 없는데 교습소를 어디다 만듭니까, 참으로 정당한 말을 했다는 이유로 경질되고 도서관의 '도' 자도 모르는 문외한이 느닷없이 낙하산처럼 우리 머리 위로 내려온다니. 그 마쓰모토라는 어디 사범학교 교사 녀석 따위가."

"허락 못 해."

"허락 못 해."

"단연코 허락할 수 없으니 스트라이크다!"

"우리 전 직원 서른 명, 모두 사표 제출!"

"마쓰모토 기이치, 단호히 저지!"

전대미문의 분쟁이 고요한 우에노 도서관을 무대로 펼쳐진다. 마쓰모토 기이치가 제국도서관장에 취임한 것은 2년 후인 1923년. 왜 그렇게 됐냐면 도서관 직원 전원이 칙령 제338호를 내세우며 취임을 결사반대했기 때문이다. 문부성은 파업을 피하는 동시에 조리가 맞도록 우선 마쓰모토를 제국도서관 사서관 겸 관장 서리에 임명한다. 칙령에 위반되지 않는 형태를 갖춘 후 1923년 관장 자리에 앉힌다.

앞서 이야기했듯 마쓰모토 기이치는 간토대지진 당시 도서관을 개방해 이재민을 수용하라는 지시를 내린 관장이었다. 말할 것도 없이 마쓰모토의 첫 번째 업무는 다나카가 그토록 염원하던 '증축'이었다. 우수한 도서관 직원을 양성하는 교습소 설립은 물론 필요한 일이긴 했다. 객관적으로 볼 때, 마쓰모토 기이치는 무능한 도서관장은 아니었다. 마쓰모토를 잘 아는 사람이 쓴 회고에 따르면 그는 매우 온후한 성품이었다.

그러나 마쓰모토의 불온한 취임극은 나가이 규이치로가 도쿄서적관 장서표에 "펜은 칼보다 강하다"라고 드높이 인쇄한 이래 문명개화를 담당하며 널리 만민의 지식욕을 충족시키되 국위선양을 위한 국책과 거리를 둔 채 '리버럴 아트'를 지탱해온, 50년이란 역사를 가진 도서관이 변질하는 시작이었다. 다나카 이나기 초대 관장이 사임할 즈음 도쿄제국대학도서관 와다 만키치 관장은 이마자와 지카이 히비야도서관장에게 편지를 한 통 보냈다.

문부성의 노리스기(요시히사, 당시 문부성 보통학무국 제4과 과장)라는 녀석이 한 말을 곰곰이 생각해봤어. 제국도서관장을 제 놈 밑에서 일하는 부하 관리쯤으로 여기니까 이번처럼 어처구니없는 짓을 하는 거야. 안하무인으로 굴던 그날 느꼈어. 제국도서관마저 이미 저런 일이 벌어졌으니 우리 제국대도서관쯤이야, 더 심할 게 뻔해. 이거 정말 큰일이 났다고. 문부성이 부탁한 도서관원교습소 강사, 못 해먹겠어. 그만두려고 사직원을 보낼 생각이니, 너도 알고는 있어.

마쓰모토 기이치는 1923년부터 1945년까지 즉 간토대지진부터 종전까지 일본 근대사에서 유독 언론이 통제된 시대, 책 자체가 막심한 피해를 입은 시대에 제국도서관장을 맡은 셈이다. 대지진 이후 중일전쟁이 발발하고 아시아·태평양전쟁으로 이어진다. 전쟁 비용은 당연히 도서관 예산으로 돌아갔을 돈을 집어삼킨다. 제국도서관은 아무런 이의를 제기하지 않는다. 오히려 국가 정책에 적극 동참하는 방침을 취한다.

100년 훨씬 전부터 사용한 샹들리에

기와코 씨가 찾았다던 '도서관의 고지'는 줄곧 머릿속을 맴돌았다. 하지만 그 책만을 위해 국립국회도서관에 들를 만한 시간 여유가 없어 헌책방 주인과 이야기를 나누고 한참 후에야 갔다. 직업상 꼭 필요한 자료를 서점이나 근처 도서관에서 구하지 못할 때가 더러 있다. 그러면 어딘가의 대학도서관이나 국회도서관을 찾는다. 그날도 오래된 잡지 기사를 급하게 찾아야 해서 평소 잘 가지 않는 나가타초까지 지하철을 타고 나갔다.

국가권력 최고 기관인 입법부 직속 도서관은 분관인 국제어린이도서관과 매우 분위기가 다르다. 주변에 정부 부처와 국회의사당이 들어선 탓에 오가는 사람들은 수수하고 성실한 인상이다. 아이들 모습은 거의 본 적 없다. 학생 같은 사람들은 가끔 보지만, 관내에는 일 때문에 자료를 찾으러 온 듯한 사람이 대부분이다. 이 외에 편안한 차림으로 머무르는, 아마도 정년퇴직한 고연령층 남자들이다.

건물은 장식 없이 깔끔한 네모꼴이다. 우에노 르네상스 양식 건축물과 형제라고 도저히 믿기지 않을 만큼 꾸밈새가 없다. 1961년 마에가와구니오건축설계사무소의 설계로 지어졌다. 안으로 들어가면 과연 오랜 세월이 묻어나지만 역 개찰구를 빠져나갈 때처럼 입구에 설치된 새로운 기계에 파란색 이용자 등록 카드를 읽히지 않으면 들어가지 못한다. 중앙에 대출 접수 카운터가 자리하고, 그 주위를 컴퓨터 모니터가 늘어선 검색 코너와 이용자용 책상이 둘러싸고 있다.

나는 일에 필요한 자료 열람 신청을 대강 마치고 자료가 나올 때까지 붕 뜬 시간을 3층 카페에서 소프트크림을 먹으며 기다렸다. 국립국회도서관에서 파는 소프트크림은 아는 사람은 다 안다는 인기 디저트였다. 진한 홋카이도 우유로 만든 소프트크림을 스푼으로 떠서 조금씩 음미하며 단것을 좋아하던 기와코 씨를 생각했다.

'도서관의 고지'에서 '고지일본어에서 고지こじ로 읽히는 한자는 고사故事, 거사居士, 고아孤児 등이 있다'는 무슨 뜻일까? 고사를 의

미할까, 그보다 먼저 거사라는 한자가 머릿속에 떠올랐다. 이쪽이 더 어린이 그림책다웠다.

매일, 매일 도서관에 다니는 기모노 차림의 수염이 덥수룩한 남자. 오가미 잇토와 어린 아들 다이고로, 구라마 덴구와 소년 스기사쿠, 블랙 잭과 소녀 피노코처럼차례대로 만화 『아이 딸린 늑대』, 소설 『구라마 덴구』, 만화 『블랙 잭』의 주인공과 콤비를 이루는 등장인물 도서관의 거사는 늘 어린아이와 함께다. 왜 그가 도서관에서 동물과 이야기를 나누는지는 전혀 알 수 없다. 다만 어린이를 위한 판타지라면 충분히 성립할 법한 장면이다.

아이스콘까지 다 먹고 나서 2층 검색 코너로 돌아가 컴퓨터 화면을 확인했지만, 신청한 자료는 아직 열람할 수 없는 상태였다. 자리에 앉아 검색창을 열고 히라가나로 '도서관의 고지'를 입력했다. 몇 초 후 모니터는 헌책방 주인이 보여준 화면과 똑같은 화면으로 바뀌었다.

◆도서관의 고지◆기우치 료헤이 지음, 스미야 지로 그림, 고쓰부서방, 1953(나가구쓰문고;제3집 12)
기우치 료헤이 1914-1959, 스미야 지로 1923-1989

이제 실물이 존재하지 않는지, 아니면 열람이 불가한지 디지털화되어 클릭 한 번 하니 열렸다. 과연 원래 분홍색이었을 표지는 색이 바래 잿빛을 띠었고 제목, 지은이와 그린이의 이름 모두 히라가나로 쓰여 있었다. 나가구쓰문고라는 글자도 보였다. 도서관의 거사라고, 내가 맘대로 설정한 인물은 '아저씨'라고만 적혔고 여자아이의 일인칭 대명사는 '저'가 아니라 '나'였다. "나는 고아입니다"로 시작하는 첫머리에 단발머리 여자아이가 나무 아래 탈싹 주저앉은 모습이 그려져 있었다. 내 예상은 처음부터 빗나갔다. 도서관의 '고지'는 '고아'였다.

나는 고아입니다.
그런데도 왜 쓸쓸하곤 할까요.
내게는 아저씨가 있습니다.
아저씨는 키다리 아저씨,
특별한 일을 합니다.
우에노에 있는 커다란 도서관에 다니며
도서관 이야기를 책으로 씁니다.

나는 아저씨의
배낭 속에 쏙 들어가
함께 도서관에
갑니다.

밤이 오면 도서관 사람들은
다들 집으로 돌아가버립니다.
하지만 나와 아저씨는 다릅니다.
밤의 도서관에 그대로 머뭅니다.

밤의 도서관에는 온갖
동물이 찾아옵니다.
곰도 있습니다.
검은 표범도 있습니다.
기린도 얼룩말도 원숭이도 있습니다.
모두 옆 동물원에서
책을 읽으러 옵니다.

가장 재미있는 것은
책에서 빠져나온 사람들입니다.
마녀도 있습니다.
왕도 있습니다.
무사도 지장보살도 있습니다.
모두 나와 함께
책을 읽고 아하하 웃습니다.

그러는 동안

나는 졸음이 쏟아져

원숭이랑 무사랑 마녀랑 같이 잠듭니다.

이번에는 꿈속에

지장보살이랑 기린이랑 왕이 나타납니다.

아저씨와 함께

아침을 맞이합니다.

목욕도 하고 싶으니

하품을 하며 밖으로 나옵니다.

이렇게 짧은 내용으로 그 외에도 소책자에는 동화 몇 편이 더 실려 있었다. 전부 기우치 료헤이가 글을 쓰고 스미야지로가 그림을 그렸다. 「도서관의 고아」 마지막 페이지는 여자아이가 즐겁게 목욕하는 그림이었다. 널찍하고 다른 사람도 몇 명 있는 걸로 보아 아마도 목욕탕인 것 같았다.

나는 컴퓨터 모니터에서 눈을 떼고 어깨를 살며시 돌렸다. 자리에서 일어나 「도서관의 고아」 복사 신청서를 작성하고 국립국회도서관 소파에 걸터앉아 잠시 생각에 잠겼다.

도대체 이게 뭐지? 오빠가 짊어진 배낭 안에 들어가 도서관을 다녔다는 이야기, 분명 기와코 씨에게서 들은 적이 있다. 그때 아무리 그래도 배낭에 아이를 넣어 등에 메고 가다니 가능한 일인가, 의문이 들었더랬다. 그 말은 사실이었던 걸까. 기우치 료헤이라는 사람이 기와코 씨가 말한 '오빠'인 걸까. 동화 속 곰이나 기린 설정은 허구일 테니 아저씨와 배낭 역시 지어내지 않았다고는 단언할 수 없다. 혹시 기와코 씨는 어린 시절 읽은 그림책 영향으로 '배낭 이야기'를 진짜인 양 믿어버린 게 아닐까. 그렇다면 그림책 작가인 기우치 료헤이와 '오빠'는 아무런 관련이 없을지도 모른다. 뭣보다 기와코 씨는 고아가 아니었다. 동화와 기와코 씨를 결부해 생각하는 내가 이상한 건가.

하지만 학교 도서관에서 이 책을 발견한 기와코 씨가 자기 일처럼 느끼는 모습이 상상됐다. 일흔 살이 되도록 기억했고 본인 체험과 책 내용을 일체화했을 정도니까. 소학생이던 기와코 씨가 학교에서 책을 빌려 왔을 때 어째서 그녀의 어머니가 화내며 갖다 버렸는지는 잘 모르겠다. 딸이 자신을 '고아'라고 망상해서 욱했던 걸까.

일에 필요한 자료와 「도서관의 고아」 복사본을 받아 들고 국립국회도서관을 나서는 순간 스마트폰에 라인 메시지가 들어왔다. '기와코를 기리는 모임'이란 그룹에서였다. 헌책방 주인은 직업에 어울리지 않게 새로운 문물을 좋아해서 어떻게든 라인 메신저로 연락을 취하자고 우겼다. 하는 수 없이 거의 사용하지 않는 계정을 알려줬다. 둘밖에 없는데 그룹을 만들어 메시지를 주고받자니 이상했지만, 딱히 저항할 이유가 없어 그의 말을 따랐다.

헌책방 주인은 각자 기와코 씨를 아는 사람들에게 연락해 우에노 근처 어딘가에서 추모회를 열자고 했다. 내가 연락할 만한 상대라곤 후루오야 선생뿐이었다. 그와 친한 사이인 노숙자 남자 친구와 주먹다짐할 뻔한 관계라고 전하자 "올지 말지는 본인이 결정할 일이야. 일단 부르자고. 재미있잖아." 그렇게 '추모회' 계획이 조용히 시작됐다. 80대인 후루오야 선생은 당연히 라인 메신저를 안 썼고 노숙자 남자친구는 아예 스마트폰이 없어 보였으니, 오랜만에 헌책방 주인으로부터 온 그룹 대화였다. 국립국회도서관 출입구에서 진동한 스마트폰 화면에 "유노스케 군이 그룹에 합류했습니다"라는 메시지가 떴다. 잠시 후 대화창에 "안녕!"이란 말풍선이 달린 꽤 공들여 꾸민 이모티콘이 올라왔다. 계정명은 'YOU'였다. 유노스케 군. 야나카 허름한 기와코 씨 집 2층에 살던 그 유노스케 군이었다.

> 다니나가 유노스케 군?

더듬더듬 메시지를 입력하자 "오랜만이야!"라는 이모티콘이 왔다.

1933년 도서관의 불행과
『여자의 일생』

　'여자의 일생'이란 제목이 달린 문학 작품은 여러 개 있다. 그중 일본에서 가장 유명한 것은 아마 기 드 모파상이 쓴 소설일 테고, 그 다음은 모리모토 가오루가 쓰고 극단 분가쿠자 소속 스기무라 하루코가 평생에 걸쳐 연기한 연극이지 않을까. 『길가의 돌』로 알려진 야마모토 유조가 쓴 『여자의 일생』은 오늘날 그들에 가려져 3등에 만족해야 하는 처지지만, 예전에는 곧잘 읽히던 베스트셀러 소설이었다. 1932년부터 1933년까지 도쿄·오사카아사히신문에 연재됐고, 1933년 주오코론사에서 출간됐다.

　소꿉친구인 쇼지로에게 아련한 연심을 품은 마사코는 동급생인 유미코에게 쇼지로를 빼앗긴다. 피가 거꾸로 솟은 그녀는 결혼 따윈 싫어, 남편한테 보살핌만 받는 인생은 쓰레기라며 맞선 상대를 걷어차고 의사를 목표로 의학교에 진학한다. 거기에서 독일어 임시 교사 구죠를 만난다. 독일어 습득에 여념이 없던 마사코와 친구들은 일상에서도 독일어를 섞어 "필시 리베(사랑) 때문에" "운글뤽클리히(불행)한 일을 겪은" 구죠 선생은 정말 매력이 넘친다며 수군댄다. 리베(사랑)로 인한 운글뤽클리히(불행)라니! 얼마나 지적이고 낭만적인가, 여심을 사로잡기에 충분하다.

구죠 선생을 생각하기만 해도 글뤽클리히(행복)해지는 마사코는 곧바로 우에노 제국도서관에서 선생이 말한 하이네 시집을 찾는다. 독일어 도서 목록에서 'H' 부분을 뒤적이는데 어머나, 이런 우연이! 구죠가 불쑥 나타나 어깨를 두드린다.

"어머, 선생님!"

도서관에서 구죠를 만날 줄은 꿈에도 생각지 못한 일이라 마사코는 살짝 멍해져 다음 말이 나오지 않았다.

"일전에는 실례가 많았어요."

구죠가 가볍게 머리를 숙인다.

"아니요, 저야말로…… 그때는 정말…….."

"뭘 찾고 있었나요?"

"하이네 시집이 보고 싶어서요."

"당신답지 않은 책도 읽는군요."

"아, 그게 교과서만 읽다 보면 지루하거든요. 언젠가 선생님이 시간 나면 『Buch der Lieder』를 읽어보라고, 교실에서 말씀한 적 있었잖아요. 그 일이 떠올라서 한번 읽어볼까 해서요."

"그런 말을 했던가요?"

"네, 말씀하셨어요. …… 선생님, 단행본은 다 대출됐는지 빌릴 수가 없는데요. 전집으로 읽는다면 어떤 게 좋을까요? 전집이 여러 개 있더라고요."

"그래요? 여기엔 어떤 전집이 있으려나."

구죠는 도서 목록을 뒤지더니 마이어판을 찾아 『노래의 책』이 수록된 권을 친절히 알려준다.

아, 이렇게 서로에게 깊이 빠져든 두 사람의 리베(사랑)는 머지않아 어쩔 수 없이 운글뤽클리히(불행)로! 지금이라면 일일 막장 드라마로 나올 법한 『여자의 일생』은 마사코와 구죠의 사랑, 밀회, 하룻밤, 임신을 거쳐 유부남이란 사실이 발각된 구죠가 낙태를 강요한 끝에 마사코는 미혼모가 되는 질풍노도 같은 전개를 보여준다.

엄마가 된 마사코 이야기가 펼쳐지는 후반부 역시 굉장하다. 사생아를 낳은 마사코에게 세상은 냉담하다. 의사 면허를 갖고 있음에도 고용해주는 병원이 없다. 결국 반쪽짜리 의사 할아버지에게 고용되는데, 무려 불법으로 낙태 수술을 하는 의사였다. 게다가 예전에 쇼지로를 가로챘던 유미코가 남몰래 찾아온다. 알고 보니 쇼지로의 눈을 피해 바람을 피우다 생긴 아이를 지우러 온 것이었다. 의사 할아버지가 수술하는 도중 패닉 상태에 빠진 탓에 하는 수 없이 마사코가 유미코

낙태 수술을 집도한다.

사생아를 낳은 데다 불법 낙태 수술까지 해버린 마사코, 며칠간 유치장 신세를 진다. 주인공에게는 너무 가혹한 설정이다. 하지만 지옥에서 부처를 만난다고 했던가. 병약한 아내를 잃고 홀몸이 된 구죠가 마음을 고쳐먹고 아이가 좋아졌다며 유치장으로 마사코를 데리러 나타난다. 두 사람은 화해하고 드디어 결혼식을 올린다.

여기서 소설이 끝나는가 싶더니 '일생'이라는 제목이 달린 작품답게 결말이 길다. 육아 고충, 부부 갈등 등을 극복하는 과정을 거쳐 끝으로 마사코와 구죠의 아들 마사오에게 초점을 맞춘다. 성장한 마사오가 마사코를 휘두른다.

마사코의 마지막 운글뤽클리히(불행)는 리베(사랑) 이야기인 동시에 로트(빨갱이) 이야기다. 마사오는 공산주의(빨갱이)에 물들어 활동가가 된 뒤 지하로 숨어들고 어머니 마사코와 연락을 끊는다. 이후 남편 구죠를 병으로 잃은 마사코가 마음을 다잡고 작은 진료소를 열면서 『여자의 일생』은 막을 내린다.

소설이 쓰인 시기가 1932년에서 1933년 사이니, 마사코의 노년은 1933년께로 보인다. 그렇다면 마사코와 구죠가 제국도서관에서 리베(사랑)를 속삭인 것은 그보다 적어도 20년쯤 전일 터. 다이쇼시대 초기려나. 모던걸 미야모토 유리코와 요시야 노부코가 제국도서관을 다니던 시절을 생각하면 시대 분위기가 어떠했을지 전해진다. 일일 막장 드라마를 연상시키는 『여자의 일생』은 간토대지진이든 만주

사변이든 거의 언급하지 않지만, 한 시대에서 한 시대로 넘어가는 결정적 변화가 담겨 있다.

마사오가 공산주의에 심취해가는 일화에 나오는 작품 역시 하이네가 쓴 『아타 트롤』이다. '아타 트롤'이라는 곰을 주인공으로 한 장편시로, 연애 시인 하인리히 하이네 이미지와는 거리가 멀다. 파리에서 젊은 시절 카를 마르크스와 친분을 맺은 하이네만의 개성 넘치는 풍자시다.

곰이란 곰은 모두 나처럼 생각하고

어떤 동물이든 나와 같은 생각만 하면

다 함께 하나로 힘을 합치면

그 폭군과 싸워 이길 것이다.

(……)

그 털의 색깔이야 어떻든

곰과 늑대와 염소와 원숭이와 토끼까지

한날한시에 힘을 모아 싸우면

승리를 얻지 못할 리가 없다.

단결, 단결이야말로 오늘날 가장 필요하다.

우리가, 뿔뿔이 흩어졌기에

노예가 되고 말았지만, 단결만 하면

그 폭군들을 타도할 수 있다.

(……)

마사오는 아오시마라는 좌익 학생과 친하게 지낸 탓에 좌익 분자라는 혐의로 체포된 뒤 진짜로 좌익 운동에 몸을 던지며 마사코 곁에서 자취를 감춘다. "빨갱이만 되지 말아달라"는 어머니의 간절한 소원이 『여자의 일생』 최후의 절정이다. 1933년의 불행, 적어도 제국도서관과 관련된 불행은 사상 탄압과 언론 통제이리라. 그해 2월 프롤레타리아 작가 고바야시 다키지가 쓰키지경찰서에서 고문당해 사망하고 만다.

만약 마사오도 하이네 시집을 제국도서관 서가에서 찾아냈다면 이런 장면이 쓰였을지도 모르겠다.

"야, 아오시마!"

도서관에서 아오시마를 만날 줄은 꿈에도 생각지 못한 일이라 마사오는 살짝 멍해져 다음 말이 나오지 않았다.

"일전에는 실례가 많았어."

아오시마가 가볍게 머리를 숙였다.

"아니, 나야말로…… 그때는 정말……."

"뭘 찾고 있었어?"

"하이네 시집이 보고 싶어서."

"너답지 않은 책도 읽는구나."

"아, 그게 교과서만 읽다 보면 지루하거든. 언젠가 네가 시간 나면 『Atta Troll』을 읽어보라고, 교실에서 귀엣말한 적 있잖아. 그 일이 떠올라서 한번 읽어볼까 해서."

"그런 말을 했던가?"

"어, 말했어. …… 아오시마, 단행본은 다 대출됐는지 빌릴 수가 없는데. 전집으로 읽는다면 어떤 게 좋을까? 전집이 여러 개 있더라고."

"그래? 여기엔 어떤 전집이 있나."

아오시마는 도서 목록을 뒤지더니 마이어판을 찾아 『아타 트롤』이 수록된 권을 친절히 알려줬다.

등 뒤로 울려 퍼지는 폐관 종소리를 들으며 두 사람은 함께 도서관을 나왔다. 높은 도서관 건물 맞은편에서 사람 그림자가 보였다.

"아오시마, 이대로 곧장 걸어. 특별고등계 형사가 붙은 것 같아."

"아, 그래."

두 사람은 어두운 동물원 앞을 지나 공원 출구에 도착했다.

"넌 어느 쪽?"

아오시마가 멈춰 서서 물었다.

"그렇군, 방향이 달라. 그럼 여기서 헤어지자."

"조심해."

그는 짧은 작별 인사를 던지고는 우에노 정류장을 향해 성큼성큼 걸어갔다.

16

그날 추모회에 모인 멤버는 묘했다. 도토리서방 주인과
그의 아내, 나, 후루오야 선생, 노숙자 남자 친구. 다니나가
유노스케 군은 조금 늦게 왔다. 헌책방 아주머니가 주방을
담당했고 나는 테이블 세팅과 서빙을 도왔다. 장소는 도토리
서방이 자리한 건물 옥상이었다. 건평 10평 남짓한 3층짜리
빌딩은 헌책방 주인의 소유라 부부는 그곳에 살고 있었다.

오카치마치에서 가까운 그 건물은 그다지 전망도 좋지
않았고 아마 공기도 별로였겠지만, 우리가 독차지한 옥상이
란 공간이 어쩐지 마음 편했다. 종종 사람들을 초대해 파티
를 연다는 헌책방 주인 부부는 일 처리가 능숙했다. 전날부

터 물로 희석한 고구마소주와 푹 삶은 풋콩이 무지 맛있었
다. 근처 과자 도매상에서 받아 왔다는 유통기한 지난 건과
자며 먹다 남은 조림과 카레, 소시지볶음, 감자튀김, 볶음국
수 등등 차림새는 수수해도 양은 푸짐했다. 나는 해산물샐러
드와 기와코 씨에게 공양할 겸 네즈 붕어빵을 가져갔다.

추모회라고 해서 누가 사회를 보거나 추도사를 낭독하지
않았다. 그저 몇몇이 모여 술을 마실 뿐이었다. 그것만으로
도 기와코 씨를 추모하기에 충분한 자리였다. 너무 요란했다
면 분명 기와코 씨가 싫어했으리라.

처음부터 노숙자 남자 친구(다소 무례한 별명이라 이름을 알
았으니 이제부터 이소모리 씨라고 부르겠다)는 헌책방 주인 옆에,
후루오야 선생은 내 옆에 딱 붙어서는 절대 서로 말을 섞지
않았다. 아내분 건강이 좋지 않다던 후루오야 선생은 아내가
퇴원해 요양원에서 지내며 병세가 나아진 상태라 왔다면서
가방 안에서 문고판 크기 액자에 담긴 기와코 씨 사진을 소
중히 꺼냈다. 나와 알고 지내던 시절보다 젊었을 적인지, 백
발 사이사이 검은 머리칼이 섞인 단발머리를 한 기와코 씨
는 살짝 위를 쳐다보며 빙긋 웃고 있었다.

"좋네요. 언제 찍은 사진이에요?" 묻자 선생은 언제였더
라 하며 눈을 가늘게 뜨더니 "음, 그게 다들 일회용 카메라를
쓰던 무렵이야"라고 대답했다. 두 사람이 애인 사이였던 시

기를 생각하면 1990년대려나. 플래시가 달린 제품까지 발매돼 아이 어른 할 것 없이 모두 관광지에 일반 카메라가 아닌 일회용 카메라를 들고 가던 시절. 디지털카메라나 카메라 달린 휴대폰으로 바뀌기 전 말이다.

"그 사람과는 어디 멀리 가본 적이 없어. 늘 우에노 근처에서 만났지. 여행을 가자고 해도 별로 가고 싶어 하지 않더라고. 이쪽이야 학회 때문에 지방에 갈 때마다 기와코의 교통비나 식비를 비상금으로 충당하면 괜찮은 온천 여관에 묵을 수 있지 않을까 상상하곤 했지만. 그 무렵 아직 나도 현역이었으니까."

학회 출장을 핑계 삼아 아내에게 들키지 않고 불륜 여행을 즐길 생각을 했다는 얘기를 후루오야 선생은 부끄러워하기는커녕 뭔가 아주 소중한 추억인 양 늘어놓았다.

"고로 여기도 우에노공원! 둘이서 동물원에 갔을 때야. 그 사람이 동물원을 좋아해서 여러 번 같이 갔지. 어떤 동물이든 상관없이 그저 날씨 좋은 날 외출해 멍하니 바라보기만 해도 즐거워했어. 호랑이라든가 사자라든가, 기린이라든가 하마라든가."

사랑스럽게 작은 액자 속 기와코 씨를 집게손가락으로 콕 찌르더니 말했다.

"언제였더라, 기와코가 특유의 혼란에 빠져서 말이야. 달아난 흑표범은 도서관에 들어가서 힘들었겠지, 라고 말하는 거야."

"달아난 흑표범?"

"아, 너희 세대는 모르겠구나. 1936년 3대 사건 하면 첫째 2·26 사건, 둘째 아베 사다 사건, 셋째 흑표범 사건을 꼽거든. 우에노동물원에서 흑표범이 탈출한 사건이야."

후루오야 선생은 고구마소주가 담긴 하얀 도자기 잔을 양손으로 감싸 쥐고 천천히 돌리며 이야기를 이어갔다.

"결국 흑표범이 지하 하수구 통로로 숨어드는 바람에 맨홀 뚜껑을 열고 대대적인 포획극을 펼쳐. 우에노 예술대학 근처에서 말이야. 나이 든 사람이라면 누구나 아는 일화인데, 기와코는 유난히 진지했어. 기껏 달아난 흑표범이 도서관에 들어갔으니 얼마나 힘들었겠냐고 우기는 거야. 그 사람, 그런 면이 있었어. 이상한 얘기를 전적으로 믿어서는 이쪽이 아무리 정상적인 말로 설득해도 전혀 수긍을 안 했어. 그런 옹고집은 어디에서 오는 건지. 내가 흑표범이 진짜로 도서관을 헤맸다면 더 큰 화제를 모았을 테고 지금까지 누구나 아는 사건으로 사람들 입에 오르내리지 않겠어, 그러면 입술을 삐죽거리며 엉뚱한 소리를 하는데. 뭐랄까, 그게 그 사람의 귀여운 구석이었지."

나이가 들수록 눈물이 많아진다고 하더니 정말이야, 어

쩌고 하며 후루오야 선생은 양복 주머니에서 손수건을 꺼내 코끝에서 도자기 잔을 향해 떨어지려는 콧물을 닦았다. 확실히 빨갛게 충혈된 눈으로 울고 있었다.

"뭐, 익숙해지긴 해, 나이를 먹으면. 근데 다들 죽어버리니까. 나 역시 이제 얼마나 오래 살쏘냐, 싶긴 하지만 말이야."

그렇게 말하며 노 교수는 얼굴을 으그러뜨렸다. 나는 살며시 그의 등에 팔을 둘러 토닥토닥 다독였다. 평소라면 그다지 나오지 않을 행동이었지만 기와코 씨라면 할 것 같았다. 위로가 필요할 때 그녀는 능숙하게 위로할 줄 알았기에 하다못해 흉내라도 내서 달래주자고, 순간 생각했다.

"기와코를 만난 건 히로코지에 있는 술집이었어. 늦은 시간까지 강의하는 날이나 모임이 끝나고 회식하러 가끔 들르던 가게였어."

선생은 그리운 듯 말을 꺼냈다.

"아직 거리에 버블시대 여운이 남아 있던 시절이라 경기가 썩 좋진 않아도 엔고 차익 환원인지 뭔지로 양주가 꽤 쌌거든. 그래, 가게는 기와코와 나이가 비슷한 후유미라는 여주인이 운영했어. 선술집이라고 할까, 일품 요릿집이라고 할까. 어쨌든 마음 편히 들어가기 쉬운 자그마한 가게였지."

아무래도 단골집에서 일하던 몸집 작은 여인에게, 선생은 한눈에 반했던 모양이다.

"처음에는 카운터 건너편에 서 있다가 음식을 가져다줄 때만 이쪽으로 왔어. 그러다 정신을 차려보니 옆에 앉아 있더라고. 아니, 내가 이리로 오지 않겠느냐고 했을 거야. 말도 잘하고 말도 잘 들어주는, 뭐랄까, 참 사랑스러운 사람이었어."

액자 속 애인을 바라보며 또다시 눈물을 글썽이거나 고구마소주를 홀짝이거나 아득한 눈빛으로 세상을 떠난 사람을 애도하는 선생 역시 사뭇 '귀여운' 할아버지였다.

"당시 우에노공원에는 이란인이 많았어. 가짜 공중전화 카드를 팔았거든. 얼마든지 전화를 걸 수 있는 무제한 전화카드라는 녀석. 어떤 사람은 더 위험한 물건을 팔기도 했지. 어느 날 기와코와 우에노에서 만났는데, 그들이 모조리 사라진 거야. 어라, 무슨 일이지, 뭐야, 좀 후련하네, 라고 말하자 그 사람이 화를 내더라고."

"기와코 씨가 화를 내다니, 드문 일이네요."

"그래, 보기 드물게 버럭 화를 냈어. 그런 투로 후련하다는 말 따윈 하지 말라면서. 어쨌거나 저 사람들도 나름 사정이 있었을 텐데, 경찰이 싹 잡아간 거잖아, 아주 나쁘다고 생각해, 강제 송환할 때까지 좁은 시설에 감금하다니 당치도 않아. 그러길래 외국인 범죄자를 그냥 내버려둘 수도 없지 않을까, 하자 엄청 화를 냈어. 왜 범죄자라고 단정 짓느냐고 말이야. 얼마간 말 상대도 안 해줬다니까. 여기는 우에노야,

다양한 사람을 받아들여 온 곳이야, 라면서."

아, 정말이지 기와코 씨다운 일화라고 생각했다. 언제였더라, 비슷하게 노기를 띤 적이 있었다. 여기는 우에노야, 언제나 다양한 사람을 받아들여 왔다고 말이다.

"그 화난 얼굴에 또 반했지. 어딘가 엉뚱하면서도 열성을 다하는 게, 그 사람다워서 매력적이었어."

이날 후루오야 선생은 그다지 어려운 말도 하지 않고 오로지 고인과의 추억담에 열중했다. 주방에서 나와 모임에 낀 헌책방 아주머니가 선생 옆에 앉아 다른 이야기를 시작하길래 나는 술잔을 들고 자리를 옮겼다. 모처럼이니까, 이소모리 씨와 대화를 나눠보고 싶었다.

소문은 익히 들었지만 이소모리 씨와는 초면이었다. "야마모토 가쿠라는 배우를 닮았어"라고 기와코 씨는 말했더랬다. 과연 야마모토 가쿠를 닮긴 했는데, 그보다 구로사와 아키라 감독이 연출한 「7인의 사무라이」에 나오는 과묵한 검의 달인을 연기한 사람과 더 닮아 보였다. 미야구치 세이지라는 배우였다. 부인과 교체하듯 헌책방 주인은 휴대폰에 걸려 온 전화를 받기 위해 좌석을 비운 참이었다. 미야구치 세이지 또는 야마모토 가쿠, 요즘 배우로 치면 오사와 다카오를 닮은, '미남이었어'라던 기와코 씨 의견에 고개가 끄덕여지는 이소모리 씨는 따분한 건 아닐 텐데 구석에서 술잔을 기울이고 있었다.

"처음 뵙겠습니다. 저는 기와코 씨의 친구인데요." 자기소개를 하자 잘생긴 얼굴에 세월이 내려앉은 남자는 조금 삐걱거리는 로봇을 연상시키는 몸놀림으로 자세를 바꾸더니 "아, 안녕하세요. 기와코 씨로부터 들었어요. 오늘은 당신을 만나려고 나왔어요"라고 말하는 게 아닌가.

"저를요?"

"구누기다欟田 씨한테 들었어. 난 당신이 아니었으면 여기에 올 일 따윈 없거든. 특히 저런 소리를 아무렇지 않게 해대는 녀석이 있는 곳에는."

구누기다 씨? 헌책방 주인의 성이 구누기다라는 사실을 그때 처음 알았다.

"아, 그래서 도토리서방이구나."

머릿속에서 상수리나무欟와 그 열매인 도토리가 연결돼 깜짝 놀라고 말았다. 일순 '뭐야, 이제 와서'라고 말하는 듯한 어색한 분위기가 감돌았지만, 그대로 이소모리 씨와 대화를 이어갔다.

"저 아저씨, 아니 저 할아버지 교수 양반은 아무것도 모른다니까."

이소모리 씨는 떨어져 앉은 후루오야 선생에게는 들리지 않을 만큼 작게, 그러나 으름장을 놓는다고 해야 할까, 불쾌

246

감이 가득 실린 목소리로 말했다.

"모르다니요?"

"뭐가 말도 잘하고 말도 잘 들어준다는 거야. 누구라도 저 할아버지랑 얘기한다면 그냥 듣고 있을 수밖에 없지 않겠어. 혼자서 끊임없이 지껄일 테니까."

과연 우에노공원에서 주먹다짐할 뻔한 사이인 만큼 후루오야 선생이 상당히 싫은 기색이었다.

"아까 얘기, 듣고 있었어요?"

"들은 게 아니라 들렸어. 저 사람, 귀가 안 좋은가. 목소리가 커. 아니면 강의를 너무 많이 해서 남들보다 성대가 튼튼해졌나. 시끄러워서, 원. 엉뚱한 쪽은 자기잖아. 기와코 씨가 싫어할 만해."

"기와코 씨가 싫어했나요?"

"그야, 그렇지 않겠어. 저렇게 일방적인 마음으로 좋아한다고 하면. 엉뚱해서 귀엽다니, 기쁠 리가 없잖아."

나지막하면서 감정 섞인 목소리로 투덜거렸다.

"저 할아버지는 기와코 씨가 왜 화냈는지도 몰라. 기와코 씨가 보던 세상이 전혀 보이지 않았던 거야."

이소모리 씨는 이쪽을 쳐다보지 않는 탓에 마치 독백을 중얼대는 것 같았다.

"기와코 씨가 보던 세상이라면?"

"그 사람은 여러 가지를 알고 있었어."

"여러 가지?"

"저 할아버지나 당신은 모르고 지나치는 일들 말이야. 그 사람은 우에노 거리가 어떤 곳인지 알았어. 그녀는 그런 사람이었어."

격한 말투에 멈칫한 내가 잠시 말을 잇지 못하자 이소모리 씨는 뭔가 결심했는지 이쪽으로 몸을 돌려서는 탐색하듯 물었다.

"당신이 그 작가지?"

"그 작가인지 아닌지는 모르겠지만, 기와코 씨의 작가 친구가 저입니다."

"그 '꿈꾸는 제국도서관'을 쓰고 있다는 작가가 맞지?"

"쓰고 있다니, 무슨……"

그때 나는 아직 제국도서관을 주인공으로 한 소설을 쓰고 있지 않았다. 하물며 시작조차 하지 않은 소설 제목이 '꿈꾸는 제국도서관'으로 정해질 리도 없었다. 우물거리는 내게 이소모리 씨는 계속해서 다그치는 말을 던졌다.

"기와코 씨가 말했어. 당신이 써준다고 했다고. 유언 같은 거잖아. 친구라면 써주는 게 어때?"

처음 보는 사람에게 그런 말을 들으니 당혹스럽긴 했지만, 이미 그 무렵에는 언젠가 그 소설만큼은 꼭 써야겠다고 마음속으로 작정한 터였다. 죽기 전 기와코 씨와 약속한 일이었으니까.

"쓸 거예요. 쓰긴 쓸 건데 아직 구체적인 내용을 정하지 못했어요. 기와코 씨는 도서관 역사 비슷한 소설을 원했지만, 만약 제가 쓴다면 저만의 시점이랄까, 어떻게 이야기를 풀어갈지 찾아야 써질 것 같아요."

약간 정색하며 그렇게 말했던 기억이 난다.

"흑표범 얘기도 그래. 저 할아버지 선생은 아무것도 모르잖아."

"흑표범이요?"

"그건 '꿈꾸는 제국도서관'에 나오는 에피소드야."

"에피소드?"

"당신, 기와코 씨한테 못 들었어?"

"뭘요?"

"흑표범이 우에노동물원을 도망쳐 우에노 도서관에 나타나는 사건은 '꿈꾸는 제국도서관'의 에피소드야. 어릴 적함께 살던 남방에서 돌아온 남자가 이야기해줬대. 즉 남자가 어린 기와코 씨에게 들려준 얘기는 자신이 쓰고 있던 소설속 내용이야."

"잠깐만요. 기와코 씨는 어릴 적에 귀환병과 같이 살았다고 했어요. 근데 그 사람이 남방 전선에서 돌아온 귀환병이란 말이죠? 그리고 그 사람이 '꿈꾸는 제국도서관'이란 소설을 쓰며 그 에피소드를 어린 기와코 씨에게 들려줬다는 거죠?"

"그래. 기와코 씨는 대학교수가 아니니까 신문 축쇄판이나 연감을 일일이 조사해 진위를 확인하진 않았겠지. 그래서 남자가 들려준 얘기와 실제 일어난 사건이 머릿속에서 뒤죽박죽 섞여버린 거야. 저 할아버지 선생한테 그런 말까진 안 했나 봐. 뭐, 자아도취에 빠져 자기 말만 늘어놓는 인간에게 이쪽 말을 들려주려고 해도 무리였겠지만."

후루오야 선생이 진짜 싫은지 이소모리 씨는 '할아버지 선생'을 말할 때면 일부러 얼굴을 선생 반대편으로 돌린 채 부루퉁한 얼굴로 고구마소주를 입에 머금었다.

"그 귀환병 이름이 기우치 료헤이였나요?"라고 묻자 이소모리 씨는 테이블 위에 도자기 잔을 탁 하고 내려놨다.

"이름까지는 몰라."

"기와코 씨가 이름을 말하지 않았나요?"

"오빠라고만 했지, 이름으로 부른 적은 없어."

"헌책방 주인, 그러니까 구누기다 씨한테 동화책 얘기 못 들으셨어요?"

"동화책?"

"기와코 씨가 생전에 찾던 동화책이요. '도서관의 고아'라는, 기우치 료헤이라는 사람이 쓴. 우에노 도서관에 다니는 아저씨와 여자아이가 나오거든요."

"그게" 하며 이소모리 씨가 또다시 로봇처럼 어색하게 내 쪽으로 몸을 돌리는 순간 현관 초인종이 울렸다. 헌책방 아주머니가 인터폰 전화기를 들어 "네, 네" 하더니 아래층으로 내려갔다. 다니나가 유노스케 군이 온 모양이었다.

"그게 무슨 소리야?" 이소모리 씨가 되물었다.

"아저씨가 '나'라는 여자아이를 배낭 안에 넣은 채 도서관에 가는 이야기입니다. 두 사람은 밤이 되어도 도서관에 머무르는데, 한밤중에 동물들이 찾아와요. 분명히 흑표범도 있었어요."

내 대답이 끝나기가 무섭게 "어서 오세요" 하는 목소리가 들리면서 여성 두 명이 옥상에 나타났다. "오랜만이에요"라는 말에 두 사람 중 키가 큰 쪽을 올려다보니 여자가 아니라 다니나가 유노스케 군이었다.

"아, 후유미 씨! 잘 왔어요." 조금 전까지 훌쩍거리던 후루오야 선생이 큰 소리로 맞이했다.

"어머, 선생님. 오랜만이에요." 젖혀진 뒷깃 사이로 아름다운 목덜미가 보이게끔 허리와 목을 반대 방향으로 살짝 비틀며 인사한 사람은 유노스케 군과 함께 들어온 기모노를 입은 노부인이었다.

913의 수수께끼,
제국도서관과 뤼팽

제국도서관에 아르센 뤼팽이 나타났다. 보고를 듣고 경찰이 황급히 달려가 보니 바닥에 수수께끼의 숫자가 적힌 종잇조각이 떨어져 있었다. '913', 가니마르 경감과 르노르망 형사과장은 고개를 갸웃거렸다. 자, 이 암호는 무엇을 의미하는 걸까······.

이렇게 요란스레 소개하지 않더라도 조금이나마 도서관 사정에 밝은 사람이라면 수수께끼는 순식간에 풀린다. '913'은 일본십진분류법(NDC)에 따라 9(문학), 1(일본어), 3(소설·이야기)이란 분류 기호로 그 뒤에 '6'이 붙으면 근대·메이지시대 이후 작품을 가리킨다.

1928년, 오사카 마미야상점에서 근무하던 모리 기요시가 듀이십진분류법을 바탕으로 일본십진분류법을 발표한다. 몇 차례 개정을 거쳐 지금은 일본 도서관 대부분이 사용하지만, 발표 직후부터 많은 도서관이 이 방식으로 바꾼 것은 아니다. 참고로 제국도서관 역시 일본십진분류법을 사용하지 않았다. 채용한 것은 전후 제국도서관 장서를 이어받은 국립국회도서관이 생기고 나서였다(현재는 국립국회도서관분류표(NDLC)를 사용한다). 어쨌거나 일본 도서관 역사에서 모리 기요시의 일본십진분류법 발표는 획기적 사건이었다.

1928년 하면 제국도서관장 마쓰모토 기이치가 일본도서관협회 이사장에 취임한 해다. 그해 일본도서관협회는 "최근 국가의 사상 상황을 고려해 도서관이 할 수 있는 일은 무엇입니까?"라고 문부대신이 자문하자 "도서관이 사상이 올바르다고 판단되는 도서를 선정하고, 권위 있는 양서위원회를 문부성에 설치해 보증하면 어떻겠습니까?"라는 답변을 낸다. 이 해, 관동군이 폭주하는 단초가 된 '장쭤린 폭살 사건'이 일어났고 전국에서 일제히 공산당 관계자를 검거한 '3·15 사건'이 벌어졌다. 문부성의 사상 통제에 몸소 부응하는 듯한 의견을 내놓은 도서관협회와 마쓰모토 기이치 관장의 태도는 표현의 자유를 지켜야 할 도서관의 자살행위였다고 말하는 사람도 있다.

그전까지 물건은 훔치더라도 절대 사람을 죽이지 않던 괴도 뤼팽은 『813의 수수께끼』(상·하)에서 살인죄를 저지른다. 그 후회를 안은 채 아르센 뤼팽이란 이름을 버리고 돈 루이스 페레나라는 이름으로 용병이 되어 아프리카로 떠나버린다. 자, 시국에 농락당하는 제국도서관의 그 후는 과연······.

17

키가 큰 유노스케 군은 밤색 짧은 단발머리 끝에 부드러운 컬을 넣고 반들반들 광택 나는 카키색 새틴 셔츠에 베이지 플레어스커트, 역시 베이지 스웨이드 펌프스를 매치했다. 팔에는 버킨 스타일 오프화이트 백을 걸치고 예쁘게 풀 메이크업을 해서 왠지 오피스 레이디처럼 보였다.

"놀란 얼굴이네." 그 말에 어떻게 반응해야 할지 난감하던 나는 살짝 안도하며 "당연히 놀라지"라고 대답했다.

"전부터. 전부터 했어."

유노스케 군은 더 놀라 할 말을 잊은 후루오야 선생을 흘끗 쳐다보며 생긋 웃더니 기모노 입은 노부인을 데리고 테이블 중앙에 자리를 잡았다. 드디어 저마다 뒤엉켜 주고받던 대화를 하나로 묶는 고리가 완성됐다.

"야나카에서도 입었어. 그거 때문에 방을 빌린 거나 마찬가지라. 부모님이랑 같이 살 때였으니까."

"어? 야나카 그 집에서 산 게 아니었던 거야?"

"그곳은 은신처랄까. 내 감정을 아직 매듭짓지 못한 채라 부모님께 비밀로 했거든. 옷을 입고 즐길 만한 공간이 필요했어. 집세가 무지 쌌잖아."

"전혀 눈치 못 챘어."

"옷? 기와코 씨는 알았어. 조금도 신경 안 썼지만. 야나카 시절에는 가끔씩 입었는데, 그 후 시간도 꽤 흘렀고 여러 일도 있어서, 뭐랄까, 자기 자신에게 솔직하게 살아가고 싶다? 입고 싶으면 언제든 입기로 마음먹었지."

"지금 무슨 일해?

"샐러리맨입니다. 광고 회사에 다녀. 아, 뭔가 묻고 싶은 얼굴이군. 네, 이 차림으로 출근합니다."

"상사가 뭐라고 안 해?"

후루오야 선생이 진심으로 궁금해하는 말투로 묻자 구석에 있던 이소모리 씨가 작지만 모두에게 들릴 만한 목소리로 중얼거렸다.

"왜 그런 쓸데없는 질문을 하는 거야? 오랜만에 만난 친구가 자신에게 솔직하게 살기로 했다고 하잖아. 그럼 아, 그렇구나, 라고 말해주면 되지. 딱 그만한 일이구먼."

"시비를 거네."

줄곧 이소모리 씨를 쳐다도 안 보던 후루오야 선생이 결국 안경 너머로 날카로운 눈빛을 내뿜었다.

"그쪽이 속물스러운 말을 지껄이니까."

이소모리 씨는 고구마소주가 담긴 도자기 잔을 손에 든 채 변함없이 엉뚱한 방향을 보며 대꾸했다.

"그렇게 사려 깊은 척하는 주제에 정작 사람과 마음 터놓고 대화조차 못 하잖아. 멀찍이 떨어져서 멋대로 별별 억측을 다 하는 게 남을 더 쉽게 상처 입히는 태도라곤 생각 안 하겠지. 속세를 떠나서 사는 사람은 말이야."

후루오야 선생이 손에 든 술을 벌컥벌컥 들이켰다. 분위기가 이상하게 돌아가자 유노스케 군이 능숙하게 끼어들었다. 자신은 여장하는 쪽이 마음 편하다느니 창의적인 일을 하려면 심신을 안정시켜야 한다고 업무 상대에게 말한다느니 재빨리 상냥하게 설명했다.

"부모님께 털어놓을 때는 역시 용기가 필요했어. 한동안 서먹서먹했는데, 지금은 어머니가 기모노를 물려줄 정도야. 키가 다르니 기장을 고쳐서 입어야 하지만."

유노스케 군은 웃기까지 했다. 그러고는 옆에 앉은 기모노 차림의 노부인 어깨를 뒤에서 받치며 말했다.

"그보다 소개할 사람이 있어요. 이쪽은 후유미 씨. 방금 저기서 길을 물어보셨는데, 마침 목적지가 같더라고요. 둘이 신나하며 왔답니다. 예전에 기와코 씨가 일하던 가게의 여주인이래요."

기와코 씨보다 젊을까? 후유미 씨는 짙은 화장에 가려 나이가 가늠이 안 됐다. 자세가 반듯해서 기모노가 잘 어울리는 전 여주인은 자신이 이야기를 넘겨받으면 모임 분위기가 달라진다는 사실을 십분 이해한 듯했다

"돌아가셨다는 소식을 듣고 깜짝 놀랐어요. 가게를 접고 결혼한 뒤로는 거의 연락하지 않고 살았거든요. 한때는 기와코 씨와 매일매일, 그야말로 가족보다 오랜 시간을 함께 보냈는데 말이죠."

후루오야 선생이 테이블 위에 놓인 액자를 집어 들더니 "그렇지"라고 사진 속 웃는 기와코 씨에게 말을 걸었다.

"아, 정말 오랫동안 만나지 못했지. 당신이 결혼한 남자가 경영하던 회사가 기억나서 말이야. 밑져야 본전이란 생각으로 연락해본 건데."

후루오야 선생은 또다시 울 것 같은 얼굴이 됐다.

"달필로 편지를 써서 보내주셨죠."

여주인은 외까풀 눈을 활처럼 가늘게 뜨고 미소를 지었

다. 복스러운 얼굴이라고 할까, 몸체는 가냘픈데 얼굴은 포동포동 둥글고 피부는 윤기가 흘렀다. 기와코 씨의 여자 친구라는 존재는 여장한 유노스케 군보다 더 뜻밖이었다. 나이 차가 커도 나 역시 여자 친구인 만큼 뜻밖이라 생각하는 쪽이 이상했지만, 그림책 속에서 살 법한 피노키오를 닮은 소년스러운 기와코 씨와 가게를 운영하다가 지금은 사장 부인이 되어버린 눈앞 여주인이 친구 사이였다니 도저히 상상이 안 갔다.

후유미 씨는 죽순 껍질로 싼 고등어 누름 초밥과 바지락 살이 들어간 소송채 무침을 사 왔다며 헌책방 아주머니에게 건넸다. 어쩐지 화려한 분위기가 감도는 그녀는 금세 좌중 회제의 중심에 섰다. 남편이 사이타마현 어딘가에서 레스토랑 체인을 경영한다는 이야기, 그중 한 레스토랑에 자주 들르는 배우 부부 이야기를 품위 있는 농담을 섞어 늘어놓는 입담에 후루오야 선생은 물론 무려 구석에 앉아 있던 이소모리 씨마저 희미한 웃음소리를 냈다. 그렇게 자리를 한껏 화기애애하게 만든 다음 후유미 씨가 들려준 기와코 씨와의 추억담은 나를 살짝 당혹감에 빠뜨렸다.

―제가 그 가게를 운영한 지 벌써 그럭저럭 이삼십 년 전이네요. 처음에는 젊은 여자애를 한 명 고용했는데 갑자기

배가 불러서 그만두고, 그 뒤 잠깐 일하던 다른 아이는 매출을 속여 난감해하던 참에 기와코 씨가 찾아왔어요. 가게 앞에 붙은 전단을 봤다면서.

그 무렵이에요, 일본 전체가 왠지 위세 좋게 들떠 있던 시절 말입니다. 밤이 없었잖아요, 그야말로 불야성이었죠. 온통 반짝반짝 빛나고 돈이 여기저기서 흘러넘치고. 우리처럼 조그마한 가게마저 의외로 경기가 좋아서 일하고 싶다며 오는 젊은 사람이 꽤 있었답니다. 여하튼 그즈음 기와코 씨가 왔는데, 너무 수수해서 깜짝 놀랐어요. 술집에서 일할 사람으로 안 보였죠. 술도 잘 안 마시고. 도쿄에 올라온 지 얼마 안 돼서 좀 쭈뼛거렸어요. 하지만 젊은 사람은 더는 믿지 못하겠어서, 아니 기와코 씨의 그 소박함이 오히려 좋다고 생각했어요. 적어도 거짓말하거나 속이거나 하진 않을 것 같았거든요. 첫인상이 그랬어요. 돈에 관심이 없어 보였달까.

처음 한 달가량은 제 아파트에 머물렀어요. 살 곳이 없다고 하는 거예요, 깜짝 놀랐어요. 그 나이대 사람이 집을 뛰쳐나오다니 대단한 일이잖아요. 어딘가 비즈니스호텔 같은 데 묵고 있다길래 짐을 싸서 집으로 들어오라고 했죠. 나중에 방 구하는 일도 도와줬어요.

본인은 이혼을 원했지만 상대방이 완강히 거부했던 모양이에요. 시골 작은 부자는 허세가 심해서 이혼을 꺼려요. 평판이 나빠지니까. 우리 집 양반도 비슷한 구석이 있어요. 기와코 씨의 남편은 고향에서 사업을 한다고 들었어요.

사실 시골 얘기는 별로 안 했어요. 따뜻한 밥을 먹어본 적이 없다고 하더라고요. 흔히 있는 일이잖아요, 갓 지은 밥은 시아버지와 남편만 먹고 여자들은 남은 밥을 먹는다. 목욕도 그렇죠. 여자는 늘 마지막. 시어머니도 힘들게 했던가 봐요. 자세히는 듣지 못했지만, 대충 알겠더군요. 집을 나온 원인은 남편뿐만이 아니었겠죠. 뭐, 기와코 씨가 도쿄로 오기 전에 시어머니는 돌아가셨다고 했지만요. 외동딸이 대학생이 될 때까지 죽은 듯이 참고 살았지 싶어요. 딸만 낳았으니 며느리 구실 못 한다고 여겨지면서.

묻지 않으면 말하지 않았어요, 이쪽으로서는 어떤 사람인지 궁금하잖아요. 얌전하고 말도 별로 없고. 일은 공손히 했지만 붙임성이 좋은 편은 아니었으니까. 나는 기와코 씨를 좋아했지만, 손님 중에는 왜 저렇게 어두운 아줌마를 쓰느냐고 무례한 말을 해대는 사람도 있었어요. 기분이 나빠서 다시는 오지 말라고 쏘아댔죠.

아, 그래요. 정말 후루오야 선생이 오고 나서부터예요. 기와코 씨가 가게에서 술을 조금이나마 마신 건. 젊은 사람이 아니니까 쭉 일할 줄 알고 고용했는데, 어느 날 가게를 그만두다고 해서 깜짝 놀랐어요. 에, 왜, 대체 왜? 했더니 뭐 좋은 이야기잖아요. 우리 가게에서 로맨스가 탄생했으니.—

로맨스.

이 말에 후루오야 선생은 술 때문만이 아니라 뒷걸음질 친 머리털 언저리까지 새빨개졌다. 이소모리 씨는 불쾌하기 짝이 없는지 밖을 바라보며 못 들은 척했다.

복스러운 얼굴을 한 여주인이 이야기를 마치고 다른 화제로 옮겨가도 내 안의 위화감은 사라지지 않았다. 그럴지도 모른다. 아마 여주인 후유미 씨의 이야기는 전부 사실로 기와코 씨는 남자만 존중받는 '흔히 있는' 가정에서 남편과 시아버지를 섬기며 살았고, '딸만 낳았다'는 이유로 '며느리 구실 못 하는' 존재로 여겨졌고, 그런 속박을 끊어내고 상경하긴 했지만 가게에서 어딘가 쭈뼛거리며 '어두운 아줌마'라고 불렸을지도.

"나는 기와코 씨를 좋아했지만," 후유미 씨의 이 말에 거짓은 없었다. 다만 말 속에 그녀가 내심 내린 그다지 높지 않은 기와코 씨의 평가가 느껴져서 안타까웠다. 기와코 씨는 내 안에서는 '어둡지만 일 잘하는 아줌마'가 아니었다. 언제나 밝고, 어딘가 날카롭고, 엄청나게 개성 넘치는 사람이었다. 그 점을 여기 모인 사람들을 향해 연설하고 싶었지만 어디서부터 시작해야 좋을지 몰랐다. 후루오야 선생과 유노스케 군, 후유미 씨와 헌책방 부부가 저마다 뭔가 얘기하는 중이었다. 화제는 모두 기와코 씨가 아니었기에 어느 쪽도 흥미가 생기지 않았다.

나는 눈을 감았다. 자루 같은 헐렁한 치마를 입은 명랑한 기와코 씨가 방긋 웃었다. 야나카 목조 주택 방에 수북하게 쌓였던 책, 지금은 사라진 좁은 골목 바닥에 깔렸던 납작한 돌, 이가 맞지 않던 미닫이문, 어딘가 어색하던 좁디좁은 부엌, 삐걱삐걱 소리 나던 가파른 계단을 떠올렸다.

문득 옆을 보니 추모회 시작부터 줄곧 위화감이나 소외감을 느꼈을 이소모리 씨가 어느새 물로 희석한 고구마소주가 담긴 보온병을 부둥켜안고 얼굴색 하나 변하지 않은 채 혼자서 술을 꿀꺽꿀꺽 들이켜고 있었다. 자리에서 일어나 큰 종이 접시에 고등어 누름 초밥과 소송채 무침, 헌책방 아주머니가 준비한 절임과 조림을 조금씩 덜어 들고 왔다.

"동화책 이야기를 하던 도중이었죠?"

내가 말을 건네자 고개를 돌려 밖을 바라보던 이소모리 씨가 어색하게 자세를 바꿔 나무젓가락을 받더니 경기에서 이긴 스모 선수가 신에게 감사를 표하듯 손을 세 번 획 갈랐다.

"기와코 씨가 생전에 찾던 동화책을 구누기다 씨가 찾아냈어요. 아마 맞지 싶어요. 도서관에 다니는 아저씨와 여자아이, 밤이 되면 나타나는 동물들이야말로 딱 기와코 씨의 세계잖아요. 작가 이름은 기우치 료헤이예요."

나는 핸드백 속에서 「도서관의 고아」 복사본을 꺼냈다. 기와코 씨를 추모하는 모임이니 누군가에게 보여줄 기회가 있으리라고 생각해 가져온 참이었다. 이소모리 씨는 미간을 찌푸리며 복사본을 든 왼팔을 이리저리 뻗어가며 읽어 내려갔다. 돋보기를 갖고 오지 않은 모양이었다.

"정말이네. 기와코 씨가 들려준 얘기와 비슷해."

"이소모리 씨도 어린 시절 일을 들으셨군요. 오빠들이 사는 판잣집에 맡겨져 매일 도서관에 갔다는."

"어." 고개를 끄덕이며 이소모리 씨는 조림에 젓가락을 가져갔다.

"기우치 료헤이라는 사람이 기와코 씨가 말한 오빠 중 한 명일까요? 동화를 쓰는 작가였다니."

"그럴지도 모르지. 근데 쓰고 있던 건 동화가 아니라 어른을 위한 소설이었을걸. 그래, 도서관 역사를 쓴다고 했어."

"어린아이가 어른용과 아이용을 구분할 수 있었을까요?"

"그럼 흑표범도 동화였던 건가. 뭐, 그럴지도 모르지만 기와코 씨 말로는 꽤 긴 소설이었어."

"도서관이 히구치 이치요를 사랑한다는 환상적 이야기였으니, 어딘가 흑표범이 나와도 이상하지 않을 것 같아요."

"그보다 오늘은 당신을 만나려고 나온 거야. 달리 올 이유 따윈 없는데."

이소모리 씨는 아까 한 말을 되풀이하며 발밑에 놓아둔 검은색 배낭에서 B6 사이즈 봉투를 꺼냈다.

"당신 거야."

봉투 앞면에 연필로 조그맣게 내 이름이 쓰여 있었다.

"뭔가요?"

"히구치 이치요 전집에 끼워져 있더라고."

"기와코 씨의 히구치 이치요 전집, 이소모리 씨가 갖고 계신가요?"

"어, 갖고 있어."

"어떻게?"

"기와코 씨가 세상을 뜨기 전에 딱 한 번 병문안을 갔어. 그때 전집을 맡겼어. 유품이라 생각하니 팔 마음이 들지 않아서 보관했는데. 얼마 전에 좀먹지 않게 바람에 말리려고 상자에서 꺼냈더니 이게 나왔어."

"안에 뭐가 들었나요?"

"당신한테 남긴 물건이라 안 열어봤어. 오늘은 이걸 건네주려고 나온 거야."

이소모리 씨는 볼일을 끝마쳐 안심했는지 그제야 딱딱한 표정을 조금 풀더니 고구마소주를 술잔에 따랐다.

초롱불에 닿아 스러지는 책들

1937년, 중일전쟁이 시작된 해부터 제국도서관은 발매 및 배포 금지 처분을 받은 도서를 내무성으로부터 받아 은밀히 보관했다. 발매 및 배포 금지 처분이란 요컨대 발매 금지, 시국에 맞춰 출판해서는 안 된다는 뜻이었다. 물론 발매 금지된 서적과 잡지이기에 대출은커녕 목록조차 절대 사람들 눈에 띄게 해서는 안 됐다. 그 장엄한 르네상스 양식 건물 깊숙이 금서가 조용조용 쌓여만 갔다. 태평양전쟁이 발발한 1941년, 어쩌면 우에노 도서관 서가에서 금서들이 남몰래 대화를 나눴을지도 모른다.

"안녕, 난 오다 사쿠노스케의 『청춘의 역설』이야."

"아, 저는 니와 후미오의 『중년』입니다. 거기 계신 분은?"

"하야시 후미코의 『첫 여행』입니다."

"아니, 이런 일이 벌어질 줄이야."

"정말 마른하늘에 날벼락이에요. 우리 작가는 여자인데도 중국이나 남양에 가서 용감하게 종군기까지 썼거든요. 그런데 유부녀나 미망인, 처자식 있는 남자의 부도덕한 정사를 묘사한 대목이 많아 불건전하고 풍속을 해칠 우려가 있다며 금지라네요."

『첫 여행』이 눈을 치켜뜨며 화내자 『중년』도 서가에서 뛰쳐나올 듯이 흥분한다.

"저 역시 참으로 유감스럽습니다. 술집 마담이나 첩을 작품에 등장시키는 게 국가에 비협조적이라나. 거참, 힘든 시대가 되었어요."

"나는 왜 발매 금지 처분이 내려졌는지 잘 모르겠어."

『청춘의 역설』이 하소연한다.

"어떤 사람을 모델로 해서 낙태한 여배우를 그렸는데, 그게 부적절했을까? 애당초 낙태 자체가 안 되는 걸까?"

"저쪽에 나가이 가후 선생의 『솜씨 겨루기』가 있어요."

"네? 저게 나온 건 다이쇼시대잖아요?"

"이와나미문고에서 새로 냈을걸."

"맞아, 게다가 황군 장병 위문용으로 대량 증쇄했다고 들었어."

"국내에서는 유통하면 안 된다던가."

"뭐, 왜?"

"정사 장면이 많다고."

"이와나미문고잖아? 엄청 삭제했을 텐데."

"그래? 난, 굉장한 걸 읽었는데."

"그건 해적판일 거야. 다른 사람이 쓴 모양이더라고. 저기 있는 책도 그럴지 몰라."

"아, 같은 선반에 이시자카 요지로의 『젊은 사람』이!"

"저건 뭐가 문제래?"

"폐하는 어떤 젓가락으로 밥을 드실까, 같은 말을 여학생이 해서 불경죄에 해당한대. 황금 젓가락인지, 나무젓가락인지."

"어떤 젓가락? 황금으론 먹기 힘들잖아."

"근데 불기소되지 않았나?"

"일단 보관해두는 건가?"

"이시카와 다쓰조의 「살아 있는 병사」가 실린 『주오코론』이다!"

"아, 난징에서 일본군의 행동을 직접 보고 들은 작가가 전투 직후에 썼다는 르포르타주 문학이군요. 당일 발매 금지가 됐다는."

"중국인 포로와 비전투원인 젊은 여자 등을 잔인하게 죽이는 장면이 너무 생생해서."

"취재해서 그대로 쓰는 거니까 어쩔 수 없잖아."

"아니, 지금은 오히려 취재하지 않고 가짜만 써야 검열을 술술 통과해. 줄거리와 상관없이 주인공에게 일장기를 쥐여주고 흔들도록 하면 좋다고 하더라."

"요즘은 대부분 사전 검열을 통해 출판사가 복자하잖아."

"XX로 말이야. 정말이지 글러먹었어."

"「살아 있는 병사」는 4분의 1이 XX라고 하더라. 그런데도 작가가 금고형을 받았을 정도니 우리가 당한 필화와는 차원이 다르네."

"어머, 저기에 고바야시 다키지의 『게 공선』이!"

"1929년 간행, 아니었나?"

"이야, 다키지의 저작을 눈엣가시로 여기잖아. 1937년 이후로 전부 단속 대상일걸. 언제 출간된 책인지 모르겠지만 눈에 띄니 부랴부랴 잡아 왔나 보다."

"아이고, 맙소사."

"언젠가 우리 서가가 햇빛을 볼 날이 올까?"

"어떻게 되려나."

발매 금지된 책도 많았지만, 잡지 연재 중지도 자주 일어났다. 『여자의 일생』에서 제국도서관을 주인공이 사랑을 나누는 무대로 삼은 야마모토 유조의 대표작 『길가의 돌』이 당국 검열에 걸려 어쩔 수 없이 절필한 것이 1940년이었다. 1943년, 『주오코론』에 연재 중이던 다니자키 준이치로의 『세설』도 풍속이 화려하다는 지적을 받고 게재 중지된다. 분했던 다니자키는 몰래 집필을 계속해 자비로 상권 약 200부를 만들어 지인과 친구에게 배포했다. 이때 책 교환권 임무를 맡은 엽서를 미리 친한 사람에게 보냈다. 엽서에는 다니자키가 지은 하이쿠가 적혀 있었다.

초롱 불빛에 닿아 스러져가는 새하얀 봄눈

　봄눈이란 『세설』로 초롱불을 켜고 걸어가는 듯한 어두운 시대, 검열에 걸려 사라질 수밖에 없는 작품에 대한 원통함을 읊었다고 전해진다. 문호의 시무룩한 얼굴이 보이는 것 같다.

18

　헌책방 부부 집에서 나온 것은 10시가 넘어서였다. 여주
인 후유미 씨와 다마가와에 사는 이소모리 씨는 저마다 서
둘러 돌아갔다. 술이 모자란 후루오야 선생은 나와 유노스케
군을 데리고 그날 밤 선생이 묵을 예정인 이케노하타 호텔
바에 갔다.

　우에노 일대는 나름대로 시대에 발맞춰 새로운 건물이
이것저것 들어서며 늘 사람들로 북적거리건만 어딘가 시간
이 멈춰버린 듯한 정취가 감돈다. 어째서일까. 화장벽돌에
전구를 달고 호텔 이름을 새긴 둥그스름한 출입구가 왠지
옛날 미국 서스펜스 영화에 나오는 산장이나 모텔 같아서

나와 유노스케 군이 잠시 들어가기를 망설이자 후루오야 선생은 익숙한 숙소인지 거침없이 돌진하며 괜찮아, 이쪽이야하고 세월이 묻어나는 엘리베이터에 올라탔다.

"이래 봬도 노천탕 딸린 방도 있어. 전망이 좋은 데다 도심치고는 리즈너블하거든."

리즈너블이란 영어 단어가 엘리베이터 안에서 유머러스하게 울려 퍼지든 말든 아랑곳없이 "자, 여기야, 같이 한잔해"라며 노 교수가 들어오라고 손짓한 공간은 의외로 운치넘치는 바 라운지였다. 시간대에 따라 음악을 연주하는지 그랜드피아노가 놓여 있었다. 뭣보다 시노바즈 연못과 도심 야경을 일부 오려 담은 한쪽 벽면 유리창이 아래층 어수선한풍경과는 동떨어진 조망을 연출했다. 유노스케 군이 오호!탄성을 내뱉었다.

"나쁘지 않지?" 후루오야 선생은 인조가죽을 씌운 널찍한 소파에 걸터앉으며 만족스레 중얼거렸다. 나와 유노스케군은 입을 모아 아래층에서 상상했던 것보다 화려하고 멋지다는 찬사를 보냈다. 여기에 기와코 씨도 온 적 있을까, 하는생각이 순간 떠올랐다.

후루오야 선생과 기와코 씨가 사귀던 시절에는 선생이빌린 무엔자카 방에서 만났다고 했으니, 만약 왔다면 두 사람이 헤어지고 나서가 아닐까? 기와코 씨가 살던 야나카 집은 좁아도 너무 좁았다. 그날, 야나카 저녁놀 계단에서 재회한 뒤 사랑의 불꽃이 다시 타오르진 않았을까? 이런 생각이 든 것은 기와코 씨 딸을 만나고 여주인 후유미 씨 얘기를 듣고 나니 첫 결혼이 그다지 행복하지 않았다면 후루오야 선생과의, 후유미 씨가 말한 '로맨스'는 그녀에게 결코 작은 의미는 아니었으리라 느꼈기 때문이다.

기와코 씨와 만난 지 얼마 안 됐을 때, 관군이 쏜 대포 탄알이 시노바즈 연못을 넘어 간에이지에 떨어졌다, 그 대포는 암스트롱포라는 미국 남북전쟁 당시 사용된 중고품이란 이야기를 자주 들었다. 그녀가 들려준 에피소드 가운데 몇 퍼센트는 이 얘기쟁이 학자 선생이 알려준 걸지도 모른다. 그렇다곤 해도 무엔자카라니, 어쩌면 이토록 깊은 여운이 서린 곳에 애인을 살게 했을까.

빌딩 불빛이 비치며 흔들리는 시노바즈 연못을 멍하니 바라보며 이런저런 생각에 빠져 있는데, 어느덧 완전히 할아버지가 된 후루오야 선생이 물을 탄 위스키로 입술을 축이며 불쑥 말을 꺼냈다.

"기와코 말이야, 어릴 적 일정 기간 기억이 몽땅 날아갔대."

"몽땅이요?"

"응. 겨우 기억나는 거라곤 혈육이 아닌 남자 두 명이랑 판잣집에서 함께 살던 시절인 모양이야. 뭐, 모조리 사라졌다고 해도 보통 아이 때 기억 따윈 누구나 없잖아. 그렇게 특별한 일은 아니라고 생각하지만, 부모 형제조차 기억을 못하니 본인은 괴로웠겠지.”

“전쟁통에?”

“응. 어찌 된 영문인지 전란 자체가 기억에 없더라고.”

“부모와 어디서 헤어졌는지도 모르는 건가요?”

“응, 친척인지 지인 집에 맡겨졌던 것 같은데, 기억이 전혀 안 난대. 그럴 수 있나?”

“나이에 따라 다르지 않을까요? 저도 생애 첫 기억은 네 살 무렵 일이거든요.”

조그만 양주잔에 담긴 그라파를 홀짝홀짝 들이켜던 유노스케 군이 끼어들었다. 술이 약한 나는 도토리서방 옥상에서 마신 고구마소주만으로도 이미 평소 주량을 넘긴 상태라 버진블러디메리에 빨대를 꽂아 마시는 중이었다.

언제였더라, 기와코 씨에게 비슷한 얘기를 들은 적이 있었다. 뇌리에 박혔을 기억을 꺼내려고 애썼다. 분명 야나카 목조 주택에서 맛있는 히야지루를 대접받은 여름날이었다. 어릴 적 일을 들려주며 살짝 망설이듯 불안한 눈빛으로 물었더랬다. “있잖아, 넌 어릴 적 일을 얼마큼 기억해?”

그 말은 자신은 기억나지 않는다는 의미였을까. 곧이어 기억하는 만큼 말을 이어갔지만, 어딘가 자신 없는지 다를 수도 있다거나 잘 기억 안 난다거나 하는 변명이 붙어 있었다. 그래도 판잣집에서 함께 살던 오빠 일은 도서관 다닌 일과 마찬가지로 또렷이 기억했고 헤어진 양친과 재회해 미야자키로 돌아갔다고 확실히 말했다.

"부모 형제 기억이 아예 없진 않을 거예요. 몇 년 동안 우에노 판잣집에서 지냈는지는 몰라도 미야자키에 사는 양친과 연락이 닿아 데리러 왔다고 했으니까요."

후루오야 선생은 응, 하며 물을 탄 위스키를 목구멍으로 꿀꺽 넘겼다.

"그건 나도 들었어. 기와코 집에 셋이 모여 그 사람이 자랑하는 향토 음식을 먹었을 때 말이야. 기억나. 그때 좀 놀랐거든. 전에 들은 얘기랑 달라서. 양친과 한때 떨어져 살았던 것처럼 말했잖아. 마음에 걸리긴 했는데 정정할 만한 사안도 아니었고."

"양친과 함께 도쿄에 올라왔다가 길을 잃었다고 했죠."

"응, 그러니까, 내가 들은 것과 크게 다른 점이 그 부분이었어. 기억 안 난다고, 판잣집에서 살기 전 일은 하나도 기억나지 않는다고 했거든."

"아버지나 어머니가 어릴 적 일을 말하거나 들려주지 않았던 걸까요? 저는 어린 시절 기억 대부분이 부모나 언니한테 들은 추억담으로 이루어져 있거든요."

"모르겠어, 어쩌면 내가 들은 쪽이 현실이 아니었던 걸까. 지금은 그것조차 헷갈려. 그저, 뭐랄까, 그저."

모르는 일을 셋이서 이야기해봤자 쓸데없는 짓이었다. 마침 좋은 기회라고 생각한 나는 가방에서 「도서관의 고아」 복사본을 꺼내 두 사람에게 보여줬다. 바의 어두운 조명 아래에서 노안인 후루오야 선생이 읽기 힘들어하는 모습을 보다 못해 유노스케 군이 손에 들고 소리 내어 읽었다.

"목욕도 하고 싶으니 하품을 하며 밖으로 나옵니다"라는 마지막 문장을 듣고 노 교수는 살짝 웃었다.

"뭔지 잘 모르겠지만 꾸밈없는 유머가 재밌네. 아니, 꾸미지 않은 게 아니라 꾸민 건가. 글솜씨가 뛰어나진 않아도 은근히 웃기네."

"이 글을 쓴 사람이 어린 기와코 씨와 함께 살던 남자려나."

한바탕 「도서관의 고아」를 논평하고 나서 나는 가방에서 또 다른 물건을 꺼냈다.

"오늘 말이죠, 이소모리 씨에게서 이걸 받았어요. 기와코 씨가 맡긴 책에 끼워져 있었대요."

"기와코가?"

"아직 자세히 보진 않았어요."

"개인적인 편지를 우리가 봐도 되나?"

"그게 개인적인 편지는 아니에요."

문득 만약 기와코 씨가 이소모리 씨를 향한 애틋한 마음을 적나라하게 쓴 수기를 남겼다면 큰일 났겠구나, 생각했다. 동시에 두 사람에게 죄다 보여줘도 될지 내심 걱정돼 일단 나만 보이도록 봉투를 열자 괘선이 그어진 스프링 노트가 나왔다. 스프링 노트에는 아주 작은 글씨로 뭔가가 빼곡히 적혀 있었다. 기와코 씨의 동그스름한 글씨체였는데, 연필로 쓴 탓에 희미해 바 라운지 조명으로는 읽기 어려웠다. 일단 읽기를 포기하고 봉투 안에 든 다른 것을 꺼냈다. 오래된 엽서였다. 수신인은 히라가나로 '이토 기와코', 발신인은 한자로 '瓜生平吉'였다.

"이게 뭘까요?"

곧장 두 사람 눈앞에 들이밀었다. 후루오야 선생이 자신은 읽을 수 없다는 듯 손을 팔랑팔랑 흔들었다. 가장 어린 유노스케 군이 엽서를 손에 들었다. 먼저 수신인을 소리 내어 읽고 뒤집어 내용을 읽으려다가 "뭐야, 이거"라며 말했다. 뒷면은 읽기 쉽게 비교적 글자가 커서 고령의 후루오야 선생도 읽을 만했지만, 도통 의미를 모르겠는 숫자가 몇 개 나열된 데다 마지막에 놀리는 것처럼 "수수께끼입니다, 풀어보렴"이라고 적혀 있었다. "뭐야, 이거." 나도 엉겁결에 내뱉었다. 유노스케 군은 미간을 찡그리며 눈을 가늘게 뜨고 소인 날짜를 읽었다.

"잠깐, 이거 대단하네요. 쇼와 25년 10월이에요. 그게 몇 년이더라? 1950년?"

"수신인 주소는 미야자키?"

"네. 발신인 주소는 없어요."

"소인은?"

"잠깐만요. 어라, 우에노네. 우에노 시타야국이에요."

"뭐야, 이 근처잖아?"

"그럼 이 사람이 기와코 씨가 말한 오빠란 사람이려나."

"아니, 동화 작가와 이름이 달라."

"그보다 이 숫자는 도대체 뭐죠?"

"좀 줘봐. 내가 의외로 수수께끼를 잘 풀거든."

후루오야 선생은 엽서를 낚아채더니 양복 안쪽 주머니에서 만년필을 꺼내 종이 코스터를 뒤집어 엽서 속 숫자를 옮겨 적었다.

870·690·430·010·270·240·730·850.

"대개는 더하거든. 암산하면, 잠깐만 기다려. 4090이네."

"맞아요."

유노스케 군은 스마트폰 계산기 기능을 이용해 덧셈이 정확했는지 냉정하게 판단했다. 두 사람은 승리의 악수를 진하게 나눴지만 '4090'이 무엇을 의미하는지 전혀 알 수 없었다.

"잠깐만요, 010이라는 숫자를 더하는 이유를 모르겠어요. 이런 건 대개 말놀이죠."

유노스케 군이 새로운 설을 제시하며 "떨어져라, 벗겨져라, 그만둬라, 넣어줘라, 늘어나라"라고 헛소리를 하기 시작했다.

"마지막이 모두 0이니까 0은 읽지 않아요, 아마도."

그렇게 단언하자마자 입을 다물었다.

"꽃, 벗기다, 얼룩. 예의, 채소, 서쪽. 파도는 GO!"

술에 취한 후루오야 선생이 억지로 받아주긴 했는데 여전히 의미는 불분명했다.

"뭣보다, 그래 여기에 0을 쓸 필요가 없지 않나?"

후루오야 선생이 중얼거렸다.

"010의 0이 무슨 뜻일까?"

"글쎄요."

"잠깐 볼게요, 여기쯤에."

"우와. 안 보이네."

숫자가 적힌 엽서 맨 아래에 아주 작은 글씨로 '트릭 공개'라고 적혀 있었지만, 그 뒤는 종이가 갈색으로 변색한 데다 찢어져 알 수 없었다. 영 의미를 모르겠자 두 사람은 금세 엽서에 흥미를 잃었다. 나는 기와코 씨의 작은 글씨가 적힌 스프링 노트를 꺼내 펼쳐봤지만 역시 어두워서 읽기 힘들었다.

"어쩌면 봉투에 든 물건은 전부 동화 작가인지 뭔지 하는 그 남자와 관련이 있지 않을까. 그리고 당신이 써주길 원했던 도서관 소설과 관련이 있다고 생각해."

후루오야 선생이 단정하듯 말했다.

"뭐, 그러니까 써줘. 공양하는 셈 치고."

염원 어린 그 말에 나는 고개를 끄덕일 수밖에 없었다.

"근데 아까부터 궁금했는데요. 기와코 씨가 살던 판잣집이요, 혹시 우에노역 앞에 있던 건가요?"

유노스케 군이 그라파를 한 잔 더 주문하고 안주로 나온 땅콩을 한 알 입에 넣으며 물었다.

"역 앞이라고 하면 아메요코 부근?"

"아니, 공원 입구 쪽이요. 지금은 도쿄문화회관이니 국립서양미술관이 들어선 곳이요. 옛날엔 간에이지 절 묘지였다고 하던데."

간에이지라는 단어에 기억 저편 뭔가가 반응했다. 기와코 씨가 살던 곳이 유노스케 군이 말하는 그곳이라는 확신이 불현듯 들었다.

"유노스케 군, 잘 아네."

"우연이에요. 예대 친구 중에 건축사를 공부하다가 언제부턴가 사회사로 방향을 튼 친구가 있거든요. 그 녀석이 연구하던 주제였어요. '접시꽃 부락'이라고."

"접시꽃?"

"간에이지는 원래 도쿠가와 가문의 위패를 모시던 절이잖아요. 그 위패와 묘지가 있던 곳이니 도쿠가와 가문의 상징인 접시꽃 문양을 따서 접시꽃 부락이라고 불렀대요."

"뭔가 대단하네. 고귀한 느낌이랄까. 하지만 불법 점거 아니야?"

"이름 짓는 센스가 좋잖아요. 국유지나 관광 명소에 사는 건 전후 역사에서 흔한 일이래요. 누구였더라, 유명한 극작가 가운데 히메지성 무너진 돌담 위 판잣집에서 살았다는 사람이 있었는데."

"히메지성이면 세계유산이잖아?"

"세계유산 등재 전이니 수십 년 전일걸요."

"전쟁 전부터 국보였지 않나?"

"그러니까, 그런 곳에서도 전쟁은 일어났고 씩씩하게 삶을 살아가는 서민이 생활했다는 뜻이죠."

나와 후루오야 선생은 감탄하며 '오호' 탄성을 내질렀다. 유노스케 군의 설명에 따르면, 전쟁통에 집을 잃은 사람들에 의해 자연 발생적으로 만들어진 '접시꽃 부락'은 1960년께까지 존재하다가 도쿄문화회관과 국립서양미술관이 들어설 즈음 철거됐다.

"꽤 넓었던 모양이에요. 700평에서 800평은 됐다던가. 어느 시기부터는 자치회 같은 조직이 생겨서 나름대로 지역

커뮤니티를 형성했다고 하더라고요. 전후 판잣집이 오랫동안 남아 있었다고 하면, 마굴 이미지가 떠오르잖아요? 실제로는 그런 느낌이 아니었대요. 친구가 그런 연구를 했어요."

그 판자촌에 살던 사람이라면 기와코 씨를 알거나 기억하지 않으려나, 멍하니 혼잣말하자 기와코 씨가 말한 판잣집이 정말 거기라면요, 유노스케 군이 말했다. 이후 화제는 기와코 씨에게서 벗어나 유노스케 군의 일이나 후루오야 선생의 교양 넘치는 깊은 학식으로 바뀌었다. 나는 그 판자촌이 어린 기와코 씨가 살던 곳이라는 생각을 떨칠 수 없었다. 창의대와 관군이 벌인 전투로 불타버린 간에이지 절터를 열심히 이야기하던 그녀의 모습이 떠올랐기 때문이다. 또 "우에노는 언제나 갈 곳 없는 사람들을 받아들였다"라는 그 단호한 말 때문이다.

하지만 우에노 바에서 그 이상 이야기를 나누지 못한 채 술에 취해 행복해진 후루오야 선생을 방으로 보내고 나와 유노스케 군은 택시를 잡아타고 각자 집으로 향했다. 돌아와 습관처럼 컴퓨터 화면을 켜고 메일을 확인했다. 너무 늦은 시간이라 답장은 내일 하자고 생각하며 메일창을 닫은 뒤 페이스북 페이지를 열었다. '메신저'라는 항목에 빨간색 표시가 들어와 있었다.

페이스북이라는 소셜 네트워크 서비스(SNS) 기능 중 '메시지 요청'은 지인이 보내기도 하지만 대부분 이름도 모르는 사람이 "친구 하자!" 같은 짧은 메시지를 보낸다. 성격이 소심한 나는 아무리 SNS 세계라도 모르는 사람과는 친구를 맺지 않는다. 그래서 실생활에서 아는 사람이 보내온 '메시지 요청'이 아니라면 열어보는 일조차 거의 없다. 다만 누가 고안했는지 굳이 열지 않아도 처음 20자 정도는 보이도록 설정되어 있다. 그마저도 신경 쓴 적이 없는데, 그날 메시지를 열어봐야겠다고 마음먹은 이유는 추모회에서 막 돌아온 차에 '기와코'라는 글자가 눈에 들어와서다. 메시지는 이렇게 시작했다.

> 안녕하세요! 갑자기 죄송합니다. 전 요시다 기와코의 손녀로…….

동물 대소동①

1936년 7월 25일 어스름한 새벽이었다. 아름다운 암컷 흑표범이 황록색 눈을 번뜩이며 도쿄미술학교 맞은편에서 3층짜리 멋진 제국도서관 건물을 뚫어져라 바라봤다. 흑표범과 제국도서관의 거리는 불과 200미터밖에 되지 않았다. 우에노동물원과 인접한 미술학교 경계에는 당연히 높은 담장이 있었다. 그녀는 도전하듯 담장을 노려보다가 방향을 휙 틀어 일단 우에노 숲으로 뒤돌아갔다. 그러고는 속도를 올려 달려오더니 담장 앞에서 멈췄다. 뛰어넘을 수 있을지 없을지, 높이를 재는 듯했다.

그녀는 간칸테이 다실 주변을 유유히 거닐다가 크게 한 번 몸을 떨었다. 곧이어 뒤쪽 센카와 상수도 겉도랑으로 훌쩍 뛰어내리더니 공작새관 뒤편 속도랑으로 들어갔다.

암컷 흑표범은 그해 5월 타이에서 막 온 참이었다. 다른 동물처럼 낮부터 운동장에 나가 인간 아이들에게 보여지기 싫어 일본에 온 이후 침실을 벗어난 적조차 없었다. 하지만 이날만은 너무 무덥지 않을까 걱정한 사육사가 밤에도 침실과 운동장 사이 칸막이를 치지 않았다. 사위가 어두워지자 그녀는 벌떡 일어나 조용히 운동장으로 나갔다. 가늠해보니 천장의 살짝 벌어진 틈새로 빠져나가겠다 싶었다. 낮에 활동하는 동물이 모두 잠들어버리자 만반의 준비를 마치고 힘차게 뛰어올랐다. 올빼미들이 놀란 눈으로 지켜보는 가운데 그녀는 소리 내지 않고 운동장 밖 땅에 착지했다.

그 뒤 몇 시간이나 원내를 헤매고 다녔다. 긴장이 극에 달했고 피로가 쌓였다. 침실에 오래 틀어박혀 있던 탓에 운동 능력이 다소 약해졌다. 잠시 쉬려고 속도랑으로 들어가서 몸을 눕혔다. 날이 희읍스름이 밝아오기 시작했다. 강한 졸음이 그녀를 덮쳐왔다.

문득 이상한 기운을 감지하고 눈을 뜨니 궁지에 몰려 있었다. 속도랑에 그녀를 붙잡으려는 인간들이 들이닥쳐 이미 지상으로 나가는 출구는 막힌 상태였다. 강렬한 빛이 그녀의 눈을 강타했고 자욱한 석유 연기가 속도랑을 뒤덮었다. 이동하는 벽 같은 것이 한 발 한 발 다가와 주위를 에워쌌다. 그녀는 머리 위를 올려다봤다. 둥근 구멍이 뚫려 푸른 하늘이 보였다. 다른 방법은 없었다. 이대로 속도랑에 머무르면 저 벽에 짓눌리거나 불에 구워져 죽임을 당할 수밖에. 마음을 굳게 먹고 뛰어올랐다. 구멍에서 튀어나오자 강한 햇빛이 눈을 찔렀다. 구멍 위에는 그물과 우리가 설치돼 있었다. 그녀는 이를 갈며 으르렁거렸다. 결국 그녀는 자신의 침실로 되돌아갔다.

이것이 1936년 3대 사건 중 하나인 '흑표범 탈주 사건'을 흑표범 쪽에서 본 전말이다.

인간 쪽은 이미 우왕좌왕 대소동. '대활극! 흑표범 생포기. 불고문 물고문 고심 끝에 나타난 한 명의 용사, 금강력 밀어내기 전법을 통한 개선가.' 요미우리신문이 신명 나는 제목을 실었다. 참고로 '밀어내기 전법'이란 하수도 속도랑 크기에 맞춰 판자로 방패를 만들어 흑표범을 뒤에서부터 떼밀어 앞으로 내모는 작전으로, 이 방패를 들고 미는 역할을 맡았던 보일러공 하라다 구니타로는 한동안 영웅 대접을 받았다. 동물원에서 200미터밖에 떨어지지 않은 제국도서관 역시 온통 그 이야기뿐이었음은 말할 것도 없다.

그런데 그녀가 침실에 난폭하게 갇힌 지 몇 시간 후, 또 다른 밤이 우에노 숲을 찾아왔을 때 용감한 흑표범과 지적인 코끼리 하나코는 어떤 중요한 대화를 주고받는다. 이 사실은 아무도 모른다.

"너, 거기 있어? 아직 깨어 있어?"

콧속에 오랫동안 공기를 모아두느라 늘 살짝 우물거리는 그 목소리로 하나코가 그녀에게 말을 걸었다.

"하나코, 잊지 마. 난 야행성 동물이야."

"그랬지. 이쪽은 좀 졸려. 밖은 어땠어?"

"힘들었어, 높은 담을 뛰어넘어야 했거든. 난 가능했지만 당신에 겐 무리야."

"그래? 밖은 마음껏 달릴 수 있는 곳이 아니구나."

"인간이 만든 크고 딱딱한 건물과 지면으로 가득해. 작은 존재는 어떻게든 버텨낼지언정 큰 존재는 어려울 거야."

"크다, 크다, 말하지 마."

"당신만이 아니야. 탈출은 불가능해."

"그렇구나, 난감하네. 다들 불안해하는데. 인간들은 눈치채지 못 하지만, 우리 동물들은 알잖아. 위험이 닥쳐오는 것을."

"맞아, 정말 불안해. 위험이 바로 코앞인데."

"현실을 고려해야 해. 살아남을 방법을 궁리해야 해."

"어떠려나. 정글도 아닌 이런 곳에서 살아남는다고, 얼마나 의미 가 있을까."

흑표범이 중얼거리는 소리를 듣고 하나코는 조그맣게 '뿌웅' 하고 항의했다.

"이제 곧 이 나라에서 전쟁이 시작되겠지. 그 사이 우에노 하늘에 도 폭탄이 떨어질 거야. 그때 인간들은 무얼 고안해낼까. 그걸 생각 하면 공포로 몸이 움츠러들어. 설령 살아남지 못하더라도 우리에게는 존엄성이 있잖아. 인간들 때문에 헛되이 죽다니, 난 싫어. 네가 밖으 로 나갔을 때 끝까지 도망치길 바랐어. 그럼 벽을 뛰어넘기만 하면 달 아날 길이 있다는 거니까. 하지만 불가능하다니 생각해야 해. 인간들에게 알려야 해. 뭔가 방법이 없을까, 생각하게 만들어야 해. 우리를 죽이지 못하도록."

어둠 속에서 흑표범은 눈을 감았다.

"위기가 다가오고 있음을 알아챈 건 우리 동물뿐이야. 당신이 생각하고 싶다면 시간은 아직 있어."

"넉넉하진 않지만."

하나코는 천천히 코를 흔들며 자기 침실 구석에 몸을 눕혔다.

"어떻게든 생각해야 해."

그러고는 하나코도 눈을 감았다.

19

기와코 씨에게 딸이 있다는 것만으로도 충격이었는데, 손녀가 있다는 사실에 나는 또다시 깜짝 놀라고 말았다. 하기야 기와코 씨의 딸인 유코 씨는 나와 세 살 차이였으니까, 딸이 있든 아들이 있든 놀랄 일은 아니었다. 손녀의 이름은 '사토'였다.

나와 기와코 씨의 친분은 "어머니한테서 들었습니다"라고 슬쩍 언급할 뿐 내가 쓴 책을 읽었으며 그 책을 원작 삼아 영화화된 작품을 비행기 안에서 봤다는 얘기가 첫 번째 메시지에 담겨 있었다. 이어 페이스북을 둘러보다가 공통의 친구가 있길래 연락해봤다, 괜찮다면 친구로 지내고 싶다고 적었다. 공통의 친구라고 해봤자 그 페이스북 친구는 우연히 어떤 행사에서 만나 명함만 교환한 정도의 사이였지만, 기와코 씨의 손녀가 보내온 연락에 '노'라는 선택지는 없었다. 유코 씨에게는 그다지 좋은 인상을 받지 못한 반면 조그맣고 동그란 프로필 아이콘 속 사진을 보니 사토 씨는 어딘가 그녀의 할머니를 닮은 것 같았다.

우리는 그날 여러 차례 메시지를 주고받았다. 그녀는 현재 센다이에서 살며 건물 유지 보수 회사 기술자로 일했다. 나이를 물었더니 스물두 살이라고 했다. 기와코 씨의 손녀는 이제 어엿한 어른이었다.

유코 씨의 나고야 마담풍 옷차림을 생각하면 독신인 딸이 부모 곁을 떠나 꽤 먼 곳에서 딱딱한 직업에 종사한다는 게 다소 이상하게 느껴졌다. "집을 나와 센다이로 갈 때 어머니가 반대하지 않았나요?" 묻자 "고등학생 시절부터 이곳 기숙사제 학교를 다녔기에 취직을 앞두고는 더 이상 반대하지 않았어요. 고등학교 진학 시에는 진짜 힘들었지만요"라는 답장이 왔다.

이후로도 가끔가다 연락을 주거니 받거니 했다. 사토 씨와의 메시지 대화는 무척 즐거웠다. 뭔가 특별한 이야기를 나누지도 않았건만, 기와코 씨가 내게 남겨준 인연이란 생각이 들었기 때문이다. 그녀를 직접 만난 건 2015년 여름이었다.

여름휴가 때 도쿄에 가기로 했어요. 도쿄문화회관에서 「마술피리」 공연이 열린다고 해서 큰맘 먹고 티켓을 끊었어요. 오페라나 클래식 음악은 잘 모르지만, 「마술피리」만은 정말 좋아해서 기회가 생기면 꼭 한번 무대를 보고 싶었거든요. 혹시 시간이 되면 잠깐 만날 수 있을까요?

메시지에 그렇게 적혀 있었다. 그녀가 토요일 오후 공연을 예약한 터라 우리는 그날 저녁 식사를 함께 하기로 했다.

국립서양미술관 옆 공원 안내소 앞에서 스마트폰을 만지작거리며 기다리는데, 오페라 관람을 마친 인파 속에서 몸집이 작고 보이시하게 머리를 짧게 자른 여자 한 명이 이쪽으로 걸어오는 모습이 보였다. 나를 알아보고는 고개를 살짝 숙였다. 모시 재킷 아래 흰색 앵클 팬츠를 입고 펌프스를 신고 있었다. 할머니나 엄마와는 달리 수수한 옷차림을 좋아하는 사람이구나 싶었다.

우에노 '세이요켄'에서 비프스튜를 먹는데, 사토 씨가 뜻밖의 이야기를 꺼냈다. 내게 연락한 이유가 그 말을 하고 싶어서였음을 그제야 알았다. 만나서 말하자고 마음먹었던 게 틀림없다.

"기와코 씨와는 한 번 만난 걸로 되어 있어요. 공식적으로는." 사토 씨는 할머니를 이름으로 불렀다.

"공식적으로?"

"네."

사토 씨는 미소 지으며 하얀 냅킨으로 입가를 훔쳤다.

"할아버지가 세상을 떠난 후 기와코 씨는 단 한 번 미야자키에 돌아왔어요. 상속 절차 때문이라고 들었어요. 나중에 확인해보니 유류분 포기 약정이었죠. 할아버지의 유언에 따라 약간의 돈이 기와코 씨에게 남겨졌던가 봐요. 아무것도 주지 않으면 체면이 깎일 테니까. 근데 보통 아내가 받는 법정상속분에 비해 턱없이 적은 금액이었던 모양이에요. 기와코 씨가 어떤 심정이었는지는 이젠 알 수 없지만요."

"공식적인 만남은 그 상속 절차를 밟을 때인가요?"

"그래요, 10년 전으로 전 열두 살이었죠. 기와코 씨는 매우 거북해하며 집에 묵었지만, 저랑은 꽤 잘 지냈어요."

"기와코 씨와 사토 씨가요?"

"사흘가량 머무르는 동안 제가 학교에서 돌아오면 집에 있던 기와코 씨와 함께 산책하러 나가곤 했어요. 학원 갈 때도 따라와서 끝나길 기다렸다가 군것질거리를 사서 같이 먹으며 돌아갔죠. 친구 같았어요."

"그게 공식적인 한 번?"

"맞아요, 도쿄로 돌아가기 전에 기와코 씨가 몰래 주소를 적은 쪽지를 줬어요. 전화가 없다고 해서 깜짝 놀랐죠. 사실 편지를 써서 보냈으면 좋았을 텐데, 익숙하지 않으니 귀찮더라고요. 그러다 제가 열세 살 적에 가출을 했어요."

"가출?"

"네, 뭐, 이런저런 일이 있어서."

나는 유코 씨의 얼굴을 떠올렸다. 그 사람이 어머니라면 충분히 숨이 막힐 법했다. 한편으론 딸이 가출하고 나서 정신이 반쯤 나갔을 유코 씨 모습을 상상하니 눈앞의 차분한 스물두 살짜리 여성이 의외로 꿋꿋해서 놀라웠다. 그녀는 열세 살에 가출했다가 열다섯 살에 홀로 센다이에 위치한 기숙사제 고등학교에 입학했다.

"집을 나오자마자 도쿄로 올라와 기와코 씨 집을 찾아갔어요. 달리 기댈 사람도 없으니 주소만 들고서 말이죠."

"기와코 씨 집에?"

"네, 분명히 여기서 그리 멀지 않은 곳이었어요."

"야나카에 왔다고요?"

"야나카였던가. 우에노 무슨 신호등 근처였어요."

"우에노 사쿠라기?"

"그럴지도 몰라요."

"그 집에 왔던 거예요? 좁은 골목 안쪽 막다른 구석에 자리했던 목조 주택에?"

"맞아요, 맞아요. 그게 비공식적인 방문이랍니다."

"열세 살이었다면 지금으로부터 9년쯤 전이죠?"

"그렇네요."

"기와코 씨, 왜 알려주지 않았을까."

"굳이 제 이야기를 할 필요가 없었던 게 아닐까요? 저는 들어 알았지만요. 도서관 이야기를 쓰는 소설가 친구가 있다고."

"그렇게 오래 전부터?"

"여하튼 우리는 함께 국제어린이도서관에 갔어요."

"정말요?"

"먼저 동물원에 들렀다가 그다음 도서관을 갔어요. 도서관은 특별한 추억이 깃든 곳이라고 했어요."

"새로워진 뒤로 한 번도 안 들어갔다고 말했는데."

"기와코 씨는 입구까지만이요. 안에는 들어가지 않았어요. 무슨 볼일이 있었지 싶어요. 저 혼자 한 시간 정도 둘러보다가 나왔어요. 즐거웠어요."

"가출한 이유는 뭐였어요?"

사토 씨는 고개를 숙이며 살짝 웃었다.

"답답했어요. 우리 집은 정말 갑갑한 집이었어요."

역시 사토 씨는 기와코 씨를 쏙 빼닮았다. 사토 씨의 아버지는 데릴사위로, 유코 씨는 기와코 씨의 남편이었던 사람이 한 세대에 걸쳐 일군 집안을 이어받을 후계자였다. 사토 씨에게는 할아버지가 되는 남편은 고도 성장기 건축 붐을 타고 재산을 모은 사람으로 사내답고 과묵하고 고집이 셌다.

아내가 집을 나가버린 일을 도저히 받아들이지 못해 이혼에
절대 동의해주지 않았다.

"할머니는 병에 걸렸다고 했어요. 아파서 먼 병원에 있다
고. 어른들은 대충 눈치챘겠지만, 저는 어린아이라서 그대로
믿었죠. 그래서 건강한 기와코 씨를 만났을 때 정말 깜짝 놀
랐어요."

사토 씨는 웃으며 말했다. 아버지와 그 부하인 남편 사이
에서 자기주장 한번 내세우지 못한 채 치장하느라 돈 쓰는
일 말고는 자신을 발산할 줄 모르는 어머니가 사토 씨는 갑
갑했다. '사춘기, 누구나 느끼는 답답함'까지 더해져 어머니
가 안방 장롱에 넣어둔 현금을 훔쳐 가출을 감행했다.

"돈은 미야자키에 돌아가자마자 도로 넣어놨어요. 몰래.
기와코 씨가 성가셔지니 돌려놓으라고 빌려줬거든요. 결국
기와코 씨와는 그 후 만난 적이 없어 갚지 못하고 말았네요."

실은, 하고 사토 씨는 와인을 단숨에 들이켜더니 잔을 탁
자 위에 내려놓으며 나지막이 말을 이었다.

"실은 오늘 만나뵙고 싶었던 이유가 있어요. 페이스북으
로 연락한 것도 그래서예요."

기와코 씨가 세상을 떠나자 장례식을 치른 유코 씨는 관
계 기관에 사망 수속을 진행했다. 말년을 보낸 양로원이 어
느 정도 사정을 파악하고 있어 큰 어려움은 없었다. 다만 유

코 씨가 꼼꼼하게 기와코 씨가 남긴 얼마 안 되는 은행 예금 상속 절차를 밟으려고 알아보다가 기와코 씨의 출생신고가 기재된 호적이 전란으로 소실됐음을 알게 됐다.

"10년 전 할아버지 상속 때 숱하게 해본 터라 어머니는 옛 호적을 떼서 가져와야 한다고 생각했다는데, 아마 그 이유만은 아니었을 거예요."

"아니라니?"

"어머니는 아마도 기와코 씨를 더 알고 싶었던 것 같아요. 어쨌든 그때 처음 알았대요. 기와코 씨가 양녀였다는 사실을. 1950년에 증조할아버지가 입양했다고 해요."

"양녀?"

"증조할아버지와 증조할머니가 결혼한 해는 1947년, 그러니까 기와코 씨를 양녀로 삼기 3년 전이에요. 게다가 어머니가 더 놀란 건 혼인에 의한 제적이라고 적힌 증조할아버지 동생 이름 옆에 증조할머니 이름이 있었대요."

"뭐지?"

"복잡하지만 증조할머니는 증조할아버지 동생의 아내였어요. 그러다 증조할아버지의 첫 번째 부인이 죽은 뒤 후처로 들어간 모양이에요."

"맨 처음 결혼한 동생은?"

"결혼해서 본적을 도쿄로 옮겼나 본데, 그 호적이 없어요."

"없어?"

"증조할머니의 재혼 전 본적이 도쿄 혼고구라 문의했더니 1945년 전쟁통에 없어졌다고 하면서 구청장이 증명서를 발급해줬대요."

"잠깐만. 그럼 기와코 씨의 호적은?"

"어머니가 떼서 가져온 호적에는 증조할아버지가 증조할머니의 딸을 입양한 형태로 되어 있어요. 출생신고를 했을 원래 호적은 소실됐고요."

"혼고구라면 도쿄대 근처, 네즈나 유시마 근처인가."

"네. 기와코 씨는 애당초 우에노 근처에서 태어난 게 아닐까요?"

나는 아주 묘한 감각에 사로잡혔다. 눈앞 젊은 여성은 친딸인 유코 씨보다 훨씬 더 기와코 씨를 닮았다. 작은 몸집에 날씬할 뿐만 아니라 나긋나긋 근육이 붙어 날렵해 보였다. 뭣보다 맛있는 음식을 먹고 웃는 표정이 그녀를 연상시켰다. 게다가 지금 사토 씨가 있는 곳은 기와코 씨가 무척 좋아하던 우에노공원 안으로, 화제는 줄곧 도서관이나 야나카 허름한 목조 주택이었다. 만약 기와코 씨가 이 근처에서 태어났다면, 몇십 년이란 시공간을 뛰어넘어 거리 풍경과 그녀 인생이 이어지는 셈이었다.

"오늘 도쿄에서 묵을 거야?"

나는 사토 씨에게 물었다.

"네. 혼고에 있는 전통 여관에서요."

"전통 여관?"

"네, 기와코 씨가 살던 집 근처예요."

사토 씨가 묵을 전통 여관은 언젠가 기와코 씨와 히구치 이치요 집을 찾아 걸었던 기쿠자카와 가까웠다. 다음 날 우리는 다시 만나 둘이서 그리운 동네를 산책하며 돌아다녔다. 여기저기 다 기와코 씨와의 추억이 서려 손녀와 함께 걷는 게 즐거웠다. 구불구불한 뱀길을 거닐고, 저녁놀 계단을 오르고, 중간에 길을 꺾어 공원에서 잠시 쉬고, 기와코 씨 집이 있던 곳을 구경하고, '절의 마을' 야나카 언덕을 더욱더 올라가 모퉁이 가게에서 커피를 마셨다.

"잘 몰라요, 기와코 씨를. 열세 살 때는 제 일로 가득 차서 집에 굴러들어 가선 제 얘기만 늘어놨으니까요."

청바지에 운동화 차림으로 얇은 스웨트 파카를 걸친 사토 씨는 화장을 지우니 고등학생처럼 보였다.

"어머니도 그렇게 생각했을지 몰라요. 돌아가시고 나서 조금 후회하는 기색이에요."

"유코 씨가? 뭘요?"

"기와코 씨와 그다지 대화를 나누지 않은 일이려나. 아니면 친하게 지내지 못한 일이려나. 여전히 모든 일은 기와코 씨가 나빴기 때문이지만요."

"그도 그럴 게 기와코 씨가 아무 말 없이 집을 나왔잖아요."

"어머니는 당시 어른이었으니까 연락할 방법이 있었을 거예요. 기와코 씨만 나쁜 사람으로 만들면 안 돼요. 누구나 그 집에 살면 벗어나고 싶다고 느낄 테니까요."

기와코 씨가 집을 나올 때 유코 씨는 열여덟 살이었다. 열여덟 살이 어른인지 아닌지는 미묘하지만, 사토 씨라면 제법 성숙한 어른이었을 것 같다. 그녀는 그대로 입을 다물었다. 불쾌한 기억이 떠올랐는지 얼마간 묵묵히 커피만 마셨다. 나는 화제를 바꿔야겠다고 생각했다.

"참, 「마술피리」 어땠어?"

그녀는 무슨 소리지 싶은 얼굴로 고개를 들었다.

"공연 어땠어? 나도 「마술피리」 좋아해. 좀 일찍 알았더라면 보러 갔을 텐데."

"아, 정말 멋졌어요! 처음으로 공연장에서 관람한 오페라거든요. DVD나 영화관에서 본 적은 있지만요. 초등학생 시절 학교 체육관에서 열린 음악 감상회에서 지방 악단이 연주한 어린이용 요약판을 듣고 반했어요. 제일 좋아하는 곡은 '밤의 여왕의 아리아'예요. 왜 저렇게 될까. 어째서 저토록 멋진 목소리로, 저토록 예쁜 고음으로, 저토록 거무칙칙한 노래를 부르는 걸까, 생각했죠."

누구나 들으면 '아, 이 곡' 하고 떠올리는 유명한 아리아
는 2막에 등장한다. 타미노 왕자와 사랑에 빠지는 딸 파미나
에게 어머니인 밤의 여왕이 자라스트로를 죽이라며 단검을
건네는 장면이다.

"복수의 불길은 지옥처럼 내 가슴에 불타오르고, 였던가?"

"그냥 불타오르는 게 아니라 지옥처럼 불타오르죠."

"자라스트로를 죽이지 않으면 넌 더 이상 내 딸이 아니라
는 노래였지."

"맞아요. 자, 죽여라, 그렇지 않으면 이제 너와는 연을 끊
을 거야, 같은 말을 초절정 기교로 노래하죠. 인간이라고 믿
기지 않을 만큼, 여신인가 싶을 정도로 아름다운 목소리로."

"아름다웠어?"

"공연이요? 그야말로 최고였어요. 근데 모차르트는 왜
저런 오페라를 작곡했을까요?"

이번에는 내가 침묵을 지켰다. 사토 씨가 말을 이었다.

"어머니와 딸의 이야기잖아요. 어머니의 지배에서 벗어
나 행복해지는 딸이라니. 처음 봤을 때 저와 어머니의 이야
기라고 생각했어요. 하지만 요즘 들어 어쩌면 제 어머니와
기와코 씨의 이야기일 수도 있겠다 싶어요."

"유코 씨와 기와코 씨의?"

"물론 기와코 씨는 밤의 여왕과는 전혀 다르지만요."

"딸에게 단검을 건네며 복수를 강요하는 타입은 아니지."

"그렇긴 한데, 어머니는 좀 불행해요."

"유코 씨가?"

"자신은 어머니한테 사랑받지 못했다고 생각하니까요. 제가 고등학교 진학 때문에 집을 나간다고 했을 때 아버지도 반대했지만, 어머니가 진짜 심하게 반대했어요. 거의 죽일 기세였죠."

과격한 말과는 어울리지 않는 태도로 사토 씨는 조용히 커피를 홀짝였다.

"모두 나를 버리고 나간다며, 서슬 퍼렇게 화내는데. 나중에야 알았어요. 그 '모두'가 저와 기와코 씨라는 걸. 기와코 씨는 기와코 씨대로 힘든 일이 많았을 테지만, 아무 말 없이 사라져버린 탓에 어머니는 감정을 제대로 삭이지 못했어요. 어머니는 기와코 씨를 좀 더 알아야 해요. 그리고 화해해야 해요."

기와코 씨는 어떤 사람이었을까요? 만약 눈앞에 사토라는 젊은 여성이 나타나서 그렇게 묻지 않았다면, 나 역시 기와코 씨를 더 알려고 하지 않았을지도 모르겠다.

오랜만에 찾은 야나카 일대는 외국인 관광객으로 북적거렸다. 그래도 어딘가 골목에서 기와코 씨가 불쑥 튀어나올 것 같았다. '기와코 씨 연고지 탐방'이라 이름 붙이고 싶은 산

책 끝자락, 우리는 국제어린이도서관에 다다랐다. 오후 5시인 폐관 시간에 아슬아슬하게 맞췄다. 사토 씨는 출입구 옆 고이즈미 야쿠모를 기리는 동상에 다가가더니 "어이구, 불쌍해라, 더울 텐데"라며 웃었다.

시인 도이 반스이가 일찍 세상을 떠난 아들의 바람을 들어주고자 세웠다는 동상은 육각기둥 디딤돌 정면에 고이즈미 야쿠모 초상을 부조로 새기고 그 위에 올린 물독에 천사가 떼 지어 모인 이상한 형태였다. 확실히 한여름에는 천사들이 목마른 아이들로 보이기도 했다. 사실 나는 그 순간 문득 물독에 모여든 아이들 무리 속에 어린 시절 작은 기와코 씨가 있는 듯한 착각이 들어 깜짝 놀랐다.

눈앞에 내가 모르는 젊은 시절 그녀와 닮았을지도 모를, 그녀의 유전자를 물려받은 20대 여성이 있었다. 열세 살에 가출해 할머니에게 의지했던 이야기를 들려줬다. 더욱더 어렸을 적 사토 씨 사진을 본다면 네다섯 살 무렵 기와코 씨 얼굴과 비슷하려나. 어린 기와코 씨가 육각기둥을 기어올라 다른 아이들과 겨루듯 물독에서 솟아오르는 분수에 몸을 던지는, 환시나 환각과는 성질이 다른 기묘한 그림이 머릿속에 그려져 기분이 이상했다.

여름이라 낮이 길어서 그런지 뭔가를 조사하는 사람이나 자녀와 함께 온 부모들이 바깥 무더운 날씨에 비해 훨씬 쾌

적하고 아름다운 건물에서 시간을 보내고 있었다. 사토 씨는 "그래그래, 여기 왔다 왔어, 조금 바뀐 느낌이네, 또 건물을 짓다니 대단하네"라며 한동안 관내를 두리번대다가 '어린이의 방'에 놓인 원탁이 반가운지 차분히 앉아 편안한 표정을 지었다. 새하얀 벽이 눈부신 그 널찍한 공간에서 나는 건물 입구로 갑자기 들어오는 어린 기와코 씨의 환영이 머리에서 떠나지 않아 사토 씨에게서 할머니 모습을 끄집어내려고 애썼다. 정작 사토 씨는 책장에서 가져온 그림책을 펼쳐 보며 한가로이 도서관을 즐겼다.

폐관을 알리는 안내 방송에 이끌려 우리는 건물을 빠져나왔다. 뒤돌아선 사토 씨는 그 3층 건물을 올려다보며 아쉬운 듯이 눈을 가늘게 떴다.

"기와코 씨가 데리고 온 날이 떠오르네요. 시골에서 온 중학생에게는 놀라운 장소였어요. 과연 도쿄구나, 쉴찬히 놀랐슈."

"응?"

"무척 놀랐다는 뜻이에요. 시골말로."

사투리 없이 표준어로 말하던 사토 씨의 갑작스러운 방언에 그만 웃음이 터져나왔다.

"이렇게 아름다운 곳에 공짜로 들어와서 책을 읽고 싶을 만큼 마음껏 읽어도 된다면 학교 따윈 안 가고 이쪽으로 와버릴 게 틀림없어요."

"어라? 사토 씨, 학교가 별로였어?"

"딱 질색이었어요. 집이든 학교든 마음 편한 곳이 없어 가출했으니까요."

"그렇구나."

"가출했다가 집으로 돌아온 지 얼마 안 돼 기와코 씨로부터 엽서가 왔어요. 언젠가 도서관에서 만나자, 라고 적혀 있었죠. 지금도 간직해요. 도서관에서 기와코 씨는 만나지 못했지만, 도서관은 다시 만났네요. 아니, 언제든 만날 수 있겠죠, 여기 존재하니까. 튼튼한 건물은 좋네요. 사람보다 오래 살잖아요."

"언젠가 도서관에서 만나자, 그 결의에 찬 문구는 뭐람? 사토 씨라면 함께 오고 싶고, 올 수 있으리라고 생각했던 걸까."

"그런 깊은 의미려나."

"어쨌든 아주 오랫동안 리뉴얼한 이 건물에는 들어가지 않았어, 기와코 씨는."

이런저런 대화를 나누며 공원을 가로질러 우에노역으로 향했다. 그녀는 그날 센다이로 돌아갈 작정으로 신칸센 표를 끊어뒀는데, 출발 시간까지 아직 조금 여유가 있다고 해서 우리는 대분수대 옆 벤치에 앉았다. 바로 나와 기와코 씨가 처음 만난 곳이었다. 그 말을 하려다가 이미 사토 씨에게 몇 번이나 했다는 사실을 깨닫고 혼자서 쓴웃음을 지었다.

"어머니는 집을 나가버린 기와코 씨를 원망하지만, 제가 기와코 씨였다면 저도 똑같이 행동했을 거예요."

사토 씨는 분수에 시선을 향한 채 다소 결연한 어조로 말했다. 어쩌면 그 말을 하고 싶어서 도쿄까지 왔는지도 몰랐다.

"옛날 사람이라 어쩔 수 없지 않느냐고 어머니는 말하지만, 뭐가 옛날 사람이란 걸까요? 옛날 남자들은 다 그랬다면서 구체적으로 무슨 짓을 했는지는 알려주지 않아요. 들어봤자 소용없다느니 너랑은 상관없다느니. 결국 아, 그렇군, 납득했죠. 옛날 남자가 하던 그런 짓, 할아버지는 전부 했구나."

"옛날 남자가 하던 짓?"

사토 씨는 내 눈을 똑바로 쳐다보며 고개를 끄덕였다.

"뭐가 상상되나요?"

"음, 뭐랄까. 이른바 옛날 남자라면 해도 괜찮다고 여겨지던, 갖가지 남존여비적 일이 상상되네."

"저도 그래요. 할아버지는 그걸 다 했던 거죠."

"요컨대, 그러니까."

"밖에 여자를 만들거나 때리거나."

"기와코 씨에게서……."

"물론 듣지 못했어요. 어머니도 말한 적 없고요. 어머니는 기껏해야 말주변이 없어서 말보다 손이 먼저 나갔다는 둥 표현이 서툴러서 자꾸 큰소리가 났다는 둥 틀에 박힌 얘기만 늘어놔요. 나쁜 사람은 아니었다고, 이 말도 자주 들었어요. 나쁜 사람은 아니야, 약한 사람일 뿐이지. 자신도 잘못한 줄 알았기에 싸운 뒤 비싼 옷이나 가방을 사주며 나름대로 다정하게 대했건만, 할머니가 완강하게 거부했다면서요."

나는 분수를 바라보며 또다시 묘한 기분에 빠진다. 미야자키 시절 속 기와코 씨는 내가 아는 그녀와 너무 다르다. 아니, 다르지 않으려나. 도망치는 힘이 있다는 점이 역시 그녀답긴 하다. 다만 내가 아는 모습은 큰 억압에서 벗어나 자기 세계를 쌓아 올린 다음이었기에 그 자유분방함과 괴리가 큰 나머지 상이 맺히지 않는다.

'옛날 남자'라고 표현되는, 전형적인 가정 폭력범인 기와코 씨 남편의 인물상과 내가 아는 독창성 넘치는 기와코 씨의 정신세계가 얼마나 안 맞았을지, 얼마나 서로를 용납지 않는 세계였을지, 물밀듯 가슴에 와닿아 깊은 한숨이 흘러나왔다. 왜냐하면 그때 나는 이미 살아 있던 친구로서의 추억 외에 그녀의 내면을 들여다보는 또 다른 굉장한 경험을 겪은 후였기 때문이다. 그리고 기와코 씨의 풍성한 내면세계는 그녀가 애독한 소설과 산문으로 일궜을 테지만, 그 밑에 자리한 뿌리는 어린 시절 체험이 아닐까 생각한 뒤였기 때문이다. 어릴 적에 풍성한 내면세계를 가꾼 기와코 씨는 결혼해

직면한 현실에 엄청난 위화감을 느낄 수밖에 없었으리라.

사실 사토 씨를 만나러 오면서 보여줘도 될지 말지 망설이며 가져온 물건이 있었다. 바로 '기와코를 추모하는 모임'이 열린 날, 이소모리 씨가 봉투에 담아 건네준 스프링 노트 복사본이었다.

잠깐 이야기가 뒤로 가지만, 우에노 호텔 바에서 후루오야 선생과 유노스케 군과 술을 마시고 집으로 돌아온, 기이하게도 사토 씨가 메시지를 보낸 그날로부터 얼마 지나지 않아 나는 스프링 노트를 읽었다. 기와코 씨가 독백처럼 읊조린 글이 적혀 있으리라고 짐작했다. 가끔 받은 엽서 외에는 그녀가 쓴 문장을 여태껏 거의 읽은 적이 없었고 명랑하고 엉뚱한 기와코 씨와의 즐거운 대화가 추억 중심에 자리했기에 우리가 늘 나누던 대화와 닮은, 소리 내어 읽으면 그녀의 육성이 울려 퍼지는 편지인 줄만 알았다.

"어마나, 나도 참, 글을 쓰다 보니 편지가 되어버렸어, 만나서 직접 말하는 편이 더 빠르겠지만, 좀처럼 얼굴 보기 힘드니 다음 만남을 대비해 하고 싶은 말을 써둘 작정이었는데"라거나 "전에 말한 도서관 얘기 말이야, 왜 내가 쓰려고 마음먹었냐 하면" 같은 말투로 써 내려가는.

하지만 스프링 노트에 조그맣게 가로쓰기한 글은 기와코 씨의 수다스러운 말투로 적힌 편지가 아니었다. 소설 같기도 하고, 회상기 같기도 하고, 아니 둘 다 같기도 했다. 본인 입으로 미처 듣지 못한 정경이 그려지는 문장은 그녀의 깊은 내면세계를 고스란히 드러내서 꽤 놀랐다. 동시에 스프링 노트에 적힌 일을 평생 누구에게도 말하지 않았으리라고 직감했다.

다소 단편적으로 들려주는 탓에 그녀의 회상 혹은 회상을 바탕으로 한 소설처럼 느껴졌다. 어린 시절 체험과 기억은 기와코 씨의 마음속 깊숙이 묻혀 누군가에게 말하거나 입 밖으로 꺼내진 적이 없지 않을까. 가족에게도, 아니 가족이기에 차마 말하지 못한 기억이라니. 단지 친구이자 작가라는 이유만으로 내게 맡겼다는 사실에 어떤 무게감이 따라왔다. 그래서 손녀인 사토 씨에게 보여줘야 할지 말지 판단하기 힘들었다.

할머니를 알고 싶어 일부러 도쿄를 찾은 손녀와 때마침 기와코 씨를 만난 곳에서 이야기를 나누는 사이 '언젠가 도서관에서 만나자'는 약속을 지키러 우에노에 왔음을 알아버렸다. 어쩌면 나는 눈앞의 사토 씨에게, 저세상의 기와코 씨가 보내는 메시지를 전하기 위해 존재하는 게 아닐까 하는 생각마저 들었다.

"사토 씨?"

사토 씨는 웃는 얼굴로 옆에 앉은 나를 쳐다봤다.

"사토 씨는 기와코 씨를 더 많이 알고 싶나요?"

"그렇죠. 알고 싶다고 할까, 더 알고 싶었어요. 두 번밖에 못 만난 데다 어려서 제대로 대화를 나누지 못했으니까. 특별한 감정을 느껴요. 제가 뭔가 큰맘 먹고 행동에 나서면 기와코 씨는 항상 응원해줄 거야, 진심으로."

"유코 씨도 기와코 씨를 알고 싶다고 생각할까요?"

"어머니는 그런 말 안 해요. 오히려 알고 싶지 않다, 몰라서 좋다는 식이죠. 특히 호적이 없다는 사실을 알고 나선 아예 언급조차 하지 않아요."

"그렇구나."

내가 아는 것을 사토 씨가 모를 이유는 없다. 나는 기와코 씨가 가족과 떨어져 지냈던 시기가 있었고 그때 우에노 근처에서 혈연관계가 아닌 사람과 살았으며 이후 친어머니가 거두는 형태로 미야자키에 갔다는 이야기를 털어놨다. 기와코 씨나 후루오야 선생한테서 들은 단편을 이어 붙였을 뿐이었지만 사토 씨는 조용히 귀를 기울였다.

"혈연관계가 아닌 사람은 어떤 사람이려나. 기와코 씨는 어떤 경위로 그 사람과 살게 된 건가요?"

"나도 모르겠어. 후루오야 선생에 따르면 기와코 씨 자신도 몰랐던 모양이야. 기억하지 못한다고 했대."

"후루오야 선생?"

"아." 언젠가는 말해야 한다고 생각하면서도 그 자리에서 할머니의 애인이라는 사실을 알리기 망설여져 "기와코 씨와 나의 공통 친구"라고만 설명했다.

"미야자키에 온 후 우에노에서 같이 살던 사람과 서로 연락을 하지 않았나요?"

"어린애였으니까. 연락을 주고받다가 어느 순간 끊겼는지, 아니면 처음부터 거의 안 했는지는 불분명해. 기와코 씨는 말이야, 오래된 엽서를 소중히 간직하다가 내게 남겨줬어."

"엽서요?"

"응, 볼래?"

들고 다니기에 엽서가 너무 낡아서 미리 스캔해 가져온 사본을 보여줬다. 나란히 늘어선 숫자 몇 개와 '수수께끼입니다, 풀어보렴'이란 문장이 적힌. 기와코 씨 과거를 말하며 사뭇 심각한 표정이던 사토 씨는 돌연 "수수께끼는 영 모르겠지만 좋은 사람 같지 않나요!"라며 생글생글 웃었다.

"우류 헤이기치? 이 사람이 기와코 씨와 함께 지내던 사람인가요?"

"그렇지 않을까. 소인도 우에노고 날짜도 그 무렵이고. 기와코 씨가 내내 소중히 간직한 것만 봐도 말이야. 이 엽서밖에 없으니 그 후에도 연락을 주고받았는지는 알 수 없지만."

"도대체 어떤 사람이었을까요?"

사토 씨의 질문에 나는 아는 범위 내에서 대답했다. 그가 '꿈꾸는 제국도서관'을 쓰려던 사람이자 「도서관의 고아」를 쓴 작가일지도 모른다, 단 「도서관의 고아」 작가는 기우치 료헤이라는 이름이다, 기와코 씨가 원래 내게 써달라고 부탁한 소설은 아마도 어린 기와코 씨를 돌봐주던 그가 쓰고 있었거나 쓰려고 했던 글이지 싶다 등등.

"왠지 신기한 느낌. 모르는 기와코 씨가 자꾸자꾸 나타나네."

사토 씨는 양손으로 볼을 감싸며 골똘히 궁리하는 자세를 취했다.

"이상한 말을 해버렸나?"

"아니, 아니. 전혀 이상하지 않아요. 조금도 이상하지 않은데, 굉장히 신기한 느낌이랄까. 집에 가서 더 곰곰 생각해볼까나."

사토 씨는 손목에 찬 시계를 보더니 "슬슬 가야겠다"며 일어섰다. 그러고는 기념으로 수수께끼 엽서 사본을 자신의 스마트폰 카메라로 촬영해 저장했다. 이런, 요즘은 복사 따윈 하지도 않고 들고 다니지도 않는구나, 사진을 찍어 왔으면 좋았을걸, 슬그머니 반성했다. 오늘은 더는 시간도 없고 자세한 설명도 못 하니, 이제부터 조금씩 사토 씨와 메시지를 주고받다가 조만간 전해줄 결심이 서면 스프링 노트는 사진으로 찍어 보내야겠다고 마음먹었다. 기와코 씨의 조그

마한 글씨는 확대해서 보는 편이 더 읽기 쉬울 테니까. 우에
노역에서 사토 씨를 배웅했다. 그녀는 "또 올게요!"라고 말
했다.

돌아오는 버스 안에서 스프링 노트 복사본을 꺼내 다시
읽어보려는데, 역시 글씨가 너무 작아 난감했다. 나는 집에
도착하자마자 스프링 노트를 옆에 펼쳐놓고 한 글자 한 글
자 그대로 워드프로세서에 옮겼다.

바라보면, 함석지붕이 이어지는 모퉁이는 어린아이 눈
엔 그저 넓은 마을로, 가문을 상징하는 문장에서 따온
그 이름이, 농담인지 빈정거림인지 그때는 미처 눈치채
지 못한 채, 밖에서 쳐다보는 외지 사람 눈에 어떻게 비
쳐지든, 사는 사람에게는 에노모토 겐이치가 노래한 「나
의 푸른 하늘」처럼, 비좁아도 행복한 생기가 감도는 동
네라, 어귀에 시소 한 대와 누가 만들었는지 나뭇조각에
밧줄을 묶어 나무에 달아맨 그네가 있어, 대개 콧물을
흘리는 아이들이 올라앉아 노는데, 누군가 쿵더쿵쿵더
쿵 시소를 탈 때마다 많게는 저쪽에 네 명, 이쪽에 세 명
식으로 탈 수 있을 만큼 여럿이 올라타서 힘껏 내려앉으
면, 작은 아이는 엉덩이가 땅에 닿자마자 몸이 높이 날
아오를 뻔하다가, 큰 아이가 붙잡아 땅을 다시 걷어차기

에, 거푸 두둥실 떠올라 마음이 들뜨는 듯 간지러운 듯 이상한 기분에 빠져서 언제까지나 언제까지나 쿵더쿵 쿵더쿵 하면 좋겠다고 생각하고, 그네도 순서를 기다려서 결국 한 사람이 느긋하게 타는 날이 드물다, 아이들이 하도 밟고 다녀서 잡초가 듬성듬성 땅을 기어가는 그 공터에, 가을이 오고 겨울이 와서 강바람이 불면, 아이들이 뛰노는 곳 바로 옆에 빽빽이 늘어선 함석지붕이 덜커덕거리고, 골목에 놓인 양동이가 쓰러져 굴러다니고, 기울어진 처마 끝 역시 기울어져 말라가는, 장대에 매달린 빨래가 깃발처럼 펄럭이다가, 까딱하면 어디론가 날아갈 듯하여, 덜덜, 오늘은 추워서 물일이 고되네, 옆 여인숙 안주인이 말하자, 오빠는 굴러가는 양동이를 솜씨 좋게 발로 잡고는, 지금 막 길어 온 물이 담긴 한 말짜리 사각 양철통을 여인숙 여주인 앞에 내려놓으며, 하지만 강바람에 빨래가 금세 말라서 오히려 좋지 않느냐고 웃어 보인다, 물장수는 이 지역에서만의 장사로, 빈 땅이란 이유로 그냥 마구잡이로 들어선 마을에 수도 같은 편리한 물건이 있을 리 만무하고, 원래 묘지였던 탓에 함부로 우물을 팔 수도 없는 노릇이니, 묘지에 제멋대로 거주하는 신세치고는 묘하게 기특한 불평이긴 해도, 어쨌든 공원 안쪽, 어른 남자 걸음으로 백 보, 아이라면 두

배는 족히 걸리는 고지대에, 단 하나뿐인 수돗물 나오는 수도꼭지 앞은 언제나 장사진, 한낮에 착실하게 일하는 사람은 물 길으러 갈 시간도 기력도 없기에, 어느 샌가 생겨난 물장수라는 희한한 직업, 게다가 임시 물장수까지 필요할 만큼, 하루하루 물 수요가 넘쳐난다, 오빠는 물장수라기보다는 잔심부름꾼, 근처 곤란한 일을 맡으러 다니는 게 내 임무라고 말할 적마다 감탄이 절로 나온다, 실상은 그날그날에 따라 공사판에 나가기도 하고, 역을 서성이며 '자리꾼'이나 '바가지상' 흉내를 내기도 하지만, 대개는 아무것도 하지 않고 빈둥빈둥 집에서 지내며, 신문 광고 뒷면 따위에, 줄곧 연필로 뭔가를 끄적이는데, 본인은 거리낌 없이 '일'이라 말한다, 결국, 오빠는 뻥치는 걸로만 보여서, 가끔 작은 오빠가 짜증을 내며, 네놈이, 그렇게 대단하냐, 일하기 싫으면, 나가 이 밥버러지야라고 욕을 퍼붓거나 물건을 던지는 모습에서, 의외로 작은 오빠가 생계를 책임지고 있음을 어린아이조차 알아채고, 항상 군인 복장을 하는 큰 오빠는 물론, 머리가 길고 입술에 연지를 바르고 화려한 기모노를 입은 날씬하고 아름다운 작은 오빠 역시 군대 생활 짬밥이 느껴져서, 집안 역학 관계가 자연스레 드러난다, 평소 알뜰살뜰 보살펴주는 큰 오빠가, 둘 중 굳이 고르자면 더 친숙했던 이유는, 함께 보내는 시간이 길어서만이 아니라, 살갗이 희고 얼굴이 갸름해 자칫 여자처럼 보이는 작은 오빠가 성질이 사납고, 손버릇이 나쁘고, 아이에게 인정사정없는 성격이었기 때문, 어쩌면 작은 오빠는 새벽녘에 돌아와, 그대로 쓰러지듯 잠들어버리는 건 늘 너무 피곤해서라, 그것이 그래, 가계를 지탱하는 대들보란 증거이기도 했지만, 몸이 고단한 마당에 아이가 시끄럽게 굴면 신경이 거슬리니 엄하게 꾸짖는 일이 많아서였기도 했다, 그렇긴 해도 나름대로 좋은 오빠였다고 지금은 그리운 마음으로 작은 오빠를 떠올리곤 한다, 예를 들어 여름에 꽈리 열매가 달리면 껍질이 부드러워질 때까지 천천히 주물러 이쑤시개로 쑤셔 안에 든 씨앗을 빼내고, 정성스레 씻어 작은 구멍으로 공기를 채워서, 아랫입술에 대고 꽈아악 꽈아악, 소리를 내주던 사람은 작은 오빠뿐이라, 큰 오빠는 평소 느릿한 성미에 어울리지 않게 자제를 못 해서 곧장 껍질을 찢어버렸고, 아이의 서투른 손은 까다로운 작업을 완수하지 못했다, 몇 번이고 작은 오빠를 졸라대며, 만들어줘 불어줘 따라다녔고, 한번은 별로 피곤하지 않았는지 득의양양 꽈리 피리를 만들어서는, 흥, 이 따위도 잘 못하면 그렇잖아, 이런 일도 저런 일도 잘해야 한다고, 혀든 입술이든 능숙하게

쓸 줄 알아야지, 장사에 말이야, 필수 기술이거든, 큰 오
빠 쪽을 야릇하게 곁눈질하며, 꽈아악 꽈아악 소리를 울
렸다, 잔심부름꾼인 큰 오빠와 밤에 일하고 아침에 돌아
오는 작은 오빠가 살림을 차린 곳은 여인숙 옆으로, 이
름이 '잠자는 집'이던 여인숙에는 산다기보단 잠만 자는
막노동하는 남자들이 잔뜩 머물렀는데 사오십 명쯤 되
지 않았을까, 그 밖에 부부나 자녀가 사는 집은 칸막이
가 있는지 없는지 기다란 함석지붕 판잣집은 옆에서 보
면 지저분하게 늘어섰지만, 의외로 교토처럼 가지런히
가로세로 골목을 만들어낸 모습이 우직하게 느껴졌다,
잡화점 부부는 양쪽 다 몸이 안 좋아서, 언젠가 가게를
남에게 부탁하고 둘이서 병원에 가버렸는데, 한 달이나
비웠다가 돌아와 보니, 그동안 가게를 봐달라고 부탁한
잔심부름꾼이긴 해도 큰 오빠는 아닌 다른 샛서방이, 가
게에서 파는 물건을 모조리 들고 튄 적이 몇 번인가 있
어, 부부가 고래고래 악을 쓰며 이런 일을 대륙 말로 뭐
라고 하는지 알아 콩콩이라고 한다네, 빈털터리 콩콩 남
편이 말하자, 당신 그러면 발음이 다르잖아 콩콩이 아니
야 공공이야, 뭐가 콩콩이라는 거야 공공이야 고함치듯
떠들어대는 소리가 마구 울려오곤 했다, 큰 오빠는 고향
사투리가 남아, 가게 물건을 몽땅 털린 부부를 향해, 그

315

닝께 문 딴 채 두문 안댜!라고 충고했지만 근처 그 누구도 뭔 말인지 몰라, 이후 큰 오빠는 '딴채'니 '안댜'니, 한동안 그렇게 불렸다, 한편 잡화점 부부는 병원을 들락날락하는 탓에 가게 문을 반년은 열고, 반년은 닫는 형편, 잡화점 외에 생선 가게, 크로켓 가게, 식당, 드디어 주류 판매가 허용된 술집, 긴국시라고 불리던 가락국수나 메밀국수를 파는 면옥은 음식을 빨리 먹는 남정네에게 언제나 인기 만점, 칠장이, 비계공, 막일꾼, 구두닦이, 목수에 넝마주이, 눈물 구라 잘 치는 비실비실한 남자와 키가 큰 야바위꾼 콤비, 사는 형태마저 구색을 갖춘다, 바람 부는 날이나 비 오는 날은 함석지붕 소리가 시끄럽고, 아이들은 꽁초 줍기, 꽁초 까기, 땅 긁기, 강바닥 훑기를 곧잘 돕기에, 학교 따윈 가든 안 가든 바쁘기 짝이 없어서, 그러나 보호자인 큰 오빠가, 예의 빈둥빈둥 반쪽짜리 잔심부름꾼이기에, 자연스레 다른 아이들과 놀기보다 오빠 곁에 머무는 시간이 많아, 배를 깔고 누워 광고 뒷면에 글을 끄적이는 그 등에 올라탄 채 엎드려 낮잠을 자거나, 오빠에게 업혀 밖에 나갔다가 그대로 다시 잠들거나, 오빠, 매일 뭘 그렇게 쓰냐고 물으면, 그게 말이야 꿈꾸는 제국도서관이란 이야기를 쓰고 있잖아, 라고 말하며, 이쪽이 알아든든 말든 아랑곳하지 않고,

316

오빠는 그 이야기 내용을 자세히 들려줬다.

쭉 쉼표가 이어지던 기나긴 문장은 마침내 마침표를 찍었다. 그 뒤에 (2)라는 숫자와 '오빠는,'이라고만 적힌 채 글이 끝났다. 아마도 첫 번째 마침표가 찍힌 구절까지가 제1장, 그다음 제2장을 집필하려던 중에 기와코 씨는 세상을 떠난 모양이다. 스프링 노트는 몇 군데 수정한 흔적이 있긴 했지만 거의 깨끗한 상태였다. 머릿속에서 다 완성하고 나서 썼던가 혹은 어딘가에 따로 초안을 작성했다가 옮겨 적은 게 아닐까.

읽어보니 무척 좋아하던 히구치 이치요를 염두에 둔 문체임이 분명했다. 일부러 흉내를 냈는지 아니면 심취한 나머지 닮아버렸는지는 모르겠다. 다만 화제가 점점 샛길로 빠지는 부분이나 사람 말투를 포착하는 방식이 엉뚱해서 '아, 과연 기와코 씨답다'라는 생각이 들었다. 애초 생각했던 그녀의 수다스러운 말투가 담긴 편지는 아니었지만, 읽는 내내 기와코 씨가 얘기해주는 듯한 느낌을 받았다.

기와코 씨에게 히구치 이치요를 알려준 사람이 '큰 오빠'였음을 확실히 깨달았다. 이야기꾼인 오빠가 우습고 재미나게 들려준 「키 재기」를 평생 기억했다. 그러나 '큰 오빠'는 그렇다 치고 '머리가 길고' '화려한 기모노를 입은' '작은 오빠'는 전혀 듣지 못했다. 또 가끔 방점을 찍고 끼워 넣은 은어 비슷한 단어도 그녀 입에서 튀어나온 적이 없었다. 방점이 찍히지 않은 단어 가운데 '꽁초 줍기'는 담배꽁초를 줍는 직업이겠거니 상상했지만, '꽁초 까기', '땅 긁기', '강바닥 훑기', '자리꾼', '바가지상'은 무슨 일인지 이해가 안 갔다.

기와코 씨가 부모와 헤어져 혹은 어떤 사정 때문에 맡겨져 우에노역 근처 판잣집에서 살던 시절을 회상하며 쓴 글 같았다. 도서관 이야기를 써달라고 부탁할 적마다 남에게 맡기지 말고 직접 쓰면 되지 않느냐고 대답했는데, 정말로 쓸 줄은 몰랐다. 그제야 양로원을 처음 찾았을 때 '글을 쓰고 있다'고 말했던 기억이 떠올랐다. 그게 이거였구나, 뒤늦게나마 알았다. 느닷없이 "내가 죽으면 뼛가루는 바다에 뿌려줄래?"라고 진지하게 말했던 일도 생각났다. 평소 얼빠진 사람처럼 행동하던 그녀가 보기 드물게 간절해서 적잖이 놀랐더랬다. 사토 씨한테 들은 남편 모습을 감안하면 '그래, 죽은 남편과 같은 무덤에 들어가고 싶지 않았겠구나'라는 공감이 일어 마음이 너무 아팠다.

나는 기와코 씨가 남긴 짧은 글을 한 글자 한 글자 빠짐없이 옮겼다. 읽기 쉽도록, 무심코 바꿔 쓰지 않도록 조심하며 입력했다. 그렇게 몇 번이나 읽다 보니 어느새 눈을 감으면 본 적 없는 광경이 그려졌다.

처마를 맞대고 늘어선 허름한 판잣집, 공터에서 노는 아이들, 군복을 입은 큰 오빠가 엎드려 글을 쓰는 동안 그 등에 새끼 거북이처럼 올라타서 선잠이 든 어린 소녀, 아침이 오면 돌아오는 여자 기모노를 입은 작은 오빠.

처음 내게 우에노 판잣집 생활을 털어놨을 때, 기와코 씨는 두 오빠를 한 명은 귀환병, 다른 한 명은 물장사하는 사람이었다면서 두 사람은 연인 사이였지 싶다고 했었다. 뜻밖의 이야기에 내가 과하게 놀라는 바람에 더는 말해주지 않았지만, 어린 기와코 씨를 아이 대신 키우며 부부인 양 살림을 꾸려가는 귀환병과 남창을 연상시키는 '아침에 돌아오는' 오빠가 기와코 씨 눈에도 그저 친구 사이로만 보이지 않았을 터.

이 글이 회상인지 소설인지는 불분명하다. 그 모든 것이 그녀가 만들어낸 창작일 가능성도 부정 못 한다. 기와코 씨가 쓴 글을 사토 씨에게 곧장 보여주지 않은 이유는 그 점에 확신이 없어서였다. 물론 이제 와서 어디까지가 진실인지 누구도 모를뿐더러 중요하지도 않다. 하지만 가족이 읽는다면 꽤 높은 확률로 전부 사실이라 믿어버리지 않을까. 두 여인은 어떻게 받아들일까. 사토 씨는 또 몰라도 유코 씨 얼굴을 떠올리니 어머니가 이런 글을 남겼다며 화를 낼 것 같았다.

제국도서관의 약탈 도서

1941년 12월, 아시아·태평양전쟁이 발발했다. 전쟁은 각지에서 다양한 것을 아낌없이 빼앗는다. 제국도서관은 도서관이라 서적을 빼앗았다. 제국도서관이 스스로 움직여 어딘가에서 책을 강탈하는 이상야릇한 현상이 일어난 것은 아니다. 더욱이 제국도서관의 관장과 직원이 탐나서 몸소 약탈한 것도 아니다. 하지만 제국도서관은 제국도서관이었기에 약탈 도서를 떠안게 됐다.

1941년 12월 25일. 그날은 '검은 크리스마스'라고 불린다. 일본군은 하와이, 말레이반도, 필리핀, 홍콩을 동시에 침공했다. 탄생절의 악몽. 일본군에 의해 홍콩이 함락된 날을 가리킨다. 장아이링이 「경성지련」에서 묘사한 리펄스베이호텔 공방전 등 여러 격전 끝에 영국

군은 백기를 들었다. 일본군이 점령 후 군사령부를 배치한 주룽반도 침사추이 더페닌슐라홍콩에서 영국군은 항복 문서에 서명했다.

그로부터 사흘 뒤 일이다. 대일본 제국 육군 병사 한 명이 다른 열 명 정도 병사와 함께 홍콩대학 펑핑산도서관으로 향했다. 이들은 먼저 도서관을 폐쇄하고 '대일본군 민생부 관리'라고 적힌 나무판자를 때려 박았다. 그리고 안으로 들어가 약탈할 만한 도서를 뒤지고 다녔다.

사실 남자는 도서관에 발을 들여놓자마자 그리운 책 냄새를 맡고 이내 고향이 떠올라 향수에 젖었지만 동료나 상관에게 그 사실을 털어놓을 수 없었다.

펑핑산도서관은 남자가 소집되기 전 번질나게 드나들던 우에노 제국도서관에 비해 훨씬 규모가 작은 3층 건물이었다. 안에 들어서면 바로 나타나는 열람실에 달린 묵직한 나무 문, 곡선을 그리며 위층으로 유혹하는 계단에 설치된 니스가 정성스레 칠해진 둥그스름한 목제 난간, 놋쇠로 된 아름다운 난간 장식 그리고 무엇보다 가지런히 늘어선 중후한 책장이 행군과 전투로 하루하루를 보낸 남자에게는 참으로 반갑게 느껴졌다.

도서관은 창문이 크고 몇 개나 나란히 달려 바깥에서 들어오는 햇빛이 책장에 곧장 비쳤다. 책이 망가지지 않을까, 남자는 잠시 생각하다가 아몬드 또는 사람 눈처럼 생긴 신기한 건물에 매료됐다. 목마른 자가 물을 찾는 심정으로 열람실에 더 머물고 싶었다. 그러다 입구 옆 서고에서 술렁거리는 사람들 목소리에 정신을 차리고 소총을 바로잡았다. 목소리가 들려온 서고에는 아연판으로 이중 봉한 대형 나무 상자가 쌓여 있었다.

"111개입니다!"

상자 수를 세던 병사가 큰 소리로 보고했다. 남자는 상관이 쿡쿡 찌르는 탓에 가까이 다가가 나무 상자 위에 영어로 쓰인 수신인을 소리 내어 읽었다.

"뭐라고 적혀 있어?"

상관이 남자에게 물었다.

"미국 워싱턴 주재 중국 대사 앞이라고 적혀 있습니다. '후스'라고 읽히는 것은 중국 대사의 성명으로 판단됩니다."

"미국, 중국 대사 앞이라고?"

상관의 눈이 번쩍 빛났다.

"게다가 이 엄중한 봉합이라니. 귀중한 책이라는 뜻이군."

상관은 큰 공을 세운 양 가슴을 펴며 선언했다.

"이 111개 상자에 담긴 서적은 귀중본이다. 따라서 이제부터 우리 일본군이 관리한다."

병사들은 그리 크지 않은 도서관을 샅샅이 뒤지고 나서야 철수했다. 남자는 좀처럼 발걸음이 떨어지지 않아 어느새 홀로 남아 문을 닫으려다가 문득 중국인 남성 한 명을 발견했다.

"너, 영어 할 줄 알아?"

중국인이 영어로 물었다. 조금, 남자는 대답했다. 그러자 중국인이 살짝 웃으며 말했다.

"나는 이제부터 도쿠가와 이에야스가 된다. 일본인이라면 알겠지? 두견새 이야기 말이야. 머지않아 두견새는 다시 홍콩을 위해 울 거야. 나는 그날을 기다릴 작정이야. 너희는 반드시 자멸의 길을 걸을 테고, 할복자살할 수밖에 없을 테지. 그날이 오면 나는 기꺼이 너희 목을 쳐서 숨이 끊어지게 도울 거야."

남자는 일본어 단어가 섞인 중국인의 유창한 영어를 어물쩍 흘려들으며 도서관을 나왔다. 그리고 며칠 지나지 않아 연대 동료들과 함께 자바섬으로 향했다. 그런 까닭으로 일본군이 이듬해 초 그 중국인, 홍콩대학 펑핑산도서관장 천쥔바오를 체포해 참모본부가 설치된 홍콩은행 본점으로 연행한 뒤 귀중본 목록을 작성시키고 111개 상자에 '도쿄 참모본부 귀중'이라는 라벨을 새로 붙여 일본으로 보낸 사실을 알지 못했다.

그 111개 상자에 담긴 귀중본은 육군성 참모본부에서 문부성으로, 문부성에서 제국도서관으로 차례차례 이동해 마침내 우에노에 도착한다. 그 사이 나무 상자 속 책들이 덜덜 떨며 기구한 운명을 견뎌냈음을 아는 사람은 없다. 상자 안에서 책들은 비명을 질렀다.

"우리는 앞으로 어떻게 될 것인가!"

그들 가운데 상당수는 저 멀리 난징에서 피난 온 신세였다. 귀중한 고서적이 소실되거나 해외로 유출될까 우려한 난징국립중앙도서관은 필사적으로 그들을 홍콩대학 펑핑산도서관으로 보냈다. 전쟁이 홍콩까지 다가오자 이번에는 태평양 저편 주미 대사였던 후스에게 보낼 계획이었는데, 그것이 행선지가 바뀌어 일본으로 가는 선박에 실리고 말았다. 상자 안에서 동양과 세계의 보배인 고서적들이 일제히 한숨을 내쉬었다.

태평양전쟁 당시 제국도서관에 보관된 약탈 도서 총수는 130,219권(서적 62,214부, 팸플릿 및 정기간행물 68,005부)이며, 그중 홍콩에서 빼앗은 도서는 65,900권으로 전체의 절반가량을 차지한다. 나머지 40퍼센트는 중국 대륙(도시명은 미상)에서, 10퍼센트는 싱가포르·말레이, 타이, 네덜란드령 인도네시아, 미얀마, 뉴기니·솔로몬, 필리핀 등지에서 온 약탈 도서였다.

시인 도이 반스이가
고이즈미 야쿠모(라프카디오 헌)를 기리기 위해 세운 동상

20

내가 기와코 씨의 글을 처음으로 보여준 사람은 다니나가 유노스케 군이었다. 그에게만 라인 메시지에 첨부하는 식으로 워드프로세서로 다시 작성한 문서를 보내뒀다. 혹시 유노스케 군이라면 관심을 가질지도 모른다고 생각했다. 그리고 추모회가 끝난 뒤 후루오야 선생이 데려간 호텔 바에서 그가 들려준 이야기가 마음에 걸렸기 때문이다. 기와코 씨가 어릴 적 살았을지도 모를, 우에노역 앞에 있었다던 판자촌에 대해 연구한다는 학자 친구 말이다. 업무로 바쁜 와중에도 짬을 내서 유노스케 군이 답장을 해왔다.

기와코 씨가 여장한 저를 보고도 별로 놀라지 않았던 이유를 알 것 같아요. 예대 시절 친구에게 물어보니 역시 우에노역 앞 접시꽃 부락이라 불리던 판자촌이지 싶다고 하더군요. 그 친구가 흥미로워하니 조만간 소개할게요.

얼마 지나지 않아 유노스케 군이 어떤 행사에 나를 초대했다. 야나카 낡은 민가를 개조한 공간을 사전에 소개하는 관람회였다. 민가는 2층 건물로 1층에 천연 식재료를 사용하는 뷔페 카페가 자리해 임시로 이벤트 장소로 변신하는 모양이었다. 그 옆 두 곳은 갤러리, 2층에는 옷과 잡화를 파는 아담한 상점이 들어설 예정이라고. 이 오래됐지만 새로운 공간의 코디네이터로 친구가 참여해서 관람회에서 만나게 해준다는 이야기였다.

관람회는 저녁때였다. 행사장은 예전에 기와코 씨가 살던 목조 주택에서 그리 멀지 않은 센다기 근처에 위치했다. 야네센야나카, 네즈, 센다기의 줄임말 일대는 날이 갈수록 새 가게들이 늘어나며 젊은 사람이 모여드는 도쿄 문화 발신지로 자리매김하는 중이다. 오래된 민가는 한때 웬만큼 사는 인물이 거주했을 법한 넓이로 카페 옆에 작은 정원이 딸려 있었다. 큰길에서 쑥 들어간 골목에 면해 지금은 사라진 그 목조 주택 기억을 살짝 되살렸다.

이날은 기자와 관계자를 초청한 자리라 카페에는 미니 샌드위치와 과일, 치즈 등이 센스 있게 차려진 데다 샴페인까지 나왔고 갤러리에서는 아프리카 민속 악기라는 우두드럼 공연이 펼쳐졌다. 일본인 연주자였음에도 토기 또는 항아리처럼 생긴 악기를 손바닥으로 각도를 맞춰 두드리는 모습은 무척 이국적이었다. 보잉, 보잉, 두룽, 두룽 하는 독특한 소리가 쇼와시대 초 지어진 민가를 개조한 멋들어진 공간에 울려 퍼지니 신기했다.

연주가 끝나고 사람들이 음식을 집어 먹으며 대화를 즐기자 하이힐에 원피스라는 보수적인 아가씨 차림을 한 키 큰 유노스케 군이 작은 체구에 민첩해 보이는 남성과 함께 다가왔다. 감색 폴로셔츠와 청바지를 입은 그 사람은 밖에 나가는 일이 잦은지 학자치고는 피부가 그을려 있었다. 인기인답게 여러 사람과 인사를 주고받느라 좀처럼 이쪽에 다다르지 못하자 너무 늦어질까 걱정된 유노스케 군이 잡아끌다시피 데려오는데, 왠지 좀 코믹했다.

"이쪽이 일전에 말했던 소설가인……." 가까스로 도착한 유노스케 군이 소개를 끝마치기도 전에 "아, 저 최근 신문에서 에세이를 읽었어요, 그저께쯤이었던가." 붙임성 좋게 말을 건네는 다소 동안인 오리베라는 이름의 학자는 타인에게 호감 사는 데 능숙한 사람이었다.

328

"그나저나 두 분의 친구라는 여성분은 연세가 어떻게 되셨나요?"

그날 뭘 화제로 삼아야 하는지 정확히 아는 오리베 씨는 사근사근해도 시간 낭비 없는 태도로 질문을 던졌다.

"확실히는 모르는데, 아마도 돌아가셨을 때 70대 초반이었을 거예요."

"그렇군요. 종전한 해에는 서너 살 정도였으려나."

"음, 아니면 두세 살?"

"몇 살까지 그곳에서 지내셨나요?"

"그것도 분명하진 않아요. 미야자키에 사는 부모 품으로 돌아간 뒤 1950년 소인이 찍힌 엽서를 받았으니, 그 직전까지 머물지 않았을까 해요."

"그럼 기억한다고 치고 일고여덟 살께인가. 만나뵀고 싶네요. 2년 전에 돌아가셨다고요?"

나와 유노스케 군은 동시에 고개를 끄덕였다.

"살아 계셨으면 여러 가지 물어보고 싶었는데."

오리베 씨는 정말 아쉬워하며 말을 이어갔다.

"접시꽃 부락은 아마도 전후에 형성되기 시작해서, 명확하게 커뮤니티 형태를 갖춘 시기는 종전 후 사오 년이 지나서입니다. 그전까지는 집이 불타버린 사람이나 전쟁고아 등이 자연 발생적으로 정착한 곳이었어요. 이른바 전후 시대가 일단 안정되면서 부락민이 확 늘어났죠. 1950년이 분기점으로 1951년에는 접시꽃 부락 자치회 발대식이 열렸다고 하더군요. 1953년 비교적 제대로 된 조사가 이루어졌는데, 자치회 조직도 튼튼하고 신문도 발행했어요."

"신문이라!"

"네. 1953년 조사 직전까지 국가공무원이 세 명 거주했다는 기록도 있습니다."

"국가공무원이요?"

"국가공무원이라면 가난하다고 할 수 없겠지만, 대체로 소득이 낮은 가난한 사람들이 사는 지역이었음은 틀림없어요. 조사가 있은 지 3년 후 판자촌 북쪽 일대가 불에 타서 사람이 살지 못하게 됐죠."

"화재?"

"화재 때문이랄까, 실제로는 점점 전후로부터 멀어지고 풍요로워지는 가운데 도쿄 중심에 자리한 판자촌이 거슬렸던 도쿄도가 철거를 강제 집행한 모양이에요."

"사람이 살고 있는데요?"

"주민을 설득해 다른 곳으로 이전하는 방안을 추진하는 일련의 흐름 속에서 퇴거 시한이 지나자 벌인 일이겠지만, 뭐, 심하긴 했죠. 불탄 판잣집을 철거한 땅에 도쿄도가 그해 '다케노다이회관'이라는 건물을 세웠는데, 애당초 그 땅에 살던 부락민의 새로운 보금자리였다가 점차 다양한 사람이 들어와 살았다고 해요."

"접시꽃 부락 사람들만이 아니라?"

유노스케 군이 끼어들었다.

"처음 들어온 주민은 1년 안에 나가라고 했다더라고."

"그 새 건물에서? 공영주택으로 지어진 게 아니었나요?"

"아니, 어느 쪽인가 하면 임시 주택이었죠. 결국 1년 뒤 판자촌 남쪽마저 철거되면서 접시꽃 부락 역사는 끝나요."

"국립서양미술관이 2년 지나 들어섰고, 도쿄문화회관도 그쯤이었죠."

"다만 다케노다이회관은 꽤 오랫동안 있었어요. 도쿄도는 다른 이주처를 찾아 빨리 나가라는 입장이었지만, 나가지 않고 버티는 사람에 새로 흘러 들어오는 사람이 더해져서. 나중엔 남창이 사는 숙소도 생겨서 '남색 연립주택'이라고 불렸대요. 1987년에 철거됐던가."

"어라, 우리가 태어나고 나서잖아."

"맞아. 그래서 남색 연립주택을 또렷하게 기억하는 사람이 아직 많아. 그쪽 이미지가 너무 강해서 원래 접시꽃 부락 이미지를 덮어버렸지만, 옛날 자료를 읽어본 바로는 꽤 제대로 자치 조직을 운영했어. 뭐, 시대가 시대니만큼 다양한 사람이 살았겠지."

짧은 시간 오리베 씨는 이런저런 설명을 해주더니 더 알고 싶으면 연락을 달라고 했다. 우리는 명함을 주고받았다.

"기와코 씨 손녀, 다음에 언제 온대?"

유노스케 군이 돌아가는 길에 물었다.

"모르겠네. 만나고 싶어?"

"어. 도쿄에 오면 다 같이 보자."

마음씨 고운 유노스케 군은 그렇게 말하고 돌아갔다. '다 같이'란 누구를 가리키는지 불분명했다. 후루오야 선생을 사토 씨에게 어떻게 설명해야 좋을지는 전혀 해결되지 않은 채였다.

나는 새삼스레 기와코 씨를 막 알게 됐을 무렵을 떠올렸다. 기와코 씨는 우에노공원 벤치에 나를 앉히고 "자, 눈을 감아봐"라며 말했더랬다. 우에노공원에 자리한 미술관이니 음악당이니 하는 건물이 전부 없다고 상상해봐, 모든 것을 지운 그 자리에 간에이지가 나타날 거야, 라고 알려줬다. 어쩌면 그때 그녀의 감긴 눈 속에는 미술관이나 음악당이 들어서지 않았던 시절, 간에이지 묘지였던 땅에 세워진 판자촌 풍경이 펼쳐지지 않았을까.

「도서관의 고아」라는, 시인 듯 동화인 듯한 글을 복사해 작업실에 붙였다. 작업실 컴퓨터 뒤편 벽에 부착된 꽤 커다란 코르크 보드는 달력이나 시사회 통지, 갈 예정인 음악회나 연극 티켓, 청탁받은 원고 기획서 등이 늘 다닥다닥했다. 다만 위쪽은 손이 닿지 않아 텅 비어 있었다. 키 높이에 맞는 곳은 자주 교체했지만 달력 위 널찍한 공간은 지금이나 앞으로나 달리 뭔가를 붙일 일이 없을 것 같아서 일부러 접이 사다리까지 꺼내 해치웠다. 「도서관의 고아」 복사본을 붙인 데 별다른 의미는 없었다. 그저 눈앞에 두기만 해도 아직 시작하지 않은, 언젠가 쓸 소설을 위한 준비라고 할까, 목표라고 할까, 작으나마 속죄하는 기분이 들었다.

"도서관의 고아, 기우치 료헤이 지음, 스미야 지로 그림."

그러는 김에 문득 생각나서 이소모리 씨로부터 받은 기와코 씨 유품 가운데 오래된 엽서를 복사한 종이를 옆에 붙였다. 줄줄이 나열된 기묘한 숫자와 "수수께끼입니다, 풀어보렴"이라는 문장, 사람을 놀리는 듯한 이상한 엽서였다. 사토 씨에게 주려고 종이 한 장에 복사한 탓에 앞면과 뒷면이 조금 'ハ' 자 모양을 그리며 위치했다. 앞면에는 수신인 주소와 '이토 기와코', 발신인 '瓜生平吉'라는 이름이 적혀 있었다. 두 개 이름을 멍하니 바라보는데 어딘가 이상한 느낌이 들었지만, 딱히 위화감이 뭔지 깊이 생각하지 않았다. 하루하루 일에 쫓기는 신세라 그대로 잊은 채 컴퓨터만 쳐다보며 며칠을 보냈다.

그래서 특별한 계기가 있던 것은 아니었다. 어느 날 살짝 피곤해 자리에서 일어나 머그잔에 커피를 따라 들고 와 다시 앉았다. 곧바로 일에 복귀할 마음이 들지 않아 커피를 마시며 위쪽을 올려다봤다. 순간 「도서관의 고아」 복사본이 눈에 들어왔다. 이름이 네 개네, 별 의미 없이 생각했다.

기우치 료헤이
스미야 지로
이토 기와코
瓜生平吉

그제서야 위화감이 든 이유를 알아챘다. 왜 '瓜生平吉'만 한자인 걸까. 어째서 어린 기와코 씨에게 보내는데 '우류 헤이기치'라고 히라가나로 쓰지 않았을까. 별 의미가 없을지도 몰랐다. 수신인은 아이가 읽을 수 있도록 히나가라로 적었지만, 자기 이름을 쓸 때는 배려를 하지 않았다. 그뿐일지도 모른다. 하지만 머릿속에서 이름 네 개를 전부 히라가나로 바꿔보니 갑자기 뭔가가 떠올랐다. 서둘러 펜꽂이에서 사인펜을 꺼내 들고 책상 위 널브러진 메모지를 한 장 찢어 적어봤다.

기우치료헤이
우류헤이기치

작은 발견에 웃음이 절로 나왔다. '기우치료헤이'는 '우류 헤이기치'의 애너그램이다. '료'와 '류'가 다를 뿐 나머지 철자는 순서 교환이 가능하다. 다른 사람이 아니다. 두 사람은 동일 인물이다. 물론 애초부터 기우치 료헤이는 기와코 씨가 말한 큰 오빠가 아닐까 싶었는데, 추측에 불과했던 일이 증명됐다. 「도서관의 고아」의 엉뚱한 유머와 아이에게 "수수께끼입니다"라는 엽서를 보낸 센스는 통하는 부분이 있다. 게다가 수수께끼를 좋아한다. 아무래도 애너그램을 필명으로 삼은 모양이다.

기와코 씨는 학교 도서관에서 큰 오빠가 쓴 동화를 찾아냈다. 작가 이름을 기억하지 못한 이유는 큰 오빠 이름이 아니었기 때문임에 틀림없다. 나는 발견이라고 말하기도 쑥스러운 작은 깨달음을 누군가와 공유하고 싶어 사토 씨에게 메시지를 보냈다. 곧바로 귀여운 이모티콘이 도착했다. 뭉크의 「절규」를 연상시키는, 깜짝 놀라 입을 떡 벌린 외계인 캐릭터가 "Wow!" 감탄하는 모습이었다. 잠시 후 메시지가 연달아 들어왔다.

> 정말이네. 과연 수수께끼의 오빠군요! 기와코 씨는 우류 헤이기치라는 이름은 기억해도 기우치 료헤이는 짚이는 데가 없으니 잊어버렸나 봐요.

흠, 흠.

오빠 이름이 아니었다는 사실만, 왜 아닐까 헤아리다가
머릿속에 남은 거겠죠, 아마도.

'흠, 흠'은 같은 외계인 캐릭터가 턱에 손을 대고 생각에
잠긴 이모티콘이었다. 사토 씨가 보낸 답신에 한껏 기분이
좋아진 나는 차분히 일상에 열중하며 한동안 이 일을 잊고
지냈다. 이삼 주 지나고 나서 돌연 새로운 메시지가 왔다.

어째서 기와코 씨의 어머니는 화를 내며 그 그림책을 버
렸을까요? 이래저래 생각하다 보니……. 전화할게요.

전화할게요, 하던 사토 씨로부터 막상 전화가 걸려 온 것
은 그 주 주말이었다.

동물 대소동②

우에노동물원은 제국도서관에서 불과 200미터 정도 떨어진 곳에 있었기에 아름다운 도서관 지붕이 바라다보였다. 그날 밤, 통키와 함께 운동장으로 내몰린 코끼리 하나코는 아름다운 암컷 흑표범과, 7년 전 역시나 달이 빛나던 밤에 이야기를 나누던 일을 떠올렸다.

"위기가 다가오고 있음을 알아챈 건 우리 동물뿐이야. 당신이 생각하고 싶다면 시간은 아직 있어."

그때 흑표범은 이렇게 말했다. 하나코는 힘없이 고개를 떨구며 자신을 저주했다. 어쩌면 그녀가 옳았는지도 모른다. 우리들은 모두 우리를 부수고 거리로 뛰어나가야 했는지도 모른다. 눈에 보이는 온갖 것을 발로 걷어차고 밟아 뭉개야 했는지도 모른다. 아무리 생각해도 아무것도 하지 못한다면. 이렇게 될 줄 알았으면.

　이런 날을 맞이해야 했다면 그 아름다운 암컷 흑표범처럼 빨리 죽어버리고 싶었다고, 하나코는 후회했다. 흑표범은 우리를 벗어나 도망치려다 실패하고 붙잡힌 지 4년 후, 아직 인간이 전쟁의 진짜 무서움을 깨닫기 전, 미국이나 영국과 전쟁을 벌이기 전, 황기 2600년 축하 분위기로 도쿄가 화려하게 들썩이던 1940년 우리 안에서 쓸쓸히 생을 마감했다.

　하나코는 조용히 눈물을 흘렸다. 코끼리 사육장에서는 코끼리 존의 사체 해부가 진행되고 있었다. 단식 끝에 굶어 죽은 존의 최후는 그저 땅에 드러누워 미동도 하지 않고 소리도 내지 않았지만, 하나코에게는 그리고 통키에게는 존의 비명이 들리는 것 같았다.

　"진정해, 존. 제발 부탁이야. 난폭하게 굴면 위험한 동물로 여겨질 거야." 그렇게 하나코는 존의 분노를 달래려고 애쓴 적이 있었다. 아직 존에게 저항할 체력이 남았을 때다. 달래지 말았어야 했다. 분노에 몸을 맡기고 싶어 하던 존의 마음이 맑은 밤공기를 타고 이제 하나코에게 전해져온다.

　"어찌 침착할 수 있겠어! 하나코, 넌 아무것도 몰라. 앞으로 무서운 일이 일어날 거야. 놈들은 지독한 짓을 저지를 거야."

　"알아. 작년 봄에 둘리틀 공습이 있었잖아. 공습으로 우리가 망가져서 동물이 도망치면 인간이 위험에 빠지니까, 우리들을 어떻게 처분할지 고민하기 시작했지."

"그것만이 아니야, 하나코. 넌 절반도 알지 못해."

"알아. 벌써 7년이나 전부터 생각을 거듭해서 사육사들을 압박하고 있어. 어딘가 다른 동물원으로 옮길 수 없을까 하고. 확실히 도쿄는 적의 표적이 되기 쉬우니……."

"하나코. 눈을 뜨고 현실을 봐. 커다란 귀를 더 크게 펼쳐 놈들 목소리를 들어. 나는 지금 당장 여기에서 뛰쳐나가 인간들을 물어 죽이고 싶어!"

"존! 무슨 소리야! 코끼리는 초식동물이야!"

"그래서 뭐, 뭐 어쩌라고!"

존이 분노에 휩싸여 휘두른 코가 하나코 귀에 부딪혔다.

"아파! 뭐 하는 거야!"

"아! 너를 맞힐 작정은 아니었어. 너를 해칠 생각은 없었어. 하나코!"

존의 어깨가 축 처졌다. 통키는 어찌할 바를 몰라 그저 침실 안을 이리저리 돌아다녔다.

"하나코. 잘 들어. 지금 일어나는 일은 네가 생각하는 것보다 훨씬 더 심각해. 놈들이 우리들을 죽이려는 이유는 인간에게 위험해서가 아니야. 공습으로 우리가 망가질까 봐도 아니야. 식량이 줄어드는 것과도 관계없어. 다른 이유가 있어."

"다른 이유?"

"젠장. 이게!"

존은 앞다리에 채워진 쇠사슬이 분해서 코로 세차게 때렸다. 존은 초조했다. 진심으로 화가 났다. 코를 휘두르고 발을 동동 구르며 분노를 감추지 않았다. 존의 폭주를 두려워한 인간이 다리에 쇠사슬을 묶었다. 존은 사나운 악마처럼 거칠게 저항했다.

"있잖아, 하나코. 녀석들이 우리를 죽이려는 이유는 우리가 위험해서가 아니야. 놈들이 전쟁을 원하기 때문이야. 전쟁의 씨앗을 아이들 마음에 심기 위해서야."

"잘 모르겠어."

"자, 동물을 보며 평온을 느끼는 날은 이제 끝났습니다. 우리나라는 전쟁을 하고 있습니다. 전쟁에는 희생이 필요합니다. 나라를 위해 목숨을 바칠 각오가 필요합니다. 동물도 죽습니다. 국가를 위해 죽는 것입니다. 숭고한 희생입니다. 이런 희생을 강요하는 자는 밉디미운 적입니다. 자, 무기를 들고 한 명이라도 더 많은 적을 죽입시다."

"무슨 뜻인지 잘 모르겠지만, 폭격으로 우리가 부서지면 우리들이 도망칠까 봐서가 아니야?"

"폭격과 관계없어. 전의를 고취하기 위해 우리 동물은 죽임당하는 거야."

"우리가 죽는 것과 적이 이러쿵저러쿵하는 건 상관없잖아?"

"없지! 하지만 그런 이유로 죽임을 당하는 거야. 넨장맞을, 이 쇠사슬만 없으면 지금 당장 나가 인간들을 짓밟아버릴 텐데."

단식 17일째 되는 날, 존은 죽었다. 코끼리 사체를 밖으로 실어낼 수 없었기에 오전 11시부터 해부에 들어갔다. 해부 작업은 심야까지 이르렀고 퉁키와 하나코는 운동장으로 내쫓겼다. 퉁키와 하나코의 먹이가 끊긴 건 이날로부터 5일 전이었다.

1943년 8월 16일, 우에노동물원 후쿠다 사부로 원장 대리는 오다치 시게오 도쿄도장관으로부터 '맹수 처분'이란 엄명을 받았다. 참고로 같은 해 7월, 전시 수도 기능을 강화하기 위해 도쿄도제가 탄생해 도쿄부는 도쿄도로 명칭을 바꿨다. 마침내 올 것이 왔다고, 후쿠다 원장 대리는 생각했다. '한 달 안에 독살하라'는 명령이었다.

"말해두는데, 전쟁 상황이 악화해서가 아니야. 그렇게 알려지면 곤란하니 조심하도록."

오다치 도장관은 신신당부했다. 그럼 왜? 라는 질문을 후쿠다 원장 대리는 가슴에 묻었다. 후쿠다 원장 대리와 이노시타 기요시 공원 과장은 어떻게든 맹수를 일부만이라도 살리고 싶었다. 이 문제가 부상하기 전부터 두 사람은 귓가에서 줄곧 코끼리 하나코가 속삭이는 듯한 느낌을 받았고, '동물 대피'라는 선택지를 항상 염두에 뒀다.

센다이시동물원의 호사와 원장과 나고야 히가시야마동물원의 기타오 원장이 답신을 보내왔다. 센다이 쪽에서 코끼리를 양도받겠다는 의사를 표시해 다바타역 화물계 사토 주임과 상의한 뒤 운반비 등 185엔, 저녁 다바타를 출발해 다음 날 정오 센다이 도착이라는 계획을 짰다. 센다이시동물원으로부터 온 이시이 관리사가 직접 세부 사항을 챙겼다.

'코끼리를 죽이지 않아도 된다!' 원장 대리는 남몰래 눈물을 흘렸다. 그런데 이 일을 보고하러 도청에 들어간 공원 과장에게 도장관이 일갈했다.

"허락 못 해. 맹수는 독살. 예외 없음!"

"코끼리는 엄밀히 말해 맹수라기보다는 초식동물이에요. 시골에서 풀을 뜯어 먹으며 살아갈 수 있는 온순한 동물……."

"온순하든 말든 상관없어!"

도장관은 목소리를 곤두세웠다.

"자네들, 내지에 사는 인간들은 참 물러. 인식이 너무 안이해. 나는 이 직책을 맡기 전에 쇼난특별시(싱가포르) 시장으로 복무했다. 외지에 있으면 전장의 참혹과 우리 군의 곤경이 고스란히 전해져온다."

"전황은 악화하지 않았다고, 일전에 말씀하시지 않았습니까?"

"이기고 있다! 당연하잖아. 대일본 제국군의 승리는 당연한 일이다!"

"예?"

"전쟁은 물론 우리 군이 압도하고 있다. 다만 과달카날의 고뇌에 찬 퇴각, 야마모토 이소로쿠 원수의 전사, 애투섬의 옥쇄를 봐라. 그냥 건성건성 이기고 있는 게 아니다. 목숨을 걸고 희생을 치르며 승리하고 있다! 결사 각오, 불같은 정신, 이걸로 전황을 유리하게 이끄는 거다. 멍하니 곰이 느긋하다느니 코끼리가 귀엽다느니 말하던 시대는 끝났다."

"하지만……."

"내지에 있는, 후방 국민도 좀 더 각오를 다지길 바란다. 그래, 목숨을 버릴 각오를 해야 해. 느슨해, 이 나라 사람들은 너무 느슨해. 미적지근한 각오로는 성전을 이기지 못한다. 동물들 역시 죽어야 한다, 나라를 위해 죽어줘야 한다. 코끼리 대피? 헛소리는 집어치워라. 예외는 일절 인정하지 않겠다. 맹수는 독살, 이상!"

전후 『불쌍한 코끼리』라는 반전 그림책이 베스트셀러/스테디셀러가 됐다. 그 그림책에는 동물들이 죽임당한 진짜 이유는 그려져 있지 않았다. 그리고 불쌍한 동물은 코끼리뿐만이 아니었다. 만주불곰, 반달가슴곰, 사자, 표범, 아시아흑곰, 호랑이, 흑표범, 치타, 말레이곰, 북극곰, 아메리카들소, 비단뱀, 방울뱀, 코끼리. 총 열네 종 스물일곱 마리가 살해됐다. 독살에는 질산스트리크닌이 사용됐다. 그래도 죽지 않으면 창으로 찔러 죽이거나 잠든 틈을 노려 목에 밧줄을 친친 감아 질식사시켰다. 생후 6개월이 채 되지 않은 새끼 표범마저 죽였다.

9월 4일, 위령제가 열렸다. '시국 사신 동물時局捨身動物'. 처분된 동물들에게 붙은 이름이었다. 마치 동물이 스스로 원해서 제 몸을 희생물로 바친 것처럼. 위령제가 엄숙하게 진행되는 가운데 흑백 줄무늬 장막을 쳐서 가린 코끼리 사육장 안에는 인도코끼리 암컷 두 마리가 아직 살아 있었다. 쇠한 몸으로 독이 발라진 감자를 받아 던지는 재주를 부려 사육사들 양심을 콕콕 찌르면서 굶주림에 시달리던 하나코와 통키는 살아 있었다.

마지막 맹수인 하나코는 9월 11일, 통키는 23일에 숨졌다. 하나코보다 통키가 굶어 죽기까지 시간이 더 걸린 이유는 쇠약해지는 코끼리를 보다 못한 사육사가 눈을 속여가며 조금씩 먹이를 주었기 때문이라고. 1943년 8월부터 9월까지 제국도서관에서 불과 200미터 떨어진 곳에서 일어난 비극이었다. 이 무렵 제국도서관에서도 역시 '시국'에 농락당한 어떤 계획이 실행되려고 했다.

　사토 씨는 토요일 오후에 전화를 걸어왔다. 그날 오후 내
내 우리는 이야기를 나눴다. 사토 씨는 지난 주말 미야자키
에 돌아가 큰할아버지 장례식에 참석했다고 했다.

　"솔직히 말해 한 번도 만난 적이 없는 분이었어요. 어머
니가 라인으로 연락해선 거의 교류하지 않았지만 우리 집이
고향에서 장사를 하는 이상 결례를 범할 순 없다느니 뭐니
하는데. 조금 흥미가 생기더라고요."

　그 돌아가신 큰할아버지는 기와코 씨의 의붓오빠였다.
유코 씨는 영결식에 가라면서 장례가 치러질 절 이름까지
적어줬다. 사토 씨는 절 연락처를 조사해 전화로 장례 일정

을 확인했다. 상주는 고인의 장남이 맡았는데, 농협 사무직원인지 절에 놓인 화환 대부분이 농협 관계자가 보낸 것이었다. 조문객 역시 거의 다 상주의 지인들로 인망이 두터운 편인지 밤인데도 식장이 붐볐다. 사토 씨는 접수처 '일반인' 장부에 이름과 주소를 적고 부의금 봉투를 건넸다.

영정 사진을 봐도 별다른 감정이 일지 않았다. 친오빠는 아니어도 사촌인 만큼 얼굴에 닮은 구석이 있을까 싶어 찾아봤지만 기와코 씨와의 공통점은 보이지 않았다. 분향을 마치고 상주의 인사말을 들었다. 이토 히로카즈라는 고인은 말수가 적고 성실한 사람이었던 모양이다. 줄곧 아들이 본 아버지 모습만 이야기할 뿐 어린 시절 아버지에 대해서는 일절 언급하지 않았기에 기와코 씨 이름이 나올 리가 없었다. 당연히 어울리지 않는 곳에 와버렸다고 느꼈다.

사실 사토 씨가 영결식에 참석한 목적은 따로 있었다. 그래서 상복 입은 무리와 함께 조문객에게 음식을 대접하는 방으로 이동해 적당한 자리를 찾아 앉았다. 주변 사람들이 화기애애하게 주고받는 대화를 흘려들으며 사토 씨는 생각에 잠겼다. 이 중에 기와코 씨를 아는 사람이 있지 않을까. 나이가 많은 고인의 오랜 지인이라면 알고 있을 게 틀림없다.

일단 주위부터 붙임성 좋게 말을 걸어봤다. 웬걸, 아무도 기와코 씨를 몰랐다. 고인에게 여동생이 있다고 하자 없다고 단언하는 사람도 있었다. 사근사근한 노부인에게 고인의 친척이나 지인은 오지 않았느냐고 물었더니 히로카즈 씨는 그다지 사교적이지 않은 사람이라 오늘은 아들내미 지인들뿐이라는 대답이 돌아왔다. 히로카즈는 고인의 이름이었다. 친가 쪽은 마사카즈 씨만 왔나 봐, 노부인과 함께 온 백발노인이 알려줬다.

"마사카즈 씨?" 좌석을 둘러보니 구석에 홀로 우두커니 앉아 있는 노인이 눈에 들어왔다.

"히로카즈 씨의 동생이야. 마사카즈 씨랑 히로카즈 씨, 사이가 안 좋았던가. 혼자서 술을 마시네."

기와코 씨의 또 다른 오빠를 찾아낸 사토 씨는 마음이 끌려 고고한 노인에게 다가갔다. "안녕하세요?" 인사하자 노인은 힐끗 쳐다보며 "누구? 농협 직원이야?"라고 물었다.

"저요? 저는 히로카즈 씨의 여동생의 손녀입니다."

술기운을 빌려 사토 씨는 그렇게 대답했다.

"누구?" 노인은 조금 놀란 얼굴로 되물었다.

"기와코의 손녀라고? 어째서 여기에 기와코의 손녀가 있는 거지?"

아, 이 사람은 기와코 씨를 아는구나. 어쩐지 가슴이 두근거려서 사토 씨는 되도록 침착하려 애썼다.

"제가 있으면 안 되나요? 괜찮죠?"

"진짜로 기와코의 손녀야?"

사토 씨는 고개를 끄덕였다. 노인은 정말 깜짝 놀랐는지 얼마간 말을 잇지 못했다.

기와코 씨의 이야기를 듣고 싶다고, 사토 씨는 말했다. 자신은 요시다 기와코의 딸인 유코의 딸이며, 철이 들 무렵 이미 기와코 씨는 도쿄에 살아서 할머니 얼굴도 모른 채 자랐고 할아버지가 돌아가셨을 때 한 번, 그 후 도쿄에서 한 번 만났을 뿐으로 어머니로부터 기와코 씨에 대한 일은 거의 듣지 못했다고 털어놨다. 그 말에 노인은 잠시 뜸을 들이더니 "나도 잘 몰라"라며 이야기를 시작했다.

―기와코는 말이야, 내가 소학교 5학년인지 6학년일 때 갑자기 나타났어. 전쟁이 끝난 지 5년쯤 됐던가. 오늘부터 함께 살 여동생이야, 라고 해도 5학년이면 진짜인지 아닌지 알잖아. 여자아이와 말 섞기도 귀찮을 나이에 느닷없이 집에서 같이 산다고 생각하니 난감했지.

기와코는 말라깽이에다 피부가 거무스름하고 눈이 부리부리했어. 공교롭게도 이쪽 사투리를 못 알아들었어. 무슨 말을 해도 멍한 얼굴로 가만히 있는데. 반응이 느리니까 짜증이 나서 자주 괴롭혔어.

얼마 지나지 않아 우리가 하는 말을 알아듣게 됐지만, 고

집을 부리며 절대 사투리로 말하지 않는 거야. 그렇다고 표준어를 쓰면 괴롭힘을 당할 게 뻔하니 아예 말을 안 했지.

고자질조차 하지 않는다는 사실을 알았기에 기와코에게 누명을 씌운 적도 몇 번 있었어. 내가 주모자는 아니었어, 그런 일은 항상 한 살 위인 히로카즈가 결정했어. 잔돈을 훔치거나 음식을 슬쩍하거나, 사소한 일이었지. 어머니에게 혼나면서도 자신이 한 짓이 아니라고 말하지 않더라고. 혼자 있을 때 옆으로 돌아서서 두 눈을 뜬 채로 눈물을 흘리는 모습을 종종 봤어. 남들 앞에서는 결코 울지 않았어. 귀염성이 전혀 없었달까. 지금 생각하면 나쁜 짓을 했구나 싶은데, 아이란 그런 존재잖아.

중학교를 거쳐 고등학교를 마치더니 취직해서 집을 나갔어. 그다지 집에 오지도 않았지. 결혼식에도 안 갔어. 같이 살았다고 해도 고작 수년이라 아는 게 없어. 기와코는 작고 말랐지만 어딘가 어른스러운 구석이 있어 나보다 어리다는 느낌이 들지 않았어. 함께 놀았던 기억은 없지만. 기와코는 어떻게 지내?—

돌아가셨다고 대답하자 마사카즈 씨는 일순 놀란 표정을 지었다. 유코 씨는 사업상 체면을 신경 썼고 명함이나 주소만 주고받은 사이라도 예의를 지키는 성격이었기에 분명

부고 엽서를 보냈을 터였다. 별로 친하지 않은 사람한테 온 부고 엽서라서 대충 훑고 곧장 잊어버린 걸까. 아니면 엽서 자체를 읽지 않은 걸까. 그날 분위기로 보아 '마사카즈'라는 사람이 친인척에게 그다지 좋은 평가를 받지 못하는 존재임 은 사토 씨도 눈치챘다.

기와코 씨의 어머니가 당신들 아버지와 재혼하기 전, 남 동생 즉 삼촌과 결혼했단 사실을 알았느냐고 묻자 들은 적 있다고 했다. 삼촌을 만나봤는지 물었더니 없다면서 전사했 다고 들었다는 대답이 돌아왔다. 기와코 씨가 도쿄에서 살 던 시절에 대해 아는 게 있느냐고 묻자 조금 의외의 대답을 내놨다. 도쿄에서 온 체하고 싶어서 고집스레 도쿄말을 쓰 긴 했지만, 그건 어린아이가 흔히 하는 엉뚱한 수작이었다 는 말이었다.

우에노에 있었다는 얘기를 듣지 못했느냐고 되묻자 왜 그런 질문을 하는지 모르겠는지 어리둥절한 얼굴로 고개를 절레절레 저었다. 그러고는 노인의 화제는 기와코가 아닌 히로카즈로 넘어갔다. 슬슬 물러날 때라고 판단한 사토 씨 는 곧바로 자리를 떴다. 머릿속에 의문만 가득한 채. 전화기 너머로 입을 삐죽 내민 얼굴이 보이는 듯했다.

"마사카즈 씨는 기와코 씨가 우에노에 산 적이 없다고 했어요. 한때 기와코 씨가 그런 거짓말을 했다면서. 그짓부링이를 좋아하는 아이였어, 라고 하더군요."

"그짓부링이?"

"그짓부링이는 거짓말이란 뜻이에요. 기와코 씨가 끈질기게 표준어밖에 안 쓰니까, 그거랑 연결해서 전부 나쁘게 기억하는 것 같아요."

이상하죠, 사토 씨는 중얼거렸다. 마사카즈 씨의 이야기를 어디까지 믿어야 할지 모르겠지만, 그쪽이야말로 거짓말하는 것처럼 보이지 않았다고 덧붙였다. 우리는 기와코 씨의 어머니가 오빠에게 일부러 알리지 않았다고, 결론 내렸다.

기와코 씨의 출생지는 도쿄도 혼고구 근처. 유코 씨가 그녀의 호적을 조사했을 때 밝혀진 사실이다. 그 지역도 전란에 시달린다. 다만 전쟁으로 말미암은 재난을 겪을 무렵 기와코 씨와 어머니가 혼고구에 머물렀는지는 확실하지 않다. 호적에 따르면 기와코 씨의 어머니가 미야자키로 시집온 것은 전후인 1947년. 기와코 씨를 데려오기까지 3년이란 공백이 있다. 그 3년이 우에노 시절이었지 싶은데, 가족들 사이에선 없던 일이 되어 공란으로 남은 걸까. 기와코 씨가 살던 곳이 도쿄도 아니고 우에노도 아니라면, 그녀는 어디에서 무엇을 했단 말인가.

"기와코 씨의 어머니가 「도서관의 고아」가 실려 있던, 학교 도서관에서 빌린 그림책을 버렸다고 전에 말했잖아요."

머릿속 의문을 정리하며 사토 씨가 말했다.

"기와코 씨의 우에노 시절을 흑역사라고 여겼기 때문일까요?"

"흑역사?"

"네, 감추고 싶은 과거라고 할까. 없던 일로 하고 싶은 과거 말이에요. 잘은 모르겠지만. 어머니 입장에서는 잊고 싶었겠죠. 잘은 모르겠지만. 그래서 아들들에게도 말하지 않고, 누구에게도 말하지 않은 채 미야자키에 오기 전 살던 곳은 도쿄가 아니야, 같은 이야기를 했던 게 아닐까요. 도쿄가 아니라 어디인지는 모르겠지만요. 그 까닭에「도서관의 고아」를 보자마자 불같이 화를 냈을지도 몰라요."

사토 씨가 되풀이하는 '잘은 모르겠지만'을 곱씹으며 기와코 씨에게는 공백이 아닌 그 나날이 어떤 시간이었을지 생각했다. 노인한테서 들은 '그짓부링이를 좋아하는 아이였어'라는 말이 왠지 모르게 귓가에 맴돌았다.

그짓부링이를 좋아하는 아이였다.

거짓말을 좋아하는 아이였다.

노인의 부정적 뉘앙스를 직접 받아들이지 않은 나는 오히려 내가 아는 기와코 씨를 잘 표현한 듯싶었다.

그리고 장서는 여행을 떠나다

머나먼 바다를 건너 일본으로 도착한 약탈 도서가 담긴 상자는 우에노 제국도서관 한구석에 쌓였다. 대부분이 중국 대륙을 거쳐 홍콩에 다다른 뒤 다시 일본으로 옮겨졌음은 이미 썼다. 제국도서관 장서들은 먼 길을 오느라고 피폐해진 귀중본들에게 동정을 금치 못했다. 원래 도서관 책은 그렇게 여행을 하는 존재가 아니다. 서고에 묵직이 자리 잡고 앉아 관내 대출에 응하는 것이 기본이며, 관외 대출되더라도 정확히 기한을 정해 반납하는 것이 규칙이다. 하지만 눈치 빠른 제국도서관 장서들은 알아채고 말았다. 약탈 도서의 여정이 결코 남의 일이 아님을.

우에노동물원에 '맹수 독살' 명령이 내려지고 '동물 대피' 제안이

기각된 지 두 달 후인 1943년 10월, 제국도서관은 귀중 도서 약 10만 권을 대피시킬 계획을 세운다.

"작년 봄에 둘리틀 공습이 있었잖아."

"우리 제국도서관이 아무리 견고하다고 해도."

"만약의 사태가 있어서는 안 돼."

"공습 위험이 적은 곳이라면 역시 산악 지대."

"목조 건물은 위험하기 짝이 없어."

"어떻게든 콘크리트 건물을 찾아야 해."

"제국도서관의 귀중한 책이니까."

"이른바 국보급이지."

"첫 번째 피난처 후보지는 나가노현립도서관."

"아니면 야마나시현립도서관."

"결국 받아준 곳은 나가노현립도서관이군."

"당관에서도 주재원을 파견해."

"11월에 1차 대피 도서로 66,000권을 수송하자."

이렇게 해서 제국도서관 장서는 멀리 나가노로 옮겨졌다. 하지만 전쟁 상황은 점점 나빠졌기에 도쿄 공습을 피할 수 없다고 판단, 1944년 5월에 2차 대피를 실시했다. 이때 64,000권을 수송했고, 같은 해 8월 3차 대피를 단행했다.

1941년 12월 8일 시작된 연합군과의 전쟁은 유리하게 전개된 초반과 달리 이듬해 6월 미드웨이 해전에서 일본 해군이 주력 항공모

함인 아카기, 가가, 소류, 히류 네 척을 잃는 대실수를 저지른 뒤 패전을 거듭하며 궁지에 몰렸다. 결국 동물에게 독살 명령이 내려지고 제국도서관 장서가 대피하기에 이른 1943년, 이미 비참한 미래 외에는 다른 예상도가 그려지지 않는 상태였다. 물론 패색이 짙어가는 전쟁은 대본영 발표에 의해 교묘히 은폐, 철저히 '이기는' 것처럼 보였다.

1943년, 1944년을 거쳐 이듬해인 1945년에는 전투가 점점 격렬해져 대도시뿐만 아니라 지방 소도시까지 공습이 가해졌다. 나가노현립도서관도 더는 안전한 장소가 아니라는 판단이 내려졌다. 게다가 나가노 사관구 사령부가 장서 피난처인 나가노현립도서관을 군수공장으로 사용하겠다는 충격적인 의사를 전달했다.

"군수공장?"

"도서관을?"

이렇게 절박한 상황에서 제국도서관 귀중 도서들은 종이 몸체를 보호해줄 콘크리트 건물이 아닌 이야마고등여학교로 더 먼 여행을 떠난다.

22

잡지 마감에 맞추기 위해 단편소설과 에세이를 쓰는 한
편 우에노공원과 도서관 역사를 조사하기 시작했다. 제국도
서관이 주인공인 제국도서관 역사. 제국도서관이 히구치 이
치요를 사랑하거나 동물원 동물들이 도서관에 찾아오는 소
설. 기와코 씨가 남긴 정보는 꽤 난해해서 도대체 어떤 내용
이 될지 상상조차 안 됐어도 자료 찾는 일은 즐거웠다.

예를 들어 1876년 우에노 대불 아래 시노바즈 연못이 한
눈에 내려다보이는 전망대가 생겼는데 어째서인지 체중계
가 놓여 2전을 내고 몸무게를 쟀다는 일화나 1883년 시노바
즈 연못 상공에서 백로 육칠십 마리가 반반 나뉘어 동서전

을 펼치며 한 시간이나 싸우다가 스무 마리가 전사하고 승리한 동쪽 군대는 혼고 방면으로 날아갔다는 민담 등등 소설에 써먹고 싶은 초현실적 소재가 적지 않았다.

기와코 씨가 쓰려던 글은 어떤 소설이었을까. 우류 헤이기치 씨가 쓰고 싶던 소설은 어떤 글이었을까. 자신이 어떻게 쓸지 생각하지 않은 채 요리조리 상상만 하는 시간은 더없이 유쾌했다.

사토 씨와는 계속 연락을 주고받았다. 그 사이 기와코 씨가 남긴 작품(회상기인지 창작물인지 모르니 그저 작품이라고 부를 수밖에 없다)이 있다는 사실을 알렸다. 역시 그녀에게 보여줘야 한다고 판단해 스프링 노트를 스캔한 이미지와 워드프로세서로 다시 작성한 문서를 모두 메시지에 첨부해 보냈다. "할머니가 창작한 걸까요?" 누구나 가질 법한 의문이 직구로 날아왔다. "나도 모르겠어"라고 답신했다.

> 기억을 바탕으로 한 작품이라고 생각하지만, 어쨌든 오랜 세월이 흘렀으니 창작이라고 해야 맞지 않을까요. 다만 어디가 허구고 어디가 사실에 근거한지는 본인이 없는 이상 알 수 없죠. 어쩌면 본인조차 구별하지 못할지도 모릅니다.

메시지를 쓰면서 기와코 씨가 살던 야나카 작은 방을 떠올렸다. 혹시 기와코 씨는 나를 만나기 전부터 몇백 번을 고치고 고치며 생애 단 하나뿐인 작품을 알처럼 품고 지냈으려나.

> 좀 놀라긴 했지만, 전, 꽤 마음에 들어요.

> 이제 더는 기와코 씨의 목소리를 듣지 못하리라 여겼는데, 읽는 내내 왠지 기와코 씨가 옆에서 얘기해주는 듯한 기분이 들었거든요.

연이은 메시지 다음 사토 씨가 보내온 것은 이모티콘이었다. 갈색 치마를 입은 여자아이가 치맛자락을 들고 빙글빙글 돌자 크고 작은 하트가 흩날렸다. 기와코 씨의 자루처럼 생긴 헐렁한 치마가 떠올랐다.

또 한 명, 이 작품을 읽은 사람은 옛 애인인 후루오야 선생이었다. 후루오야 선생은 부인과 사별한 뒤 지바에 있던 멋진 저택을 팔고 혼고 지역에 새로 생긴 돌봄 서비스가 딸린 맨션에 홀로 입주했다. 입주 비용이 맨션 구입 가격에 맞먹는 고급 주택은 기와코 씨가 말년을 보낸 양로원과 비교가 안 될 만큼 호화로웠다. 나이에 비해 정정한 후루오야 선생은 오래간만에 독신 생활을 만끽하는 중이었다.

이사 알림장에 이메일 주소가 있길래 선생께도 파일을 첨부해 보냈는데, 번거로우니 인쇄해서 가져와달라는 답장이 왔다. 마침 가깝기도 해서 직접 찾아갔다. 약속 장소는 맨션 입구였지만, 어떻게든 만사다 카레 정식을 먹고야 말겠다고 우겨대서 도쿄대 정문 앞 만사다프루트팔러에 모시고 갔다. 읽기 편하도록 확대 인쇄한 복사본을 건네자 카레를 재빠르게 입에 넣으면서 오타라도 발견할 기세로 신중히 정독했다. 다 읽고 후루오야 선생은 "음, 이건 확실히 기와코가 쓴 글이야"라고 한마디로 평했다.

"나는 90퍼센트 진실이라고 생각해. 무슨 이유로 10퍼센트를 뺐느냐 하면, 모든 기억은 창작이라는 의미에서."

입가에 묻은 카레를 종이 냅킨으로 고상하게 닦으며 오렌지주스를 추가로 주문한 뒤 말을 이었다.

"어릴 적 기억이라고는 그 시절밖에 없다는 얘기를 수없이 들었으니까. 그 외의 일은 모조리 잊어버렸다나. 뭐야, 그 시절이라니, 어떤 시절이냐고 물으면 표현을 잘 못하겠는지 입을 다물어버렸지. 기와코는 가슴속에 응어리가 맺혀 있었어. 그 사실만은 진즉에 눈치챘지."

후루오야 선생은 맛있는지 흐뭇한 표정으로 오렌지주스를 홀짝이며 변함없는 맛을 만나는 기쁨이라든가 이런저런 품평을 늘어놓더니 조금 의외의 말을 꺼냈다.

"다만 뭐랄까, 가끔 그런 생각을 해. 기와코는 잊어버린 게 아니지 않을까, 기억하고 싶은 추억이 오빠들과 함께 보낸 시간뿐이지 않았을까, 하는."

이거 받아도 돼? 라고 묻기에 물론이죠, 그러려고 가져온 거예요, 하자 후루오야 선생은 낡고 흠난 가방에 복사본을 조심스레 집어넣고 자리에서 일어났다.

"그 사람, 그런 면이 있었어."

돌아오는 길에 후루오야 선생이 말했다. "나는, 그 사람을, 온전히 알지 못했어. 언제나 전부를 다 드러내지 않는 면이 있었거든, 기와코는 말이야." 그러고는 갈색 가방을 톡톡 치며 "이거 정말 고마워"라고 덧붙였다.

그 드러내지 않은 과거 파편이 우리에게 날아온 것은 우에노공원 은행나무에 둥근 노란 열매가 달리는 계절이었다.

오리베 씨가 유노스케 군을 통해 연락을 해왔다. 기와코 씨가 살던 곳으로 추정되는 우에노 판자촌은 1950년대 중반께 불타버렸고, 그 뒤 다케노다이회관이란 건물이 들어섰다. 오리베 씨는 그 건물에 거주한 적 있는 남성을 찾아내서 연구 논문을 위한 청취 조사를 진행하는 참이었다. 그때 잡담을 나누다가 판잣집에 살던 귀환병과 남창 그리고 여자아이 얘기를 하자 남성이 '고우'라는 이름을 입에 올렸다. 고우라는 인물과 한때 매우 친한 사이였다면서. 나이 지긋한 남성의 이야기는 이리 갔다 저리 갔다 했지만, 확실히 고우가 '헤이'란 사람과 판잣집에서 함께 지냈다고 말했다.

뭣보다 먼저 고우가 근위병이었다는 걸 떠올린 모양이야. 근위병은 얼굴이 반반해야 될 수 있었다는 말을 여러 번 했대. 여하튼 고우란 사람은 생김새가 예쁘장했나 보더라고. 고우와 헤이가 사는 집에 한동안 여자아이가 있었다고, 그 남성이 말했대.

유노스케 군이 보낸 라인 메시지에 그렇게 적혀 있었다. 오리베 씨는 필요한 조사를 거의 마쳤지만 미처 듣지 못한 부분도 있고 흥미도 있으니 만약 그를 만나고 싶으면 자신이 일정을 조정하겠다고 전해왔다. 그 나이 지긋한 남성은 지바현 노다시에 살았다. 우리는 서로 시간을 조율해 11월 중순 일요일에 가기로 했다. 사토 씨와는 얼마 전 기와코 씨의 작품 때문에 메시지를 주고받은 터라 고민 끝에 연락했더니 일요일이면 합류할 수 있다고, 센다이에서 출발하겠다는 답신이 왔다.

유노스케 군과 오리베 씨는 아키하바라역에서 쓰쿠바익스프레스를 타고 오다 도중에 도부선으로 갈아타고, 사토 씨는 신칸센으로 오미야역까지 와서 사철로 갈아타는 경로였다. 나는 오전에 다른 볼일이 있어 차로 이동했다. 노다시역은 근처에 간장 공장이 자리한 정감 어린 작은 역으로, 주변에 희미하게 간장 냄새가 풍겼다. 사토 씨가 조금 일찍 도착해 개찰구 밖에서 기다렸다. 내가 다음이었고 잠시 후 유노스케 군과 오리베 씨가 나타났다. 어떤 사람들과 함께 오는지 미리 알려줬건만 사토 씨는 트렌치코트 아래 청치마를 입은 키가 큰 유노스케 군을 신기한 눈으로 쳐다봤다.

두 남자가 동시에 "기다리게 해서 미안합니다"라고 말하자 사토 씨는 생긋 웃으며 "기와코의 손녀 사토입니다"라며 인사했다. 세 사람은 나의 작은 차에 올라탔다. 오리베 씨가 조수석에 앉아 길을 안내했다. 역 앞 거리를 빠져나오자 1970년대 조성된 듯한 주택지가 정겹게 펼쳐졌다. 조금 더 가자 에도가와강이 가까운 곳에 아마도 지은 지 사오십 년은 넘었을 4층짜리 공동주택이 나타났다. 이른바 아파트 단지 구조였지만 건물이 한 채밖에 없었다. 외관이 상당히 낡은 데다 열두 호 가운데 몇 곳은 빈집처럼 보였다.

"철거가 결정돼서 올해 안에는 다른 곳으로 이전해야 해요. 지금은 대부분 노인만 남아 살고 있어요"라고 오리베 씨가 설명했다. 세 개 계단 가운데 중앙 계단 오른쪽에 '104'라는 숫자와 함께 '와타나베'라고 적힌 집이 그 남성의 거처였다. 초인종을 누르자 머리가 희끗희끗한 중년 남성이 문을 열었다. "오늘은 여럿이 몰려와 죄송합니다." 오리베 씨가 인사하며 선물용 과자 상자를 내밀었다. "이쪽은 아들인 다이스케 씨." 중년 남성은 오리베 씨의 말에 고개를 까닥 숙였다. 실내에서 찌든 담배 냄새가 새어 나왔다.

나는 소설가로 들려주신 이야기를 참고해 작품을 쓸 가
능성이 있고, 프라이버시를 최대한 배려하겠으며, 실은 아
직 쓸지 말지 결정하지 않았음을 찬찬히 설명했다. 자칫 잘
못하면 제대로 이야기를 듣지 못할지도 모른다는 생각에 긴
장하면서도 좋은 인상이 남도록 전날 밤 몰래 연습한 대로.
도중에 '아들인 다이스케 씨' 얼굴을 곁눈질하자 그의 시선
과 신경은 나를 지나쳐 유노스케 군에게 쏠려 있었다.

　"아버지는 이야기하기를 좋아하니까, 오길 기다렸어요.
노인을 찾아주는 사람은 흔치 않거든요."

　다이스케 씨는 줄곧 유노스케 군을 바라보며 말하더니
우리를 둥근 탁자가 놓인 작은 방으로 안내했다. 탁자 뒤쪽
으로 어깨와 무릎에 빛깔 고운 모직물을 걸치고 손가락 사
이에 담배를 끼운 노인이 휠체어에 앉아 있었다. 담뱃진 때
문인지 군데군데 누렇게 변한 흰머리를 어깨까지 내려오는
기다란 끈으로 느슨하게 묶었고, 입술에 연분홍색 연지를
엷게 바른 것처럼 보였다.

　"찾아오는 사람이 없어 의자가 없어요. 이쪽에 앉으시겠
어요? 방석도 없어서 죄송합니다."

　이렇게 말하며 장지문을 열자 옷장이 놓인 3평 남짓한
방이 나타났다. 문짝을 떼서 옷장 옆에 세우는 일을 오리베
씨와 유노스케 군이 도왔다. 그다음 다이스케 씨는 노인이

363

탄 휠체어를 탁자 앞쪽으로 밀고 왔다. 우리가 자리를 잡고 앉으니 의자에 앉은 선생의 이야기를 빙 둘러앉아 듣는 아이들 같았다.

아버지와 아들이 사는 방 두 칸짜리 집은 인상적이었다. 기와코 씨가 살던 야나카 집과는 전혀 달랐지만, 역시 거주하는 사람의 개성이 고스란히 느껴졌다. 벽과 옷장, 공간박스 등에 댄스나 영화 포스터가 붙어 있었고 좁은 방 곳곳에 재떨이가 굴러다녔다.

"오늘은 아버님께 '고우'와 '헤이' 이야기를 듣고 싶습니다. 고우와는 회관에 살 때 알게 됐다고 하셨잖아요. 언제부터 친하게 지내셨던 건가요?"

오리베 씨가 물었다. 회관이란 판자촌을 철거한 땅에 세워진 건물을 가리켰는데, 이상하게도 오리베 씨는 다이스케 씨의 아버지 즉 와타나베 씨에게 직접 묻지 않았다. 일단 아들인 다이스케 씨에게 질문하면 아들이 아버지에게 귓속말로 전한다, 아버지는 잠시 생각하다가 아들 귓전에 속삭인다. 그제야 우리는 아들 입을 통해 대답을 듣는다.

"도쿄타워가 생겼을 무렵이라고, 아버지가 말씀하시네요." 다이스케 씨가 말하자 "1958년께군요. 그때 고우는 어디에 살았나요?" 오리베 씨가 물었다. 다이스케 씨는 아버지 귓가에 소곤소곤 속삭였고 곧이어 아버지는 아들에게 소곤거렸다.

"기억이 안 난다고, 합니다. 아, 잠시만." 아버지가 아들 팔을 잡더니 자기 쪽으로 끌어당겼다.

"도쿄타워가 올라가는 모습을 봤다고 했으니까 이쪽이 아니야, 바다 쪽이야, 라고 하네요."

"바다 쪽이라면 시나가와 방면이려나, 오모리라든가."

"그게 지명까지는 알지 못할 거예요"라고 말하면서 다이스케 씨는 몸을 기울여 아버지에게 물었다. 백발노인은 바르르 떨며 고개를 가로젓더니 아들에게 뭐라 뭐라 귀엣말했다. 상대가 맞장구칠 틈도 주지 않고 말을 이어갔고, 불편한 자세에 지친 아들은 결국 바닥에 무릎을 꿇고 앉았다. 한바탕 수다를 마친 노인이 한숨 돌리며 담뱃재를 재떨이에 털기 무섭게 우리는 동시에 다이스케 씨를 쳐다봤다.

"아이코, 죄송합니다. 오모리라는 지명을 듣자 옛날에 알던 사람이 생각난 모양이에요. 계속 그 사람 이야기만 늘어놓았어요. 노인네라 좀처럼 맥락이······."

긴장한 채 무릎을 꿇고 지켜보던 우리는 맥이 빠져 다리를 풀고 편하게 앉았다. 아버지는 몸을 비틀어 탁자 위 유리컵을 떨리는 손으로 집어 입가에 가져가더니 눈을 감고 들이켰다. 물인가 싶었는데 잠시 후 컵 바닥이 드러나자 다이스케 씨가 서둘러 다시 따르는 모습을 보니 술이었다.

"이야기가 두서없이 흘러가도 상관없어요. 고우와 헤이에 관한 일이라면 뭐든 듣고 싶어요. 다들 그렇지? 맞다, 고우와 헤이는 본명이 뭐였나요?"

영화 포스터가 붙은 벽에 등을 기대고 앉아 파란 청치마 아래로 긴 다리를 쭉 뻗은 유노스케 군이 묻자 술기운으로 얼굴이 발그스레 물든 아버지의 시선이 돌연 그쪽으로 쏠리더니 멈췄다.

"고우는 근위병이었어. 그날 황궁에 있었대. 고우, 예쁘장했으니까. 예쁘지 않으면 근위병이 될 수 없거든. 뭐, 쭉내지였을 테니 죽지 않고 살아남았지. 고우는 본토 결전에서 죽을 작정이었다고 말했지만."

그 순간 다이스케 씨를 포함해 그 자리에 있던 모두가 놀랐다. 갑자기 아버지 즉 와타나베 씨가 누구나 알아듣게 자기 목소리로 떠들기 시작했기 때문이다. 게다가 시선은 줄곧 유노스케 군을 향했다. 와타나베 씨는 유노스케 군에게 이야기하는 게 분명했다.

"그날에 황궁?"

유노스케 군이 당연하다면 당연한 반응을 보였기에 와타나베 씨는 신나서 '그날' 이야기를 시작했다. 우리는 의도치 않게 종전을 알리는 라디오 방송이 나오기로 하던 날 새벽, 근위사단이 전쟁을 끝내지 않으려고 황궁을 점령했던

'일본의 가장 긴 하루'를 와타나베 씨 버전으로 듣게 되었다.

결국 와타나베 씨는 고우와 헤이의 정확한 이름을 모르거나 잊어버린 상태였다. 고우에서 고는 이름이 아니라 '고다'니 '고무라'니 '고'로 시작하는 성에서 앞 한 글자를 딴 애칭, 고우가 근위 제1사단 보병 제2연대, 헤이가 육군 제38사단 보병 제228연대였다는 사실만을 기억해냈다. 군대 얘기만 나오면 유난히 즐거워했지만 1937년생이라 입대한 적은 없었다.

그 후 화제는 또다시 흔들흔들 탈선해 자신이 젊은 시절 인기가 많았다는 둥 주변에서는 나이 들면 여자 역할을 하는 바텀에서 남자 역할을 하는 탑으로 바꾸기도 했지만 자신은 그렇지 않았다는 둥 대부분 본인 이야기뿐으로 좀처럼 고우는 물론 헤이 이야기는 나오지 않았다.

여하튼 중요하다고 생각한 부분은 와타나베 씨가 고우와 막 알았을 무렵에는 헤이와 같이 살지 않았으며, 그저 우에노 근처에서 자주 만났고, 셋이 술을 마시거나 아사쿠사로 만담이나 연극을 보러 가면 으레 둘이 함께 살던 시절을 추억했고, 어쩌다 여자아이에 대해 말한 적 있다는 정도였다. 이야기가 정상 궤도로 돌아올 때마다 오리베 씨가 몇 번이고 확인했는데, 꽤 정확하게 기억했다.

와타나베 씨가 젊은 시절 무용담을, 아마도 각색해서 한창 펼쳐놓는 와중에 '탁' 소리가 나서 뒤돌아보니 사토 씨가 가슴과 머리를 감싼 채 웅크리고 있었다. 모두의 시선이 집중되자 사토 씨는 미안쩍은지 "어제 마감해야 할 자료를 만드느라 밤을 꼴딱 새웠더니. 갑자기 머리가 깨질 듯이 아파서요"라고 말했다.

사실 와타나베 씨 부자가 쉴 새 없이 담배를 피워대는 탓에 실내 공기가 무척 탁했다. 나는 사토 씨를 부축해 일으켜서 밖으로 나왔다. 잠깐 상태를 지켜보다가 담배 연기가 자욱한 방에 다시 들어가기는 무리라고 판단하고 인터뷰는 오리베 씨와 유노스케 군에게 맡긴 채 그녀를 역까지 데려다주기로 했다. 목적지가 노다시역이 아닌 신칸센이 정차하는 오미야역이 된 이유는 가까운 역에 내려놓고 돌아갈 마음이 들지 않아서였다.

차를 몰고 가는데 강변 공원에서 동네 소년 야구팀이 연습하는 모습이 보였다. 바깥바람을 쐬는 편이 좋을 성싶어 주차장을 찾아 차를 세우고 캔 커피를 사서 풀밭에 앉았다. 차 안에 넣어둔 얇은 오리털 무릎 담요 두 장을 가져와 사토 씨에게 한 장 건네고 나도 몸이 식지 않도록 허리춤에 둘렀다. 공기가 제법 쌀쌀해도 맑은 가을 하늘 아래 강가에서 심호흡을 하니 기분이 좋았다.

"담배 연기가 좀……"이라고 사토 씨가 중얼거렸다. '체인

스모커'라는, 지금은 구닥다리가 되어버린 단어가 생각날 만큼 와타나베 씨 부자는 줄곧 줄담배를 태웠다. 드러누워 침묵을 지키는 사토 씨 옆에 앉아 와타나베 씨 부자와의 만남은 실수였던 게 아닐까 생각했다. 와타나베 씨 이야기가 두서없이 흘러가거나 샛길로 빠지기 일쑤라 기와코 씨 일을 제대로 듣지 못했다. 게다가 지금까지 할머니에 관한 정보가 거의 없던 사토 씨로서는 또 다른 친구라면서 유노스케 군이 나타났으니 놀랄 만했다. 적어도 사토 씨는 부르지 말고 나와 유노스케 군 둘만 와도 충분했을 터. 나중에 내용을 정리해 사토 씨에게 알려주는 편이 훨씬 좋은 방법이지 않았을까.

잠시 후 사토 씨는 자리에서 벌떡 일어나더니 후유 하고 긴 숨을 내쉬었다. 거의 동시에 '삐로롱' 소리가 나면서 두 사람의 스마트폰에 메시지가 도착했다.

> 괜찮아?

유노스케 군이 보낸 메시지였다. 약속 장소 등 일정을 확인하기 쉬우니까, 라며 사전에 라인 그룹방을 만들어 정보를 주고받았더랬다.

> 걱정하지 마. 이따가 연락할게.

곧장 답신한 나는 스마트폰을 가방에 넣으며 "답장 안 해도 돼. 내가 했어"라고 말하며 좀 전 유노스케 군이 한 말을 덧붙였다.

"괜찮아?"

"네, 훨씬 나아졌어요. 아까는 머리가 지끈지끈 쑤셔서."

"좀 충격적인 아버지와 아들이었지."

사토 씨는 미소를 지으며 고개를 살짝 끄덕이더니 잠시 아무 말 없이 야구하는 소년들을 바라봤다.

"저 사람이 얘기하는 두 사람, 기와코 씨가 만난 사람들과 동일 인물일까요? 정말 그럴까요?"

미지근해진 캔 커피를 한 모금 마시고는 소년들에게 시선을 준 채 물었다.

"글쎄, 모르겠어."

와타나베 씨의 이야기만으로는 확신이 서지 않았다.

"이름이라도 알면 좋을 텐데."

만약 와타나베 씨가 말한 연대명이 진짜라면 명부 등을 찾아 조사해보면 알아낼지도 모른다고 어렴풋이 생각했지만, 입 밖으로 꺼내지는 않았다. 어쨌든 사토 씨가 그다지 적극적으로 알고 싶어 하는 기색이 아니었기 때문이다. 그녀는 다시 입을 다물고 생각에 잠겼다.

"이제 차에 탈 수 있겠어?"

추운지 팔을 문지르는 모습을 보고 물었더니 사토 씨는 두 번이나 고개를 끄덕였다. 나는 그녀를 조수석에 앉혔다. 우리는 대화할 마음도 없고 라디오에서 흘러나오는 시끄러운 수다도 내키지 않아 블라디미르 아슈케나지가 치는 쇼팽 연주를 들으며 오미야역까지 조용히 달렸다.

제국도서관,
'일본의 가장 긴 하루'

약탈 도서 정리와 귀중 도서 대피로 밤낮없이 바쁜 가운데 제국도서관은 전쟁 중 단 하루도 임시 휴관을 하지 않았다. 연일 공습이 이어지자 야간 개관은 중지되고 여자 직원은 4시 퇴근으로 바뀌지만, 마쓰모토 기이치 관장이 정기 휴관일 외에는 절대 휴관하면 안 된다고 엄명했기 때문이다.

"관장은 영국을 동경하니까."

도서관 직원들은 몰래 중얼거렸다.

"여하튼 지난 세계대전 당시 수도 런던이 체펠린 비행선의 대공습을 받으면서도 대영박물관 도서실은 하루도 쉬지 않고 사람들에게 문을 열어준 모양이야."

"영국 젠틀맨십을 우리 제국도서관에서 실현하고 싶어 하니."

"한 명이라도 방문객이 있는 한 개관하라는 거지."

"하지만 지금 일본은 귀축 영미와 싸우고 있잖아."

"그 부분만 영국을 흉내 내도 되나?"

"여기서 그 말은 언급 금지!"

도서관 직원들은 징집으로 빗살이 빠진 빗처럼 군데군데 자리를 비웠다. 남은 직원은 대출 업무뿐만 아니라 도서관 앞마당과 고이즈미야쿠모기념비 주변 잔디밭을 일궈 고구마를 재배하는 전시 농업 작업까지 했다. 그들은 1945년 8월 15일에도 당연하다는 듯 도서관 문을 열었다. 그러고는 관장실에서 라디오를 향해 큰절을 올린 뒤 종전 조칙을 눈물 흘리며 들었다.

제국도서관에서 수백 미터 범위 내 우에노동물원과 함께 도쿄미술학교가 있었다. 하지만 이 미술학교 건물이 『일본의 가장 긴 하루』한도 가즈토시의 논픽션 소설로 근위사단이 황궁을 점령하고 벌인 하루 동안의 궐기를 다룬다처럼 패전을 받아들이지 못한 채 철저한 항전을 외치는 육군 장병들에게 점거된 사건을 아는 사람은 드물다.

근위사단이 황궁을 점거한 8월 15일에서 이틀 지난 17일, 제국 육군 미토 교도항공통신사단 교도통신 제2대 제2중대는 종전을 저지하려고 궐기를 일으킨 근위사단에 합류해 '제국의 성전'을 계속 수행해야 한다며 미토시 교외 숙영지를 출발했다. 이어 미토역으로 들어온 센다이행 하행 열차를 탈취한 뒤 기관차 방향을 바꿔 곧장 도쿄로 향했다. 우구이스다니역 부근에서 열차를 세우고 하차, 행군해 우에노공원으로 들어갔다. 제2중대는 아무도 없던 도쿄미술학교를 점거하고 착착 궐기 준비를 시작했다. 그러나 황궁에서의 궐기는 진압되고 종전 조칙은 사실이며 더는 제국군 궐기는 불가능하다는 소식이 전해지면서 혼돈에 빠진다.

이상하다, 미토에서 들은 이야기와 달라도 너무 달랐다. 일단 궐기를 결심한 이상 반드시 실행해야 한다는 파와 '궐기하면 무력으로 진압한다'라는 통지에 그만둬야 한다는 파가 대립했다. 장교들 간에도 의견이 하나로 정리되지 않았다. 고조하는 긴장감, 사태 혼란에 따른 조바심, 패전 굴욕, 공포, 분노, 의심, 그 외 여러 이유로 장교들이 모여 원탁회의를 했지만 결국 결렬. 총구가 불을 뿜고 칼날이 번쩍이며 도쿄미술학교는 갑자기 피바다로 변했다. 아비규환 끝에 궐기는 미수로 끝났다.

그 자세한 내막은 수백 미터 떨어진 제국도서관에 알려지지 않았다. 이날 역시 도서관 직원들은 우직하게 영국 젠틀맨십을 발휘했다. 게다가 군 기관이 "GHQ연합군 최고 사령부가 오기 전에 발견되면 곤란한 군사 자료를 즉각 인수해 처분하고 싶으니 준비해달라"고 요청해 바지런히 움직여야 했다.

23

와타나베 씨는 점점 말수가 많아지더니 큰 소리로 별의
별 얘기를 신나게 떠들어댔다. 거의 다 종전 직후 우에노 일
대에서 활동하던 성 노동자 관련이었다.

어느 구역에 양공주가 있었고, 어디 주변에 여장 남자인
남창이 모였고 그들은 대개 산야, 구루마자카, 만넨초 부근
에 살았다는 둥 호칭은 보통 '오다카'나 '오미네' 같이 두 글
자에 '오'가 붙었는데 대부분 퇴물 군인이라 군대처럼 '다카
다'니 '미네기시'니 서로 성으로 부르며 성 앞 글자를 따서
예명을 만드는 게 관습이었다는 둥 노가미(우에노) 양공주와
라쿠초(유라쿠초 가드시타) 양공주가 얼마나 사이가 나빴는지

따위를 늘어놓았다.

유노스케 군은 전부 처음 듣는 내용이라 열심히 들어줬고, 와타나베 씨는 더욱더 그를 마음에 들어 했다. 청취 조사를 끝내고 돌아오는 길에 오리베 씨가 언짢은 표정을 지으며 "저 사람, 종전 당시 어린아이였어. 게다가 아오모리 출신으로 도쿄타워가 지어진 해에 상경했단 말이지. 뭐 하나 알 리가 없어. 모두 1940년대 후반 스미 다쓰야가 쓴 『남창의 숲』이란 소설인지 르포인지 모를 책 내용을 그대로 베껴 지껄이는 거야. 똑같은 소릴 몇 번이나 들었다니까"라고 말했던 모양이다. 뭐, 그뿐만 아니라 선배들에게 들은 얘기를 언제부턴가 자신이 본 양 말하는 버릇이 생긴 듯하다고, 유노스케 군이 설명했다.

진득하게 버티며 얻어낸 정보 가운데 그나마 유익한 사실은 이러했다. 1957년 또는 1958년 당시 둘 다 30대로 헤이가 몇 살 더 위였으며 따로 살았다. 고우는 게이였고 헤이는 공개한 적은 없는데 "그 사람도 그랬다"라고 와타나베 씨는 단언했다. 고우는 남창을 그만두고 영화관에서 일했고 헤이는 영어 번역인지 뭔지를 했다. 고우는 도쿄 두부 가겟집 아들이었고 헤이는 나고야 상인 집안에서 태어나 중학교를 중퇴한 날라리였지만 어쨌든 지독한 책벌레였다. 가장 흥미로운 부분은 '꿈꾸는 제국도서관'과 얽힌 일화였다.

와타나베 씨는 '꿈꾸는'이 아니라 '원망의'라고
말하더군요.

유노스케 군이 보낸 메시지에 그렇게 적혀 있었다.

분명히 '원망의 제국도서관'이란 소설을 썼대요. 제국도서
관이 돈이 없고 또 없어 돈 많은 박물관을 질투하고 원망해
유령이 돼서 꿈에 나타난다나 뭐라나.

그것이야말로 '꿈꾸는 제국도서관'이지 않은가. 이쯤에
서 나는 헤이가 우류 헤이기치라고 확신했다. 이유는 하나
더 있었다.

참, 기와코 씨 엽서에 적힌 이상한 숫자가 뭔지 알
았어요. 그 숫자를 말하자 와타나베 씨가 웃더라고
요. 도서관 분류 번호래요. 헤이는 툭하면 분류 번
호 얘기를 꺼냈대요.

도서관 분류 번호.
정말이지 도서관이 주인공인 소설을 쓰고 있던 사람다
운 숫자 선택이었다. 어째서 알아채지 못했을까, 나와 유노
스케 군은 직감력 없음을 서로 한탄하는 동시에 놀려댔다.
여하튼 도서분류법 책이라도 찾아보면 엽서 속 수수께끼 정
답에 다다를 것 같았다.

다만 아무래도 모르겠는 건, 애초에 어떤 경위로 여자아이가 그 두 사람과 함께 살게 됐는지였다. 아는 사람 아이를 맡았다고도 하고, 그 근처에 많이 있던 부랑아 중 한 명이 어느새 눌러앉았다고도 하고, 찾는 사람 광고를 냈더니 부모가 연락해왔다고도 했다. 헤이가 종종 "그 아이 말이야, 어떻게 지낼까?" 궁금해하면 고우가 "부모에게 돌아갔으니 걱정 마"라고 말했단다. 여자아이니 빨리 부모에게 보내야 한다며 애쓴 쪽은 오히려 고우였다고.

또 하나 신경 쓰이는 점은 여자아이가 살던 기간이에요. 몇 년이나 머물진 않았대요. 짧으면 몇 달, 길어봤자 1년은 안 됐다고. 이것 역시 와타나베 씨가 잘 모를 뿐일 수도 있지만요.

그래도 우류 헤이기치와 도서관 소설의 관계를 알게 됐으니 큰 수확이었다. 기와코 씨의 이야기 속에선 희미했던 뭔가가 또렷이 윤곽을 드러내는 느낌이었다.

그 후 사토 씨로부터 딱히 연락이 없었다. 유노스케 군도 뭐라 말하지 않았다. 나는 예의 '도서관 분류 번호'가 궁금했기에 국립국회도서관에 다시 가기로 마음먹었다. 그 전에 생각난 김에 혼고 맨션에서 지내는 후루오야 선생을 만나러 갔다. 자못 '은거자'다운 정취가 감도는 후루오야 선생은 빨간 누빔 조끼를 걸치고 로비에 놓인 소파에 깊숙이 기대어

앉아 느긋하게 신문을 넘기고 있었다.

"이야, 어서 와."

선생은 고개를 들더니 보관철에 끼워진 신문을 테이블 위에 두고 흘러내린 안경을 고쳐 썼다. "오래간만에 뵙겠습니다." 판에 박힌 인사말을 건네자 "그렇지도 않아. 우리 아들보다 더 자주 보고 있어." 어떻게 반응해야 할지 모르겠는 대답이 돌아왔다.

돌봄 서비스가 딸린 고급 노인용 맨션 로비는 넓지는 않아도 세련됐고 조지 클루니가 광고하는 캡슐 커피 머신이 놓여 있었다. 선생과 동시대를 살아온 입주자들이 과연 저 기계를 잘 다룰 수 있을까, 뚫어져라 쳐다보는 날 보고 커피를 마시고 싶어 하는 줄 오해한 선생이 "내려 와. 난 뭐든 좋아. 뭐든지 좋으니까"라고 말했다. 나는 라테 마키아토 두 잔을 내려 들고 왔다.

폭신폭신 거품 인 우유를 홀짝이며 나는 그동안 선생께 말하지 않은 갖가지 일을 보고했다. 선생은 음, 음 고개를 끄덕이며 듣다가 엽서에 적힌 숫자가 도서관 분류 번호라는 대목에 이르자 역시 쓴웃음을 지었다.

"그랬구나! 그래서 무슨 뜻이야, 전체적으로?"

"오늘, 지금부터 도서관에 가서 조사해볼 작정입니다."

"뭐야, 아직 몰라? 도서 분류였구나. 분하네, 알아차리지 못하다니."

분함을 금치 못했던 선생은 와타나베 씨가 늘어놓은 전후 우에노 성 노동자 얘기가 나름대로 흥미로운지 감탄하며 들었다. 기와코 씨가 판자촌에 언제부터 언제까지 머물렀는지는 불분명하다고 말하자 뭔가 생각하는 듯 얼마간 묵묵히 라테 마키아토만 입에 가져갔다. 마침내 "그런 건가" 하고 입을 열었다.

"있잖아, 기와코가 말한 기억 가운데 '전후 얼마 지나지 않아 볼일 보러 도쿄에 올라온 부모를 따라왔다가 미아가 됐다, 그래서 한동안 혈연관계가 아닌 오빠들과 함께 살았다'는 거."

"아, 그러고 보니 언젠가 말했죠. 요컨대 기와코 씨가 부모와 헤어진 건, 이미 미야자키 양아버지 밑으로 들어가고 난 후의 일이라는 건가? 미야자키 부모와 함께 도쿄에 올라왔다가 길을 잃고 한때 도쿄에 살았다?"

"그러니까, 그 이야기 말인데."

"네?"

"기와코의 오빠라는 사람이 말한 것과 맞지 않잖아?"

"그렇네요. 기와코 씨의 오빠인 마사카즈 씨는 전후 몇 년 지나 갑자기 여동생이 나타났다고 했으니. 호적상 양녀가 된 시기와도 일치하고요. 거짓말할 이유도 없고 기억이

380

틀릴 만하지도 않아요. 기와코 씨가 말한 쪽이 잘못된 게 아닐까 생각해요. 어쨌든 자신조차 애매하다고 했잖아요."

"그게 말이야. 부모와 함께 나왔다가 길을 잃었다는 얘기, 내 얘기야."

선생의 말에 나는 너무 놀라 입을 헤벌린 채 아무 말도 할 수 없었다. 돌봄 서비스가 딸린 노인용 맨션은 벽돌색이었고 건물을 둘러싸듯 나무를 심어 놓았다. 나무 울타리는 가리개 역할을 완수하는 한편 무기질 맨션 전망에 포근함을 선사했다. 후루오야 선생은 그 나무에서 신경 쓰이는 뭔가를 발견한 것처럼 목을 쭉 빼며 얼굴을 그쪽으로 돌렸다. 빨간 누빔 조끼 옷깃 사이로 마르고 주름지며 엷게 검버섯이 핀 노인의 흰 피부가 보였다. 확실히 선생은 기와코 씨보다 연상이구나, 그런 당연한 생각을 했다.

"그거 내 얘기야."

선생은 나직이 다시 한번 말했다.

"대륙에서 돌아와서 양친과 누나와 함께 기차를 타고 목적지로 향했어. 오사카에 도착하니 맛있는 음식을 파는 포장마차가 눈에 들어왔지. 냄새에 이끌려 혼자서 비슬비슬 걸어갔어. 정신을 차려보니 부모님과 누나가 없는 거야. 역 근처를 이리저리 뛰어다니며 찾아 헤맸어. 목이 쉬어라 외쳐도 안 나타났어. 날이 저물수록 사람이 점점 늘어나는데.

짙은 화장을 한 여자들이며 비렁뱅이며 정체 모를 장사꾼이며 그야말로 '역 아이'라 불리는 집 없는 아이들이며 역을 보금자리 삼거나 손님을 기다리는 무리가 모여들었어. 고약한 냄새로 가득 차서 뭐가 뭔지 모르겠는 거야. 어찌 해야 할지 눈앞이 캄캄했어. 나만 두고 가면 다시는 못 만난다는 공포심에 빠졌지. 그러자 이번에는 다리가 굳어 움직일 수가 없는 거야. 결국 내 또래 남자아이가 다가와 육교 밑 후미진 곳으로 끌다시피 해서 데려갔어. 거기서 웅크리고 자는데, 잠이 안 올 거라 생각했거든. 웬걸, 피곤한 아이 몸은 정직해서 바로 곯아떨어져서 하룻밤을 보냈어. 그날이 평생 잊히지 않았어, 남에게 자세히 말한 적도 없었지. 기와코 말고는."

"기와코 씨에게?"

후루오야 선생은 여전히 밖을 내다보며 고개를 끄덕였다.

"왜 그 얘기가 나왔는지는 기억 안 나. 아무튼 기와코에게는 말했어. 두 눈을 휘둥그레 뜨고 가만히 들었지. 그로부터 얼마 있다, 아니 그렇게 금방은 아니었네. 몇 달 지나서였어. 기와코의 추억담에 그 얘기가 들어간 거야. 역에서 미아가 된 적 있다면서."

"그럼 그때까지는?"

"어렸을 적 일은 일절 기억나지 않는다고 했어."

"후루오야 선생은 다행히 가족과 만났네요?"

"다음 날 역으로 데리러 왔어. 부모의 감이 작용한 거지. 용케 찾아냈다니까. 오사카에서 시영 전차로 갈아타고 친척 집에 갈 예정이었는데, 난 몰랐어, 역에 묵을 거라고 생각했지. 가족들은 내가 잘 따라오고 있다 믿으며 혼잡한 시영 전차를 올라탔대. 낯선 땅에서 잔뜩 긴장하며 친척 집에 도착해 보니 아들이 없었던 거야. 역으로 돌아가려고 해도 이미 밤이라. 어머니는 반쯤 정신이 나가서 밤을 지새우다가 아침 일찍 제일 빠른 시영 전차를 타고 달려왔어. 나는 그 오사카의 하룻밤을 잊지 못해. 그리고……."

선생은 잠시 침묵하며 적당한 단어를 골랐다.

"나를 자기 보금자리로 데려간 아이가, 나와 나의 부모를 바라보던 그 눈을 잊은 적이 없어."

후루오야 선생은 괴로운지 두 번 정도 헛기침을 했다.

"그게 당시 수두룩했거든. 역 아이라고 불리던 전쟁고아 말이야. 그 애들만큼 험한 꼴을 당한 사람이 있을까. 어른이 벌인 전쟁으로 한순간에 부모도 집도 잃어버렸잖아."

그러면 기와코 씨는, 라고 물으려던 나를 가로막듯 선생은 빨간 누빔 조끼 옷깃 안쪽 야윈 목을 좌우로 흔들었다.

나는, 그 사람을, 온전히 알지 못했어. 일전에 후루오야 선생이 말했더랬다. 언제나 전부를 다 드러내지 않는 면이 있었거든, 기와코는 말이야.

기와코 씨는 선생의 추억담을 듣고 자신의 일처럼 여긴 건가. 뭔가 떠올랐던 걸까. 아니면 기억나지 않는 자기 과거 대신 그 작은 일화를 채용하기로 작정한 걸까. 몇몇 이야기가 기와코 씨를 둘러싸고 돌기 시작한다. 작은 여자애를 배낭에 넣고 도서관에 가는 귀환병, 인파로 북적이는 역에서 아이 손을 놓쳐버린 부모, 판잣집에 사는 귀환병과 남창, 모두 기와코 씨가 직접 겪은 체험일까 아닐까. 애당초 무엇을 체험이라고 불러야 할까.

천천히 목을 흔들던 후루오야 선생이 눈을 치켜뜨며 중얼거렸다.

"나는 그다지 좋은 상대가 아니었어."

이 사람에게는 부인과 두 아들이 있었고 대학교수라는 어엿한 직업이 있었기에 사이사이 짬을 내서 기와코 씨를 만났다. 그 만남이 기와코 씨에게는 어떤 시간이었는지 들은 적은 없었다. 게다가 내가 후루오야 선생을 알게 된 건, 두 사람이 농밀한 사이로 지내던 나날보다 한참 뒤였다.

그래도 가끔 생각한다. 결혼 생활에 지친 기와코 씨는 복잡한 심정으로 상경해 히로코지에서 일하다가 갖가지 얘기를 해주는 후루오야 선생과 조우한다. 박식한 선생은 「키 재기」를 재미있게 들려주던 사람과 어딘가 닮아 보였을지도 모른다. 더군다나 어린 시절 일화에 자신의 추억을 건드리는 뭔가가 있다면 충분히 끌릴 만하다. 전부를 다 드러내지는 못하더라도.

"뭐, 어울리긴 했어요."

달리 할 말이 없어 농담으로 얼렁뚱땅 둘러대자 후루오야 선생은 수줍어하며 입을 삐죽 내밀었다.

"기와코 씨가 판잣집에서 함께 살던 그 오빠 말이에요. 남방에서 돌아온 귀환병이었단 사실을 확인할 방법은 없을까요? 어느 부대에서 복무했는지 알거든요."

헤어질 때 문득 생각나서 물어봤다.

"육군이었어?"

"네, 육군이요."

"계급은?"

"글쎄요."

"사단이나 연대는?"

"제38사단 보병 제228연대입니다."

메모를 보며 대답하자 선생은 그거 하나만 상세하네, 하더니 "연대사를 보면 되지 않겠어?"라고 덧붙였다.

"연대사라면?"

"연대마다 만드는 기록 문집 말이야. 명부에 이름이 올라 있지 않을까? 수수께끼 조사하러 도서관에 간다며. 내친김에 연대사 한번 찾아봐."

여하튼 숫자 수수께끼를 풀면 알려달라는 부탁을 받고 나는 돌봄 서비스 딸린 맨션에서 나와 혼고 3번지에서 마루노우치선을 탔다. 언제나처럼 코인 로커에 짐을 넣고 필기구와 지갑만 든 채 이용자 등록 카드를 대서 도서관에 들어와 검색용 컴퓨터 앞에 자리를 잡았다. 변함없이 이용객이 많아 빈자리를 찾는 데 조금 시간이 걸렸다. 별다른 생각 없이 검색창에 '연대사'를 입력했다. 무려 564건이 나와서 깜짝 놀랐다.

전쟁 전 연대사는 대개 제국재향군인회가 편찬했고, 전쟁 후는 각 연대 생존자들이 개별적으로 '연대사편찬위원회'를 꾸려 제작한 연대사가 많았다. 개인 명의로 펴낸 사가판도 있었는데, 대부분 1970년대부터 1980년대에 걸쳐 출판됐다. 아직 생존자가 많은 데다 실제 전투로부터 사반세기 이상 세월이 흘러서 기록을 남기려는 움직임이 활발했던 시대다.

564건을 하나하나 보기 귀찮아 '보병 제228연대사'를 입력했더니 1973년 편찬된 책이 검색됐다. 연대사는 열람 신청이 필요한 반면 1950년 9월 초판이 발행된 『도서분류법 개요』라는 책은 디지털화되어 곧장 컴퓨터 화면으로 열람이 가능했다. 수수께끼 쪽이 더 궁금하니 『도서분류법 개요』를 먼저 살펴봤다. 원래는 전쟁 중에 쓰인 분류법 서적으로 전후에 도서관법이 바뀌고 일본십진분류법이 채택된 뒤 출판된 개정 증보판이었다. 여하튼 내가 알고 싶은 것은 도서 분류다. 아주 훌륭한 분류법 개요서 가운데 『일본십진분류법 주강표』(1950년 7월 신정 제6판)라는 책을 찾아내 메모 속 숫자를 보며 노트에 옮겨 적었다.

870·이탈리아어

690·통신

430·화학

010·도서관

270·전기

240·아프리카

730·판화

850·프랑스어

이때 숫자가 아닌 분류 항목에 의미가 있다고 생각하는 편이 맞을 것 같아 눈을 부릅뜨고 아무리 들여다봐도 저마다 다른 단어 사이에서 생각나는 뭔가가 없었다. 그나마 이탈리아어와 프랑스어는 언어라는 공통점이 있었다. 혹시 아프리카도? 한 가지, 역시나 신경 쓰이는 항목은 '도서관'으로 의도적으로 선택한 것처럼 느껴졌다.

외출할 때 사토 씨에게 건네주지 못한 채 작업실에 붙여둔 엽서 복사본을 떼서 가방에 집어넣은 게 생각났다. 혀를 차며 코인 로커로 가지러 갔다. 코인 로커에서 가방을 끄집어내 가지런히 접힌 종이를 꺼내 들고 다시 가방을 코인 로커 안에 넣는, 한 번이면 족할 일을 두 번 되풀이했다. 이용자 등록 카드를 기기에 대고 돌아오다가 손에 든 복사본을 펼쳐 봤다. "수수께끼입니다, 풀어보렴"이라는 문장 앞에 늘어선 숫자 중 '010'에 '0'이 확실히 찍혀 있었다. 자리에 앉아 몇 분 전 적은 노트를 확인해도 '010·도서관'이었다.

이 '0'은 숫자가 아니라 여기에 주목해, 도서관이야, 라는 의미가 담긴 동그라미가 아닐까. 그렇다면 다른 숫자는 무엇일까? 나는 다시금 미간을 찌푸리며 010의 동그라미표를 노려봤다. 두 개 동그라미는 세로로 길게, 딱 '1'이라는 숫자를 둘러싸는 모양새다. 시험 채점표에 치는 동그라미와는 달리 세로로 긴 동그라미 속에 숫자 '1'이 쏙 들어가 있달까. 잔뜩 구부렸던 등을 펴고 재차 노트를 응시했다. 혹시 이 동그라미표는 '도서관'만 그대로 '도서관'으로 읽는다는 규칙이 아닐까 하는 해석이 머릿속에 떠올랐다. 다른 항목은 그냥 기호로 취급하고, 예를 들어 머리글자만 읽는다든지.

"이, 쓰, 카, (도서관), 데, 아, 하, 프.일본어로 통신은 쓰신つうしん, 화학은 카가쿠かがく, 전기는 덴키でんき, 판화는 한가はんが로 발음된다"

노트에 쓰면서 속으로 읊조리고 다시 한번 작은 목소리로 소리 내어 읽었다. 간질간질한 웃음이 배에서 입가로 올라왔다. '도서관' 빼고 다른 항목은 첫음절만 이어 붙이면 됐다.

"이쓰카 도서관데 아하프. 이쓰카いつか는 '언젠가', 아하프는 '만나자'는 뜻인 아오우あおう와 발음이 비슷하다"

기와코 씨는 이 수수께끼를 진즉에 풀었음이 틀림없다.

"언젠가 도서관에서 만나자."

그녀가 미야자키에 사는 손녀에게 보낸 엽서 문장과 같았다.

미야모토 유리코,
남녀 혼성 열람실에 앉다

1945년 여름, 일본이 연합군에게 패하며 긴 전쟁 시대가 끝났다. 9월 27일, 일찌감치 진주군이 제국도서관에 찾아왔다. 군복 입은 미국인이 '미국전과조사단원 해군 중위'라고 적힌 일본어 명함을 도서관 직원에게 조용히 내밀었다. 전시 중 병으로 쉬기 일쑤였던 마쓰모토 기이치 관장은 그해 11월 세상을 떠났다.

이듬해인 1946년, GHQ 민간정보교육국(CIE) 소속 필립 키니가 점령기 초대 도서관 담당관으로 부임했다. 이 해, 약탈 도서 반환과 대피 도서 복귀가 시작됐다. 홍콩에서 약탈해온 도서 가운데 '복서 문고'라고 불리던 영국군 복서 소령의 책은 1월 안으로 서둘러 본인에게 반환됐고, 소령은 보관 상태가 좋다고 감사해했다. 나가노로 피난

갔던 귀중본도 돌아왔다.

5월 오카다 나라우가 관장으로 취임하지만, 이듬해 4월 필립 키니가 급히 해고된다. 이유는 그와 그의 아내가 공산당원이었기 때문이다. 대머리에 쉰 살 넘은 키니는 유머러스하고 인정이 넘치는 사람으로, 귀국할 때 "나는 자식이 없으니 입고 돌아갈 옷만 있으면 된다"면서 도서관 직원들에게 의복을 전부 남겨줬다. 입을 것이 부족했던 도서관 직원들은 키니에게서 물려받은 헐렁헐렁한 옷으로 몸을 감싼 채 전후 고된 업무를 처리했다.

후일담이지만 키니는 귀국 후 매카시선풍이 휘몰아치던 모국 미국에서 직장을 잃고 만다. 5년 후 일본에서 찾아간 도서관 직원은 한때 GHQ 도서관 담당관이 뉴욕 변두리 클럽에서 입장권을 잘라주며 겨우 입에 풀칠만 하고 살아가는 모습을 보게 된다.

여하튼 1946년의 일이다. 가을, 제국도서관을 찾아온 이는 학생 시절 뻔질나게 드나들던 주죠 유리코 즉 미야모토 유리코였다. 다이쇼시대 한두 살 나이를 속이고 도서관에서 책을 탐독하던 고이 자란 천재 소녀 유리코는 그 후 미국 유학을 가서 첫 결혼을 했고 이혼했다. 유아사 요시코와의 동거, 소련행을 거쳐 공산당에 입당, 아홉 살 연하인 미야모토 겐지와 결혼, 탄압, 검거, 집필 금지 등등 산전수전 다 겪고 살아남은 그녀의 나이는 마흔여덟 살. 전쟁 중 무기징역 판결을 받고 복역하던 남편 겐지는 2년 전 가까스로 출소했다.

7년 만에 제국도서관을 찾은 유리코는 도서관 변화에 깜짝 놀란다.

"부인 열람실은 어디인가요?"

유리코는 한 학생에게 묻는다.

"여기입니다."

이상해하며 학생이 대답한다. 유리코는 '여기'라고 가리킨 '일반 열람실'로 들어간다. 종전 1년 후 가을, 그곳에는 남녀가 나란히 붙어 앉아 저마다 자유로이 책을 읽거나 조사하거나 뭔가를 노트에 적거나 졸고 있다. 유리코는 일반 열람실에 놓인 딱딱한 나무 의자를 끌어당겨 앉는다. 소녀 시절부터 다녔던 곳의 지금껏 본 적 없는 광경을 바라보며 이 도서관에서 보낸 나날 속 추억들이 유리코의 뇌리에 되살아난다.

1947년 12월 4일, 제국도서관이란 명칭은 폐지되고 국립도서관이 탄생한다.

24

수수께끼가 풀렸으니 이번에는 『보병 제228연대사』를
열람하려다가 후루오야 선생한테 들르는 바람에 도서관에
늦게 도착해서 책 제목만 메모한 후 집으로 돌아왔다. 그러
고는 기와코 씨의 '우에노 헌책방'에 제목을 알려주고 구해
달라고 부탁했더니 며칠 지나지 않아 연락이 왔다.

"다른 가게는 2만에서 3만 사이에 내놔요." 헌책방 아저
씨는 변함없이 공치사를 늘어놓더니 "특별히 4천 엔에 내드
릴게"라고 말했다.

멀지 않은 곳이라 직접 가지러 갈까 하다가 마감이 코앞
인 원고를 끼고 앉아 나가기가 뭣해서 우편으로 받기로 했

다. 예쁜 상자에 담겨 수중에 들어온 책은 빨간 표지가 새것처럼 고왔다. 거의 읽히지 않았구나, 확신하며 책장을 넘기는데 돌연 누군가 써넣은 낙서가 나타났다. 문장 아래 파선이 그어졌거나 인명이 적혀 있었다. 이런 책은 기껏해야 연대에 속했던 사람이나 그 유족에게 넘어가기 마련인데, 이토록 자기 자신 혹은 가족과 관련된 인물이며 사건을 샅샅이 훑어보다니. 제38사단 소속으로 제228연대가 아이치현 및 기후현 일대에 편성된 것은 1939년, 그해 스무 살 이상이던 병사 가운데 지금 생존한 사람은 없을 텐데 말이다.

원래라면 끝머리에 실린 명부에서 '우류 헤이기치'라는 이름을 찾아보면 그만이건만, 문득 파선이 그어진 '각 부대 기록'에 눈길이 갔다. 각 부대 기록은 뭔가 정확한 방침에 따라 기록원이 공식적으로 남긴 글은 아닌 것 같았다. 부대원이 쓴 일기를 그대로 옮기거나 나중에 작전 내용을 떠올려 기록하거나 형식이 제각각이었다. 이만큼 단편을 모아 정리하는 작업이 얼마나 고됐을지 상상이 갔다. 뭐가 됐든 기록을 남긴 사람도, 그것을 모아 편집한 사람도 대부분 이미 귀적에 들었다고 생각하니 지금 책을 손에 쥔 내가 이상하고 놀라웠다.

여하튼 각 부대 기록 중 제13중대 부분에서 '우류'라는 성을 발견했다. 제13중대에서 가장 많이 보이는 이름은 '가네다 닌자부로'로 이 사람이 소대를 통솔했던 모양이다. 그는 부지런히 일기를 썼을 뿐만 아니라 내용도 다른 사람과 조금 달랐다. 전사한 부하 유품에서 여자 사진이 나오자 아직 연인이 죽은 줄 모르겠구나 한숨을 쉬기도 하고 원주민이 품에 안은 아이가 귀엽다고 적기도 했다.

우류라는 성은 부대가 1940년 3월 중국 중산현에 상륙한 다음 날 기록에 등장했다. 중산현은 광둥성에 속하며 광저우와 마카오 사이에 위치한다. 상륙한 날, 어두워지자 비가 내린다. 일본과 달리 중산현은 3월이 우기라 공기가 축축하고 뜨뜻미지근해서 부대는 끊임없이 모기에게 습격당하며 잠 못 이루는 밤을 보낸다. 사위가 희읍스름하게 밝아 올즈음 보초병이 원주민을 데리고 온다. 지난밤에 주변을 서성이길래 전투에 휘말리면 위험하니 보호했는데 아침이 되자 뭐라 뭐라 큰 소리로 떠들어댔다, 현지어라 전혀 알아듣지 못해 어쨌든 가네다 소대장에게 데려왔다고 설명한다.

일본인과 중국인인 만큼 한자로 필담을 나누지만 좀처럼 잘되지 않는다. 손짓 몸짓을 해봐도 이해하지 못한다. 어찌할 바를 몰라 난감해하자 우류라는 일병이 원주민에게 "영어 할 줄 아느냐"고 묻는다. 놀랍게도 필담조차 잘 못하던 원주민 남자는 영어로 뭐라 술술 말하기 시작한다. '안경 쓴 키가 큰' 우류 일병은 그 남자를 한동안 뚫어져라 쳐다보며 이야기를 듣더니 이윽고 뒤돌아서 가네다 소대장에게 보고한다. "이 근처에는 군대가 없다, 위험하지 않으니 이제 집으로 보내달라고 합니다."

이 외에는 우류 일병에 관한 언급은 없고, 가네다 소대장은 마카오나 홍콩과 가까운 지역이라면 들옷 차림 원주민조차 영어를 곧잘 한다는 사실에 충격받는다. 한편으론 지금 영어로 대답하면 적국인 영국의 위대함만 돋보이는 게 아닐지 고민한다. 영국 장교는 일본어 따위는 절대 배우지 않고 절대 쓰지 않으리라 생각하니 자신이 8년간 영어를 배웠음을 여기서 원주민에게 알리면 국위를 손상하는 듯해 영어회화는 우류 일병에게 맡긴다. 이 기술에서만 등장할 뿐, 나중에 제13중대 기록을 차근차근 살펴봤지만 영어를 잘하는 키가 큰 우류 일병은 어디에도 나오지 않았다. 가네다 소대장의 일기도 더는 보이지 않았다.

부대는 이후 홍콩을 공략하며 과달카날에서 라바울까지 격전지를 전전한다. 홍콩을 함락하고 의기양양한 기록이 눈에 띄다가 '아사의 섬'이라 불리던 과달카날섬 기록부터 처절해진다.

1942년 11월 부대는 상륙에 성공하지만 12월 이미 굶주림에 시달린다. "군량 보급 거의 없음, 나무순, 풀뿌리, 도마뱀, 뒤쥐, 별의별 것을 입에 쑤셔 넣어 먹고 말린 야자열매를

성냥개비처럼 가늘게 쪼갠 땔감으로 불을 지피며" 물은 "질
주전자에서 끓이면 문제없다"며 떠다니는 나뭇조각과 나뭇
잎을 밀어 헤치고 반합으로 흙탕물을 떠서 마신다. 그렇게
포탄을 맞기도 전 병사들은 속속 말라리아, 각기병, 대장염
등으로 죽음에 이른다.

　인원이 줄어든 부대는 혼성부대로 새롭게 편성돼 라바
울로 향하고, 제13중대는 1944년 3월 갑작스레 라바울 주진
지에서 떨어진 쿰쿰 지역을 수비하라는 명령을 받는다. 여
기서 제13중대는 끈질기게 밭을 일궈 곡식을 수확하고 악어
를 잡아 살을 발라 먹으며 종전을 맞이한다. 1945년 8월 23
일 호주군에 항복한 부대는 연합군 점령하에 놓였다가 이듬
해인 1946년 3월과 4월 소집 해제되어 각각 우라가와 나고
야에 도착한다.

　끝머리에 실린 명부 중 제13중대에 가네다 소대장 이름
이 있었다. 전사자란이었다. 우류 헤이기치란 이름은 생환
자란 마지막에 (사망)이라는 첨언과 함께 적혀 있을 뿐, 주
소나 연락처는 몰랐던 모양이다. 전쟁터에서 돌아온 그가
언제 우에노로 왔는지는 불분명하다. 분명한 건 1946년 봄
이후였으리라. 기와코 씨는 도대체 어떤 경위로 언제부터
우류 헤이기치와 살게 된 걸까. 빨간 표지의 『보병 제228연
대사』를 아무리 노려봐도 알 수 없었다.

피아니스트의 딸,
제국도서관에 나타나다

제국도서관은 패전한 해부터 2년 몇 개월 동안 '점령지 일본의 제국도서관'으로 존재했다. 이번에는 그런 점령기 도서관 이야기다.

1946년 2월 4일, 지프차 한 대가 우에노 언덕을 올라가 제국도서관 앞에 멈춰 섰다. 운전사에게 기다리라고 한 뒤 젊은 여성이 차에서 내렸다. 윤기 나는 검은 머리에 이목구비가 뚜렷한 이국적인 생김새였다. 그녀는 당시 일본에 주둔하던 20만여 미군 중 한 명이자 60여 여성 군인 중 한 명이었다. 전년도 크리스마스에 일본에 도착했고 민정국에 배속된 지 얼마 되지 않았다.

"헌법 관련 책을 찾고 있습니다."

카키색 제복을 입은 GHQ 직원이자 미국인 여성 등장에 잔뜩 겁을 먹고 몸이 굳어버린 도서관 사서는 그녀가 정확하고 알아듣기 쉬운 일본어를 구사하자 눈이 휘둥그레지며 더욱더 얼어붙었다.

"급해요. 여기서 찾지 못하면 다른 곳도 돌아다녀야 해서요. 히비야도서관과 제국대는 이미 갔다 왔어요. 헌법 관련서라면 어떤 언어로 쓰여 있든 상관없습니다. 영어는 물론 프랑스어, 독일어, 러시아어라도 괜찮아요. 그리고 미국 독립선언문도 부탁합니다. 대헌장으로 시작하는 영국 헌법책도 전부 찾아주세요. 독일 바이마르 헌법책은 필수입니다. 빨리요."

그녀는 조금 초조한지 목소리를 높였다.

"듣고 계시죠? 저, 정말 급하거든요."

사서는 동료와 얼굴을 마주 본 뒤 반사적으로 장서 검색을 시작했다. 젊은 사서가 주뼛주뼛 고개를 들었다.

"스칸디나비아 국가들 헌법은 어떻게 할까요?"

그제야 그녀는 딱딱한 표정을 풀고 스물두 살 아가씨답게 쾌활한 미소를 지으며 대답했다.

"감사합니다, 빌리겠습니다. 서고에 들어갈 수 있나요?"

만약 제국도서관에 마음이 있었다면 이때 퍼뜩 생각났을지도 모른다. 아, 이 아가씨를 분명 본 적 있다고. 도서관은 시간을 거슬러 올라간다. 아직 일본이 중국과 전쟁을 시작하지 않았을 때로 말이다. 바야흐로 다이쇼시대에서 쇼와시대로 막 넘어왔을 시기. 제국도서관과 도쿄음악학교는 이웃해 있었다. 음악학교로 피아노를 가르치러 다니는 키 큰 유대계 러시아인이 가끔 어린 딸과 손을 잡고 우에노공원을 걸어가는 모습을 바라봤던 기억이 떠올랐다.

키 큰 유대계 러시아인의 이름은 레오 시로타, 오스트리아 빈을 거점으로 활약하며 '리스트의 재림'이라 칭송받는 피아니스트였다. 연주 여행 차 극동의 섬나라에 방문한 음악 천재는 악보를 소중하게 품에 안고 열성스레 연주회를 찾아오는 청중이 많은 이 나라에 호감을 느꼈다. 설마 유럽에서 멀리 떨어진 아시아인뿐인 나라에 이렇게 진지하게 서양음악을 듣는 사람들이 있을 줄은 몰랐다. 클래식은 물론이고 일본인들은 당시 현대음악도 이해했다.

시로타를 초청한 도쿄음악학교 교수 야마다 고사쿠는 일본에 머물면서 학생들에게 피아노를 가르쳐달라고 간절히 호소했다. 천재 연주자임에도 자신이 연주하기보다 남을 가르치는 쪽을 더 좋아했던 시로타는 피아노과 교수 자리를 수락하고 빈에 살던 아내와 다섯 살배기 딸 베아테를 데리고 일본으로 건너왔다. 계약은 반년 예정이었지만, 결국 레오 시로타는 이후 17년을 이 나라에서 살았다. 나치가 오스트리아를 합병하고 유대인 박해를 시작해 빈으로 돌아갈 수 없었다.

아버지와 아버지 제자의 연주를 듣기 위해 베아테는 노기자카 집과 우에노를 왔다 갔다 했다. 그 덕에 제국도서관은 피아니스트 딸의 성장을 틈틈이 지켜봤다. 어린 소녀는 열다섯 살 무렵, 전쟁이 치열해지기 전에 홀로 미국으로 유학을 떠났다. 그리고 지금 다시 혼자서 양친이 사는 이 나라로 돌아왔다. 연합군 최고 사령부에 근무하는 직원으로. 제국도서관은 스물두 살이 된 베아테를 기꺼이 맞아들였다.

서고 구석 책상에 쌓인 헌법 관련 서적 대출 절차를 밟으며 베아테 시로타는 장난스레 웃으며 사서에게 말을 건넸다.

"버섯을 많이 땄네요."

"뭐라고요?"

일본어가 능숙한 외국인 여성을 응대하기에도 벅찼던 사서는 이제 더는 영문 모를 일은 겪고 싶지 않다는 듯 원망 섞인 눈으로 그녀를 쳐다봤지만 베아테는 무척 기뻐 보였다.

"이렇게 넓은 서고에서 원서를 찾다니, 어쩐지 가을 산에서 버섯을 수확하는 기분이지 않나요?"

사서는 조용히 머리를 내저었다.

이날, 베아테 시로타가 지프차를 타고 도쿄 시내를 돌아다니며 빌린 책들이 그날부터 9일간을 만들었다. 일본국 헌법 'GHQ 초안'을 준비하는 운명의 9일이다. 그날 아침, 베아테는 GHQ 본부 민정국한 사무실에서 앞으로 민정국 소속 25명이 일본의 새로운 헌법을 작성한다는 이야기를 들었다. 그것은 일급비밀이었지만, 어쨌든 시급히 착수해야 할 난제였다. 스물두 살이란 젊은 나이에 베아테는 인권위원회 위원으로 임명됐다. 극비 지령을 받아 적은 메모지를 뒤에 감춘채 자기 방으로 돌아가는데 같은 위원회 소속인 로스트 중령이 말을 걸었다. 남몰래 귓가에 속삭이듯이.

"당신은 여성이니 여성 권리를 쓰면 어떨까요?"

여러 권의 원서를 품에 안고 제국도서관 복도를 걸어가며 베아테는 로스트 중령이 한 말을 떠올렸다.

나는 이 나라에서 다섯 살부터 열다섯 살까지 살았으니 적어도 다른 미국인보다 이 나라를 잘 알고 있다. 이 나라의 여자아이가 열 살이 채 될까 말까 한 나이에 기루에 팔림을, 여자에게는 재산권은커녕 아무것도 없음을, 아이를 낳지 못한다는 이유로 이혼당해도 아무 말할 수 없음을, '여자들'로 통칭되며 성인 남자와 명백히 차별받음을, 고등교육을 받지 않아도 되는 존재로 여겨짐을, 부모가 정해준 상대와 결혼해 늘 남자 뒤에서 구부정하게 걸어감을.

베아테는 어릴 적부터 사이좋게 지낸 식모 미요를 떠올렸다. 나는 그녀와 이 나라의 여성을 위해 할 수 있는 일을 해야 한다. 내가 헌법 초안을 쓴다면? 베아테는 생각했다. 이 나라의 여성은 남성과 완전히 평등하다고 쓰리라.

신이 나 같은 자그마한 인간에게 이런 큰일을 맡기셨으니 그르치면 안 된다. 이 기회를 그녀들을 위해 사용해야 한다. 서양처럼 '개인'이란 개념이 없는 일본이란 나라는 이 천금 같은 기회에 남녀평등을 주장하지 않으면 앞으로 100년이 지난들 그대로다. 기본적으로 남존여비가 강한 이 나라는 여성 권리를 보장하는 어떠한 법률이든 고민조차 하지 않을 게 틀림없다. 맨 먼저 헌법에 명시해둬야 한다. 베아테는 품 안 빌린 책을 꼭 끌어안고 제국도서관을 떠났다.

패전 후 제국도서관과 도쿄 내 도서관이 한 젊은 미국인 여성에게 헌법 관련 서적을 있는 대로 모두 빌려줬다. 그것들은 베아테분만 아니라 9일 만에 헌법 초안을 작성한 민정국 소속 25명 전원에게 가장 중요한 참고문헌이었다. 어쩌면 제국도서관의 최후이자 최대 임무였을지도 모른다.

덧붙이자면 제국도서관 책들은 GHQ 직원들에게만 '일본국 헌법' 참고 자료로 쓰이지 않았다. 9일 만에 초안 작성을 끝내야 하는 난제를 떠맡은 민정국 25명이 의지한 또 다른 자료는 일본인 연구자 그룹이 만든 민간 초안이었다. 실제로 GHQ 초안에 지대한 영향을 줬다고 알려진 그 초안을 구상한 '헌법연구회'의 중심인물이던 스즈키 야스조는 전쟁 중 도쿄에 머물며 제국도서관을 열심히 드나들었다. 즉 헌법연구회의 '헌법 초안 요강'을 준비한 곳도 제국도서관이었다. 결과적으로 제국도서관은 몸소 자신의 마지막을 준비한 셈이다.

일본국 헌법은 대일본 제국의회에서 심의를 거쳐 1946년 11월 3일 공포됐고 이듬해 5월 3일 시행됐다. 일본은 더 이상 제국이 아니었다. 제국도서관은 정령 제254호에 의해 국립도서관으로 개칭됐다.

"비블리오테크가 없으면 서구 열강과 어깨를 나란히 하는 나라가 될 수 없다."

후쿠자와 유키치의 의견에 따라 세워지고 메이지유신 이후 약 80년 동안 몇 번이나 이름을 바꾸며 변천을 거듭하는 와중에도 일본에서 가장 큰 국립도서관이던 우에노 도서관은 이후 그 역할을 국립국회도서관에 물려주고 지부 도서관이 된다.

25

그 소식은 생각지도 못한 곳에서 날아왔다. 우편함에서 하얀 봉투를 발견하고 필경사가 쓴 것처럼 아름다운 글씨로 적힌 수신인명에 어디 출판사의 임원 교체 통지인가 싶어 뒤집어 봤더니 유코 씨 이름과 미야자키현 주소가 끊김 없이 또렷하게 찍혀 있었다. 유코 씨가 내게 편지를 보내올 이유 따윈 도통 생각나지 않았다. 두근거리는 마음으로 찢어 발기듯 봉투를 열었는데, 내용에 깜짝 놀랐다.

삼가 아룀에서 시작해 삼가 아룀으로 끝나는 틀에 박힌 형식이었지만 "어머니 요시다 기와코의 바다 장례를 치릅니다. 그런고로 바쁘신 와중에 대단히 죄송합니다만, 부디

참석해주시기를 바랍니다"라고 적혀 있었다.

바다 장례는 생전에 기와코 씨가 소망하며 유코 씨에게
부탁했지만 딱 잘라 거절당한 터였다. 도대체 무슨 바람이
불어 바다 장례를 치르겠다는 건지, 전혀 감이 잡히지 않았
다. 사토 씨로부터 뒤미처 편지가 오기 전까지 어리둥절한
채로 하루를 보냈다.

오랜만에 인사드립니다. 잘 지내셨는지요?

뵙고 나서 꽤 시간이 흘렀습니다만, 그 후 조금 알게 된
사실이 있어 전해드립니다.

여러분과 그 이상한 아파트에 다녀온 뒤 기와코 씨를 더
깊이 알고 싶다는 마음과, 그러려면 어떤 방법이 가장
좋을까 하는 의문이 제 안에서 정리되지 않아 한동안 아
무 생각 없이 지냈습니다. 하지만 아무래도 알고 싶어
져서 정초 미야자키에 돌아갔을 때, 기와코 씨의 오빠인
마사카즈 씨를 만나러 갔다 왔습니다. 그 사이 있던 이
런저런 일은 생략하고, 연락처는 어머니를 설득해 알아
냈습니다.

같은 미야자키라고 해도 마사카즈 씨는 오이타에서 가
까운 노베오카시에 홀로 살고 계셨습니다. 제가 찾아가
자 굉장히 놀라셨습니다. 다행히 큰형인 히로카즈 씨의

405

영결식에서 만난 일을 기억하셔서 집에서 이야기를 나눴습니다. 기와코 씨에 관해 별로 기억나는 게 없다고 하시더니, 제가 어떻게든 알고 싶다니까 자기 말고 다른 사람에게 물어보면 뭔가 알아낼지 모른다고 어떤 사람의 이름을 알려줬습니다.

이름은 굳이 밝히지 않겠지만, 기와코 씨와 마사카즈 씨 어머니의 친구셨던 분입니다. 돌아가신 히로카즈 씨의 소꿉친구가 그분 딸이라 아이들이 커서도 친분을 유지했던 모양입니다. 서로 푸념을 들어줄 정도로 친한 사이였으니 뭔가 들었을지 모른다고 하더군요. 본인은 이미 돌아가셨지만, 딸 즉 히로카즈 씨의 소꿉친구는 아직 정정하셔서 그날 영결식에도 오셨답니다. 그래서 히로카즈 씨의 아내분께 연락처를 물었더니 미야자키 시내 맨션에서 남편과 둘이 살고 계셨습니다.

일단 전화로 사정을 설명하고 근처 찻집에서 만나 이야기를 나눴습니다. 처음엔 진짜 나와주실지 의심스러웠는데, 대화를 즐기는 명랑한 분이라 잘 기억난다면 옛일을 들려줬습니다. 듣고 제가 가장 놀란 일은 기와코 씨가 어머니와 헤어진 이유가 어머니가 미야자키에 사는 아주버니의 후처로 들어갔기 때문이랍니다.

기와코 씨와 어머니는 전쟁 중 한때 지바에 있는 외가

쪽 친척 집에 살았다고 합니다. 언제 아버지가 돌아가셨는지는 분명치 않습니다. 그 무렵이었을 수도 있고 아니면 도쿄대공습 이후였을 수도 있습니다. 이것도 확실하지 않습니다. 두 사람이 몸을 의탁한 곳은 지바만이 아니었습니다. 전쟁이 끝나고 식량 사정이 더욱 악화해 지바에 머물기 어려워지자 다른 친척을 찾아갔다고 합니다. 하치오지였다고도 하고, 사이타마나 군마였다고도 하고 혹은 여러 친척 집을 전전했던 모양입니다. 여하튼 모녀가 머물던 곳은 한 곳이 아니었습니다.

어디나 형편은 매한가지라 얹혀사는 모녀에게는 고달픈 시기였을 겁니다. 미야자키에 사는 아주버니의 아내가 병들어 죽자 기와코 씨 어머니가 후처로 들어가기로 했는데, 이때 딸은 두고 혼자 와야 한다는 조건이었답니다. 아이는 이미 두 명이나 있다면서.

왜 그런 일이 벌어졌는지 저로서는 이해하기 어렵지만, 사람 하나 먹여 살리기도 벅차던 시절이었으니 어머니만이라도 다른 곳으로 시집가서 친척 집 식비를 조금이나마 줄여주는 편이 낫다고 판단했겠지요. 게다가 시댁은 그런대로 살림이 넉넉했기에 남겨진 아이에게 얼마쯤 돈을 보내줄 수 있지 않을까 계산했지 싶다고, 그분은 귀띔했습니다.

요컨대 장소가 어디인지는 특정할 순 없어도 어머니와 헤어진 기와코 씨가 살던 곳은 도쿄 우에노는 아닙니다. 마사카즈 씨가 말한 내용과 일치하죠. 한동안 기와코 씨는 친척 집에서 더부살이했지 싶습니다. 그때 일은 이제 본인한테 듣지 못하겠지요. 어쩌면 정말로 잊어버렸을지도 모릅니다. 어머니와 함께라도 살기 거북했을 친척 집에 어떻게 혼자 달랑 남아 지냈을지, 애달플 따름입니다.

기와코 씨는 맡겨진 친척 집을 뛰쳐나온 모양입니다. 여러 번 그랬다고, 이 집 저 집에서 가출을 거듭했다고 하는데, 조금 부풀려졌을 수도 있습니다. 여하튼 기와코 씨는 어머니와 둘이서 친척 집에 얹혀살다가 혼자 남겨진 뒤 마지막 집에서 뛰쳐나와 우에노로 갔으리라고 추측됩니다. 우에노로 직행하는 열차가 있는 점을 고려하면 출발지는 사이타마나 군마였을지도요.

그 후의 일은 정말 알 수 없습니다. 기와코 씨가 가출했던 기간이 얼마나 되는지, 그 사이 줄곧 우에노 판잣집에서 지냈는지 아닌지, 어떤 경위로 판잣집에서 살기 시작했는지, 그곳에서 어느 정도 머물렀는지, 어머니가 미야자키로 시집가서 기와코 씨를 데려오기까지 3년이란 공백 가운데 언제였는지.

히로카즈 씨의 소꿉친구에 따르면 친척이 "집을 나가버

렸다, 이렇게 말 안 듣는 아이는 더 이상 맡지 못한다"고 해서 어머니가 난감해하다가 시댁에 몇 번이나 머리를 조아려 딸을 데려왔다고 합니다. 가출한 딸을 찾으려고 신문 광고를 내거나 인편으로 수소문하는 등 고생 끝에 겨우 찾아냈다는군요.

기와코 씨의 어머니는 우에노 판잣집에서 함께 살던 사람에 대해서는 거의 말하지 않았던 모양입니다. 거처를 알려준 사람이 있었는데 솔직히 어떤 사람인지 모르겠다, 딸을 만나자마자 뭔 일은 없었는지 가장 먼저 의사한테 데려갔다고 말하는 걸 히로카즈 씨의 소꿉친구가 들어 기억했습니다.

기와코 씨는 당시 일곱 살 정도였기에 그 말을 들은 중학생이던 히로카즈 씨의 소꿉친구는 깜짝 놀라 저렇게 작은 여자아이인데 딱하다고 생각했답니다. 그리고 그 때 일은 암묵리에 친구끼리 비밀로 남에게 떠벌리지 않았고, 기와코 씨가 미야자키 생활에 익숙해질 무렵에는 어머니들조차 더는 입에 담지 않았다고 합니다.

그 외에도 아들들에게 알리지 않은 일이 많았지 싶습니다. 기와코 씨의 아버지는 군인도 아니고 전사도 아니라고 합니다. 기와코 씨의 어머니가 "전사했으면 군인연금이나 유족연금을 받았을 텐데"라고 얘기했던 터라 아들들에게 거짓말을 했거나 오해 살 만한 행동을 한 게 아닐까 하더군요.

제가 알아낸 사실은 여기까지입니다. 어쩌면 더 조사해 볼 방법이 있겠지만, 이 이상 몰라도 괜찮습니다. 기와코 씨는 알릴 마음이 없었을 테니까요.

어머니가 미야자키로 떠난 뒤 친척 집에 홀로 남겨진 어린 기와코 씨는 어떤 심정으로 도망친 걸까요? 의지할 사람 하나 없던 기와코 씨는 대관절 어떻게 기차를 타고 어떻게 도쿄에 다다랐을까요? 곧바로 판자집 오빠를 만났을까요, 아니라면 외딴 몸으로 어떠한 밤을 보냈을까요? 이런저런 상상이 머릿속을 맴돌지만, 모두 답이 나오지 않습니다.

그 후 몇 번이나 기와코 씨가 남긴 판잣집 추억을 읽었습니다. 거기에는 기와코 씨가 잊지 않도록 적어두고 싶은, 남기고 싶은 뭔가가 담겨 있으리라 생각합니다.

기와코 씨의 유골을 바다에 뿌리자고 제안한 사람은 저입니다. 어머니는 이미 납골했는데 다시 끄집어내서 뿌리다니 싫어, 법률 위반이라는 억지까지 쓰며 난리법석을 떨었지요. 몰래 하면 아무도 모를뿐더러 어머니가 하고 싶던 장례나 갖가지 재를 착실히 올려 일단 '요시다 가문 며느리'로 무덤에 이름을 새겼으니 이제 해방해줘도 되지 않겠느냐고 설득했습니다. 기와코 씨로부터 가출 DNA를 물려받은 손녀로서 그 일만은 꼭 해드리고 싶었거든요.

더 자세한 사정은 이번에 만나서 천천히 이야기하겠습니다. 그런고로 갑작스러워 대단히 죄송합니다만, 바다 장례에 와주실 수 있을까요?

저는 어머니와 둘이 참여하기 적당한 합동 장례라도 기와코 씨는 만족하리라 생각했는데, 꼭 바다 장례를 해야 한다면 방법은 자신이 정하겠다고 어머니가 우겨서 결국 도쿄만에서 배를 전세 내서 치르기로 했습니다. 정원이 여섯 명이니 만약 시간이 되시면 참석해주시길 바랍니다. 유노스케 군에게도 연락해놨습니다. 이쪽에서는 어머니와 제가 갈 예정입니다. 기와코 씨의 도쿄 친구 가운데 혹시 초대할 분이 있으면 알려주세요. 식은 오후에 시작하니, 그 전에 만나 이야기를 나누면 좋겠습니다. 라인 메시지를 보내도 될까요?

그럼 잘 부탁드립니다.

사토

바다 장례는 2주 후 일요일이었다. 고민 끝에 후루오야 선생을 초대했다. 헌책방 주인은 가족끼리만 하는 일이라며 사양했고, 다마가와에 사는 이소모리 씨는 연락이 닿지 않았다. "어차피 안 올 거야"라고 헌책방 주인이 말했다. "이미 오래전에 작별 인사를 마쳤으니." 생각해보니 그때 이소모리 씨는 오로지 기와코 씨 유품을 전달하기 위해 다마가와에서 찾아온 셈이었다. 조그맣고 동그란 글자가 빼곡히 적힌 기와코 씨의 우에노 이야기만 건네주려고.

장례식은 오후 4시부터였다. 집합 장소는 하루미 부두. 나와 사토 씨, 유노스케 군은 긴자의 오래된 찻집에서 만나기로 했다. 조금 늦게 후루오야 선생이 캐멀 코트에 따뜻해 보이는 목도리를 두르고 나타났다. 상복이 아니어도 된다고 했는데 코트 안에는 검은색 정장, 넥타이도 검은색이었다. 사토 씨는 흰색 니트를, 유노스케 군은 황록색 원피스를 입었다.

"처음 뵙겠습니다."

사토 씨는 흥미진진한 표정으로 전 대학교수에게 인사를 건넸다.

"이쪽이 일전에 말한 기와코 씨의 친구인 후루오야 호사이 선생."

유노스케 군이 소개하자 후루오야 선생은 무슨 생각을 했는지 등을 퉁기듯 꼿꼿이 펴며 "친구?"라고 하늘을 향해 한마디 내뱉었다. 그러고는 한 박자 쉬며 마음을 가다듬은 뒤 사토 씨를 바라보며 "소울메이트입니다"라는 기묘한 자기소개를 했다. 후루오야 선생이 기와코 씨의 소울메이트였다는 사실에도 놀랐지만, 어느새 유노스케 군이 사토 씨와 연락을 주고받았다니 또 한 번 놀랐다.

"어라? 언제부터?"

"아, 지금 센다이에 있는 회사와 일을 하는데. 출장 간 김에 만났어."

"지난 연말이었던가. 처음 만난 게……."

유노스케 군과 사토 씨는 서로 확인했다. 나는 둘이 '연락을 주고받은' 것만이 아니라 출장을 갈 때마다 만났다는 사실을 전혀 알지 못했다. "어머니는 어디에?"라고 묻자 사토 씨는 생글거리며 "쇼핑 중. 미쓰코시백화점 앞에서 만나기로 했어요"라고 대답했다.

후루오야 선생은 기와코 씨와의 관계를 손녀에게 설명할 생각이 전혀 없어 보였기에 화제는 대부분 우류 헤이기치에 치우쳤다. 예의 엽서 속 수수께끼 정답을 발표하자 유노스케 군은 미간을 찌푸리고 입을 살짝 벌린 채 먼 곳을 응시하는 이상한 얼굴로 '오, 오' 하며 고개를 끄덕였다. 후루오야 선생은 "그런 게 아닐까 생각했지"라며 못내 아쉬워했고, 사토 씨는 웃음을 터뜨렸다.

"언젠가 도서관에서 만나자, 라니. 할머니가 내게 보낸 엽서와 똑같아!" 그러고는 한바탕 가출 이야기를 늘어놓았다.

"당시에 만나지 않았을까?"

유노스케 군이 집게손가락으로 자신과 사토 씨를 번갈아 가리켰다.

"안 만났어."

"그럴까?"

"봤으면 기억하겠지, 어떻든 간에."

"그렇긴 해도 시기가 맞아떨어지잖아."

"시기상으론 가능하지만 만난 적 없어."

"그럴까?"

유노스케 군은 물고 늘어졌지만, 후루오야 선생도 사토 씨 쪽에 승산이 있다고 판단했다.

"다만 여름이라서 차가운 음료는 2층 냉장고에서 꺼내 먹으라고 해서 2층에는 갔어."

"왔었네!"

"왜냐하면 2층에만 냉장고가 있었으니까."

맞아, 맞아, 우리는 입을 모으며 그 작은 목조 주택을 떠올렸다. 좁은 골목으로 들어가서 아무렇게나 깔린 납작한 돌을 밟고 막다른 곳에 이르면 이가 맞지 않는 미닫이문이 달리고 약간 지붕이 우그러진 기와코 씨 집이 있었다. 들어서면 오래된 책이 무너질 듯 쌓인 데다 엄청나게 좁은 부엌.

히구치 이치요 전집이며 작은 밥상이며 길쭉한 옷장. 검은 윤기가 흐르던 가파른 계단까지 또렷이 기억했다.

"그 방에서 지내던 기와코 씨는 정말 행복해 보였어요." 사토 씨는 부드럽게 눈웃음을 지었다.

"집을 나와 도쿄에 온 기와코 씨는 그토록 원하던 자기 자신으로 살아갔다고 생각해요. 그래서 바다도 미야자키가 아닌 도쿄로 정했어요."

"미야자키 바다가 더 예쁘긴 하지."

후루오야 선생이 엉뚱한 추임새를 넣자 사토 씨는 "뭐, 그렇죠"라며 웃었다.

"그보다 어머니가 용케 받아들였네. 절대로 바다 장례는 안 된다고 했거든."

사토 씨는 심호흡하듯 천천히 숨을 들이쉬고 후유 내쉬며 "정말, 정말, 정말로 힘들었어요"라고 말했다.

기와코 씨의 우에노 시절을 이야기하자 유코 씨는 전부 망상이라며 매우 강하게 반발했다. 창작일 가능성은 있어도 통째로 망상은 아니라고, 사토 씨는 자신이 아는 한도 내에서 자세히 설명했다. 처음엔 질색하던 유코 씨도 마지막에는 조용히 들어주더니 중간에 불쑥 물었단다.

—우에노에서 지낸 생활이 미야자키에서 평범하게 살던 나날보다 어머니에게 더 소중했다는 거야? 네 할아버지

가 그런 사람이라 뜻대로 되지 않는 일이 많았던 건 알지만, 여기서 가족과 함께 지내며 아버지와 결혼하고 딸을 낳은 생활보다 뭐가 뭔지 잘 모르는 전후 혼란했던 시절이 더 중요했다는 거야? 보통은, 보통 사람이라면 잊고 싶은 시간은 그쪽 아니야?—

"저는 이렇게 대답했어요. 소중했던 것은 전후 혼란하던 생활이 아니라, 스스로 결단을 내리고 집을 나와 40대부터 살아온 생활이지 않을까. 뜻대로 되지 않던 것은 어릴 때부터 쭉 그랬을 거잖아? 아주 어릴 적은 모르겠지만, 철이 들 무렵에는 이미 친척 집이었으니 결코 마음 편하지 않았을 거 아니야? 미야자키에 와서도 분명 어머니 눈치를 보며 주눅 들어 지냈겠지. 결혼 생활 역시 그랬을 거야."

사토 씨 옆에서 아주 왜소한 할아버지가 되어버린 후루오야 선생이 손수건을 꺼내 코를 풀었다. 사실 기와코 씨의 어린 시절, 특히 어머니와 둘이서 친척 집을 전전하다가 어머니마저 떠난 나머지 가출해서 우에노에 다다른 대목부터 후루오야 선생은 내내 눈물을 흘렸다.

"기와코 씨는 딸을 열여덟 살까지 키우고 나서야 혼자 도쿄에 올라와 도서관을 드나들며 자신을 다시 가꿨을 거야. 기억의 파편을 더듬으며 원래 자신이 되기 위해 필요한 이야기를 만들려고 했던 게 아닐까, 라고요."

나는 그 작은 방에 오래된 책을 쌓아 올린 채 제 딴에는 진지하게 '도서관 소설'을 쓰려던 기와코 씨를 생각했다. 자루처럼 헐렁한 치마를 입은 그녀의 짧은 머리는 하얬지만 언제나 소녀 같았다.

미쓰코시백화점 앞에서 만난 유코 씨는 어딘가 뻥 뚫린 느낌이었다. 사토 씨로부터 유노스케 군 얘기를 들었는지 그다지 놀라지 않았다. 후루오야 선생과 내게 "오늘 와주셔서 감사합니다"라며 어른스러운 인사를 건네고는 딸과 둘이 서둘러 택시를 잡아타고 가버렸다. 나와 유노스케 군과 후루오야 선생은 조금 기다렸다가 잡은 택시에 올라탔다. 부두까지는 15분 정도 걸렸다.

"난 저 사람, 싫지 않아."

택시 안에서 유노스케 군이 말했다.

"저 사람이라니, 유코 씨?"

"응. 싫지 않달까, 이해돼. 솔직한 사람이야."

조수석에 앉은 후루오야 선생은 아무런 반응이 없었다. 귀가 약간 먼 탓에 들리지 않는 모양이었다.

"이해돼, 뭐가?"

"부모란 어려운 존재잖아. 부모와 자식 사이란 게 잘 안 되면 무척 힘들어."

"유노스케 군 어머니는 기모노까지 물려준다며?"

그렇게 되묻자 유노스케 군은 응, 이라고 대답한 후 다른 이야기를 꺼냈다.

"나는 트랜스젠더가 아니라 크로스드레서야. 트랜스베스타이트라고도 표현해. 성을 여성으로 바꾸고 싶진 않지만, 여자 옷을 입는 쪽이 더 마음이 편하고 자유를 느껴. 연애 대상은 여성이 더 많아. 과거에 남자와 사귀기도 했어. 이해하겠어?"

잠시 생각한 끝에 고개를 끄덕였다.

"이해하기 쉽지 않지. 그래, 어머니는 열심히 애쓰고 있어. 하지만 아버지는……."

유노스케 군은 그대로 가만히 밖을 바라봤다. 번잡한 긴자를 벗어나 벌써 부두가 가까웠다.

"게다가 비교적 옷 취향도 비슷하고."

창밖을 향하던 시선을 이쪽으로 돌리며 유노스케 군이 말했다. 대화 흐름을 놓쳐버린 나는 당황했다.

"누구랑 누구?"

"나랑 유코 씨."

지정된 부두 선착장에서 보수적인 옷차림을 한 유코 씨가 딸과 함께 기다렸다. 승선한 배 안에는 제단이 마련되어 유골함이 아름다운 꽃잎에 파묻혀 있었다. 기와코 씨의 유골은 이미 뼛가루로 처리돼 수용성 봉지에 담긴 상태였다.

모든 장례 의식을 진행하는 담당자인 듯한 감색 정장을 입은 여성이 공손하게 사방 5센티미터 남짓한 상자를 두 개 꺼내 유골함 양옆에 놓았다.

"반지예요. 안에 기와코 씨의 뼈 일부가 들어 있어요."

사토 씨가 나와 유노스케 군에게 작은 목소리로 알려줬다.

"뭐? 뼈?"

"어머니가 납골 서비스 회사 카탈로그에서 발견했어요. 꼭 반지를 만들고 싶다고 해서요. 저와 어머니에게 하나씩. 그게 어머니가 내건 마지막 조건이었어요."

"괜찮지 않아? 새끼손가락 끝마디뼈 정돈 갖고 있어도."

"바다 장례를 치러주잖아. 기와코도 별말 안 할 거야."

후루오야 선생이 진지한 얼굴로 거들었다. 선실 안쪽에 자리 잡고 앉아 이어폰으로 음악을 듣는 유코 씨와 움직이기 싫다는 후루오야 선생을 뒤로하고 나와 사토 씨, 유노스케 군은 갑판으로 나왔다.

"얼마 전에 「마술피리」를 또 봤어요. 센다이에서 공연이 있었는데, 유노스케 씨가 티켓을 줬어요."

사토 씨가 말했다.

"고객한테 받은 거야. 어땠어?"

"좋았어요. 「마술피리」에 대한 관점이 조금 바뀌었어요."

"관점이?"

"응. 어머니의 지배에서 벗어나는 딸 이야기인 줄 알았는데, 어머니 시점에서 보면 다르더라고요."

"어머니 시점? 밤의 여왕 시점이라는 말이지?"

"맞아. 여성이 결속해 남성 지배에 맞서 싸우자는 이야기랄까."

"밤의 여왕과 자라스트로의 싸움이라."

"밤의 여왕이 딸을 설득해 함께 싸우자, 자라스트로를 쓰러뜨리자고 하지만 결국 지고 만다는."

"연출을 그렇게 했더라고요."

"그렇구나. 모차르트가 작품에 그런 의도를 담았을 리 없지만, 현대적으로 해석하면 그 연출도 나름 일리 있네."

"기와코 씨는 어머니가 함께 싸워주길 바랐을지도요."

"기와코 씨가 밤의 여왕이구나. 그 아리아를 열창하는."

"유코 씨가 딸 파미나고. 자라스트로의 관문에 들어가서 타미노와 결혼해버리지만."

"어머니는 기와코 씨의 가치관을 받아들이지 않았으니까요."

"글쎄, 어떨까? 아직 모르잖아."

유노스케 군이 말하자 사토 씨는 고개를 크게 한 번 끄덕였다.

"사실 「마술피리」를 그런 식으로 보는 게 맞나 싶기도 했어. 결국 내 생각은 말이야."

"사토 씨의 생각은?"

"「마술피리」 오페라에서 가장 좋은 점은 온갖 시련을 겪
은 파파게노가 행복해지는 부분이에요!"

"그거 좋지."

"나도 동감."

우리가 대화를 나누는 사이 배는 하네다 앞바다에 다다
랐다. 선장이 바다 장례를 시작하겠다는 안내 방송을 했다.
후루오야 선생과 유코 씨가 코트를 입고 갑판으로 나왔다.

오후가 거의 끝나갈 시간이라 태양은 서쪽으로 기울어
져 있었다. 3월 바다는 따뜻하진 않아도 파도 한 점 없는 맑
은 날이라 작별 인사를 고하기에 그만이었다. 감색 정장을
입은 여성이 상자 두 개를 열었고, 유코 씨와 사토 씨는 작은
보석이 몇 개 박힌 은반지 한 쌍을 꺼내 저마다 오른손 약지
에 끼웠다.

딸과 손녀는 종이풍선을 하늘로 날려 올리듯 하얀 봉지
에 담긴 뼛가루를 바다로 조심스레 던져 보냈다. 우리는 꽃
잎을 집어 바다에 흩날리고 술을 조금 뿌렸다. 뼛가루는 바
다에 집어삼켜져 금세 가라앉았다. 꽃잎만 한들한들 수면을
떠돌았다. 조용한 이별, 인사도 음악도 없었고 아무도 울지
않았다. 기와코 씨가 어디선가 미소 짓고 있는 것 같았다. 배

는 하네다 앞바다를 선회해 하루미 부두로 돌아가고 태양은
천천히 서쪽으로 넘어가는 중이었다.

"이건 장례가 아니야. 축제야."

유노스케 군 팔을 붙잡고 간신히 갑판에 선 후루오야 선
생이 바닷속으로 녹아드는 석양을 바라보며 말했다.

"축제?"

"응. 기와코가 이 세상에 태어나 생을 마감했음을 기리는
축제야."

배에서 내리자 모녀와 후루오야 선생은 부두로 택시를
불렀다. 나와 유노스케 군은 각각 목적지가 다른 버스를 타
기로 했다. 모녀는 호텔에서 하룻밤 자고 내일 아침 미야자
키와 센다이로 돌아갈 예정이었다. 헤어질 때 유코 씨에게
들리지 않도록 귓속말로 물었다.

"오늘 어머니, 근사하더라. 어떻게 설득했어?"

사토 씨는 쑥스러움을 감추려 콧등을 잔뜩 찡그리며 밉
살스러운 아이 표정을 지어 보였다.

"엄마 사랑해, 낳아줘서 고마워, 라고 말했어요."

한 가지 마음에 걸리는 일이 있어 이튿날 오전 다시 한
번 국립국회도서관을 찾았다. 우류 헤이기치라는 이름을 어
디선가 본 적 있는 듯했다. 『보병 제228연대사』를 눈에 핏
발이 설 만큼 샅샅이 뒤졌기에 당연히 그 이름을 활자로 봤

을 터였지만, 그 책이 아닌 다른 곳에서 인쇄된 이름을 봤던 것 같았다. 생각해보니 기우치 료헤이라는 필명으로 동화를 쓰던 사람이니 우류 헤이기치라는 본명으로 다른 글을 썼을 가능성이 충분했다.

검색용 컴퓨터에 '우류 헤이기치'를 입력했다. 아무것도 나오지 않았다. 본명으로 남긴 서적은 없다는 뜻이었다. 다음으로 '기우치 료헤이'를 쳐봤다. 역시나 예의 『도서관의 고아』만 나왔다. 결국 이 사람이 남긴 책은 지금은 더 이상 읽히지 않는 얇은 어린이용 총서 한 권밖에 없는 모양이다. 모처럼 국회도서관까지 나왔는데 수확이 없어 아쉬운 마음에 또다시 『도서관의 고아』를 컴퓨터 화면으로 불러냈다.

이전에도 훑어본 동화집이었지만, 우류 헤이기치라는 인물의 단편을 알고 나서 읽으니 「도서관의 고아」말고 다른 동화도 나름대로 흥미롭게 느껴졌다. 예를 들어 「악어와 병정」이라는 이야기는 라바울에서의 경험을 바탕으로 쓴 것 같았고, 확실히 지명이 나오진 않지만 홍콩을 배경으로 삼은 환상담이 실려 있었다. 「도서관의 고아」를 재차 읽으면서 기와코 씨는 큰 오빠 배낭에 들어갈 만큼 진짜로 작았을까 생각하기도 했다. 기와코 씨는 이 동화를 읽고 나서 자신의 기억을 조금 수정했을지도 모른다.

마지막 페이지까지 스크롤을 내리다가 손을 멈췄다. 아,

내가 바로 여기서 봤구나 하며 놀랐다. 얇은 책자 마지막 페이지에 동화보다 더 작은 글씨로 '후기'라고 적힌 글이 나왔다. 예전에 봤을 때는 이름이 달라 읽지 않고 그냥 지나쳤던 걸까. 거기에는 시 한 편과 작가로 추정되는 우류 헤이기치라는 이름이 활자화되어 있었다.

후기에서 한 줄 띄우고 "이 총서는 어린이 정서교육에 기여하기 위해 편찬했습니다. 나가구쓰문고는 일반 서점에서는 취급하지 않습니다. 전국의 공립 도서관 및 학교 도서관에만 배포합니다. 공립 도서관과 학교 도서관의 의의는 오늘날 점점 커지고 있음을 두말할 나위가 없습니다." 또 한 줄 띄우고 갑자기 시작되는 제목도 아무것도 없는 시.

문은 열릴지니
부모 없는 아이에게
다리 잃은 병사에게
갈 데 없는 노파에게
명랑한 남녀추니에게
분노에 찬 야생 곰에게
슬픈 눈을 가진 남양 코끼리에게
저것은
화성으로 향하는 로켓에 올라타는 비행사들

불을 피우고 둘러앉는 법을 터득한 고대인들
그것은
꿈꾸는 자들의 낙원
진리가 우리를 자유롭게 하는 곳

– 우류 헤이기치

'진리가 우리를 자유롭게 하는.' 어디선가 본 문장 같아 고개를 들었다. 내가 앉은 국립국회도서관 도쿄 본관 목록 홀, 눈앞 서가 카운터 위쪽에 그리스어 원문과 함께 새겨져 있었다.

국립국회도서관 지부
우에노 도서관 앞

한 귀환병이 도서관 앞에 섰다. 도서관은 예전에 다녔을 때와 이름이 바뀐 상태였다. 약간 경사진 입구로 들어가려던 그는 나무 그늘에서 뭔가 움직이는 기척을 느꼈다. 시선을 돌리자 아이가 한 명 쭈그려 앉아 있었다. 그대로 안으로 들어가서 이것저것 알아보고 밖으로 나오니 몇 시간 전에 봤던 아이가 아직 그곳에 있다.

"넌 어디서 왔니? 여기서 뭐 하고 있어?"

귀환병이 말을 걸었다. 아이는 아무 말도 하지 않았다.

"이름이 뭐야?"

아이가 작은 목소리로 대답했다.

"기와코."

100년 넘는 세월을 간직한
르네상스 양식의 고풍스러운 외관

도서관이 사랑한 작가들

나가이 가후(永井荷風 1879~1959) 40쪽

유시마성당 내 '도쿄서적관' 시대를 이끌었던 나가이 규이치로의 아들로 태어났다. 1902년 『지옥의 꽃』으로 문단에 데뷔, 아버지의 권유로 미국을 거쳐 프랑스에 머물다가 1908년 귀국, 이듬해 출간한 『프랑스 이야기』를 비롯해 『환락』, 『여름 옷차림』, 『솜씨 겨루기』 등이 풍기 문란이란 이유로 판매 금지됐다. 이후 동시대 문명에 대한 혐오감을 토로하며 탐미주의 화류소설 『묵동기담』, 산책 수필 『게다를 신고 어슬렁어슬렁』 등을 발표했다.

아와시마 간게쓰(淡島寒月 1859~1926) 75쪽

화가인 아와시마 진가쿠의 아들로 태어나 어린 시절부터 서양 학문을 익혔다. 1870년 후쿠자와 유키치 글을 읽고 서양 문화에 심취, 미국 귀화를 준비하던 중 유시마성당 내 도쿄도서관에서 에도시대 통속소설을 필사하며 이하라 사이카쿠를 알게 됐다. 이후 도서관에서 친분을 쌓은 고다 로한과 함께 잊힌 옛 문학 발굴에 앞장서는 한편 그림, 음악, 수집 등 온갖 풍류를 즐기며 평생 향락주의자로 살았다.

고다 로한(幸田露伴 1867~1947) 75쪽

가정 형편이 어려워 중학교를 중퇴한 열네 살 때부터 도시락을 싸 들고 도쿄도서관에 다니며 중국 고전이나 일본 역사·문학 등 닥치는 대로 책을 읽었다. 전신 기사로 홋카이도에 부임하지만 1887년 돌연 그만두고 도쿄로 돌아와 창작에 매진했다. 1892년 야나카 덴노지 절을 무대로 한 『오층탑』으로 작가 지위를 확립한 뒤 소설은 물론 문학 평론, 사상 연구를 넘나들며 방대한 작품을 남겨 메이지시대를 대표하는 문학가로 자리매김했다. 오자키 고요와 함께 일본 문단에 고로시대(紅露時代)를 열었다.

히구치 이치요(樋口一葉 1872~1896) 105쪽

어릴 적부터 문학적 재능이 뛰어났지만 소학교 졸업 후 여자에게 더 이상 교육은 필요 없다는 어머니의 반대로 학업을 잇지 못했다. 1889년 아버지가 죽고 나서 열일곱 살부터 집안 생계를 책임지며 빨래와 바느질로 돈을 버는 한편 제국도서관을 드나들며 책 읽기에 열중했다. 특히 작가가 되기로 결심하고 습작을 거듭하던 1891년 일기를 보면 30회 이상 혼자 가서 "읽으면 읽을수록 긴 하루도 어느새 저물녘"이 될 만큼 독서를 즐겼고 등단한 뒤에도 집필 자료를 구하러 왔다. 1892년 「밤 벚꽃」을 발표한 이후 요시와라 유곽 근처에서 잡화점을 운영한 경험을 녹인 「키 재기」를 써서 주목받았다. 스물네 살, 폐결핵으로 숨을 거두기 전 '기적의 14개월'이라 불리는 기간 주옥 같은 단편을 남겼다.

모리 오가이(森鷗外 1862~1922) 108쪽

도쿄대 의학부 졸업 후 독일에서 위생학을 연구하는 한편 문학과 미술에도 남다른 재능을 보였다. 1890년 소설 「무희」로 문단에 데뷔, 「아베일족」, 「기러기」 등 일본 근대문학에 한 획을 긋는 걸작을 다수 남겼다. 또 안데르센이나 괴테의 작품과 문학 이론을 꾸준히 번역해 소개했다. 1916년 제국도서관이 소장하던 『에도 감도 목록』을 읽다가 에도시대 말기 의사이자 고증학자인 시부에 주사이를 알게 되어 그의 생애를 다룬 전기소설 『시부에 주사이』를 집필했다.

와쓰지 데쓰로(和辻哲郎 1889~1960) 127쪽

1906년 제일고등학교에 입학해 다니자키 준이치로 등과 함께 문예부로 활동하며 제국도서관을 자주 드나들었다. 수필집 『자서전의 시도』에 따르면 "도서관에서 마음 편히 차분하게 오스카 와일드와 윌리엄 워즈워스 원서를 읽으며 하루를 보냈다." 도쿄대에서 철학을 전공, 정신적 자유와 사색을 중시하는 자신만의 사상을 완성했고 나라의 사찰 건축과 불상의 미를 재발견한 『고사순례』로 명성을 쌓았다. 이후 동서양을 아우르는 철학을 바탕으로 문학과 예술을 논한 글을 다수 발표했다.

다니자키 준이치로(谷崎潤一郎 1886~1965) 128쪽

1910년 도쿄대 국문과 재학 중 「문신」으로 문단에 등장했다. 이듬해 학비 미납으로 퇴학당한 뒤 창작에 매진, 여러 단편이 나가이 가후로부터 극찬받았다. 1917년 학창 시절 추억을 토대로 제국도서관에서 만난 인도인과 주인공(준이치로 자신)의 신기한 교류를 그린 「핫산 칸의 요술」을 발표했다. 이후 탐미주의적 색채로 에로티시즘과 마조히즘을 그려낸 작품을 선보이며 자신만의 독특한 문학세계를 구축했다. 1943년부터 1948년에 걸쳐 오사카의 자매 이야기 『세설』을 완성했으며, 1958년 노벨문학상 후보로 추천된 이래 일곱 차례 후보에 올랐다.

기쿠치 간(菊池寬 1888~1948) 128쪽

1910년 스물두 살에 제일고등학교 입학, 아쿠타가와 류노스케와 친분을 쌓는 한편 제국도서관에서 살다시피 했다. 『반자서전』에 "도쿄에서 아무것도 감탄스럽지 않았지만 도서관만큼은 충분히 놀랐고 또 충분히 만족했다"고 밝혔을 정도. 졸업 직전 누명을 쓰고 퇴학당한 뒤 검정시험을 거쳐 교토대 영문과에 진학, 졸업 후 도쿄에서 기자로 일하며 문단에 데뷔했다. 『진주부인』으로 인기 작가가 됐고, 『분게이슌주』를 창간해 신진 작가 발굴에 나섰다. 1935년 친구 아쿠타가와 류노스케와 나오키 산주고를 기리며 아쿠타가와상과 나오키상을 만들었다.

아쿠타가와 류노스케(芥川龍之介 1892~1927) 129쪽

1913년 도쿄대 영문과에 입학, 이듬해 첫 소설 「노년」을 발표했다. 1915년 훗날 대표작이 되는 「나생문」을 선보였지만 큰 이목을 끌지 못하다가 「코」가 나쓰메 소세키에게 극찬받으며 이름을 알렸다. 마이니치신문에 전속 작가로 입사해 창작에 전념하며 10년 남짓한 작가 생활 동안 140여 편의 단편을 남겼다. 초기에는 설화문학에서 취한 소재를 재해석한 작품을, 후기에는 예술지상주의를 바탕으로 한 작품을 다수 집필하며 명성을 쌓았다. 1925년 발표한 자전적 소설인 「다이도지 신스케의 반생」에 따르면 제국도서관 첫 인상은 "높은 천장, 큰 창문, 무수한 의자를 가득 채운 무수한 사람들이 공포스러웠"지만 "두세 번 찾으니 익숙해졌고 수백 권 넘는 책을 빌려 읽었다."

미야자와 겐지(宮沢賢治 1896~1933) 140쪽

모리오카고등농림학교에 입학, 대표작 『은하철도의 밤』에 등장하는 캄파넬라의 모델로 추정되는 호사카 가나이 등과 동인지 『아자리아』를 창간해 단가와 동화를 발표했다. 1921년 동화 작가를 꿈꾸며 도쿄 인쇄소에서 일하며 창작에 몰두하다가 여동생의 병 소식에 고향으로 돌아왔다. 이후 농업학교 교사로 재직하며 '심상스케치'라 이름 붙인 자유시를 쓰기 시작했고, 1924년 동화집 『주문이 많은 요리점』을 자비 출판했다. 교사를 그만두고 농민운동을 펼치는 한편 꾸준히 작품을 발표했지만, 끝내 빛을 보지 못했다. 사후 미완성인 채로 『은하철도의 밤』이 출간돼 재조명받았다. 호사카 가나이가 남긴 미야자와 겐지가 보낸 편지(73통)에 따르면 둘은 1921년 7월 18일 제국도서관에서 만나 결별했으며, 그 후 심정을 미야자와 겐지는 「도서관 환상」에 토로했다.

우노 고지(宇野浩二 1891~1961) 174쪽

와세다대학 영문과에 입학했지만 졸업 시험에 낙제해 중퇴, 하숙을 전전하며 가난한 생활을 이어가다가 1919년 「곳간 속」을 발표하며 이름을 알렸다. 비참하고 우스꽝스러운 인간 군상을 꾸밈없는 문체로 그린 소설을 잇따라 선보이며 인기 작가가 됐다. 1927년 발표한 밤낮없이 집필에 몰두하는 자신의 모습을 담은 「일요일(어쩌면 소설 귀신)」을 계기로 '소설 귀신' 또는 '문학 귀신'으로 불렸다. 친구 아쿠타가와 류노스케의 자살로 신경쇠약에 걸려 한동안 요양 생활을 보냈다. 6년 후 『고목이 있는 풍경』으로 재기한 뒤 냉엄한 인생을 건조하고 긴 호흡으로 묘사한 작품을 다수 남겼다.

요시야 노부코(吉屋信子 1896~1973) 199쪽

남존여비 사상을 답습하던 집안과 현모양처 육성이라는 당시 여학교 교육에 반감을 품으며 어린 시절부터 작가를 꿈꿨다. 잡지에 짧은 글과 시를 투고한 끝에 1916년 『소녀화보』에 「은방울꽃」(『꽃 이야기』 1화)이 실리며 문단에 데뷔했다. 『꽃 이야기』가 여학생들의 압도적인 지지를 받으며 일약 인기 작가로 등극, 학원물과 시대물을 넘나들며 소녀소설이란 새로운 장르를 확립했다. 수필 「도서관」에 따르면 1915년 상경한 직후 히비야도서관, 제국도서관, 오하시도서관을 돌아다니며 책을 탐독했는데, "제국도서관은 모든 감촉이 거칠고 어둡고 비참했다"고 적었다.

미야모토 유리코(宮本百合子 1899~1951) 201쪽

1916년 열일곱 살에 「가난한 사람들의 무리」로 데뷔, 천재 작가로 주목받았다. 미국 유학 중에 만난 언어학자 아라키 시게루와 결혼하지만 이혼, 러시아문학자 유아사 요시코와 공동생활하며 공산주의 사상에 매료돼 프롤레타리아 작가로 활약했다. 문예평론가인 미야모토 겐지와 결혼, 1933년 남편이 치안유지법 위반으로 투옥되는 한편 자신도 구속과 석방을 거듭했다. 전후 사회상을 여성의 시선으로 섬세하게 그려낸 『노부코』, 『반슈평야』 등 역작을 남겼다. 여학교 시절 내내 제국도서관을 드나들며 책을 탐독했는데, 1913년 일기에 "부인 열람실에서 2층 책 대여 창구까지 엄청나게 멀다"고 적었으며 1947년 수필 「도서관」을 통해 당시를 회상했다.

하야시 후미코(林芙美子 1903~1951) 202쪽

어린 시절부터 행상하는 부모를 따라 여러 지방을 떠돌아다녔다. 학교 졸업 후 도쿄로 올라와 사무원, 여급 등으로 생계를 이어가며 책을 읽고 그림을 그렸다. 1930년 자기 경험을 일기체로 고백한 『방랑기』로 인기 작가가 됐다. 그 인세로 이듬해 혼자 유럽으로 여행을 갔다 돌아와 『삼등여행기』를 펴냈다. 1935년 발표한 「문학적 자서전」에 따르면 『방랑기』를 발표한 직후 1년 남짓 제국도서관을 매일같이 다니며 닥치는 대로 책을 읽은 탓에 난시가 심해졌다. 이후 사소설적 소설에서 벗어나 여성 자립과 사회문제를 파고드는 작품을 꾸준히 선보인 결과 1948년 여류문학자상을 수상했다.

야마모토 유조(山本有三 1887~1974) 232쪽

도쿄대에서 독문학을 전공, 1920년 희곡 「생명의 관」으로 문단에 데뷔했다. 일본 신극 기초를 다지는 한편 소설 창작에도 힘을 쏟아 『여자의 일생』, 한 소년의 성장을 다룬 『길가의 돌』로 대중 작가 반열에 올랐다. 1934년 정부 검열에 반대하는 목소리를 높여 '불온한 작가'로 찍혔고 공산당에 자금을 제공했다는 혐의로 체포당하기도 했다. 미야자키 하야오의 「그대들은 어떻게 살 것인가」의 원작 소설이 포함된 청소년용 '일본 소국민 문고'(16권) 시리즈를 기획하고 편집했다.

고바야시 다키지(小林多喜二 1903~1933) 237쪽

일본 프롤레타리아문학을 대표하는 작가로 군국주의와 제국주의에 반대했으며 노동자들의 혹독한 삶과 투쟁을 글을 통해 알리는 데 주력했다. 첫 소설인 『1928년 3월 15일』을 비롯해 북양어업의 가혹한 실상을 기록한 『게 공선』이 발매 금지됐다. 이후 공산주의 지하운동을 전개하다가 경찰에 체포돼 모진 고문을 받은 끝에 서른 살의 젊은 나이로 생을 마감했다.

오다 사쿠노스케(織田作之助 1913~1947) 265쪽

교토대 문과에 입학했지만 시험 도중 각혈로 쓰러져 졸업하지 못했다. 요양 생활을 끝내고 희곡 집필에 몰두하다가 스탕달 영향을 받아 소설 습작을 한 끝에 1938년 「비」를 발표해 호평받았다. 신문사 기자로 일하면서 오사카 뒷골목 가게를 무대로 한 「부부 단팥죽」으로 인기를 얻었고, 1941년 『청춘의 역설』이 반군국주의 작품으로 발매 금지됐다. 이후 다자이 오사무, 사카구치 안고와 함께 '무뢰파'를 형성, 전후 기성 문학을 비판하는 작품을 꾸준히 선보였다.

니와 후미오(丹羽文雄 1904~2005) 265쪽

1935년 『은어』로 문단의 인정을 받은 이래 애욕과 관능의 생태를 묘사한 작품을 잇달아 발표해 인기를 끌었다. 중일전쟁 당시 펜부대(종군 작가 부대)에 참여할 정도로 정부 친화적인 작가였음에도 1941년 내무성의 대량 금서 사건 때 『중년』이 풍기 문란이란 이유로 발매 금지 처분됐다. 전후 도쿄 긴자를 무대로 한 풍속소설을 다수 발표하다가 만년에는 불교 사상을 다룬 소설을 남겼다.

이시자카 요지로(石坂洋次郎 1900~1986) 267쪽

중학교 교사 시절 발표한 『젊은 사람』으로 1933년 제1회 미타문학상을 수상, 일약 신진 작가로 발돋움했다. 하지만 검열이 강화되던 1938년 불경죄와 군인무고죄로 고소당해 발매 금지 처분이 내려지는 고초를 겪었다. 이를 계기로 전업 작가 생활을 시작해 젊고 발랄한 문체와 재미있는 구상으로 서민 생활을 그려낸 작품을 다수 발표해 대중에게 사랑받았다.

이시카와 다쓰조(石川達三 1905~1985) 267쪽

잡지기자 출신으로 1935년 제1회 아쿠타가와상을 수상하며 이름을 알렸다. 사회 문제를 다룬 작품을 주로 썼는데, 1938년 3월 특파원으로 중일전쟁에 참가한 경험을 바탕으로 잡지 『주오코론』에 생생한 전쟁 풍경을 묘사한 「살아 있는 병사」를 연재해 필화 사건을 겪었다. 편집부가 검열을 고려해 의미를 알 수 없을 정도로 복자를 가했지만, 잡지 발매 전날 내무성으로부터 발매 금지 처분을 당했다.

왜 나카지마 교코인가, 왜 도서관인가

나는 도쿄에서 일본 근현대 문학을 가르치는 일을 20년 이상 해왔다. 교실에서 많은 일본 작가의 작품을 강의하고 과제 도서를 골라 대학생들에게 발표를 시킨다. 때때로 나카지마 교코 작품을 수업 교재로 사용한다. 그녀의 작품이 근현대 일본 문학과 문화에 내재된 젠더, 내셔널리즘, 레이시즘 문제를 비판적으로 사고하는 데 매우 효과적이기 때문이다. 물론 동일한 효과가 기대되는 다른 작품을 찾을 수 없진 않다.

그럼에도 왜 나카지마 교코인가. 이유는 간단하다. 나카지마 작품은 재미있다. '문학'이 어렵다고 거리를 둔 독자들을 살살 잘 달래면서 끝내 완주를 시킨다. 이른바 '국문학과(일본문학과)'를 선택하고 중고등학교 국어 교사를 꿈꾸는 학생조차도 학과 지망 이유가 "문학이 좋아서"가 아닌 시대다. 그것을 비판하고 아주 난해한 텍스트를 1, 2학년생들에게 읽힐 권력을 가진 이가 교사지만 교육 효과는 그다지 좋지 않다. "졸업만 해봐라. 영원히 문학과 안녕"하겠다는 마음을 다지게 하는 수업을 하고 싶지는 않다. 잠재적 문학 독자를 늘리는 것이 내 직업 안정에도 도움이 되기에 학생들과 같이 읽는 텍스트는 신중히 선택한다.

민감한 주제를 같이 생각해보면서도 문학이 참 재밌다는 생각을 갖게 하는, 나카지마의 글들은 문학 수업 도입 교재 또는 일반 독자를 대상으로 하는 강연에서는 최고의 텍스트다. 반응도 좋다. 그녀의 신작이 나오면 반드시 구입하고 정독하는 이유다.

나카지마 작품은 재미있다

나카지마 교코는 나오키상 수상 작가다. 한국어 나무위키나 위키백과 등 주요 검색 사이트에 나오키상은 대중문학, 아쿠타가와상은 순문학에 주는 상이라고 소개되어 있다. 한국에서 인기가 높은 히가시노 게이고도 나오키상 수상자다. 이 상은 1935년 분게이슌주 사장인 기쿠치 간이 제정했다. 당시 기쿠치 간은 대중문학 작가로 명성이 드높았고 식민지 조선에서도 『진주부인』이 유행하면서 애독자를 많이 확보했다. 일본 제국이 문학자 전쟁 협력을 요구하는 펜부대를 창설할 때 그에게 작가 대표를 맡긴 이유이기도 하다.

기쿠치 간은 식민지에 관심이 아주 많아서 조선인 작가의 작품을 일본어로 번역해 소개했고 1940년에는 조선예술상을 창설해 이광수에게 수여했다. 조선예술상 심사위원은 가와바타 야스나리, 기쿠치 간, 구메 마사오, 고지마 마사지로, 사토 하루오, 무로 사이세이, 요코미치 리이치 등 아쿠타가와상 심사위원과 동일했다. 이들이 1939년 김사량의 「빛 속으로」를 높이 평가했고 아쿠타가와상 후보작으로 선정했다. 당시는 아쿠타가와상의 영향력이 상당해서 후보작이 되었을 뿐인데도 김사량에 주목이 집중되었다.

이회성이 재일 작가로서는 처음으로 1972년 아쿠타가와상을 수상하자 한국 정부가 특별 초청할 정도로 한국에서도 이 상에 대한 관심은 지대했고 영웅 대접했다. 순문학이 특별했던 시기다. 아쿠타가와상은 신인 작가의 문학성을 담보해주는 훌륭한 증명서였다. 이에 반해 나오키상은 대중소설 즉 대중이 부담 없이 읽을 만한 재밌는 소설이라는 이미지가 강했다. 덕분에 이 상은 흥행 보증 수표로 자리 잡았다.

아쿠타가와상과 나오키상이 순문학과 대중문학의 경계

선이라는 인식을 완전히 깨버린 이가 1999년에 등장한다. 일본펜클럽 여성 최초 회장인 기리노 나쓰오다. 2021년 7월 19일, NHK 뉴스는 '반동 및 차별과 싸운다'라는 제목으로 그녀의 취임 기자 회견을 전했다. 기리노가『부드러운 볼』로 나오키상을 수상했을 때, 아쿠타가와상 수상작보다 문학성에서 비교 우위에 있음이 화제가 되었다. 그 후 문학 시장에서 성적도 좋고 작품 평가도 높은 작가들의 나오키상 수상이 이어졌고 그들은 대중문학과 순문학이라는 경계가 무의미함을 보여줬다. 나카지마 교코는 바로 그러한 새로운 흐름의 대표주자다.

흥행 보증 수표 나오키상 수상자

그녀가 쓴 장편소설 대부분이 문학상을 받았고 2010년 나오키상을 수상한『작은 집』은 2014년 영화로 제작됐다. 감독은 거장 야마다 요지. 그가 만든 영화는 베를린국제영화제에서 은곰상(여우주연상)을 수상했고 같은 해 일본아카데미상 10개 부문 수상, 그 밖에 각종 영화 관련 평가 차트에서 높은 평가를 받았다. 영화를 향한 주목이 원작 소설『작은 집』과 나카지마 교코의 지명도를 올렸다.

또 2021년 발표한『상냥한 고양이』는 NHK가 토요드라마로 제작해 큰 화제를 모았다. 주제가 아주 특별했기 때문이다. 2020년 5월 7일부터 1년여에 걸쳐 요미우리신문에 연재된 이 소설은 미혼모 보육 교사 미유키와 스리랑카 출신이주 노동자 쿠마라의 사랑을 미유키 딸인 마야의 시점으로 그린 작품이다. 두 사람이 혼인신고를 한 직후에 쿠마라는 오버스테이 혐의로 입국관리국 시설에 수용되고 모국으로 강제송환 명령을 받는다. 새로운 가족을 이룬 세 사람이 일본에서 같이 생활하기 위한 재판과 구명 운동을 중심으로 이야기가 펼쳐진다.

일본도 한국도 이민 국가다. 그동안 많은 사람이 기회를 찾아 국경 밖으로 나갔고 또 많은 이들이 새로운 삶을 찾아 이주해왔다. 외국인 재류 자격을 둘러싼 합법과 불법의 경계는 애매하고 일순간에 나도 언제 불법이라는 낙인이 찍힐지 모른다. 30년 이상 외국 생활을 하면서 체득한 결론이다. 그래서 나는 보수화가 진행되는 사회에서 레이시즘 공격을 받기 쉬운 미등록 외국인 문제를 전경화한 나카지마 소설에 일본인 독자가 관심을 쏟는다는 점에 고무되었다. 나카지마는 현실에서도 외국인의 권리, 특히 미등록 외국인 인권 문제를 개선하는 운동에 동참하고 있다.

일본 제국의 침략사를 비판하는 도서관의 역사
나카지마 교코는 문학 독자의 감성을 충분히 만족시키

면서 여성이나 외국인 등 일본 오랜 문학 역사에서 배제된 이들의 목소리를 소설을 통해 부상시키고, 사회 주류(일본 인)에게 타자들 아픔을 느끼게 한다. 『꿈꾸는 도서관』도 그 러한 작품 계보에 속한다. 이 소설은 우에노에 있는 '제국도 서관' 역사와 제국도서관 이야기를 남기고 싶어 하던 기와 코라는 여성의 인생사가 절묘하게 교차하면서 전개된다. 그 렇지만 삼인칭 화자가 특정 시점 인물(주인공)을 부각시키 며 전개하는 이야기 또는 '나'라는 일인칭 화자가 전하는 이 야기로 줄거리를 파악하는 독서에 익숙한 독자는 이 소설을 읽으면서 "이건 뭐지?"라고 생각할지도 모른다.

도서관이 주인공인 이 소설은 일인칭으로 전개되는 도서 관 밖 여자들 이야기와 삼인칭 서사가 전하는 도서관 역사가 교차되고, 또 어느 순간에는 도서관이 의인화해 일인칭 화자 가 되기 때문이다. 수많은 목소리가 내 인생 이야기를 들어 달라고 동시에 외쳐대기에 마치 작은 교향악단이 연주하는 현대음악의 불협화음을 듣는 느낌에 빠지는 순간도 있다.

그러나 그녀의 소설에 익숙한 독자에게는 놀라운 일이 아니다. 일단 숙련된 소설 장인의 실력을 믿고 낯선 고유명 사와 사건이 나오면 인공지능에게 묻거나 가볍게 검색하면 서 즐겨보시라 권하고 싶다. 소설 속에서 도서관의 역사는 일본 제국의 침략사를 비판적으로 재구축하고, 도서관 밖 여성들의 역사는 기와코라는 전쟁고아였던 여성의 인생사를 재구성하는 측면이 강하다.

소설을 즐기는 방법은 다양하다. 당신이 문학 연구자가 아니고 학술 논문을 쓸 필요가 없다면 자기 취향에 맞춰 마음껏 이래저래 상상하면서 즐겨도 된다. 나라면 이렇게 읽을 수도 있다. 나는 출판 문화사 연구자이기도 하다. 일본 제국과 식민지 조선의 도서관 역사를 공부한다. 나가이 가후의 아버지가 제국도서관 전신인 서적관 시설 확충을 위해 고군분투하는 에피소드에서 드러나듯, 부국강병과 침략 전쟁을 최우선시하던 일본 제국의 정치권력과 교섭하면서 도서관을 건립하고 지키려는 노력은 같은 시기 식민지 조선에서도 벌어진 일이다.

1921년 11월 13일, 동아일보에 평양지국 기자가 쓴 「도서관 설치를 절규함」이 게재됐다. 이 기사는 평양이 조선 제2의 도시라는 점과 인구가 이미 7만 명을 넘어선다는 점을 언급하며 이런 도시에 "간절하고도 필요한 도서류의 비치 기관이 무無하다 함은 평양 인사들의 무능을 표시함이며 따라서 치욕됨이 아닌가. 실로 통탄하며 절규함을 피치 못하겠다"라고 한탄했다. 식민지 조선의 다른 지역도 같은 상황이었다.

1920년대부터 1930년대 초반까지 조선에는 경성도서관(1920년), 경성부립도서관(1922년), 조선총독부도서관(1925년), 경성제국대학도서관(1926년), 인정仁貞도서관(1931년)이 연달아 개관했다. 그 가운데 경성도서관과 인정도서관은 조선인이 운영하던 곳으로, 조선인 이용자가 유독 많았다. 이는 그 두 곳이 여타 다른 도서관은 거의 갖추지 않았던 조선어 서적들을 소장했다는 점과 깊이 관계되어 있다. 1910년부터 도서관은 줄곧 증가하여 1932년에 정점을 맞이한다. 이후 도서관 수는 줄어들지만 이용자 수는 늘어간다. 이용자는 경성도서관이 개관한 1920년에는 56,282명이었지만 인정도서관이 본격적으로 가동되기 시작한 1932년에는 100만 명을 넘어선다. 도서관 이용자 증가는 일반 학교의 조선인 입학 지원자 증가와 연동된다. 일본어 리터러시(문자 활용력)를 가진 조선인이 늘어났던 것이다.

잘 알다시피 식민지 조선에서 조선인에게는 의무교육이 실시되지 않았다. 자비 또는 빚을 내서 근대 교육을 받길 원하더라도 학교가 충분치 않은 상황이었다. 많은 조선인이 신문을 읽기 위해 도서관에 갔고 각종 자격시험 공부를 하기 위해 도서관에 갔다. 1920년대는 대량 출판 시대이고 경제 여유가 있는 이들은 책이나 신문, 잡지를 직접 구입했다. 당시 신문실 이용자 통계를 보면 일본인은 거의 없고 조선인이 대부분이었다. 저렴한 신문을 살 여유조차 없는 조선인이 많았다는 이야기로, 당시 조선어 신문도 그렇게 보도했다.

도서관 뒤에 숨은 기억, 감추고 싶은 우에노 역사

도서관은 특별한 전문 서적을 보러 가는 곳이기도 했다. 제국의 중심 도쿄도 별반 다를 바가 없었다. 그렇기에 이 소설의 도서관 이야기는 일본인들 이야기면서도 식민지 도서관 역사를 상상하면서 읽을 수 있다. 돈이 없어 너덜너덜한 옷을 입고 우에노 도서관에 매일 다녔다던 히구치 이치요가 도서관의 사랑을 듬뿍 받았다고 쓰여 있다. 어쩌면 도서관은 조선의 가난한 이용자들에게도 깊은 애정을 품고 지켜봤을지도 모른다.

내가 책이나 논문을 쓰기 위해 참조해온 도서관의 역사는 도서관 입장에서 쓰이거나 민간인 이용자 입장에서 쓰여 있지 않다. 제국의 정사다. 소설은 허구의 예술이다. 이것이 역사적 사실이라고 생각하면 진실 논쟁에 빠지기 쉽다. 그러나 허구이기에 도서관이 히구치 이치요 또는 미야자와 겐지, 패전 직전에 살해당한 우에노 동물들처럼 충분히 자기 이야기를 남기지 못하고 세상을 떠난 이들의 목소리를 대변할 수 있다. 이 소설을 읽는 독자의 머릿속에서 정사와 허구가 만나 새로운 역사의 가능성이 모색되는 셈이다.

또 도서관 밖 이야기에는 전후의 혼란기가 원풍경으로

자리 잡아 현재 시간에 영향을 미친다. 여기서 패전 직후 우에노가 무대라는 점이 아주 흥미롭다. 우에노는 패전 이후 도쿄의 대표적인 암시장(闇市 야미이치)이다. 점령군인 미군을 상대로 성 노동을 하던 팡팡(パンパン 양공주), 전쟁고아, 깡패들이 살아가던 생활터이고 한반도로 돌아가지 못한 조선인들의 생존을 건 노동 현장이기도 했다. 이 소설의 일관된 주제는 기와코의 오빠들 찾기다. 둘째 오빠는 남창이었다. 양공주의 역사는 많이 발굴되었지만 이성애 중심으로 사고하는 현대사에서 남창의 역사는 아직도 충분히 조명받지 못했다. 이렇게 '보통'의 '평범한' 일본인들에게 차별받는 존재들이 생존하던 우에노라는 공간은 신생 정부 권력이 충분히 작동하지 못하는 곳이었고 그들만의 룰이 있었다.

그들의 우에노 역사는 도서관이 상징하는 일본의 정사에 절대로 포함될 수 없고 오히려 감추고 싶은 기억이다. 어둠의 세계에 묻혀 있던 기억들이 전쟁고아 기와코의 인생사를 복원하는 과정에서 하나씩 드러나면서 마치 복잡한 퍼즐을 맞추듯 모양을 갖추어간다. 소설의 마지막 부분은 도서관 이야기가 이제부터 본격적으로 시작됨을 알려준다. 아래 시를 다시 한번 읽어보시라.

문은 열릴지니

부모 없는 아이에게

다리 잃은 병사에게

갈 데 없는 노파에게

명랑한 남녀추니에게

분노에 찬 야생 곰에게

슬픈 눈을 가진 남양 코끼리에게

저것은

화성으로 향하는 로켓에 올라타는 비행사들

불을 피우고 둘러앉는 법을 터득한 고대인들

그것은

꿈꾸는 자들의 낙원

진리가 우리를 자유롭게 하는 곳

굳게 닫혔던 역사의 문, 그 '문은 열릴지니'로 소설의 마지막이 '시작'된다. 여기서 귀환병 오빠와 어린 기와코는 다시 만난다. 그들의 만남은 도서관 이야기의 마지막 정리 번호 '25'라 쓰이고 '국립국회도서관 지부 우에노 도서관 앞'으로 명명된다. 도서관 안과 밖, 두 개의 이야기가 평행하게 진행되던 소설이 결합되는 순간이다. 독자에게 도서관 밖으로 밀려나 있던 수많은 '기와코'와 '오빠'들을 도서관(정사)에 밀어 넣고 다시 이야기를 써달라고 요청한다.

궁금하다. 한반도의 도서관 역사(정사) 밖으로 밀려나 감추어진 목소리가 분명히 있을 텐데. 독자 여러분이 써주는 한반도의 '도서관 소설'을 기대해본다.

2025년 1월

고영란

꿈꾸는 도서관

초판 1쇄 발행 2025년 1월 20일

지은이 | 나카지마 교코
옮긴이 | 안은미

펴낸곳 | 정은문고
펴낸이 | 이정화
디자인 | 원선우

등록번호 | 제2009-00047호 2005년 12월 27일
주소 | 서울시 마포구 동교로13길 60
전화 | 02-392-0224
팩스 | 0303-3448-0224
이메일 | jungeunbooks@naver.com
블로그 | blog.naver.com/jungeunbooks
페이스북 | facebook.com/jungeunbooks

ISBN 979-11-85153-72-8(03830)

책값은 뒤표지에 쓰여 있습니다.

예스24 그래제본소에 후원해주신 분들께 진심으로 감사드립니다.
강이경, 강찬욱, 김경민, 김계천, 김규완, 김덕규, 김동하, 김민철, 김보연, 김세진, 김세현, 김완, 김정희, 김종효, 김혜란, 노경희, 도주원, 박규옥, 박동진, 박미희, 박산호, 박상미, 박선영, 박세진, 박숭현, 박재석, 박찬진, 박현숙, 박효림, 배명자, 서혜란, 손혜란, 송경진, 송승섭, 송주영, 신혜성, 안수영, 양지윤, 오규성, 오봉훈, 오수이, 오창열, 우윤희, 유재영, 유정미, 이규원, 이동식, 이동현, 이민수, 이상원, 이석범, 이성화, 이세미, 이승민, 이승연, 이용훈, 이주현, 이채원, 이채은, 이해민, 이희연, 이희연, 임중혁, 임현경, 장은진, 장준혜, 전기남, 전봉현, 정연서, 정은영, 정한욱, 정희제, 조성은, 조은애, 최서경, 최택희, 허정옥, 황혜성
외 96명